O IMPERADOR
OS DEUSES DA GUERRA

OBRAS DO AUTOR PUBLICADAS PELA EDITORA RECORD

Dunstan
O Falcão de Esparta
O livro perigoso para garotos (com Hal Iggulden)
Tollins – histórias explosivas para crianças

Série *O Imperador*

Os portões de Roma
A morte dos reis
Campo de espadas
Os deuses da guerra
Sangue dos deuses

Série *O conquistador*

O lobo das planícies
Os senhores do arco
Os ossos das colinas
Império da prata
Conquistador

Série *Guerra das Rosas*

Pássaro da tempestade
Trindade
Herança de sangue
Ravenspur

CONN IGGULDEN

O IMPERADOR
OS DEUSES DA GUERRA

Tradução de
ALVES CALADO

11ª EDIÇÃO

EDITORA RECORD
RIO DE JANEIRO • SÃO PAULO
2022

CIP-Brasil. Catalogação na Fonte
Sindicato Nacional dos Editores de Livros, RJ

I26d
11ª ed.
    Iggulden, Conn.
    Os deuses da guerra / Conn Iggulden; Tradução de Alves Calado. –
11ª ed. – Rio de Janeiro: Record, 2022.
    (O imperador; v.4)

    Tradução de: The gods of war
    Sequência de: Campo de espadas
    ISBN: 978-85-01-07549-9

    1. César, Júlio – Ficção. 2. Roma – História – Império, 30 a.C.-47 d.C.
3. Romance inglês. I. Alves-Calado, Ivanir, 1953-. II. Título. III. Série.

07-1083
CDD – 823
CDU – 821.111-3

Título original em inglês:
THE GODS OF WAR

Copyright © 2006 by Conn Iggulden

Todos os direitos reservados. Proibida a reprodução, no todo ou em parte, através de quaisquer meios.

Este livro foi revisado segundo o novo Acordo Ortográfico da Língua Portuguesa.

Direitos exclusivos de publicação em língua portuguesa somente para o Brasil adquiridos pela
EDITORA RECORD LTDA.
Rua Argentina, 171 – 20921-380 – Rio de Janeiro, RJ – Tel.: (21) 2585-2000, que se reserva a propriedade literária desta tradução.

Impresso no Brasil

ISBN 978-85-01-07549-9

Seja um leitor preferencial Record.
Cadastre-se no site www.record.com.br e receba informações sobre nossos lançamentos e nossas promoções.

Atendimento e venda direta ao leitor:
sac@record.com.br

"Os grandes homens são necessários para nossa vida, para que o movimento da História mundial possa se libertar esporadicamente, espasmodicamente, de modos de vida obsoletos e de falas inconsequentes."

Jacob Burckhardt

AGRADECIMENTOS

Várias pessoas dedicaram tempo e energia a estes livros. Não posso citar todas, mas devo agradecer a Fiona e Ingrid, em particular, por seu trabalho duro e extraordinário. Obrigado também a todos que me escreveram. Senti-me tocado com a reação a estes livros. Por fim devo mencionar o Inner Circle e Janis, de Glasgow, que me mantiveram sorrindo durante uma longa tarde.

Para minha mulher

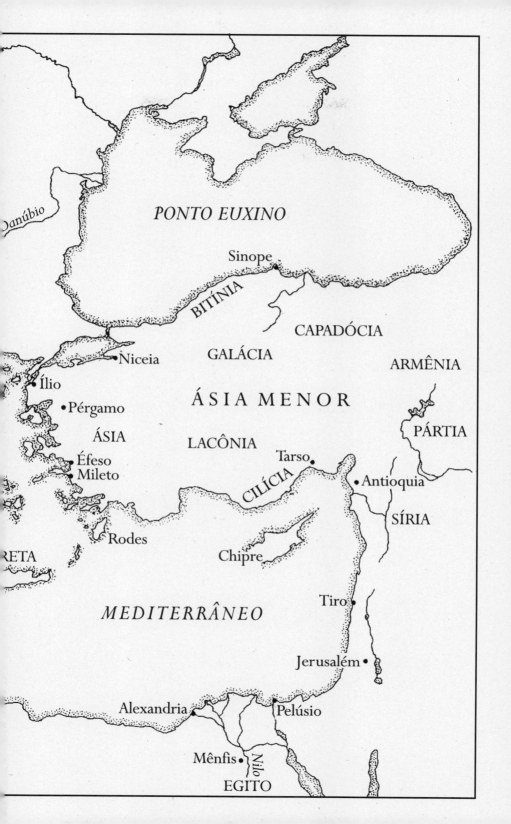

PRIMEIRA PARTE

CAPÍTVLO I

POMPEU PRONUNCIOU CADA PALAVRA COMO UMA MARTELADA.

— Portanto, por seus atos, César é hoje declarado Inimigo de Roma. Seus títulos e honras estão revogados. Seu direito de comandar legiões será apagado dos registros. Seu direito à vida lhe é retirado. Haverá guerra.

A câmara do Senado finalmente estava em silêncio depois dos debates acalorados, com a tensão visível em cada rosto. Os mensageiros que haviam quase sacrificado seus cavalos para chegar até eles não tinham como saber qual era o ritmo dos que vinham atrás. A linha do Rubicão fora atravessada e as legiões da Gália seguiam rapidamente para o sul.

Pompeu envelhecera visivelmente nos dois dias de tensão, porém mantinha-se de pé diante deles com as costas eretas, a experiência lhe dando a força para dominar o ambiente. Ficou observando os senadores perderem aos poucos as expressões congeladas e viu dezenas deles se entreolharem em comunicação silenciosa. Havia muitos que ainda culpavam Pompeu pelo caos ocorrido na cidade há três anos. Fora sua legião que fracassara em manter a ordem na ocasião, e sua ditadura havia surgido a partir daquele conflito. Ele sabia da existência de um bom número de vozes murmurando para que abandonasse o cargo e elegesse cônsules de novo. O próprio edifício em que estavam era uma lembrança constante, recendendo a calcário e madeira novos. As cinzas da velha sede haviam sido retiradas, mas os alicerces permaneciam como um testemunho silencioso da destruição e do tumulto na cidade.

No silêncio, Pompeu se perguntou em quem poderia confiar durante a luta. Quem, dentre eles, tinha a força necessária? Não guardava ilusões. Júlio vinha para o sul com quatro legiões veteranas e não havia nada em Roma capaz de enfrentá-las. Em apenas alguns dias o comandante da Gália estaria golpeando os portões da cidade e alguns homens que se encontravam diante de Pompeu clamariam para deixá-lo entrar.

— Há escolhas difíceis a serem feitas, senhores — disse ele.

Os senadores o observavam atentamente, avaliando sua força e suas fraquezas. Bastaria um escorregão e o despedaçariam. Ele não lhes daria essa chance.

— Tenho na Grécia legiões que não foram infectadas pelo entusiasmo da turba de Roma. Ainda que possa haver traidores nesta cidade, o primado das leis não perdeu a voz em nossos domínios.

Com que atenção os observava, para ver quem desviaria o olhar! Mas todos os olhos estavam nele.

— Senhores, não há opção além de deixar Roma, ir para a Grécia e reunir nossos exércitos lá. No momento, o grosso das forças de César permanece na Gália. Assim que elas se juntarem a ele, todo o país poderá cair antes de termos presença suficiente no campo. Não quero perder uma corrida por reforços. É melhor ter certeza e ir até nossos exércitos. Há dez legiões na Grécia, esperando o chamado para nos defender contra esse traidor. Não devemos desapontá-las. Se ele permanecer em nossa cidade, voltaremos para despedaçá-lo, exatamente como Cornélio Sila fez com o tio dele. Devemos travar uma batalha. Ele deixou isso claro ao ignorar as ordens legítimas deste Senado. Não pode haver acordos nem paz enquanto ele viver. Roma não pode ter dois senhores e *não* permitirei que um general desgarrado destrua tudo o que construímos aqui.

A voz de Pompeu se suavizou ligeiramente enquanto ele se inclinava à frente no rostro, com o cheiro forte de cera e óleo nas narinas.

— Se, através de nossas fraquezas, ele tiver permissão de viver, de triunfar, todo general que mandarmos para fora de Roma irá se perguntar se não pode fazer o mesmo. Se César não for esmagado, esta cidade jamais conhecerá a paz de novo. O que construímos será devastado pela guerra constante através de gerações, até que *nada* reste para mostrar que já estivemos aqui sob os olhos dos deuses e que defendemos a ordem. Desafio o homem que poderia nos roubar isso. Desafio-o e irei vê-lo morto.

Muitos senadores estavam de pé, com os olhos brilhantes. Pompeu mal olhava para aqueles que desprezava, homens mais cheios de ares do que de coragem. O Senado jamais fora carente de oradores, mas o rostro era seu.

— Minha legião não está com força máxima, e apenas um tolo negaria o valor que as batalhas na Gália proporcionaram aos homens dele. Mesmo com os guardas das fortalezas nas estradas, não temos forças suficientes para garantir a vitória. Não pense que falo isso com leviandade. Recebo essa notícia com dor e raiva, mas não vou desdenhá-lo em nossos portões e depois perder minha cidade.

Parou e balançou a mão ligeiramente para os que tinham se levantado. Confusos, eles se sentaram franzindo a testa.

— Quando ele chegar encontrará este Senado vazio, com as portas arrancadas das dobradiças.

Pompeu esperou o tumulto passar, enquanto os outros entendiam finalmente que ele não pretendia partir sozinho.

— Com as legiões dele estuprando suas esposas e filhas, quantos de vocês o enfrentarão se ficarem para trás? Ele virá à procura de sangue e não encontrará nada! Nós somos o governo, o coração da cidade. Onde estivermos, Roma estará. Ele não passará de um invasor implacável, sem ter ninguém para colocar o selo da lei em suas palavras e seus atos. Devemos negar-lhe a legitimidade.

— O povo vai pensar... — começou alguém nos fundos.

Pompeu gritou acima da voz:

— O povo vai suportá-lo como suportou durante toda a história! Acha que seria melhor deixá-los aqui enquanto reúno um exército sozinho? Quanto tempo você duraria sob tortura, Marcelo? Ou qualquer um de vocês? Este Senado seria dele e a barreira final estaria suplantada.

Com o canto do olho Pompeu viu o orador Cícero se levantar e conteve a irritação. Os senadores olharam para a pequena figura e depois para Pompeu, vendo-o hesitar. Cícero falou antes que também pudesse ser impedido.

— Você falou pouco sobre os comunicados que mandamos a César. Por que não discutimos a oferta dele, de uma trégua?

Pompeu franziu a testa diante das cabeças assentindo ao redor. Sentiu que eles não aceitariam uma resposta esbravejante.

— Os termos dele são inaceitáveis, Cícero. Como César sabe muito bem. Ele tenta enfiar uma cunha entre nós, com suas promessas. Você realmente acredita que ele interromperá a marcha para o sul simplesmente porque deixei a cidade? Você não o conhece.

Cícero cruzou os braços diante do peito magro, levantando uma das mãos até cutucar a pele da garganta.

— Talvez, mas este é o lugar para debater a questão. É melhor fazê-lo às claras do que deixar que seja discutida em particular. Você respondeu à oferta dele, Pompeu? Lembro-me de ter dito que responderia.

Os dois homens se entreolharam firmes e Pompeu segurou o rosto com mais força enquanto lutava para não perder a paciência. Cícero era um homem sutil, mas Pompeu havia esperado contar com ele.

— Fiz tudo que disse que faria. Escrevi com o selo do Senado exigindo que ele retornasse à Gália. Não negociarei enquanto suas legiões estiverem à distância de atacar minha cidade, e ele sabe disso. Suas palavras se destinam simplesmente a nos confundir e provocar atrasos. Não significam nada.

Cícero levantou a cabeça.

— Concordo, Pompeu, mas acredito que toda informação deve estar disponível a todos nós. — Optando por não ver a surpresa de Pompeu, Cícero virou a cabeça para se dirigir aos senadores nos bancos ao redor. — Pergunto-me se estamos falando de um general romano ou de outro Aníbal que não se satisfará com nada menos do que arrancar o poder de nossas mãos. Que direito César tem de exigir que Pompeu saia da cidade? Agora negociamos com invasores? Somos o governo de Roma e estamos ameaçados por um cão louco, liderando exércitos que treinamos e criamos. Não subestimem o perigo que há nisso. Concordo com Pompeu. Ainda que doa mais do que tudo que já sofremos aqui, devemos nos retirar e reunir forças leais na Grécia. O primado da lei não deve se dobrar diante das venetas de nossos generais, caso contrário não passamos de outra tribo de selvagens.

Cícero sentou-se depois de encarar Pompeu com um breve lampejo divertido. Seu apoio influenciaria vários dos mais fracos, e Pompeu inclinou a cabeça num agradecimento silencioso.

— Não há tempo para um debate longo, senhores — disse Pompeu. — Mais um dia não mudará nada, além de trazer César mais para perto. Proponho que votemos agora e planejemos.

Sob o olhar sério de Pompeu havia pouca chance de rebelião, como ele havia pretendido. Um a um, os senadores se levantaram para mostrar o apoio, e nenhum ousou se abster. Por fim Pompeu assentiu, satisfeito.

— Alertem suas casas e planejem a viagem. Chamei à cidade todos os soldados que estão no caminho de César. Eles estarão aqui para ajudar a tripulação da esquadra e preparar nossa partida.

O sol brilhava na nuca de Júlio enquanto ele se sentava numa árvore caída no meio de um campo de trigo. Para onde quer que olhasse, podia ver manchas escuras de seus homens descansando na plantação dourada e comendo carne fria e legumes. As fogueiras para cozinhar tinham sido proibidas enquanto atravessavam as terras baixas da Etrúria. O trigo estava seco e áspero ao toque, e uma única fagulha poderia lançar cortinas de fogo em disparada pelos campos. Júlio quase sorriu da cena pacífica. Quinze mil dos soldados mais experientes do mundo, e ele podia ouvi-los rindo e cantando como crianças. Era estranho estar ali, ao ar livre. Podia ouvir os cantos dos pássaros que conhecera na juventude, e quando baixou a mão e pegou um pouco do húmus folhoso sentiu-se em casa.

— É ótimo estar aqui — disse a Otaviano. — Você sente? Eu quase havia esquecido como é estar na minha terra, rodeado pelo meu povo. Dá para ouvi-los cantando? Você deveria aprender a letra, garoto. Eles ficariam honrados em ensinar.

Lentamente, Júlio esfregou as folhas úmidas e as deixou cair. Os soldados da Décima chegaram ao refrão, as vozes erguendo-se sobre os campos.

— Ouvi essa canção com os homens que seguiam Mário, há anos — disse ele. — Essas coisas parecem sobreviver, de algum modo.

Otaviano olhou para o general, inclinando a cabeça enquanto avaliava seu humor.

— Eu sinto. Isto é o lar — disse ele.

Júlio sorriu.

— Há dez anos eu não ficava tão perto da cidade. Mas sinto-a no horizonte. Juro que sinto. — Ele ergueu a mão e apontou por sobre as colinas baixas, pesadas de trigo. — Lá, esperando por nós. Temendo-nos, talvez, enquanto Pompeu ameaça e faz alarde.

Seus olhos cinzentos ficaram frios à medida que as últimas palavras eram ditas. Ele teria continuado, mas Brutus veio cavalgando em meio à plantação, deixando um caminho sinuoso atrás. Júlio se levantou e os dois se apertaram as mãos.

— Os batedores informam sobre coortes, talvez 12 — disse Brutus.

A boca de Júlio se retorceu, irritada. Cada posto de legião e cada fortaleza de estrada à frente deles fora evacuado enquanto se moviam para o sul. Sua marcha os havia sacudido como fruta madura, e agora estavam ao alcance. Qualquer que fosse a qualidade deles, seis mil homens era um número grande demais para deixar às costas.

— Eles se reuniram em Corfínio — continuou Brutus. — A cidade parece um vespeiro que alguém chutou. Ou eles sabem que estamos perto ou estão se preparando para voltar a Roma.

Júlio olhou ao redor, notando quantos homens próximos haviam se empertigado para ouvir, antecipando sua ordem. A ideia de soltá-los contra soldados romanos era quase uma blasfêmia.

Pompeu agira bem em chamar de volta os guardas. Eles teriam mais utilidade nas muralhas de Roma do que se fossem desperdiçados contra os veteranos da Gália. Júlio sabia que deveria atacar depressa para sangrar a campanha e lacrar a decisão tomada às margens do Rubicão. Brutus se incomodou com a demora, mas Júlio continuou sem falar, olhando para o nada. Os homens em Corfínio eram inexperientes. Seria uma chacina.

— Os números são exatos? — perguntou Júlio em voz baixa.

Brutus deu de ombros.

— O mais possível. Não deixei que os batedores se arriscassem a ser vistos, mas é terreno limpo. Não há emboscada. Eu diria que são os únicos soldados entre nós e Roma. E podemos pegá-los. Os deuses sabem que temos experiência suficiente para invadir cidades.

Júlio levantou os olhos enquanto Domício e Ciro saíam da plantação de trigo junto com Régulo. Marco Antônio estava apenas um pouco atrás deles e Júlio sentia a pressão de ordenar derramamento de sangue romano em terra romana. Assim que aquelas primeiras vidas fossem tomadas, todo homem leal se levantaria contra eles. Toda legião juraria vingança contra seu nome até a morte. A guerra civil seria um teste de força e de números que ele poderia muito bem perder. Sua mente se revirou febril e ele enxugou o suor da testa.

— Se nós os matarmos, vamos destruir qualquer esperança de paz no futuro — disse lentamente. Domício e Brutus trocaram um olhar rápido enquanto Júlio continuava, testando os pensamentos em voz alta: — Nós precisamos... de astúcia, além de braço forte, contra nosso povo. Precisamos conseguir a lealdade dele, que não pode ser obtida matando homens que amam Roma tanto quanto nós.

— Eles não vão nos deixar passar, Júlio — disse Brutus, vermelho de irritação. — Você deixaria, se algum exército quisesse cruzar sua cidade? Vão lutar só para nos atrasar, você sabe que vão.

Júlio franziu a testa com a raiva que estava sempre próxima da superfície.

— Esses são dos nossos, Brutus. Não é coisa pequena falar em matá-los. Não para mim.

— Essa decisão foi tomada quando atravessamos o rio e viemos para o sul — respondeu Brutus, recusando-se a recuar. — Você sabia qual era o preço. Ou vai sozinho se entregar a Pompeu?

Alguns que ouviam se encolheram diante daquele tom de voz. Ciro sacudiu os ombros enormes, a raiva aparecendo. Brutus ignorou todos eles, com o olhar fixo no general.

— Se você parar agora, Júlio, *todos* seremos homens mortos. Pompeu não vai esquecer que ameaçamos a cidade. Você sabe. Ele nos perseguiria de volta à Britânia se fosse necessário. — Brutus encarou Júlio e, por um momento, sua voz se abalou. — Não me abandone agora. Vim até aqui com você. Temos de ir até o final.

Júlio devolveu em silêncio o olhar suplicante, antes de pôr a mão no ombro de Brutus.

— Estou *em casa*, Brutus. Se me incomoda matar homens de minha própria cidade, você me censuraria pelas minhas dúvidas?

— Que opção você tem?

Júlio começou a andar de um lado para o outro em meio ao trigo esmagado.

— Se eu tomar o poder... — Ele se imobilizou por um momento enquanto a ideia se formava, e falou mais depressa. — E se eu declarar que a ditadura de Pompeu é ilegal? Eu poderia entrar em Roma para restaurar a República. É *assim* que eles devem me ver. Adàn! Onde você está? — gritou. Seu escriba espanhol veio correndo. — Aqui está sua resposta, Brutus — disse Júlio com os olhos brilhando. — Adàn? Quero que seja enviada uma carta a cada comandante romano. Faz dez anos que fui cônsul; não há nada que me impeça de me candidatar de novo. Diga a eles... que rejeito a ditadura e que Pompeu não dará continuidade a ela.

Júlio ficou olhando impaciente enquanto Adàn pegava suas tabuletas de escrever.

— Diga a eles que respeitarei os tribunais e o prédio do Senado, que somente Pompeu é meu inimigo. Diga que receberei qualquer homem que quiser se juntar a mim enquanto trazemos de volta a República de Mário e a segurança do passado. Trago o ouro da Gália e Roma renascerá com o que conquistei para ela. Diga tudo isso, Adàn. Que saibam que não tirarei vidas romanas a não ser que seja obrigado, que honrarei as tradições que Pompeu não honrou. Ele foi o único que teve o Senado incendiado enquanto estava no comando. Os deuses já mostraram que não gostam *dele*.

Os homens ao redor olhavam curiosos enquanto Júlio ria alto. Ele balançou a cabeça diante das expressões dos outros.

— Eles vão querer acreditar em mim, senhores. Hesitarão e se perguntarão se sou um defensor das velhas liberdades.

— E será verdade? — perguntou Adàn em voz baixa.

Júlio olhou-o incisivamente.

— Se eu fizer com que seja. Meu primeiro ato será em Corfínio. Se eles se renderem a mim, pouparei a todos, nem que seja para que espalhem a notícia.

Seu humor era contagiante e Adàn sorriu enquanto escrevia na cera macia, ignorando a voz interior que zombava da facilidade com que caía sob o fascínio do sujeito.

— Eles não vão se render — disse Domício. — Pompeu os mataria como traidores. Você viu o que ele fez com a Décima, por ter mudado de lado.

Júlio franziu a testa.

— Ele pode fazer isso, mas se fizer estará me ajudando. Quem você seguiria, Domi? Um homem que defende a lei e o consulado, que liberta os bons romanos, ou um que manda matá-los? Quem é o melhor para liderar Roma?

Domício assentiu lentamente e Júlio sorriu.

— Está vendo? Será difícil eles me condenarem se eu for misericordioso. Isso vai confundi-los, Domi. Pompeu não saberá como reagir.

Júlio se virou para Brutus, o rosto iluminado com a velha energia.

— Mas primeiro temos de pegar os guardas da estrada; e fazê-lo sem derramamento de sangue. Eles devem ser reduzidos a um nível de pânico tão absoluto que não terão chance de lutar. Quem os lidera?

Brutus franziu a testa, ainda pasmo com a súbita mudança de humor de Júlio. A marcha para o sul fora sombreada pela dúvida e a tristeza, mas num instante Júlio estava como na Gália. Era assustador.

— Os batedores não viram bandeiras de legião — disse rigidamente. — Quem quer que seja, é um oficial de carreira.

— Esperemos que ainda seja ambicioso. Será mais fácil se tentarmos seus guardas a sair da cidade. Eu o atrairei com a Décima para ver se ele vem. Se pudermos pegá-los nos campos, eles serão nossos.

Ao redor, os que podiam ouvir estavam se levantando, juntando os equipamentos e se preparando para se mover. Um ar de tensão há muito familiar dominou todos enquanto se aparelhavam para voltar ao perigo e às dificuldades.

— Levarei a Décima para perto da cidade, Brutus. Você terá o comando geral dos outros. Vamos fazer aqueles garotos girarem até que estejam cegos e inúteis. Mande seus batedores e desta vez deixe que sejam vistos.

— Eu preferiria ser a isca — disse Brutus.

Júlio piscou por um momento, depois balançou a cabeça.

— Desta vez, não. Os *extraordinarii* serão os elos entre nós. Precisarei de você aqui de volta bem depressa, se formos atacados.

— E se eles ficarem onde estão? — perguntou Domício, olhando a expressão tensa de Brutus.

Júlio deu de ombros.

— Então vamos cercá-los e oferecer os termos. De um modo ou de outro estou começando minha candidatura ao posto de cônsul e ao comando de Roma. Espalhe a notícia entre os homens. Esse é o nosso povo, homens. Ele será tratado com respeito.

CAPÍTVLO II

AHENOBARBO LEU SUAS ORDENS DE NOVO. NÃO IMPORTANDO quantas vezes repassasse as poucas palavras de Pompeu, nada surgia que lhe permitisse atacar as legiões desgarradas vindas da Gália. No entanto, os informes de seus batedores lhe davam a chance de finalmente fazer nome e ele se sentia cruelmente dividido entre a obediência e uma ânsia de empolgação que não sentia há anos. Sem dúvida Pompeu lhe perdoaria qualquer coisa se pudesse trazer o traidor acorrentado de volta à cidade.

Os homens que tinham sido retirados de todos os postos, pedágios e fortalezas da estrada estavam reunidos à sombra das muralhas de Corfínio, esperando a ordem de marchar para Roma. Não havia tensão entre as fileiras. Os batedores ainda não tinham conseguido vazar as novidades ao resto dos homens, mas não iria se passar muito tempo até que todos soubessem que o inimigo estava mais perto do que imaginavam.

Ahenobarbo coçou o queixo ossudo, passando os polegares nas rugas dos cantos dos olhos para aliviar a pressão. Seus guardas eram em maior número do que os homens vistos pelos batedores, mas os informes tinham mencionado quatro legiões vindo para o sul, e as outras certamente estariam perto. Na pior das hipóteses poderia ser uma emboscada para seus homens.

Olhá-los entretanto em forma não lhe deu confiança. Muitos nunca tinham enfrentado um desafio maior do que alguns agricultores bêbados. Os anos de paz enquanto César conquistava a Gália não tinham criado o tipo de força que Ahenobarbo teria escolhido para a sua chance de glória, mas algumas vezes era preciso trabalhar com o que os deuses davam.

Por um momento sentiu-se tentado a esquecer o que lhe haviam dito e seguir pelo caminho seguro, como fizera durante a maior parte de seus vinte anos como soldado. Poderia marchar e chegar a Roma em apenas três dias, deixando para trás essa última chance. Era difícil imaginar os risinhos de desprezo dos oficiais mais jovens quando soubessem que ele havia fugido de uma força com a metade do tamanho da sua. As outras legiões da Gália podiam estar a quilômetros de distância e ele tinha jurado proteger sua cidade. Fugir de volta para os portões ao primeiro sinal de um inimigo não era o que ele havia imaginado ao entrar para o exército.

— Seis mil homens — sussurrou, olhando para as fileiras de soldados esperando para marchar. — Minha legião, finalmente.

Não havia mencionado esse pensamento a ninguém, mas, à medida que os recém-chegados vinham, ele os havia contado e agora andava um pouco mais empertigado com seu orgulho particular. Em toda a sua carreira nunca tivera mais do que uma centúria sob suas ordens, mas durante alguns dias maravilhosos seria igual a todos os generais de Roma.

Ahenobarbo reconheceu o medo verdadeiro minando seu orgulho. Se marchasse para uma armadilha perderia tudo. Mas se desistisse de uma oportunidade perfeita para destruir o homem temido por Pompeu a notícia se espalharia e ele seria seguido por sussurros durante o resto da vida. Não podia suportar a indecisão, e agora muitos dos homens estavam olhando para ele perplexos com a falta de ordens.

— Senhor? Devo mandar que abram os portões? — perguntou o segundo no comando, junto ao seu ombro.

Ahenobarbo olhou o rosto do sujeito e sentiu uma nova irritação diante da juventude e da confiança que viu ali. Os boatos eram que Sêneca tinha contatos em Roma, e Ahenobarbo não podia deixar de ver a riqueza de suas roupas. Sentia-se velho ao olhar para Sêneca, e a comparação parecia fazer suas juntas doerem. Era realmente demais ser encarado com aquela condescendência divertida. Sem dúvida, o rapaz pensava que escondia a arrogância, mas Ahenobarbo tinha visto uma dúzia de outros iguais, no passar dos anos. Sempre havia um brilho nos olhos quando eles se mostravam mais solícitos, e dava para ver que não era possível confiar caso o interesse pessoal deles se interpusesse ao seu.

Respirou fundo. Sabia que não deveria estar desfrutando aquilo, mas tomar a decisão era um verdadeiro prazer.

— Você já lutou, Sêneca? — E viu o rosto do rapaz ficar cautelosamente inexpressivo, antes que o sorriso macio voltasse.

— Ainda não, senhor, mas é claro que espero servir.

Ahenobarbo mostrou os dentes.

— Achei que diria isso, achei mesmo. Hoje você terá a chance.

Pompeu estava sozinho no prédio do Senado, ouvindo apenas suas lembranças. Sob suas ordens, ferreiros haviam arrancado as portas das dobradiças e elas ficaram meio penduradas na abertura. A velha luz de Roma se derramava em grãos de poeira recém-levantada e ele resmungou baixinho enquanto se sentava num banco.

— Cinquenta e seis anos — murmurou para a câmara vazia. — Estou velho demais para guerrear de novo.

Houvera momentos de fraqueza e desespero, momentos em que os anos pesavam e seu eu particular ansiava por descanso. Talvez fosse hora de deixar Roma para os lobos novos como César. Afinal, o desgraçado tinha mostrado que possuía a qualidade mais importante para um líder romano: a capacidade de sobreviver. Quando seus pensamentos não eram corroídos pela raiva, Pompeu podia admirar a carreira do homem mais jovem. Houvera tempos em que não apostaria uma moeda de bronze na chance de Júlio se sair incólume.

A multidão adorava ouvir suas façanhas e Pompeu o odiava por isso. Parecia que Júlio não podia comprar um cavalo novo sem mandar uma carta triunfante para ser lida em toda a cidade. Os cidadãos comuns se reuniam para ouvir as novidades, não importando o quanto fossem triviais. Eram insaciáveis, e os velhos como Pompeu balançavam a cabeça diante da falta de dignidade. Até mesmo a sutileza de Cícero se perdia diante da empolgação das batalhas na Gália. Que apelo o Senado poderia oferecer, quando César escrevia sobre fortalezas invadidas e visitas a penhascos brancos na borda do mundo?

Soprou o ar por entre os lábios, irritado, desejando que Crasso estivesse ali para compartilhar essa indignação final. Os dois tinham feito mais para alimentar a ambição de César do que qualquer pessoa, e a ironia era amarga. E se não tivesse aceitado o triunvirato? Na época parecia que todos se beneficiavam, mas com as legiões da Gália a caminho de Roma, Pompeu só podia desejar que tivesse sido mais sábio nesse momento tão importante.

Tinha mandado Júlio à Espanha e o sujeito havia retornado para ser cônsul. Tinha-o mandado dominar os selvagens da Gália, mas será que eles não podiam fazer o que era decente e mandá-lo de volta em pedaços? Não, não podiam. Em vez disso ele retornava à casa como um leão; e não havia coisa que os cidadãos respeitassem mais do que o sucesso.

A fúria negra escureceu seu rosto enquanto Pompeu pensava nos membros do Senado que o haviam traído. Apenas dois terços tinham respondido ao seu chamado de partir para a Grécia, apesar de todas as promessas que fizeram em público. O resto havia desaparecido, preferindo esperar um exército invasor a seguir o governo para o exílio. Tinha sido um golpe cruel, além de todo o resto. Eles sabiam que Pompeu não teria o luxo do tempo para arrancá-los de seus esconderijos, e o que incomodava é que estavam certos. Ele já havia se demorado perigosamente e só a necessidade dos guardas na estrada o mantinha na cidade. Se Ahenobarbo não os trouxesse depressa, Pompeu sabia que teria de partir sem eles. Todos os seus planos dariam em nada se ainda estivesse na cidade quando Júlio chegasse aos portões.

Escarrou — e teria engolido o catarro amargo de volta se não estivesse indo embora. Em vez disso, cuspiu uma massa escura nos ladrilhos de mármore aos pés e sentiu-se um pouco melhor pelo ato simbólico. Sem dúvida os cidadãos aplaudiriam ao seu modo insensato quando as legiões da Gália entrassem no fórum. Ele jamais deixava de ficar atônito ao ver como demonstravam pouca gratidão. Durante quase quatro anos tinha garantido que eles pudessem alimentar as famílias e ganhar a vida sem temer assassinatos, estupros e roubos. Os tumultos de Clódio e Milo viraram lembranças e a cidade prosperara em seguida, talvez em parte porque tinham visto como era o verdadeiro caos. Mas mesmo assim aplaudiriam César enquanto ele vencesse as batalhas e lhes trouxesse empolgação. Em comparação, pão e segurança eram esquecidos com facilidade.

Pompeu segurou o braço do assento enquanto se levantava. Seu estômago doía e ele achou que talvez estivesse com uma úlcera. Sentia-se cansado sem motivo. Era difícil dizer a si mesmo que tinha tomado a decisão correta, quando deixava a cidade para trás. Todo general sabia que havia ocasiões em que a única opção era recuar, reagrupar e atacar segundo seus próprios termos. Mas mesmo assim era difícil.

Esperava que Júlio o seguisse até a Grécia. Lá, pelo menos, não haviam esquecido quem governava Roma. Lá teria os exércitos necessários e os comandantes mais capazes e experientes do mundo. Júlio aprenderia a diferença entre selvagens imundos e soldados de Roma, e aprenderia do único modo que importava.

Era estranho pensar que Júlio não era mais o rapaz que ele recordava. Perguntou-se se também sentia mais agudamente o frio do inverno, ou as dúvidas que vinham com a idade. Era ainda mais estranho pensar que conhecia o inimigo melhor do que quase todo mundo em Roma. Tinha partido o pão com ele, tramado e lutado do mesmo lado contra inimigos, pelos mesmos ideais. Era uma traição maligna ver o sujeito virar-se contra ele, que era marido da filha de Júlio. Riu alto diante do pensamento. Suspeitava que Júlia não o amava de verdade, mas ela conhecia seu dever muito melhor do que o pai errante. Tinha produzido um filho que um dia talvez herdasse o mundo.

Pompeu se perguntou se alguma parte dela gostava da volta do pai à cidade. Não lhe ocorrera perguntar, quando a havia mandado aos navios. Ainda que ela pudesse ter vindo de César, não era mais dele. Sua carne jovem ainda podia excitar Pompeu, e mesmo que ela suportasse seus toques em silêncio, ele achava que Júlia não estava insatisfeita com a vida. Se lhe entregasse a cabeça do pai, será que ela ficaria pasma? Animou-se pensando nisso.

Saiu do Senado vazio e foi até onde seus soldados esperavam, notando a perfeição das fileiras e sentindo conforto nisso. César o fazia sentir como se não restassem regras, que qualquer coisa poderia acontecer, que qualquer tradição poderia ser derrubada só pelo desejo. Era reconfortante ver a multidão no fórum ceder espaço respeitoso aos seus homens.

— Notícias de Ahenobarbo? — perguntou ao seu escriba.
— Ainda não, senhor.

Pompeu franziu a testa. Esperava que o idiota não se sentisse tentado a enfrentar as legiões da Gália. Suas ordens haviam sido claras.

A estrada era larga e estava aberta para a coluna em marcha. Com um grunhido de aprovação, Ahenobarbo notou como Sêneca havia arrumado os homens. Apesar de toda a falta de experiência verdadeira, o jovem membro da *nobilitas* fora treinado para uma vida nas legiões. Tinha abordado o problema com toda a confiança tranquila de seu nascimento. Centúrias haviam se dividido em manípulos e os oficiais mais experientes estavam postos numa cadeia de comando. Velhas trombetas de sinalização tinham sido trazidas e três sequências simples se repetiram até que o último homem aprendesse quando parar, recuar ou atacar. Algo mais complexo lhes traria dificuldade, reconheceu Sêneca, mas ele parecia satisfeito enquanto marchava. Estavam bem armados, bem alimentados e eram da maior nação guerreira que o mundo já conhecera. Cada legião começava com nada mais do que a cultura e alguns bons oficiais. Para guardas de estradas que se sentiam esquecidos pela cidade à qual serviam, esta era a chance. Ajudava o fato de estarem enfrentando traidores e terem a cidade atrás. A maioria tinha família em Roma e lutaria muito melhor por ela do que por algum altivo ideal do Senado.

Ahenobarbo sentiu os olhares dos homens a sua volta e seu ânimo cresceu diante da responsabilidade pela qual rezara durante toda a vida. Simplesmente marchar com eles era um júbilo difícil de esconder. Não poderia pedir mais aos deuses e jurou que faria uma oferenda de um sexto de sua riqueza se eles lhe entregassem César.

Os batedores tinham dito que as forças do inimigo estavam a 16 quilômetros ao norte de Corfínio, e esta era uma distância que eles poderiam cobrir em menos de três horas. Ahenobarbo se sentira tentado a ir a cavalo, mas o bom-senso venceu a vaidade. Os homens veriam que o comandante caminhava ao lado, e quando chegasse a hora ele brandiria a espada e atiraria suas lanças com eles.

Sêneca havia esboçado um plano de ataque e, mesmo contra a vontade, Ahenobarbo ficou impressionado com o conhecimento do rapaz. Uma coisa era dar a ordem, outra muito diferente era criar as formações e as táticas. Ajudava o fato de estarem diante de soldados romanos treinados, disse Sêneca. Apenas o terreno era desconhecido. Tudo o mais estaria nos manuais militares, e Sêneca havia lido todos.

Até mesmo a impressão inicial de Ahenobarbo quanto aos recrutas havia se alterado enquanto as fileiras se organizavam. Eram necessários homens endurecidos para cuidar de postos isolados nas estradas, e um bom número deles havia lutado na Grécia e na Espanha antes de terminar a carreira nos fortes. Eles marchavam numa coluna perfeita e Ahenobarbo lamentava apenas não terem os tambores para marcar o passo.

Era difícil não imaginar as honras que Pompeu concederia pela captura de um homem que ameaçava a cidade. No mínimo significaria um posto de tribuno ou de magistrado. Em sua idade Ahenobarbo sabia que não lhe dariam outro comando, mas isso não importava. Teria este dia como lembrança, não importando o que viesse depois. Em verdade, comandar uma legião em algumas montanhas solitárias longe de casa não era atraente. Era muito melhor visualizar a vida mansa de ir ao tribunal e aceitar subornos dos filhos dos senadores.

O campo era formado por pequenas fazendas, com cada pedaço de terreno plano plantado com trigo e cevada para alimentar a bocarra da cidade ao sul. Apenas a estrada permanecia livre, e Ahenobarbo não olhava para os mercadores que tinham arrastado as carroças para fora do calçamento para deixar que sua legião passasse. Sua legião.

Assim que os batedores informaram que Ahenobarbo tinha saído de Corfínio, Júlio deu a ordem de marcha. Se o comandante das guardas recusava a chance de atacar, Júlio confiava em que seus veteranos iriam pegá-los na estrada antes que pudessem alcançar a segurança de Roma. Não tinha medo das tropas não testadas. Sua Décima havia enfrentado inimigos em números avassaladores, emboscadas, ataques noturnos e até mesmo as carruagens dos britânicos. Confiaria nela contra qualquer força no mundo, se fosse uma questão de matar. Tomar os guardas vivos seria um desafio maior, e os cavaleiros *extraordinarii* tinham passado a manhã inteira correndo entre Brutus e a Décima, com ordens. A ideia de forçar uma rendição era nova na experiência de Júlio, em especial contra legionários romanos. Sem uma vantagem absolutamente esmagadora ele sabia que seu povo lutaria até o último homem, em vez de deixar Roma desguarnecida. Desde o primeiro contato precisava aterrorizá-los para levá-los à obediência.

A veterana Décima abriu caminho pelo trigo, pisoteando uma faixa extensa. Mesmo em ampla formação, Júlio podia ver as fileiras nos campos atrás deles se estendendo por quilômetros, como se garfos de metal tivessem sido arrastados pela terra. Era um caminho reto apesar das elevações e depressões da paisagem. Os *extraordinarii* cavalgavam à frente, procurando a primeira visão do inimigo romano. A Décima afrouxou as espadas nas bainhas enquanto marchava, esperando pelas trombetas que iriam colocá-la em linha de batalha.

Ahenobarbo viu a mancha escura do inimigo atravessando a terra e seu coração começou a disparar em antecipação. Sêneca mandou as trompas tocarem uma nota de alerta e o som enrijeceu as costas de seus soldados, retesando os nervos. Quase inconscientemente, o ritmo da marcha aumentou.

— Formar quadrado! — rugiu Sêneca ao longo das fileiras, e a coluna se dissolveu enquanto as centúrias se afastavam.

Não era uma manobra de desfile, mas a formação surgiu das fileiras como a cabeça de um martelo, com o cabo se estendendo para trás, ao longo da estrada larga. Gradualmente a parte de trás diminuiu de tamanho até avançarem numa massa sólida. As lanças eram seguras nas palmas suadas enquanto eles se preparavam para a batalha, e Ahenobarbo podia ouvir as orações em voz baixa dos homens ao redor, enquanto eles entregavam a alma e iam em frente. Agradeceu aos seus deuses por ter recebido esse momento, entrando na plantação de trigo e pisoteando-a. Não conseguia virar a cabeça para longe do metal brilhante da legião da Gália. Aqueles homens ameaçavam sua cidade e ele os via se aproximar com fascínio e medo crescentes. Ouviu suas trompas berrando nos campos e viu a reação rápida das fileiras se dividindo em unidades menores, deslizando inexoravelmente em sua direção.

— Preparem-se — gritou acima da cabeça de seus compatriotas, piscando para tirar o suor dos olhos. Então a imobilidade do dia se partiu quando a Décima legião soltou um rugido e começou a correr.

Júlio avançava com os outros, mantendo rédea curta para não passar além de seus homens que saltavam. Observou a distância se encolher enquanto os dois lados aceleravam e sentiu o gosto do pó dos campos. A Décima não havia desamarrado as lanças e ele esperava que os soldados entendessem os planos que tinha feito. Corriam em formação pelo terreno aberto em direção aos guardas das estradas, e depois do primeiro grito estavam sérios e num silêncio aterrorizante.

Contou os passos entre os dois exércitos, avaliando o alcance. Duvidava que Ahenobarbo pudesse atirar lanças em ondas inteiras com um grupo tão desigual, mas teria de arriscar a vida de seus homens para chegar suficientemente perto.

No último instante gritou mandando parar e a Décima se imobilizou com um estrondo. Ignorou o inimigo que se aproximava desajeitadamente. Faltavam cinquenta passos para chegarem ao alcance das lanças, mas ele examinou a distância além deles, procurando a poeira levantada que lhe mostraria suas legiões veteranas marchando para cercá-los. Com o barulho dos guardas das estradas nos ouvidos, Júlio se levantou na sela, equilibrando-se sobre um dos joelhos.

— Lá estão eles! — gritou, exultando.

Escondidos pelas colinas, Brutus, Domício e Marco Antônio haviam cercado os guardas e Ahenobarbo foi apanhado entre duas forças. Júlio sabia que poderia destruí-lo, mas seu objetivo era mais sutil e mais difícil. Enquanto Ahenobarbo chegava ao alcance das lanças, Júlio ergueu a mão e fez um círculo acima da cabeça. A Décima girou para a direita e marchou, mantendo a distância o tempo todo. Era como se estivessem presos ao inimigo por uma corda comprida, e o movimento forçava os guardas das estradas a se virar com eles ou deixar os flancos abertos.

Júlio riu sozinho ao ver o caos que se seguiu. Era necessário mais do que simples toques de trombetas para fazer um quadrado girar no mesmo local. Ele viu as linhas se comprimirem e se alargarem enquanto os da frente tentavam imitar a Décima e os de trás ficavam confusos e irritados.

A Décima se moveu pela borda da roda, e quando havia percorrido um quarto de círculo Brutus fez a Terceira gritar em desafio e se aproximar. Júlio assentiu em empolgação feroz ao ver os veteranos se afastarem em arco, como se estivessem num desfile. Eles fecharam a retirada e fizeram aumentar a confusão e o terror nos que estavam sendo cercados.

Os homens de Ahenobarbo foram apanhados. Alguns tentaram enfrentar as novas ameaças, mas todas as quatro legiões se viraram para eles, causando caos no centro apinhado. Nenhuma lança podia ser atirada de dentro daquela massa confusa.

Os exércitos que os circundavam fizeram subir do campo de trigo uma pluma de poeira, adensando o ar e fazendo os homens tossirem e espirrarem. Ahenobarbo só viu os *extraordinarii* quando eles haviam se aproximado para fechar as aberturas no círculo. Em meio ao pânico não conseguia pensar em ordens para enfrentar a ameaça. Eram inimigos demais e ele sabia que ia morrer. As legiões da Gália pararam com as lanças pousadas nos ombros e ele pensou que a matança faria os guardas das estradas se encolherem de volta para o centro.

Ahenobarbo gritou para que seus recrutas ficassem parados. As fileiras tinham se retorcido até não poderem ser mais reconhecidas e se tornaram apenas uma multidão de homens raivosos e perplexos. Sêneca havia desistido de gritar, parecia tão perdido quanto todos os outros. Não existia nada nos manuais para responder a isso. Ofegando, Ahenobarbo fez uma careta, esperando o ataque. Mesmo sendo inútil, muitos que estavam ao seu redor levantaram as espadas em desafio e ele sentiu orgulho de sua coragem diante da derrota.

Ahenobarbo viu os cavaleiros se aproximando. Parte dele estava em fúria diante do pensamento de ter de enfrentar aqueles homens. Não queria encará-los e ser humilhado, mas qualquer coisa que adiasse a matança era bem-vinda. Cada momento havia se tornado precioso.

Viu que dois deles seguravam escudos prontos para o terceiro, e soube que estava olhando o homem que havia derrotado a Gália e agora ameaçava sua cidade. O cavaleiro não usava elmo e tinha uma armadura simples com uma capa vermelho-escura amarrotada sob o corpo, derramando-se pelo flanco da montaria. Numa multidão Ahenobarbo poderia não notá-lo, mas depois das manobras que haviam derrotado seus guardas sem que uma única lança fosse atirada ou que uma espada fosse usada, o sujeito parecia uma criatura saída do rio escuro, vinda para tentá-lo. Era bem fácil imaginar o sangue romano que mancharia sua capa.

Ahenobarbo se empertigou.

— Quando ele chegar perto, rapazes, vamos correr para cima, à minha ordem. Passem a ordem adiante. Talvez não possamos vencer esses desgraçados, mas se pudermos matar o general nosso esforço não terá sido em vão.

Sêneca o encarou e Ahenobarbo sustentou o olhar por tempo suficiente para forçá-lo a virar a cabeça. O rapaz ainda achava que aquele era um elaborado jogo tático, com Roma aberta atrás deles. Alguns sabiam que não era isso, e Ahenobarbo viu gestos de confirmação se espalhando ao redor. Algumas vezes era possível esquecer que a vida não era a coisa mais importante do mundo, que realmente havia coisas pelas quais valeria morrer. No caos e no medo, Ahenobarbo se sentira quase resignado a se render, antes que a verdade ficasse clara. Aquele era um inimigo, romano ou não.

Sêneca se aproximou para não ser ouvido pelos homens.

— Senhor, não podemos atacar agora. *Devemos* nos render — disse em seu ouvido.

Ahenobarbo olhou-o e notou o medo.

— Volte, garoto, e deixe que eles o vejam de pé. Quando ele chegar suficientemente perto vamos matá-lo.

Sêneca abriu a boca, incapaz de entender a ferocidade sombria que viu no comandante. Nunca o vira assim, e aquilo o chocou, fazendo-o silenciar enquanto se afastava.

Ahenobarbo riu sozinho. Olhou as legiões sérias que o encaravam. Elas também haviam parado depois da demonstração e, de má vontade, ele admitiu que eram superiores. Fora bem impressionante ver como desmantelaram suas formações rústicas. Os cavaleiros pareciam ansiosos para ser enviados, e a visão daqueles assassinos frios lançou um arrepio em seu corpo. Montados, os cavaleiros pareciam enormes e Ahenobarbo conhecia a reputação deles, bem como qualquer pessoa que tivesse lido os relatórios da Gália. Aquilo dava aos inimigos um glamour que ele não podia negar, e era difícil pensar naqueles veteranos fazendo carga em meio aos seus soldados inexperientes.

— Quem liderou vocês até aqui? Que esse homem se adiante! — gritou uma voz por sobre o campo.

Rostos se viraram para Ahenobarbo e ele deu um sorriso sem graça enquanto abria caminho pelas fileiras até a frente. O sol brilhava e sua visão parecia ter uma clareza pouco natural, como se as bordas das coisas tivessem ficado mais nítidas.

Ahenobarbo se destacou de seus homens, sozinho. Sentiu os olhos de milhares sobre ele enquanto os três cavaleiros se aproximavam mais. Suavemente desembainhou a espada e respirou fundo. Que venham e recebam a resposta, pensou. Seu coração martelava, mas sentia-se calmo e estranhamente distante enquanto Júlio César o encarava.

— O que você acha que está fazendo? — rugiu Júlio com o rosto vermelho de raiva. — Qual é o seu nome?

Ahenobarbo quase deu um passo atrás, de surpresa.

— Ahenobarbo — respondeu, contendo a ânsia de acrescentar "senhor". Sentiu os homens atrás se empurrarem uns contra os outros e se preparou para dar a ordem de ataque.

— Como ousa desembainhar a espada para mim, Ahenobarbo? Como *ousa*! Você abusou da confiança que lhe foi dada. Agradeça porque nenhum dos seus homens nem dos meus foi morto, caso contrário eu mandaria matálo antes do pôr do sol.

Ahenobarbo piscou, confuso.

— Eu tenho ordens de...

— Ordens de quem? Pompeu? Com que direito ele é ditador em minha cidade? Estou diante de você como um romano leal e você fica murmurando sobre suas ordens. *Quer* ser morto? Quem você acha que é, jogando fora tantas vidas, Ahenobarbo? É um fazedor de leis, um senador? Não, você foi abandonado, general. Não deveria estar aqui. — Júlio afastou o olhar de Ahenobarbo, cheio de nojo, levantando a cabeça para se dirigir aos guardas que o observavam. — Estou voltando à minha cidade para me candidatar de novo a cônsul. Não estou violando nenhuma lei ao fazer isso. Não tenho nada contra vocês e não derramarei o sangue do meu povo a não ser que seja obrigado.

Ignorando Ahenobarbo, Júlio avançou sua montaria ao longo das fileiras, com seus cavaleiros movendo-se junto, em formação. Por uma fração de segundo Ahenobarbo pensou em gritar ordenando o ataque, mas então captou o olhar de um dos cavaleiros e o viu rir e balançar a cabeça como se tivesse escutado o pensamento. Ahenobarbo se lembrou de que César o havia chamado de "general" e as palavras morreram em sua garganta.

A voz de Júlio ecoou acima deles.

— Estou no meu direito de mandar desarmá-los e vendê-los como escravos pelo que fizeram hoje. Agora mesmo vejo espadas desembainhadas e lanças a postos em suas fileiras! *Não* me forcem, senhores. Sou um leal general de Roma. Sou o comandante da Gália e na minha pessoa sou o Senado e a lei. Não *pensem* em levantar as armas contra mim.

Cada homem dentre os guardas se mantinha pasmo enquanto as palavras dele os encobriam. Ahenobarbo viu-os baixar as espadas e lanças enquanto Júlio fazia o cavalo girar e retornava pela fileira.

— Não voltei depois de dez anos de guerra para lutar contra meu próprio povo. Digo que vocês foram enganados. Dou minha palavra de que nenhum de vocês será morto se guardarem as armas agora. — Ele percorreu o olhar sobre os homens. — Os senhores têm uma escolha. Vou tratá-los com honra se consertarem seu erro. Olhem ao redor. Eu não *preciso* ser misericordioso. Depois disto vou considerá-los traidores de Roma.

Ele havia chegado outra vez perto de Ahenobarbo e o guarda foi obrigado a olhar contra o sol para encará-lo. Júlio estava escuro contra a luz, enquanto esperava uma resposta.

— E então? Sua idiotice os trouxe até aqui — disse Júlio em voz baixa. — Vai fazer com que todos sejam mortos por nada? — Em silêncio Ahenobarbo balançou a cabeça. — Então desmobilize-os e traga os oficiais até mim, Ahenobarbo. Devemos discutir os termos da rendição.

— O senhor violou a lei ao atravessar o Rubicão — disse Ahenobarbo, teimoso.

O olhar de Júlio chamejou.

— E as ditaduras devem ser temporárias. Algumas vezes devemos agir de acordo com a consciência, general.

Ahenobarbo olhou para seus homens por um momento.

— Tenho sua palavra de que não haverá punições?

Júlio não hesitou.

— Não derramarei sangue romano, general. A não ser que seja necessário. O senhor tem minha palavra.

Ser chamado como um igual era uma coisa pequena, mas a ânsia de jogar a vida fora havia se desbotado como uma lembrança. Ahenobarbo assentiu.

— Muito bem, senhor. Vou desmobilizá-los.

— Dê-me sua espada — disse Júlio.

Os dois se encararam por um momento antes que Ahenobarbo a estendesse, e a mão de Júlio se fechou sobre a bainha. O gesto simbólico foi visto por todos os guardas.

— A escolha certa, finalmente — disse Júlio em voz baixa, antes de galopar para suas fileiras.

CAPÍTVLO III

POMPEU PAROU NO CAIS DE ÓSTIA E OLHOU NA DIREÇÃO DE ROMA. A cidade portuária permanecia silenciosa e ele se perguntou se os habitantes entendiam o que estavam vendo. Era possível, mas com o tempo que passara no Senado havia entendido que existiam milhares de cidadãos que mal notavam a obra de seus senhores. A vida deles prosseguia do mesmo modo. Afinal de contas, não importava quem fosse o cônsul, o pão tinha de ser assado e o peixe precisava ser trazido do mar.

O último navio mercante entrou em chamas atrás dele, fazendo-o se virar olhando para o mar. *Lá* havia vidas que seriam afetadas, pensou. Os proprietários se transformariam em mendigos num só golpe, para garantir que Júlio não tivesse uma frota para persegui-lo antes que Pompeu estivesse pronto. Mesmo à distância, o rugido das chamas era impressionante e Pompeu observava enquanto elas alcançavam a vela e engolfavam num instante o tecido coberto de alcatrão. O pequeno navio começou a afundar e ele esperava que seus homens tivessem o bom-senso de se afastar nos barcos antes que ele afundasse totalmente.

Três fortes trirremes esperavam os últimos membros do Senado e o próprio Pompeu. Elas balançavam nas ondas enquanto os grandes remos eram lubrificados nos suportes e examinados em busca de algum defeito. O vento soprava para o mar. Era conveniente que Pompeu fosse o último a partir, e ele sabia que estava na hora, mas não podia superar o sentimento que o mantinha em terra.

Será que existia uma outra opção? Havia se achado inteligente quando expediu a ordem para o retorno de Júlio. Qualquer outro general teria vindo com apenas alguns guardas e Pompeu teria dado um fim rápido e limpo àquilo. Mesmo agora não tinha certeza do motivo pelo qual Júlio teria apostado tudo em sua corrida para o sul. Régulo obviamente havia fracassado e Pompeu presumia que ele houvesse tentado cumprir suas últimas ordens. Talvez a tentativa desajeitada do sujeito tivesse revelado a Júlio a verdade sobre quem estava por trás. Não podia imaginar Régulo se dobrando sob tortura, mas talvez isso fosse tolice. A experiência lhe ensinara que qualquer homem podia ser dobrado, com o tempo. Só era necessário encontrar as alavancas para sua alma. Mesmo assim não pensaria que existisse uma alavanca capaz de dobrar Régulo.

Viu o último bote de seu navio chegar ao cais e Suetônio pular para as docas. Observou o sujeito marchar colina acima, rígido de empáfia. Pompeu se virou de novo para a cidade que podia sentir à distância. Ahenobarbo não viera e Pompeu duvidava que o sujeito ainda estivesse vivo. Fora um grande golpe perder aqueles homens, mas se ao menos ele tivesse conseguido atrasar Júlio, teria valido a pena. Pompeu não podia acreditar em como fora difícil arrancar os senadores de suas casas. Sentira-se tentado a abandonar os intermináveis caixotes com as posses deles no cais, para os marinheiros mercantes pegarem. As mulheres e os filhos já haviam sido suficientemente ruins, mas ele havia determinado o limite de três escravos para cada família, e centenas tinham sido mandados de volta à cidade. Cada navio e cada trirreme numa distância de 160 quilômetros acima e abaixo no litoral tinham sido chamados, e apenas uns poucos foram deixados vazios e queimados.

Pompeu sorriu, tenso. Nem mesmo Júlio poderia fazer surgir uma esquadra a partir do nada. O exército de Pompeu teria quase um ano para se preparar para a invasão, e então, bem, que eles viessem depois disso.

Enquanto Suetônio se aproximava, Pompeu notou o belo polimento de sua armadura e aprovou. O senador tinha se tornado indispensável nas semanas anteriores. Além disso, Pompeu sabia que o ódio dele por César era absoluto. Era bom ter um homem em quem podia confiar, e sabia que Suetônio jamais questionaria suas ordens.

— Seu barco está pronto, senhor — disse Suetônio.

Pompeu assentiu rigidamente.

— Eu estava olhando uma última vez para meu país. Vai demorar um tempo até que eu volte aqui de novo.

— Mas esse tempo chegará, senhor. A Grécia é como um segundo lar para muitos homens. Lá acabaremos com a traição de César.

— Acabaremos mesmo.

Um sopro de fumaça do navio incendiado passou sobre os dois e Pompeu estremeceu ligeiramente. Houvera ocasiões em que pensou que nunca sairia da cidade antes que as legiões de César aparecessem no horizonte. Nem mesmo fizera as oferendas necessárias nos templos, convencido de que cada minuto contava. Mas agora, mesmo que visse o inimigo cavalgando em sua direção, poderia caminhar até o bote e ir para os navios, deixando todos para trás. Era seu primeiro momento sem pressa em quase duas semanas; e sentiu-se relaxar.

— Imagino se ele já está na cidade, Suetônio — disse Pompeu em voz baixa.

— Talvez, senhor. E, se estiver, não ficará lá por muito tempo.

Os dois ficaram olhando para o leste, como se pudessem ver o local onde haviam nascido. Pompeu fez uma careta enquanto se lembrava das multidões silenciosas que haviam cercado as ruas enquanto sua legião marchava para o litoral. Milhares e milhares de pessoas de seu povo tinham ido olhar o êxodo. Não haviam ousado gritar, nem mesmo das partes mais profundas da turba. Conheciam-no muito bem para isso. Mas ele vira suas expressões e se ressentia. Que direito tinham de encarar daquele jeito enquanto Pompeu passava? Ele havia lhes dado seus melhores anos. Tinha sido senador, cônsul e ditador. Havia destruído a rebelião de Espártaco e um número maior de pequenos reis e rebeldes do que poderia se lembrar. Até mesmo romanos como Tito Milo haviam caído diante dele quando ameaçaram seu povo. Ele fora pai da cidade durante toda a vida e, como os filhos que eram, os cidadãos se mantinham em silêncio, como se não lhe devessem nada.

Fuligem negra flutuava no ar em volta dos dois, erguidas por correntes invisíveis. Pompeu estremeceu na brisa, sentindo-se velho. Não estava preparado para se retirar da vida pública, mesmo se César tivesse permitido. Fora obrigado a chegar a esse ponto por um homem que não se importava nem um pouco com a cidade. César descobriria que há um preço a pagar para governar Roma. Ela possuía garras, e o povo que aplaudia e jogava flores aos seus pés podia se esquecer de tudo em apenas uma estação do ano.

— Eu não mudaria um único ano da minha vida, Suetônio. Se os tivesse de novo, iria gastá-los de modo igualmente rápido, mesmo que me deixassem aqui, com um navio esperando para me levar.

Viu a confusão de Suetônio e deu um risinho.

— Mas ainda não acabou. Venha, devemos estar no mar antes da mudança da maré.

Servília olhou seu reflexo num espelho de bronze polido. Três escravas se agitavam ao redor, trabalhando nos cabelos e nos olhos, como tinham feito durante três horas antes do amanhecer. Hoje seria um dia especial, sabia. Todo mundo que entrava na cidade dizia que César estava chegando, e ela queria que ele a visse no melhor estado possível.

Levantou-se e ficou parada, nua, diante do espelho. Levantando os braços para a escrava colocar uma camada fina de ruge nos mamilos. As cócegas leves do pincel os fizeram se eriçar e ela sorriu, antes de suspirar. O espelho não podia ser enganado. De leve, tocou a barriga com a palma da mão. Tinha escapado da barriga comum à matrona romana com um monte de partos, mas a idade havia afrouxado a pele, de modo que podia apertá-la e vê-la se enrugar como um tecido fino, como se nada a prendesse no corpo. Vestidos macios que antes haviam sido usados para revelar, agora cobriam o que ela não queria que fosse visto. Sabia que continuava elegante, e montar a mantinha em forma, mas existia apenas uma juventude, e a dela era uma lembrança. Sem tintura seu cabelo era de um grisalho cor de ferro e a cada ano ela se torturava com o pensamento de que estava na hora de deixar a idade aparecer antes que as pinturas e os óleos não passassem de uma cobertura de mau gosto, uma humilhação.

Tinha visto mulheres que não admitiam a velhice e odiava a ideia de se juntar àquelas criaturas patéticas usando perucas. Melhor ter dignidade do que ser ridicularizada, mas hoje César estava chegando, e ela usaria toda a sua arte.

Quando parava, sua pele brilhava com o óleo da mesa de massagem e ela podia acreditar que mantinha um traço de sua antiga beleza. Então se movia e a fina teia aparecia no reflexo, zombando dos esforços. Era uma tragédia existirem tão poucos anos em que a pele reluzia, antes que os pigmentos e os óleos tivessem de fazer o serviço.

— Ele entrará a cavalo na cidade, senhora? — perguntou uma das escravas.

Servília encarou-a, entendendo o rubor que viu na pele da garota.

— Entrará, tenho certeza, Tália. Virá à frente de um exército, entrará no fórum e se dirigirá aos cidadãos. Será como um triunfo.

— Nunca vi um — respondeu Tália, de olhos baixos.

Servília deu um sorriso frio, odiando-a pela juventude.

— E não verá hoje, minha cara. Ficará aqui e preparará minha casa para ele.

O desapontamento da garota era palpável, mas Servília o ignorou. Com a legião de Pompeu longe, a cidade estava prendendo o fôlego enquanto esperava por César. Os que haviam apoiado o ditador estavam simplesmente aterrorizados com a hipótese de ser punidos. As ruas, jamais seguras nem mesmo nas melhores ocasiões, estavam inquietas demais para permitir que uma jovem escrava bonita fosse olhar a entrada dos veteranos da Gália em Roma. Servília não tinha certeza se a idade trazia sabedoria, mas trazia experiência, e em geral isso bastava.

Inclinou a cabeça para trás e ficou imóvel enquanto outra escrava mergulhava uma fina agulha de marfim num pote e a segurava sobre seus olhos. Ela podia ver a gota de líquido escuro se formando antes de estremecer e cair. Fechou os olhos por causa da ardência e a escrava esperou pacientemente até que aquilo passasse e ela pudesse administrar a gota de beladona no outro olho. O veneno poderia ser fatal em doses altas, mas o líquido diluído fazia suas pupilas crescerem e ficar escuras como a de qualquer jovem durante o crepúsculo. O desconforto ao sol forte era um preço pequeno a pagar. Suspirou enquanto piscava para afastar as lágrimas dos cílios. Até mesmo essas foram rapidamente removidas com panos macios antes que pudessem tocar suas bochechas e arruinar o trabalho da manhã.

A escrava mais jovem esperava pacientemente com o pote de cajal escuro, observando enquanto Servília examinava os resultados no espelho. Todo o cômodo parecia mais iluminado por causa da beladona, e Servília sentiu seu ânimo crescer. César estava chegando em casa.

Como César havia ordenado, Ahenobarbo marchou até o antigo alojamento da Primogênita, fora das muralhas de Roma. O lugar caíra em desuso na década anterior e o comandante mandou Sêneca estabelecer os detalhes do trabalho para restaurá-lo à limpeza e à ordem enquanto ele ainda batia a poeira da estrada das sandálias.

Sozinho durante alguns poucos momentos preciosos, entrou na construção principal e se sentou à mesa na sala dos oficiais, pousando um odre de vinho na poeira. Podia ouvir seus homens conversando e discutindo do lado de fora, ainda falando do que lhes havia acontecido. Balançou a cabeça, praticamente incapaz de acreditar em si mesmo. Com um suspiro, abriu o gargalo feito de bronze do odre de vinho e o inclinou para trás, lançando um fio de líquido áspero na garganta.

Não demoraria muito até que alguém viesse fazer perguntas, pensou. A cidade tinha batedores espalhados por quilômetros, e ele sabia que seus movimentos haviam sido vistos e informados. Perguntou-se a quem iriam se apresentar, agora que Pompeu tinha ido embora. Roma estava sem governo pela primeira vez em séculos e as lembranças do caos no tempo de Clódio e Milo ainda deviam estar frescas em muitas mentes. O medo manteria as pessoas em casa, suspeitou, enquanto esperavam a chegada do novo senhor.

O barulho de sandálias com cravos de ferro o fez olhar para cima e resmungar quando Sêneca enfiou a cabeça pela porta.

— Entre e beba um pouco, garoto. Esse foi um dia estranho.

— Preciso encontrar... — começou Sêneca.

— Sente-se e beba, Sêneca. Eles vão se virar sem você pelo menos um pouco.

— Sim, senhor, claro.

Ahenobarbo suspirou. Tinha pensado que parte da reserva entre os dois fora quebrada, mas, com os muros da cidade à vista, Sêneca recomeçara a pensar no futuro, como todo outro jovem romano da época. Era a doença dos tempos.

— Você mandou mensageiros? É melhor garantirmos que Pompeu não esteja esperando por nós no litoral.

— Não! Não pensei nisso — respondeu Sêneca, começando a se levantar.

Ahenobarbo sinalizou para ele sentar-se de novo.

— Isso também pode esperar. Nem sei se poderíamos nos juntar a ele agora.

De repente Sêneca ficou cauteloso e Ahenobarbo olhou o rapaz, que fingiu estar confuso.

— Você prestou juramento a César, como eu, garoto. Não venha dizer que não entendeu o que isso significa.

Pensou que o rapaz poderia mentir, mas Sêneca levantou a cabeça e devolveu o olhar.

— Não. Entendi. Mas fiz outro juramento: de lutar por Roma. Se Pompeu levou o Senado para a Grécia, devo segui-lo.

Ahenobarbo engoliu o vinho antes de passá-lo.

— Sua vida pertence a César, garoto. Ele lhe disse isso vezes suficientes. Se você se voltar contra ele depois do que aconteceu, não haverá misericórdia de novo.

— Meu *dever* é para com Pompeu — respondeu Sêneca.

Ahenobarbo olhou-o e soltou o ar num longo suspiro.

— Mas sua honra é sua. Você vai quebrar o juramento feito a César?

— Um juramento a um inimigo não me amarra a ele, senhor.

— Bem, ele me amarra, garoto, porque digo que sim. Você quer pensar em que lado preferiria estar. Se for atrás de Pompeu, César vai cortar os seus bagos.

Sêneca se levantou, ruborizado de raiva.

— Como fez com os seus? — replicou.

Ahenobarbo bateu o punho na mesa, fazendo a poeira subir numa nuvem.

— Você preferiria que ele tivesse matado a todos nós? É isso que Pompeu teria feito! Ele disse que vinha restaurar a ordem e a lei, e provou isso, Sêneca, deixando-nos livres e confiando em nosso juramento. Ele me impressionou, garoto, e se você não estivesse tão ocupado olhando para a próxima promoção, veria por quê.

— Posso ver que ele realmente *o* impressionou. O bastante para esquecer a lealdade que devemos ao Senado e ao ditador.

— Não me faça *sermão*, garoto! Levante os olhos de seus livros preciosos e veja o que está acontecendo. Os lobos estão à solta, entendeu? Desde que César veio para o sul. Acha que Pompeu está interessado em sua lealdade? Os nobres senadores esmagariam você por uma jarra de vinho, se estivessem com sede.

Por um momento de silêncio tenso, os dois se encararam com a respiração pesada.

— Eu costumava pensar no motivo pelo qual um homem da sua idade não teria recebido nada mais do que um forte de estrada para comandar — disse Sêneca rigidamente. — Agora entendo. *Vou* fazer sermão para qualquer soldado romano que não entregue a vida nas mãos dos superiores. Não esperaria nada menos do que isso dos que me seguem. Não vou ficar sentado, Ahenobarbo. Chamo isso de covardia.

Seu desprezo estava escrito em cada linha do rosto jovem, e de repente Ahenobarbo sentiu-se cansado demais para prosseguir.

— Então derramarei um pouco de vinho na sua sepultura quando encontrá-la. É o máximo que posso oferecer.

Sêneca deu-lhe as costas sem fazer qualquer saudação e saiu da sala, deixando pegadas visíveis na poeira. Ahenobarbo fungou com raiva e levantou o odre, apertando-o com força.

Um estranho entrou alguns minutos depois e o encontrou desenhando preguiçosamente no pó da mesa, perdido em pensamentos.

— Senhor? Meu senhor mandou saber se tem alguma novidade — disse o homem sem preâmbulo.

Ahenobarbo olhou-o.

— Quem ainda resta para mandar alguém a algum lugar? Achei que todo o Senado tinha ido com Pompeu.

O homem pareceu desconfortável e Ahenobarbo percebeu que ele não dissera qual era o nome de seu senhor.

— Alguns senadores não viram necessidade de viajar, senhor. Meu senhor é um deles.

Ahenobarbo riu.

— Então é melhor correr de volta e dizer que César está vindo. Está a duas, talvez três horas atrás de mim. Está trazendo de volta a República, garoto, e eu não ficaria no caminho dele.

CAPÍTVLO IV

OS *EXTRAORDINARII* ESTAVAM JUNTO ÀS SUAS MONTARIAS, EMPURrando a grande porta do Quirinal, no norte da cidade. Ela fora deixada sem trancas e as muralhas estavam vazias de soldados para desafiá-los. Agora que o momento havia chegado, pairava um silêncio na cidade e as ruas perto da porta estavam desertas. Os cavaleiros da Gália trocaram olhares, sentindo olhos fixos neles.

Os passos das quatro legiões eram um trovão surdo. Os *extraordinarii* podiam sentir a vibração sob os pés e a poeira tremeluzia nas rachaduras entre as pedras. Quinze mil homens marchavam para a cidade que os havia declarado traidores. Chegavam em fileiras de seis, lado a lado, e a retaguarda da coluna se estendia para além de onde a vista alcançava.

Na frente vinha Júlio montado num capão escuro e empertigado, das melhores linhagens da Espanha. Marco Antônio e Brutus seguiam logo atrás, com escudos a postos nas mãos. Domício, Ciro e Otaviano formavam a ponta de lança, e todos sentiam a tensão do momento com uma espécie de espanto reverente. Tinham conhecido a cidade como lar, como mãe distante e como sonho. Ver as portas abertas e as muralhas desguarnecidas era uma coisa estranha e apavorante. Não falavam nem brincavam ao entrar, e os homens marchando na coluna mantinham o mesmo silêncio. A cidade os esperava.

Júlio passou sob o arco do portão e sorriu quando a sombra do mesmo pousou em seu rosto, formando uma barra escura. Tinha visto cidades na Grécia, na Espanha e na Gália, mas elas só poderiam ser reflexos deste lugar. A ordem simples das casas e as linhas regulares da pavimentação falavam a algo dentro dele e o faziam ficar mais ereto na sela. Usou as rédeas para virar o cavalo espanhol para a direita, onde o fórum o esperava. Apesar da solenidade do momento, sentia-se forçado a manter a dignidade. Queria rir, gritar um cumprimento ao seu povo e a seu lar, que lhe estivera perdido por tantos anos.

Viu que as ruas não estavam mais vazias. A curiosidade abrira as portas das casas e das lojas para revelar interiores escuros. O povo de Roma espiava as legiões da Gália, atraído pelo glamour das histórias que tinha escutado. Não existia um homem ou uma mulher em Roma que não tivesse ouvido os relatos da Gália. Ver esses soldados em carne e osso era irresistível.

— Jogue as moedas, Ciro. Atraia-os — gritou Júlio por cima do ombro e riu da tensão do sujeito enorme.

Como Otaviano ao seu lado, Ciro levava um saco fundo amarrado à sela e enfiou a mão dentro para pegar um punhado de moedas de prata, cada uma com o rosto do homem que seguiam. As moedas ressoaram nas pedras da cidade e Júlio viu crianças correrem dos esconderijos para pegá-las antes que elas parassem. Lembrou de ter estado ao lado de Mário num triunfo há muito tempo e de ter viso a multidão mergulhar em ondas para receber as oferendas. Era mais do que prata que eles queriam, e apenas os mais pobres gastariam as moedas. Muitas seriam mantidas para bênção ou se transformariam em pingentes para uma esposa ou amante. Elas traziam o rosto de um homem que ficara famoso por suas batalhas na Gália, mas que ainda era um estranho para quase todos.

A empolgação estridente das crianças trouxe os pais. Mais e mais vinham pegar as moedas e riam de alívio. A coluna não viera destruir nem saquear a cidade, principalmente depois de um início desses.

Ciro e Otaviano esvaziaram os sacos rapidamente e mais dois lhes foram passados. A multidão tinha começado a ficar mais densa, como se metade de Roma estivesse esperando algum sinal invisível. Nem todos sorriam diante da visão de tantos homens armados nas ruas. Muitos rostos estavam raivosos e sombrios, mas enquanto a coluna serpenteava pela cidade estes eram em número cada vez menor, perdidos entre os outros.

Júlio passou pela antiga casa de Mário, olhando pelo portão, para o pátio que tinha visto pela primeira vez quando menino. Olhou para Brutus, atrás, e soube que ele compartilhava a mesma lembrança. A antiga propriedade estava fechada e nua, mas seria aberta de novo e teria vida. Gostou da metáfora e tentou emoldurá-la em algo adequado para o discurso que faria, escolhendo e descartando palavras enquanto cavalgava. Preferia ser visto como um orador espontâneo, mas cada expressão fora escrita nos campos de trigo, com Adàn.

Era estranho refazer os passos que tinha marchado com os homens da antiga Primogênita, antes de serem espalhados pelos inimigos de sua família. Seu tio havia ido até os degraus do Senado e exigido o triunfo que lhes era devido. Júlio balançou a cabeça divertindo-se com a lembrança do touro que era Mário. As leis não significavam nada para ele e a cidade havia cultuado sua irreverência, elegendo-o cônsul por mais vezes do que qualquer homem na história da cidade. Tinham sido dias diferentes, mais loucos, e o mundo era menor.

Um menino correu pela rua atrás de uma moeda que rolava e Júlio puxou as rédeas para não derrubá-lo. Viu a criança erguer o tesouro num momento de pura felicidade antes de sua mãe arrancá-lo do caminho perigoso. Júlio bateu os calcanhares nos flancos do cavalo antes que as fileiras pudessem se aproximar, e se perguntou como isso seria interpretado pelos leitores de augúrios. Sem dúvida os sacerdotes estavam enfiados em entranhas até os cotovelos nos templos, procurando orientação. Júlio pensou em Cabera e desejou que tivesse vivido para voltar com eles. Tinha enterrado o velho na Gália, à vista do mar.

A multidão crescia e de algum modo os que chegavam mais tarde faziam aumentar o clima de comemoração, como se a notícia já tivesse circulado pelas ruas. As legiões da Gália não deviam ser temidas. Chegavam cheias de dignidade, com oferendas de prata e as armas embainhadas. O ruído crescia em proporção aos números. Júlio já podia ouvir os gritos dos vendedores apregoando mercadorias. Perguntou-se quantas de suas moedas seriam trocadas por uma bebida fresca ao sol ou uma fatia fria de torta de carne.

Quando olhou para trás ficou satisfeito ao ver seus homens reagindo à multidão nas ruas. Os que tinham parentes procuravam-nos, os rostos mantendo aquela expressão peculiarmente atenta de quem espera para sorrir.

A rua descia o morro em direção ao fórum e Júlio podia ver a luz do espaço aberto antes mesmo de entrar. No centro da cidade, esta era a imagem que ele havia recordado com mais clareza em todos os anos que passara longe. Era difícil controlar a montaria. A rua terminava em casas e templos ricos, mas Júlio não os via, o olhar se fixava adiante. O sol parecia aumentar o calor enquanto cavalgava até o coração de Roma e sentia um jorro de empolgação em que mal conseguia acreditar.

Havia pessoas ali, já aos milhares. Algumas aplaudiam, mas com pouco entusiasmo. Júlio sabia que exigiriam ser entretidas, receber lembranças preciosas com as quais impressionar os filhos.

Tinham-lhe deixado um caminho até a nova sede do Senado, e Júlio ainda olhou para o local da antiga antes de esquecê-lo. Roma era mais do que construções, mais do que sua história. Tornava-se limpa com a inocência de cada nova geração e ele fazia parte desse renascimento.

Olhou direto em frente e sorriu enquanto os cidadãos erguiam as vozes ao redor. Sabia que as legiões marchavam às suas costas, mas por alguns instantes ao sol era quase como se estivesse entrando sozinho.

Não conseguiu mais resistir à empolgação e bateu com os calcanhares no animal, fazendo os cascos ressoarem nas pedras. A escadaria do Senado erguia-se diante dele e Júlio fez o animal subi-la em três grandes passos, virando-se para olhar o mar de rostos. Fazia mais de dez anos e ele conhecera medo, dor e perda. Mas Roma era sua, e ele estava em casa.

As legiões continuaram a fluir para o fórum, formando grandes quadrados brilhantes como ilhas nas cores da multidão. Escravos e cidadãos se misturavam apertando-se ao querer chegar perto do Senado, ansiosos para ouvir, fazer parte. Os mais pobres de Roma estavam ali em grandes números e eram barulhentos, empurrando e tentando abrir caminho para chegar à escadaria. Júlio viu a coluna parar finalmente quando os oficiais decidiram não trazer todos para um só espaço.

— Cheguei em *casa*! — gritou acima das cabeças.

O povo aplaudiu e ele se acomodou na sela, erguendo as mãos num pedido de silêncio. Olhou para Brutus e Marco Antônio, que vieram com os cavalos até a base da escadaria. Ambos estavam sorridentes e relaxados. Brutus se inclinou para murmurar algumas palavras a Marco Antônio e os dois riram.

Gradualmente, a multidão ruidosa se aquietou e ficou esperando.

— Meu povo, neste lugar — disse Júlio, pensativo —, esperei dez *anos* para estar diante de vocês. — Sua voz ecoou nos templos. — Mostrei na Gália a força que temos, não mostrei? Derrubei reis e trouxe o ouro deles para ser gasto aqui.

O povo berrou de entusiasmo com a ideia e ele soube que tinha avaliado bem o tom para aplacá-lo. Os argumentos mais complexos viriam mais tarde, quando tivesse terminado este dia.

— Construí nossas estradas em novas terras e marquei fazendas para nossos cidadãos. Se já sonharam em possuir terras, eu as tenho preparadas para vocês e seus filhos. Atravessei mares para vocês traçando novos mapas. — Ele parou, deixando o ruído crescer. — Levei Roma comigo durante anos e *não* esqueci minha cidade.

As vozes se chocaram contra ele e Júlio ergueu as mãos de novo.

— No entanto, até mesmo este momento está manchado. Enquanto fico diante de vocês e respiro o ar que amo, sei que há alguns clamando contra mim.

Sua expressão ficou séria e o silêncio foi perfeito.

— Estou aqui para responder a qualquer acusação contra meu nome. Mas onde estão os que acusam César? Não irão se adiantar quando os chamo? Que venham; nada tenho a esconder.

Alguém gritou uma resposta que Júlio não ouviu, mas os que estavam ao redor de quem falara riram e gracejaram.

— Será verdade que Pompeu abandonou minha cidade? Que os senadores em quem vocês confiaram para protegê-los abandonaram Roma? Digo para que os julguem pelo que fizeram. Roma merece homens melhores do que eles. Vocês merecem coisa melhor do que homens que se esgueiram na noite quando suas mentiras são questionadas! Estou aqui para me candidatar a cônsul, não para ameaçar nem criar confusão. Quem me nega esse direito? Quem de vocês quer discutir a lei comigo?

Passou o olhar pela multidão que se movia e redemoinhava como água no fórum. Amava-a em toda a sua glória vulgar, corrupta e violenta. Amava-a pela recusa em baixar a cabeça e ficar dócil, e amava a empolgação resultante de cavalgar as emoções dela. Aquilo havia abalado homens, antes, mas não havia outro risco que valesse a pena correr.

— Para aqueles de vocês que temem o futuro, digo que já vi muita guerra. Tentarei fazer a paz com Pompeu e o Senado e, se eles recusarem, tentarei mais ainda. Não tirarei uma vida romana a não ser que seja obrigado. Esta é a minha promessa.

Um grito soou em algum lugar da multidão e Júlio viu uma dúzia de homens da Décima se destacarem com Régulo para cuidar do distúrbio. O fórum estava tão lotado que tornava qualquer movimento difícil. Júlio pensou nos que aproveitariam até mesmo esse dia como oportunidade para o roubo ou o estupro. Esperava que Régulo quebrasse a cabeça dos responsáveis.

— Se eu tiver de acabar com a ditadura de Pompeu no campo de batalha, farei isso longe daqui. Enquanto houver vida em mim, protegerei Roma. Este é meu juramento e faço-o diante de todos os deuses deste lugar. Vou me candidatar à eleição legítima e, se vocês me fizerem cônsul, seguirei Pompeu até o fim da terra para derrubá-lo. Ele não voltará aqui enquanto eu viver.

Num movimento rápido, Júlio passou a perna sobre a sela e se ajoelhou no mármore branco, deixando as rédeas caírem da mão. A multidão se esticou e se remexeu para vê-lo se curvar e beijar a pedra. Sua armadura brilhava ao sol enquanto se levantava.

— Sou leal. Minha vida é de vocês.

Talvez suas legiões tivessem começado a rugir em apreciação, mas ele não podia ter certeza. Apesar de todas as alegrias que conhecera, não havia nada que se aproximasse do prazer imaculado de ouvir o povo chamando seu nome.

Segurou as rédeas de novo, aquietando o cavalo com a mão gentil.

— Eu lhes dei a Gália. A terra de lá é preta e rica para as suas plantações. O ouro construirá uma nova Roma, maior do que tudo que já vimos. Um novo fórum, tribunais, anfiteatros, pistas de corrida, teatros e banhos. Tudo isso é meu presente a vocês. Em troca, peço que ergam a cabeça e saibam que andam pelas ruas do centro do mundo. Todas as estradas trazem a este lugar, e a nós. Todos os tribunais têm autoridade dada por nós. Pesem cada ato tendo isto em mente e certifiquem-se de agir com nobreza, porque somos a nobreza de todas as cidades. Erguemos a tocha para a Grécia, a Espanha, a Gália e a

Britânia irem atrás. Ao menor de vocês, ao mais pobre, digo que trabalhe e haverá comida em sua mesa. Lute pela justiça e ela estará presente.

Tinha consciência de que os soldados sob o comando de Régulo haviam apanhado o responsável pelo crime não visto. Três homens foram amarrados rapidamente e Júlio jurou consigo mesmo que eles se arrependeriam de ter interrompido seu discurso. Olhou para onde as pesadas portas de bronze do Senado pendiam em ângulos estranhos. Mesmo involuntariamente, seu humor estava indo para as alturas e ele respirou fundo antes de falar de novo.

— Vocês elegerão um novo Senado com coragem para ficar e enfrentar os resultados das próprias ações. Os que fugiram são indignos e eu lhes direi isso, quando pegá-los. — Em seguida assentiu, quando uma gargalhada se espalhou pelo fórum. — Se Pompeu se recusar a aceitar a paz que ofereço, não abandonarei vocês nem irei deixá-los sem proteção. Vocês ficarão com os melhores dos meus soldados, de modo que haja ordem e lei quando eu sair. Minha cidade *não* será abandonada. Não correrá riscos.

Eles se grudavam às palavras pronunciadas por Júlio, que sentiu o ânimo crescer de novo.

— Isso está longe, no futuro. Esta noite e amanhã meus homens vão querer bom vinho e a companhia de belas mulheres. Comprarei cada ânfora que houver em Roma e vamos comemorar. A Gália é nossa e estou em casa.

Ciro e Otaviano jogaram moedas para o povo que gritava até a rouquidão enquanto Júlio se virava sinalizando para seus oficiais o acompanharem à câmara vazia do Senado.

Brutus se virou junto à porta e olhou para a multidão.

— E se Pompeu tivesse ficado? — perguntou.

Júlio deu de ombros, com o sorriso desaparecendo.

— Eu o mataria. Roma é minha e sempre foi. — Em seguida, entrou no interior fresco, deixando Brutus sozinho na escadaria.

A ecoante sede do Senado era sutilmente diferente da que Júlio recordava. A forração de mármore creme nas paredes mostrava a tentativa de recriar a antiga Cúria, mas não era a câmara onde ele vira Mário e Sila argumentar, ou onde tinha escutado a voz de Catão dominar as discussões. Mesmo não tendo pensado que a perda iria tocá-lo, havia uma dor oca em algum lugar no fundo do seu ser. Todos os alicerces de sua vida estavam sendo retirados, e parte dele sempre quereria voltar.

Tentou conter os pensamentos enquanto os homens ocupavam os bancos. Mário o teria censurado por esse tipo de fraqueza. O passado era reconfortante por ser seguro. Mas também estava morto; não havia mistérios a ser encontrados lá. Encarar o futuro, com todas as incertezas, exigia coragem e força. Inalou profundamente o ar da câmara, sentindo o cheiro da madeira oleada e o reboco limpo.

— Mande chamar Adàn, Ciro. Precisarei de um registro de minhas ordens.

Ciro se levantou rapidamente e desapareceu ao sol. Júlio olhou os outros e sorriu. Otaviano, Marco Antônio, Brutus e Domício. Eram homens em quem podia confiar. Homens com quem poderia iniciar um império. Ainda que o futuro tivesse seus temores, era o lugar dos sonhos. Mal ousava pensar em onde seu futuro poderia levá-lo, no final.

— Então, senhores, valeu a pena cruzar o Rubicão, pelo menos até agora. É um bom lugar para começar.

Adàn veio e ocupou um assento enquanto juntava seu material de escrita. Não conseguiu resistir a um olhar pela câmara ao redor. Para ele era um lugar lendário, já que jamais conhecera o outro. Seus olhos brilhavam.

— Devemos conseguir alojamento e casas para nossos homens dentro da cidade antes da noite — continuou Júlio, assim que Adàn se acomodou. — Ciro, esta tarefa é sua. Domício, quero que cada gota de vinho que a cidade tem a oferecer seja distribuída gratuitamente. Consiga o melhor preço que puder, mas quero toda Roma bêbada antes da meia-noite. Distribua o primeiro gostinho de nosso ouro nas bolsas deles e diga que quero festas em todas as ruas e todas as casas grandes, abertas a todos. Tochas nos muros e nas encruzilhadas. Vamos iluminar a cidade de uma ponta a outra... compre óleo e use a Décima para manter a ordem esta noite, e a Terceira amanhã. Precisamos ter alguns soldados sóbrios para manter a paz. Otaviano, você mandará uma centúria dos *extraordinarii* a Óstia, para certificar-se de que Pompeu foi embora. Não temos motivo para duvidar de nossos informantes, mas a raposa velha já se mostrou esperta antes.

Ele parou para pensar e Marco Antônio pigarreou.

— E quanto aos senadores que não foram para a Grécia?

Júlio assentiu.

— Devem ser cortejados. Serão o cerne que dá estabilidade, depois das eleições. Espalhem a notícia de que eles são homens corajosos que resistiram a Pompeu. Transformem todos em heróis. Vamos pedir a ajuda deles na nova administração e deem minha palavra de que estarão em segurança. Precisamos deles.

— E as eleições? — continuou Marco Antônio. — Para mim elas devem ser feitas o quanto antes.

— Então a tarefa é sua. Cônsules, magistrados, senadores, questores e pretores para as novas regiões da Gália, precisamos de todos eles. Comece a divulgar a notícia depois de amanhã, quando a ressaca começar a passar. Deixarei os detalhes por sua conta, mas quero que os postos sejam preenchidos rapidamente. Teremos dois cônsules para comandar o Senado assim que eu tiver visto quem resta da *nobilitas*. Se são os homens que penso que são, já devem estar avaliando os benefícios de ter ficado para trás.

Uma expressão séria cruzou seu rosto por um instante.

— Mas não Bíbilo. Se ainda estiver na cidade, não o quero. O sujeito não serve para nenhum tipo de autoridade.

Marco Antônio assentiu e Adàn rabiscou em suas tabuletas até que Júlio notou.

— Apague esta parte, Adàn. Não quero que todas as opiniões particulares sejam registradas. Basta que sejam ditas entre nós.

Ficou olhando o jovem espanhol passar o polegar calejado sobre o quadrado de cera e ficou satisfeito.

— Este é um recomeço, senhores. Serão necessários meses para construir uma frota e pretendo usar esse tempo para revisar as leis de Roma desde o início. Quando partirmos, a cidade estará pacífica e mais segura do que a encontramos... e as leis se aplicarão a todos. Eles verão que mantive a palavra. Começarei com uma reforma dos tribunais. Não haverá mais subornos e favores. Esta é uma chance para fazer a cidade funcionar como deve. Como funcionava para nossos pais.

Parou, olhando a câmara ecoante ao redor e imaginando-a de novo cheia dos legisladores e governantes de Roma.

— Temos toda a Gália para administrar. As estradas e os povoados devem continuar a ser construídos. Impostos devem ser pagos e as receitas para os prédios públicos devem ser recolhidas. Será um trabalho árduo. Imagino que nossas legiões na Gália ficarão satisfeitas em receber o chamado para casa quando estivermos prontos. — Ele riu enquanto considerava a enormidade da tarefa. — Quando eu tiver uma frota chamarei apenas uma legião para o sul. A Gália não terá outro levante nesta geração, não depois de nós.

— Teremos homens suficientes para derrotar Pompeu? — perguntou Marco Antônio em voz baixa.

Júlio o encarou.

— Se cada legião da Grécia passar para o lado dele, podemos ser suplantados, mas nós perdoamos os homens de Corfínio, não foi? A notícia vai se espalhar, até mesmo na Grécia. Os próprios homens de Pompeu levarão esses boatos às legiões de lá. Nosso povo vai se perguntar se está do lado certo nessa situação. Espero que muitos venham a mim antes do final. — Júlio parou olhando ao redor, para os homens que tinham chegado tão longe com ele. — Só pode haver um final entre nós depois de nos encontrarmos no campo de batalha. Pompeu jamais ficará abaixo de mim. Deixarei claro que qualquer homem que se render às minhas forças será perdoado e honrado por sua lealdade. Serei o símbolo da antiga Roma contra a nova e mandarei que minhas cartas particulares sejam copiadas e distribuídas, implorando que Pompeu escolha o exílio e não a morte de cidadãos romanos. — Ele riu de repente. — Isso vai deixá-lo louco.

— Quem governará Roma enquanto você estiver fora? — perguntou Marco Antônio.

Brutus levantou os olhos e sua mão segurou com força o braço da cadeira. Júlio não olhou na direção dele.

— Você se mostrou digno, Marco Antônio. Não consigo pensar em alguém melhor para administrar a Itália enquanto eu estiver guerreando na Grécia. Concorra ao segundo cargo de cônsul, comigo. Confio em você para permanecer leal esperando minha volta.

Marco Antônio ficou com as pernas trêmulas e abraçou seu general.

— As portas estarão abertas para você — disse ele.

Brutus também se levantou, o rosto pálido com uma forte emoção. Por um momento pareceu que iria falar e Júlio se virou para ele, interrogativo. Brutus balançou a cabeça e sua boca se apertou.

— Preciso verificar os homens — disse finalmente com a voz embargada. Saiu ao sol e desapareceu.

Marco Antônio pareceu perturbado, com a decência obrigando-o a verbalizar os pensamentos.

— O senhor pensou em Brutus? Ele merece tanto quanto eu, ou mais.

Júlio deu um sorriso torto.

— Você manterá Roma em ordem, Marco Antônio. Vai respeitar a lei e sentir satisfação com os milhares de problemas que cada dia trará. Mas não se ofenda quando eu disser que você não é o general de que necessito para derrotar Pompeu no campo. Vocês têm pontos fortes diferentes e preciso de Brutus nas batalhas que virão. Ele tem talento para a morte.

Marco Antônio ficou ruborizado, sem saber se estava recebendo um elogio.

— Acho que deve lhe dizer isso.

— Direi, claro. Agora aos negócios, senhores. Quero que a cidade cante esta noite. Por todos os deuses, estamos finalmente em casa.

Lá fora, a luz do dia pareceu se cravar com garras em Brutus quando ele saiu à escadaria. Pegou-se ofegando enquanto olhava a multidão que se espalhava. Se o viram, não tiveram reação, e ele ficou impressionado com a ideia de ser invisível a todos, como um fantasma. Sentiu-se quase tentado a gritar, só para ouvir a própria voz e quebrar o feitiço. Sentia-se estranhamente frio, como se estivesse à sombra de um arco de pedras, sempre escondido do sol.

— Eu mereço um pouco mais do que isso — disse com a voz num sussurro. Abriu a mão direita e descobriu-a com cãibra e amarela por causa da tensão. Não tinha sentido o punho se apertar enquanto Júlio dava a Marco Antônio tudo que importava no mundo. Se Brutus soubesse que o sujeito se tornaria um rival, o teria puxado de lado numa noite escura na Gália e cortado sua garganta. A imagem era uma coisa doce em sua mente e trazia uma raiva indignada. No Rubicão ele acreditara que era necessário, que os generais arriscariam tudo juntos. Júlio tinha falado à multidão como se tivesse vindo sozinho para o sul.

Ficou olhando o povo de Roma e descobriu que o fato de ignorarem sua presença era uma espécie de liberdade. Sentiu os elos caírem e quase cambaleou de alívio e dor. Procurou o menino que segurava seu cavalo e desceu a escadaria branca, atordoado. A multidão se fundiu ao redor como fumaça e em alguns instantes ele desaparecia em meio às pessoas.

CAPÍTVLO V

RÉGULO FRANZIU A TESTA AO VER BRUTUS REAPARECER. A FIGURA com armadura de prata parecia uma estátua junto às colunas brancas e Régulo estremeceu, surpreendendo-se. Havia algo fantasmagórico na imobilidade do general olhando para a multidão. Mesmo à distância Brutus parecia pálido e Régulo começou subitamente a andar depressa para ele, convencido de que havia algo errado. O caminho estava denso de cidadãos, mas Régulo ignorou os gritos dos que ele empurrava para longe, os olhos jamais se afastando de Brutus. Viu o general pegar seu cavalo e saltar na sela sem sequer um olhar ou uma palavra para os que estavam ao redor. O medo tocou Régulo. Ele gritou enquanto Brutus batia os calcanhares no animal, derrubando um menino que tinha chegado perto demais dos cascos.

Brutus não parou nem se virou ao escutar o grito. Cavalgou rigidamente e seu rosto estava exangue e sério. Os dois passaram a pouco mais de um metro um do outro e Brutus não sentiu a mão que tentou desesperadamente segurar suas rédeas, nem ouviu seu nome.

Régulo xingou baixinho quando o cavalo passou fora do alcance. Olhou o prédio do Senado e ficou indeciso entre ordenar que seus homens parassem Brutus e descobrir o que havia acontecido. Não tinha nada de concreto para sustentar o medo que perturbara sua paz. O momento de indecisão passou com uma lentidão torturante e Régulo se pegou subindo a escadaria.

Ouviu as vozes calmas antes de ver os generais da Gália e que Régulo balançara a cabeça, confuso. Sua mente havia se enchido de imagens violentas, mas ali estava Adàn com suas tabuletas e Ciro erguendo-se lentamente com um olhar interrogativo.

— O que foi?— perguntou Júlio.

Régulo hesitou, não querendo verbalizar o que parecia um medo infantil. O que estivera pensando, para permitir esses voos de fantasia?

— Eu... vi Brutus sair, senhor. Pensei que poderia haver mais ordens.

Uma tensão sutil surgiu nos homens enquanto ele falava, e Régulo viu que Marco Antônio também mostrou tensão em suas feições patrícias.

— Junte-se a nós, Régulo — disse Júlio. — Mande um de seus homens manter a ordem no fórum. Você conhece Pompeu melhor do que todo mundo, e quero que tome parte no planejamento.

Régulo sentiu um peso ser retirado. Tinha-se enganado e optou por não mencionar o momento de temor supersticioso. Mas enquanto se sentava lembrou-se da selvageria no olhar de Brutus e decidiu procurá-lo antes do fim do dia. Régulo não gostava de mistérios e nunca fora um homem confiado demais. Com a decisão tomada, pôde se concentrar na reunião e o incidente saiu de seu pensamento.

A casa de Servília quase não havia mudado no tempo em que Brutus estivera fora da cidade. A construção de três andares estava limpa e bem-cuidada, com uma tocha acesa sobre a porta em todas as horas do dia e da noite.

Pagou a um menino para cuidar de seu cavalo e entrou no salão principal, retirando o capacete e passando a mão sobre o cabelo encharcado de suor. Ficou sem jeito enquanto se anunciava, distanciado dos rostos vazios ao redor. Sentiu-se um espectador numa peça, ouvindo a própria respiração mais alta do que as palavras dos serviçais.

Ela veio correndo ao ouvir seu nome e ele a abraçou sem jeito, sentindo-a enrijecer no instante em que se tocaram. O sorriso de Servília desapareceu.

— O que é? Está havendo lutas? — perguntou.

Ele balançou a cabeça e, sem aviso, as lágrimas ameaçaram humilhá-lo.

— Não. A cidade está aplaudindo-o no fórum. Júlio está no prédio do Senado.

— Então o que é? Você está tão pálido! Venha para dentro, Brutus, e me conte.

Ele seguiu-a passando pelos olhares dos clientes até a suíte particular e se deixou afundar num divã, olhando para o nada. Servília sentou-se ao lado dele e segurou suas mãos. Ele viu como ela havia se pintado e se preparado, e saber que isso era para Júlio quase bastou para fazê-lo ir embora, se as pernas o tivessem sustentado.

— Conte — disse ela em voz baixa.

Brutus ficou surpreso ao ver uma lágrima nos cílios dela. Levantou a mão para tocá-las gentilmente com o polegar e deixou a mão cair quando ela se encolheu afastando-se de qualquer coisa que estragasse a perfeição.

— Estou partindo, Servília — disse Brutus. — Estou livre dele.

Servília balançou a cabeça, confusa, segurando sua mão.

— O que está dizendo?

Ele fez uma careta.

— Exatamente o que você ouviu, mãe. Estou farto de Júlio e ele está farto de mim.

— Vai me contar o que aconteceu?

— Eu o vi fazer de Marco Antônio o primeiro em Roma e tudo ficou dolorosamente claro. Júlio nunca foi o homem que imaginei. Nunca. Ele brincou com minha lealdade com tanta inteligência quanto qualquer um daqueles senadores desgraçados, até que todos estejamos trabalhando para ele, dando a vida em troca de nada além de suas promessas e seu prestígio.

— O que importa se ele homenageia Marco Antônio? O sujeito não é nada além de competente. Há dezenas como ele trabalhando para Roma. Júlio *precisa* de você. Eu o ouvi dizer isso.

Brutus balançou a cabeça, enojado.

— Ele não *precisa* de ninguém. Só de seguidores. Fiz isso por anos demais e fui o cão dele na maior parte da vida. Isso também pode terminar, como qualquer outra coisa. — Ele fechou os olhos por um momento, dominado pela lembrança e a dor.

Servília estendeu a mão para o rosto do filho que se encolheu, magoando-a.

— Você pensou no que vai fazer? — perguntou ela, a voz endurecendo. — Planejou como vai viver? Ou será que um filho meu deverá ser reduzido ao trabalho mercenário e a pequenos roubos? Como vai comer?

— Estou um pouco velho para procurar outra vida, mãe, não acha? Sou um general romano e sei treinar soldados. Sempre haverá um lugar para homens como eu. Vou para o mais longe que puder, até que tenha trabalho, e lá ficarei. Vou montar exércitos para outro e jamais verei Roma até que Júlio tenha ido embora. Talvez você prefira que eu fique e lave os pés dele pelo resto da vida, mas não farei isso.

— Você *precisa* falar com Júlio — disse ela, o olhar suplicante. — Não, deixe que *eu* fale com ele. Fique aqui durante uma hora e irei vê-lo. Ele o ama, Brutus, tanto quanto eu.

Brutus se levantou e ela ficou de pé junto a ele, não querendo deixá-lo ir.

— No fim ele vai magoar você também — disse Brutus em voz baixa. — E nem vai perceber.

Brutus inclinou a cabeça olhando as lágrimas escorrerem pelas bochechas dela, estragando o pó. Enquanto ele começava a se afastar, ela estendeu a mão com força surpreendente e puxou-o num abraço. Por longo tempo segurou-o em silêncio e ele pôde sentir no pescoço a umidade das lágrimas de Servília.

— Você é meu único filho — disse ela finalmente. — Não lhe contei como fiquei orgulhosa quando você estava na areia do torneio e a multidão se levantou para aplaudi-lo? Já disse isso?

— Disse, e de qualquer modo eu sabia — murmurou Brutus em seus cabelos. — Você estava radiante de orgulho, diante de todos eles.

— Não há nada que eu possa lhe dizer? Você nem vai me dar uma hora? Não é grande coisa.

— Deixe para lá, mãe — disse ele com a expressão endurecendo. — Deixe-me ir.

— Nunca. Você é precioso demais para mim.

— Que par de idiotas nós somos. — Brutus levou as mãos ao rosto dela e desta vez Servília não recuou enquanto ele enxugava suas lágrimas. — Nas minhas cartas já disse que houve uma batalha em que usei o elmo e a capa dele?

Ela balançou a cabeça e Brutus deu de ombros, olhando para o passado.

— Eles achavam que estavam seguindo-o. As legiões estavam cansadas, passando fome e sentindo dor, mas o seguiram porque achavam que ele os estava chamando para um último ataque. Ele estava impotente com a doença dos tremores e não podia lutar. Eu os liderei porque o amo mais do que qualquer outro homem que conheci. Ele esteve comigo por toda a vida e vimos lugares em que eu não teria acreditado. Conquistamos países juntos, e, pelos deuses, você deveria ter visto os exércitos que derrotamos. O bastante para encher Roma duas vezes, e nós os atravessamos.

— Então por quê?

— Porque não posso dar toda a vida a um homem que nem sabe o que recebeu. Ele mostrou o quanto me valorizava com o presente dado a Marco Antônio.

Brutus apertou os punhos ao lembrar.

— Eu poderia ter sido mais, entende? Se ele tivesse morrido na Gália, eu o teria pranteado, mas teria ocupado seu lugar e aberto meu próprio caminho, Servília. Ele e eu temos algo correndo no sangue que ninguém mais nesta cidade débil tem, hoje em dia. Qualquer um de nós dois poderia ter se alçado acima de todos eles sem aceitar ninguém como igual, sem senhores, Servília. No entanto, para ele sou um serviçal. Ele manda e eu vou. Ele me diz para ficar e eu fico. Você pode imaginar como isso é para mim?

Ele acariciou gentilmente o cabelo de Servília enquanto falava, mas seus olhos estavam distantes e frios.

— Eu sou o *melhor* da minha geração, mãe. Poderia ter governado. Mas tive o infortúnio de nascer numa Roma onde estava Júlio. Sofri isso por *anos*. Entreguei a vida a ele e ele não consegue ver.

Ela se afastou finalmente e balançou a cabeça.

— Você é orgulhoso demais, Brutus. Mesmo para um filho meu, é orgulhoso demais. Você ainda é jovem. Pode ser grande e ao mesmo tempo leal a ele.

A irritação deixou as bochechas de Brutus vermelhas.

— Nasci para mais do que isso! Em qualquer outra cidade eu poderia ter governado, não entende? A tragédia é que nasci na geração *dele*. — Brutus suspirou, arrasado. — Você não saberia. Venci batalhas quando Júlio já havia desistido delas. Liderei meus homens quando eles teriam fugido, sob o comando de qualquer outro general. *Treinei* generais para ele, Servília. Há lugares na Gália em que minha armadura de prata faz parte das lendas. Não diga que sou orgulhoso demais. Você não estava lá.

Seus olhos brilharam com um fogo contido.

— Por que eu deveria jogar meus anos fora por ele, como tantos outros? Rênio morreu para salvá-lo e Cabera deu a saúde porque Júlio pediu. Tubruk morreu para salvar a mulher dele. Eram homens bons, mas não vou atravessar o rio com eles, não por ele. Conquistei a Gália para Júlio; que isto seja o fim. Ele já teve o suficiente de mim. — Brutus deu um riso amargo, que fez sua mãe se arrepiar. —Talvez eu devesse passar para o lado de Pompeu e oferecer minha aliança. Duvido que ele desprezasse o que posso levar.

— Você não trairá Júlio — disse Servília, os olhos sombrios de horror. — Nem mesmo sua arrogância iria tão longe. — Por um instante ela pensou que ele iria lhe dar um tapa.

— Minha *arrogância*? É assim que se chama? Bem, por que não, mãe? Em que outro lugar do mundo há o pedido de bons generais romanos? Talvez, quando Júlio vier perguntar por mim, você devesse lhe dizer que ele me encontrará na Grécia, do outro lado de uma batalha. Talvez então ele entenda o que perdeu comigo.

Brutus afastou as mãos da mãe e sorriu diante da devastação causada pelo choro no rosto dela. Sua idade não estava mais escondida e ele se perguntou se iria vê-la de novo.

— Eu *sou* seu filho, Servília, e tenho orgulho demais para continuar seguindo-o.

Ela o encarou e viu a determinação furiosa.

— Ele vai matá-lo, Brutus.

— Como tem pouca fé em mim, Servília! Talvez eu devesse matá-lo. — Ele assentiu como se tivessem chegado ao final e beijou a mão dela antes de sair.

Sozinha, Servília se deixou afundar lentamente no divã. Suas mãos estavam tremendo e ela as apertou com força, antes de pegar um minúsculo sino de prata ao lado. Uma escrava entrou e ficou parada, pasma diante da destruição do trabalho matinal.

— Pegue suas tintas e óleos, Tália. Devemos consertar os danos antes que ele venha.

Brutus guiou seu cavalo espanhol pelas ruas, pegando um caminho que deixaria o fórum para longe, a leste. Não desejava encontrar nenhum homem que estava deixando para trás, e a possibilidade de ter de falar com eles lhe dava uma urgência que atravessava o sofrimento perplexo.

Cavalgava sem se importar com os cidadãos e escravos que saíam correndo do caminho. Queria deixar tudo para trás e ir ao litoral, onde poderia comprar passagem num barco de pesca ou em qualquer coisa que o levasse dali. A familiaridade da cidade parecia zombar de sua decisão e cada esquina trazia novas lembranças. Tinha pensado que possuía poucos laços com o povo, mas em vez dos rostos percebeu que conhecia os gritos dos vendedores, as cores, até os cheiros dos becos que se afastavam das ruas principais.

Mesmo estando montado, cidadãos apressados mantinham o passo com ele, que cavalgava indo interminavelmente de um lugar para o outro da cidade. Brutus fluía com eles e sentia os olhares dos vendedores enquanto seguia rigidamente pelas ruas comerciais. Tudo era familiar, mas ainda ficou surpreso ao descobrir que tinha pegado a rua que levava à oficina de Alexandria.

Lá havia lembranças feias esperando-o. Pensou nos tumultos que o tinham deixado ferido. No entanto, sentia orgulho de ter salvado os que não podiam se proteger e sentou-se um pouco mais ereto na sela enquanto se aproximava.

Viu-a à distância enquanto puxava as rédeas para desmontar. Mesmo estando ela olhando para o outro lado, ele a teria conhecido em qualquer lugar. Suas mãos se congelaram no alto arção quando um homem ao lado dela passou a mão por sua cintura com afeto casual. A boca de Brutus se franziu em pensamento e ele assentiu para si mesmo. O fato de mais uma coisa em sua vida haver terminado tocou-o apenas como uma dor distante. Estava entorpecido demais com uma perda maior. As cartas dela haviam parado há muito tempo, mas de algum modo ele pensava que Alexandria poderia ter esperado, como se a vida dela só pudesse continuar quando ele estivesse presente. Balançou a cabeça e viu uma criança suja olhando-o de um beco entre as lojas.

— Venha cá, menino — gritou ele, segurando uma moeda de prata.

O moleque veio andando com passo de estivador e Brutus se encolheu ao ver a falta de carne nos ossos jovens.

— Você conhece a moça que trabalha nessa oficina? — perguntou.

O garoto olhou rapidamente o casal que estava mais adiante, o que em si era uma resposta. Brutus não acompanhou o olhar. Simplesmente estendeu a moeda.

— Ela está bem? — perguntou.

O garoto o olhou com cinismo, olhando a prata e claramente apanhado entre o medo e a necessidade.

— Todo mundo conhece ela. Mas ela não me deixa entrar na loja.

— Acho que você roubaria os broches — disse Brutus, piscando.

O garoto deu de ombros.

— Talvez. O que o senhor quer em troca da moeda?

— Quero saber se ela usa uma aliança na mão.

O garoto pensou um momento, coçando o nariz e deixando uma risca prateada na pele.

— Uma aliança de escrava?

Brutus deu um risinho.

— Não, garoto, uma aliança de ouro, de casamento, no quarto dedo.

O garoto continuou cheio de suspeitas, mas seus olhos jamais se afastavam da recompensa prometida. Por fim chegou a uma decisão, e estendeu a mão.

— Eu vi uma aliança. Ela tem um neném em casa, pelo que dizem. Tabbic é o dono da oficina. Ele me bateu uma vez — disse num jorro.

Brutus riu e deixou que ele pegasse a moeda. Num impulso, enfiou a mão na bolsa e tirou uma de ouro. A expressão do garoto mudou no instante em que a viu, indo da confiança até uma raiva apavorada.

— Quer? — perguntou Brutus.

A criança correu a toda velocidade, deixando Brutus com expressão curiosa. Sem dúvida ele nunca vira ouro e achava que possuir uma coisa daquelas significaria a morte. Brutus suspirou. Se os lobos do local descobrissem que ele possuía aquele tesouro, provavelmente significaria mesmo. Balançando a cabeça, guardou a moeda de novo na bolsa.

— Achei que fosse você, general — disse uma voz.

Brutus baixou o olhar para Tabbic enquanto o joalheiro caminhava para a rua e dava um tapinha no pescoço de seu cavalo. A careca brilhava devido ao calor das forjas e os pelos brancos do peito saíam em tufos de sob o avental que ele usava, mas ainda era a mesma figura firme que Brutus recordava.

— E quem mais? — respondeu Brutus, forçando um sorriso.

Tabbic franziu as pálpebras olhando para cima enquanto coçava o focinho do cavalo, vendo olhos ainda vermelhos de lágrimas e raiva.

— Quer entrar e saborear uma bebida comigo? — perguntou. — Mandarei um menino cuidar dessa sua bela montaria. — Quando viu Brutus hesitar, ele continuou: — Há vinho temperado na forja, é muito para mim sozinho.

E desviou o olhar enquanto perguntava, facilitando a recusa. Talvez por isso Brutus tenha assentido e passado a perna sobre a sela.

— Então só um, se você puder fazê-lo forte. Esta noite vou para longe — disse ele.

O interior da oficina era sutilmente diferente de como Brutus recordava. As grandes forjas continuavam sólidas, com um fogo contido brilhando vermelho sob as grades. As bancadas e os suportes de ferramentas tinham aparência de novos, mas o cheiro de óleo e metal era como recuar para lembranças antigas. Brutus respirou, sorrindo consigo mesmo e relaxando um pouquinho.

Tabbic notou a mudança enquanto ia até a pesada chaleira de ferro na beira da forja.

— Está pensando nos tumultos? Aqueles foram dias negros. Tivemos sorte de sair com vida. Não sei se já agradeci por ter nos ajudado.

— Agradeceu — respondeu Brutus.

— Puxe um banco, garoto, enquanto prova isto. Antigamente era minha bebida de inverno, mas também serve para esquentar uma noite de verão. — Tabbic derramou o líquido vermelho e fumegante num copo de metal, enrolando-o em tecido antes de entregar.

Brutus pegou-o cautelosamente, respirando os vapores.

— O que há dentro? — perguntou.

Tabbic deu de ombros.

— Algumas coisas das feiras. Para ser honesto, depende do que eu encontrar. O gosto é diferente a cada ano, segundo Alexandria.

Brutus assentiu, aceitando a sugestão do velho.

— Eu a vi.

— Sem dúvida. O marido veio para levá-la para casa logo antes de eu ver você. Ela encontrou um bom homem.

Brutus quase sorriu diante da preocupação transparente do velho joalheiro.

— Não voltei para remexer feridas antigas. Só quero ir o mais para longe que puder. Não vou incomodá-la.

Ele não tinha notado a tensão nos ombros de Tabbic até que o velho relaxou. Os dois ficaram sentados em um silêncio pacífico e Brutus bebericou da caneca, encolhendo-se ligeiramente.

— Isso é azedo — reclamou.

Tabbic deu de ombros.

— Eu não desperdiçaria vinho bom num copo quente. Mas você vai perceber que ele tem força.

Era verdade que o calor amargo aliviava um pouco da tensão no peito. Por um momento Brutus resistiu, não querendo se livrar nem mesmo de uma parte da raiva. A fúria era algo de que sempre havia gostado, quando ela o inundava. Trazia uma espécie de liberdade da responsabilidade, e senti-la se esvair era encarar a volta do arrependimento. Então suspirou e ofereceu o copo para Tabbic encher mais uma vez.

— Você não está com cara de quem voltou para casa hoje cedo — observou Tabbic, quase consigo mesmo.

Brutus o encarou, cauteloso.

— Talvez tenha voltado.

Tabbic engoliu o resto de bebida em seu copo, abafando com o punho o som de um arroto enquanto pensava na resposta.

— Na última vez em que o vi, você não era do tipo que fica se amarrando. O que mudou?

— Ocorreu-lhe que talvez eu não queira falar sobre isso?

Tabbic deu de ombros.

— Você pode terminar a bebida e sair, se quiser. Isso não vai mudar nada. Ainda será bem-vindo aqui.

Em seguida, deu as costas a Brutus para pegar a chaleira pesada na forja e encher os copos de novo. Brutus podia ouvir o líquido escuro borbulhando.

— Acho que ficou mais forte — disse Tabbic, espiando dentro da chaleira. — Foi uma boa receita.

— Você tem algum arrependimento, velho?

Tabbic resmungou.

— Achei que você estava perturbado com alguma coisa. Eu voltaria e mudaria umas coisinhas, se pudesse. Seria um marido melhor, talvez. Se você já deixou os peitos de sua mãe, sempre vai haver coisas que gostaria de não ter feito, mas isso não é ruim, pelo que descobri. Um pouco de culpa fez uma boa quantidade de homens viver melhor do que teria vivido, tentando equilibrar a balança antes de atravessar o rio.

Brutus desviou o olhar enquanto Tabbic puxava um banco velho, encolhendo-se quando os joelhos se flexionaram.

— Sempre quis um pouco mais do que isso — disse finalmente.

Tabbic tomou um gole da bebida, com vapor subindo pelas narinas. Depois de um tempo, deu um risinho.

— Sabe, sempre pensei que esse fosse o segredo da felicidade, bem ali. Há algumas pessoas que conhecem o valor de uma mulher boa e de filhos que não causam vergonha. Talvez sejam esses que tenham tido um tempo cruel quando eram jovens; não sei. Já vi homens que tinham de optar se alimentariam os filhos ou a si próprios a cada dia, mas que mesmo assim estavam contentes.

Ele ergueu os olhos e o homem de armadura prateada sentiu o olhar e franziu a testa.

— E há os que nasceram com um buraco dentro — continuou Tabbic em voz baixa. — Eles querem e *querem*, até que se despedaçam. Não sei o que dá início à necessidade, ou como ela pode parar, a não ser com a morte.

Brutus o olhou interrogativamente.

— Depois disso você vai me dizer como encontrar uma boa mulher, não é?

Tabbic balançou a cabeça.

— Você não veio aqui me perguntar se eu tenho algum arrependimento sem ter você mesmo alguns, também. O que quer que você tenha feito, espero que possa consertar. Se não puder, isso o acompanhará por muito tempo.

— Mais um pouco — disse Brutus, estendendo o copo. Sabia que seus sentidos estavam ficando turvados, mas gostava da sensação. — O problema com sua filosofia rústica — começou, tomando um gole. — O problema é que é necessário haver alguns de nós que querem e querem, caso contrário onde estaríamos? — Então franziu a testa enquanto pensava nas próprias palavras.

— Mais felizes. Não é uma coisa pequena criar uma família e provê-la. Talvez isso não pareça muito para os generais de Roma com suas couraças, mas merece o *meu* respeito. Não há poemas sobre nós.

O vinho temperado era mais forte do que Brutus havia esperado num estômago vazio. Sabia que existia algo errado na maneira de Tabbic ver as coisas, mas não podia encontrar as palavras para fazer com que ele visse isso.

— As duas coisas são necessárias — disse finalmente. — É preciso haver sonhos, caso contrário, de que adianta? As vacas criam famílias, Tabbic. As vacas.

Tabbic pareceu cheio de escárnio.

— Nunca vi uma cabeça pior para a bebida, juro. "Vacas", pelos deuses.

— Você tem uma chance — continuou Brutus, levantando um dedo. — Uma chance, do nascimento até a morte, para fazer o que puder. Para ser lembrado. Uma chance. — Ele afrouxou o corpo, olhando para o brilho vermelho da forja na escuridão que ia aumentando.

Esvaziaram a chaleira até a polpa amarga do fundo. Há muito Brutus havia parado de se mover ou de falar quando Tabbic por fim o levou até um catre num cômodo dos fundos, ainda com a couraça. Na porta, o joalheiro parou olhando para a figura esparramada, já começando a roncar.

— Minhas filhas lembram-se de mim todo dia — disse em voz baixa.

— Espero que você faça as escolhas certas, garoto. Espero mesmo.

Júlio tirou dos dentes um pedaço de salsicha com erva-doce e sorriu enquanto olhava os convidados bêbados ficarem ainda mais loucos à medida que a lua afundava em direção ao horizonte. A música também ficou mais frenética enquanto o vinho fluía entre os instrumentistas. Os tambores e instrumentos de sopro tocavam ritmos em contraponto, e os tocadores de cítara faziam as cordas pularem com dedos embotados. Júlio não tinha ouvido uma única canção triste ou uma balada durante todo o tempo em que estivera ali, e isso servia perfeitamente ao seu humor. A comida também era magnífica, depois das rações dos soldados.

O convite era um dentre as dúzias que havia recebido antes do pôr do sol, mas o anfitrião, Cássio, era um senador que havia ficado e Júlio queria cultivá-lo. Somente a primeira hora fora gasta em conversas, enquanto Júlio refazia o contato com a classe social de sua cidade. O vinho grátis fora distribuído por toda a Roma e a população parecia decidida a obedecer à sua ordem de comemorar, tornando-se cada vez mais louca enquanto a lua se punha sobre as colinas.

Júlio mal escutava um mercador bêbado que parecia ter se recuperado totalmente do espanto inicial. O sujeito pulava de um assunto a outro sem precisar de mais do que um movimento de cabeça ocasional para ir em frente. Enquanto ele sorria e falava, Júlio olhava as jovens damas que tinham vindo à festa, não deixando de notar que a maioria havia aparecido somente depois que sua presença fora reconhecida. Algumas eram desavergonhadas na competição por seus olhares, e ele já havia pensado em mais de uma delas para compartilhar sua cama naquela noite. Os rostos estavam ruborizados de excitação sexual enquanto o vinho tinto as iluminava e Júlio achava o espetáculo hipnotizante. Estivera por muito tempo nos campos de batalha, e as oportunidades de companhia feminina tinham sido poucas. Brutus chamava aquilo de "coçar a comichão", e no todo não tinha sido mais satisfatório.

Em comparação com as prostitutas dos acampamentos, as beldades de Roma eram como um bando de pássaros pintados reunidos para sua diversão. Júlio sentia os perfumes se misturando no ar, mesmo acima da erva-doce.

Sentiu que finalmente seu companheiro havia parado, e olhou para ele imaginando se o sujeito teria feito uma pergunta. Também estava meio bêbado, mas seu vinho era diluído em água. Desde que havia passado pela porta do Quirinal sentira a embriaguez e o prazer puro de estar de volta com seu povo. O vinho tinha apenas um pouquinho de responsabilidade por seu bom humor.

— Meus irmãos, em particular, ficarão satisfeitos em ver uma mão firme na cidade, depois de Pompeu — continuou o mercador.

Júlio deixou a voz do homem se transformar num ruído de fundo enquanto olhava as pessoas ao redor. Afora a simples excitação ao pensar em levar uma das mulheres romanas para a cama, imaginou se deveria estar procurando por algo mais do que uma simples noite. Já rira diante da sugestão de que precisava de herdeiros, mas na época era jovem e muitos dos que chamava de amigos ainda estavam vivos. A ideia afiou sua avaliação das jovens no grupo, procurando mais do que uma simples curva de perna e coxa, ou a qualidade dos seios. Tendo a opção, ele sabia que preferiria uma beldade, mas talvez também fosse tempo de pensar nas conexões e alianças de uma união. O casamento era um dos elementos importantes na política de Roma, e a escolha correta poderia ser tão benéfica quanto a errada poderia ser um desperdício.

Com um gesto discreto, chamou Domício de outro grupo que conversava. O senador Cássio viu o movimento e veio rapidamente primeiro, decidido a que a menor vontade de Júlio fosse satisfeita. Fora honrado pela chegada do general e Júlio achava lisonjeira a atenção constante, que pretendia ser exatamente isso. O homem era esguio como um jovem e se portava bem entre os convidados. Júlio o havia encorajado com elogios sutis e tinha certeza de que o senador seria um daqueles que voltariam ao novo governo. Se os outros que haviam ficado fossem igualmente receptivos, Júlio achava que as eleições poderiam correr muito bem. O Senado poderia ser preenchido com seus apoiadores.

Tinha pretendido falar das mulheres com Domício, mas com Cássio ali Júlio se dirigiu a ele, escolhendo as palavras com cuidado.

— Fiquei longe por tempo demais para saber quais de suas convidadas são solteiras, Cássio. — Júlio escondeu o sorriso tomando um gole de vinho enquanto via o interesse do senador se aguçar.

— Está pensando numa aliança, general? — perguntou Cássio observando-o atentamente.

Júlio hesitou apenas um momento. Talvez fosse a empolgação que sentia desde o retorno, ou parte de seu interesse sexual naquela noite, mas subitamente teve certeza.

— Um homem não pode viver sozinho; e a companhia de soldados não atende a todas as exigências — disse rindo.

Cássio sorriu.

— Será um prazer fazer apresentações. Há apenas um pequeno grupo seleto aqui, mas muitas não são comprometidas.

— De boa família, claro, e fértil — disse Júlio.

Cássio piscou diante do tom direto, depois assentiu com entusiasmo. Praticamente tremia de vontade de espalhar a informação e Júlio ficou olhando enquanto ele procurava um modo de sair sem ser grosseiro.

Cássio encontrou a solução no escravo mensageiro que entrou no salão principal, movendo-se rapidamente entre os convidados na direção de Júlio. O sujeito estava vestido de modo simples e usava o anel de ferro para mostrar sua posição, mas aos olhos de Júlio parecia mais um guarda-costas do que um simples mensageiro. Júlio estivera perto de soldados em número suficiente para conhecer os modos, e sentiu Domício se eriçar à aproximação do sujeito, sempre cauteloso como havia sido treinado.

Como se sentisse o desconforto que sua entrada havia causado, o escravo estendeu as mãos para mostrar que não tinha armas.

— General, vim a mando de minha senhora. Ela o espera lá fora.

— Sem nome? Quem é sua senhora?

A omissão foi suficientemente interessante para fazer com que Cássio parasse no ato de voltar aos outros convidados. O escravo enrubesceu ligeiramente.

— Ela disse que o senhor se lembraria da pérola, mesmo que tivesse se esquecido dela. Sinto muito, senhor. Estas foram as palavras que ela mandou dizer, caso o senhor perguntasse.

Júlio inclinou a cabeça agradecendo, bastante feliz em deixar Cássio perplexo. Sentiu uma pontada de culpa por não ter tirado um tempo para ver Servília antes que o sol se pusesse em seu primeiro dia.

— Não precisarei de você, Domício. — E para o escravo disse: — Vá na frente — seguindo-o para fora e descendo a escadaria principal da casa. As portas foram abertas e Júlio pôde entrar direto na carruagem que esperava do lado de fora.

— Você não veio me ver — disse Servília com frieza enquanto ele sorria. Ela sempre parecera linda ao luar, e por um momento Júlio sentiu-se contente em bebê-la. — Chega, Júlio — reagiu ela com rispidez. — Você deveria ter vindo, como prometeu. Há muita coisa a discutir.

Fora da proximidade aconchegante da carruagem, o cocheiro estalou o chicote acima do cavalo e o veículo se afastou pelas ruas calçadas de pedras, deixando as mulheres pintadas de Roma discutindo o interesse do general sem a presença dele.

CAPÍTVLO VI

O AMANHECER DE VERÃO CHEGOU CEDO, MAS ESTAVA CINZENTO e frio quando Brutus enfiou a cabeça num barril d'água no estábulo público. Levantou-se ofegante, e esfregou o rosto e o pescoço vigorosamente até a pele ficar vermelha e começou a sentir-se um pouco mais útil. Tinha se arriscado permanecendo uma noite na cidade. Júlio teria usado o tempo para aumentar seu domínio sobre Roma. Seus homens estariam guardando as portas e Brutus sabia que talvez tivesse de blefar para sair. Havia pensado em esconder a armadura, mas o cavalo tinha uma marca da legião e os legionários ficariam muito mais interessados num ladrão de cavalo do que num general saindo para um passeio matutino.

Precisou de ajuda para subir à sela, com o cavalo pateando de lado quando sentiu seu peso. Brutus segurou as rédeas numa tensão incomum. A companhia de Tabbic fora como um bálsamo numa ferida aberta, mas ele deveria ter ido direto para o litoral.

Sério, jogou uma moeda para um dos garotos do estábulo e saiu para a rua. A porta mais próxima era a do Quirinal, mas em vez disso foi para a Esquilina, no leste. Era uma porta de comerciantes e estaria movimentada mesmo a essa hora, com incontáveis mercadores e trabalhadores. Com um pouco da sorte dos deuses os guardas iriam deixá-lo passar com apenas um olhar e um aceno.

Enquanto trotava pela cidade com as costas rígidas, Brutus sentiu-se suando os venenos da noite anterior. Era difícil imaginar o otimismo que havia sentido ao entrar na cidade com os outros. A simples ideia trazia a raiva de volta à superfície. Seu olhar se aguçou inconscientemente e os que viam a expressão mantinham os olhos baixos até ele ter se afastado.

Havia um lugar no mundo onde seria bem-vindo, ainda que tivesse dito isso meio numa zombaria amarga para a mãe. Por que deveria colocar uma velha amizade na balança de sua vida? Ela não importava nada para Júlio, afinal de contas. Finalmente isso havia se tornado claro. Não haveria um dia em que Júlio se viraria para ele e diria: "Você esteve ao meu lado desde o início" e lhe daria um país, um trono ou algo próximo de seu valor.

Passou pela porta Esquilina com uma facilidade que zombou de sua preocupação anterior. Júlio não tinha pensado em alertar os guardas e Brutus respondeu às continências sem qualquer sinal de tensão. Iria para a Grécia. Iria a Pompeu e mostraria a Júlio o que ele havia perdido ao descartá-lo.

Com Roma para trás, Brutus cavalgou rápido e sem cautela, prestando atenção no suor e nos riscos do terreno duro. O esforço era libertador, um antídoto contra os efeitos demorados do vinho temperado. A familiaridade ajudava a manter a mente entorpecida a princípio, enquanto ele entrava no ritmo de um batedor de cavalaria. Não queria iniciar o interminável autoexame que sabia que viria depois da decisão de abandonar Júlio. Ainda que isso pairasse sobre ele como o inverno, inclinou-se à frente na sela, concentrando-se no terreno e no sol batendo no rosto.

A visão de uma coluna em marcha interrompeu seu devaneio, trazendo-o de volta a um mundo onde decisões precisavam ser tomadas. Puxou as rédeas, fazendo o cavalo parar com dois cascos balançando no ar por um momento. Seria possível que Júlio tivesse mandado homens à frente para cortar seu caminho? Olhou os legionários serpenteando a distância. Não carregavam bandeiras e Brutus hesitou, virando a montaria num círculo apertado. Não havia forças armadas no sul que não tivessem sido arrastadas para a ameaça de guerra. A legião de Pompeu fora com ele e Brutus achava que os veteranos da Gália estavam em segurança na cidade. No entanto havia perdido uma noite na oficina de Tabbic. Júlio poderia muito bem tê-los mandado para caçá-lo.

O pensamento trouxe de volta a raiva e o orgulho. Ignorou o primeiro impulso de passar ao largo da coluna e se aproximou cautelosamente, pronto para colocar a montaria a galope. Júlio não teria mandado a infantaria, tinha quase certeza, e viu que a coluna não tinha cavalos, nem mesmo para oficiais. Sentiu um alívio profundo. Havia treinado os *extraordinarii* a caçar um único cavaleiro e sabia que eles não mostrariam misericórdia para com um traidor, nem mesmo com o homem que os havia liderado na Gália.

Esse pensamento fez com que se encolhesse inconscientemente. Não tivera tempo para considerar o que pensariam os que haviam ficado para trás, quando soubessem. Não entenderiam seus motivos. Amigos que o conheciam há anos ficariam pasmos. Domício não acreditaria a princípio, pensou amargamente. Otaviano ficaria arrasado.

Imaginou se Régulo entenderia. O sujeito havia traído seu senhor, afinal de contas. Brutus duvidava que encontraria simpatia nele. A lealdade canina que Régulo havia demonstrado a Pompeu havia se transferido num golpe violento para seu novo senhor. Régulo era um fanático. Não poderia haver meias-medidas para ele, e caçaria Brutus incansavelmente se Júlio desse a ordem.

Estranhamente, era mais doloroso imaginar o rosto de Júlio ouvindo a notícia. Júlio presumiria que tinha havido um engano, até que Servília falasse com ele. Mesmo então Brutus sabia que ele iria se magoar e o pensamento fez seus dedos ficarem brancos de tanto apertar as rédeas. Talvez Júlio sofresse por ele, a seu modo hipócrita. Balançaria a cabeça meio calva e entenderia que perdera o melhor de todos devido à própria cegueira. Então mandaria os lobos atrás dele. Brutus sabia que não deveria esperar perdão pela traição. Júlio não poderia se dar ao luxo de deixá-lo alcançar Pompeu.

Olhou para trás, subitamente com medo de ver os *extraordinarii* galopando em sua perseguição. Os campos estavam calmos e ele controlou melhor as emoções. A coluna era uma ameaça mais imediata e quando chegou mais perto viu os rostos ovais e pálidos olhando em sua direção e o som distante de uma trompa. Baixou a mão à espada e riu para o vento. Que os desgraçados tentassem pegá-lo, quem quer que fossem. Ele era o melhor de uma geração, um general de Roma.

A coluna parou e Brutus soube quem eram no momento em que viu a total falta de ordem. Os guardas das estradas tinham sido mandados aos antigos alojamentos da Primogênita, mas Brutus adivinhou que aqueles eram os teimosos, tentando chegar ao general que não havia se importado com eles. Quer soubessem ou não, eram aliados naturais, e um plano brotou completo em sua cabeça enquanto cavalgava até eles. Uma voz interior achou divertido como seus pensamentos pareciam vir mais depressa e com mais força quanto mais longe estava de Júlio. Poderia se tornar o homem que deveria ter sido sem a sombra daquele outro.

Sêneca se virou em pânico quando o *cornicen* tocou uma nota de alerta. Sentiu uma pancada fria no peito enquanto esperava ver as fileiras dos cavaleiros de César vindo puni-lo.

O alívio de ver apenas um cavaleiro foi uma espécie de êxtase e ele quase conseguiu sorrir pensando no medo que sentira. A conversa de Ahenobarbo sobre juramentos o havia perturbado e ele sabia que os homens compartilhavam parte da mesma culpa.

Estreitou os olhos com suspeita enquanto o cavaleiro se aproximava da frente da coluna, sem olhar à direita ou à esquerda enquanto passava pelas fileiras imóveis. Sêneca reconheceu a armadura de prata de um dos generais de César, e junto com esse reconhecimento veio um medo de que estivessem sendo cercados de novo. Qualquer coisa era possível vindo daqueles que haviam tecido uma roda em volta deles e os fizeram parecer crianças.

Não foi o único a ter esse pensamento. Metade dos homens na coluna balançava a cabeça, nervosos, procurando a poeira que revelaria a presença de uma força maior. O chão estava seco no calor do verão e até mesmo alguns poucos cavaleiros teriam ficado evidentes. Não viram nada, mas não ousavam parar de procurar, depois da lição dura que haviam aprendido perto de Corfínio.

— Ahenobarbo! Onde você está? — gritou Brutus enquanto puxava as rédeas, seus olhos escuros examinando Sêneca por um momento e indo em frente, desconsiderando-o.

Sêneca ficou vermelho e pigarreou. Lembrava-se daquele sujeito, das negociações na tenda de César. O sorriso zombeteiro era sempre a primeira expressão dele, e os olhos tinham visto mais guerra e morte do que Sêneca poderia imaginar. No alto capão espanhol, era uma figura intimidadora e Sêneca descobriu que estava com a boca seca de medo.

— Ahenobarbo! Mostre-se — gritou Brutus, com a impaciência crescendo.

— Ele não está aqui — respondeu Sêneca.

A cabeça do general girou ao ouvir as palavras e ele fez o cavalo dar a volta com habilidade óbvia. Sêneca sentiu um pouco mais da confiança se esvair sob o olhar do sujeito. Sentia-se como se tivesse sido avaliado e considerado insuficiente, mas a iniciativa parecia ter sido perdida desde que tinham avistado o cavaleiro.

— Não me lembro do seu rosto — disse Brutus, suficientemente alto para que todos ouvissem. — Quem é você?

— Livínio Sêneca. Eu não...

— Que posto você tem para liderar estes homens?

Sêneca olhou-o com raiva. Com o canto do olho pôde ver alguns de seus guardas virarem a cabeça para ouvir a resposta. A contragosto, enrubesceu de novo.

— Pompeu decidirá como recompensar minha lealdade — começou. — No momento...

— No momento você pode estar algumas horas adiante das legiões de César se ele descobrir que deixou o alojamento — respondeu Brutus rispidamente. — Assumo o comando destas coortes pelo direito de meu posto como general de Roma. Para onde vocês estão indo?

Finalmente Sêneca perdeu as estribeiras.

— Conhecemos nosso dever, senhor. Não voltaremos a Roma. Retorne à cidade, general. Não tenho tempo para ficar aqui discutindo com o senhor.

Brutus levantou as sobrancelhas, interessado, inclinando-se para olhar melhor.

— Mas não vou voltar a Roma — disse em voz baixa. — Vou levá-los à Grécia para lutar por Pompeu.

— Não serei enganado pelo senhor, general. Duas vezes, não. Eu o vi na tenda de César com Ahenobarbo. Está dizendo que virou traidor num único dia? Isso é mentira.

Para horror de Sêneca, o general com armadura de prata passou a perna sobre a sela e saltou com leveza para o chão. Deu três passos até chegar suficientemente perto para que ele sentisse o calor do sol se irradiando da armadura; e seus olhos eram terríveis.

— Você me chama de mentiroso e traidor e espera viver, Sêneca? Não sirvo a homem nenhum, e sim a Roma. Minha espada matou mais homens para o Senado do que os que estão aqui e você ousa usar essas palavras *comigo*?

Sua mão acariciou o punho do gládio e Sêneca deu um passo atrás, afastando-se daquela fúria.

— Eu lhe disse para onde vou — continuou Brutus, implacável. — Disse que vou lutar por Pompeu. Não me questione de novo, garoto. Fique *avisado*. — As últimas palavras eram um sussurro áspero, antes que a luz da loucura caísse de seu olhar e a voz mudasse para um tom mais normal. — Diga aonde estão indo.

— Ao litoral — respondeu Sêneca. Ele podia sentir uma grossa linha de suor escorrer pela bochecha e não ousou coçar a trilha incômoda.

Brutus balançou a cabeça.

— Não com duas coortes. Não há barcos de pesca suficientes para todos nós. Precisaremos ir para um porto e esperar que haja um navio mercante que Pompeu não tenha conseguido queimar. Brundísio fica trezentos quilômetros a sudoeste daqui. É bastante grande.

— É longe demais — disse Sêneca instantaneamente. — Se eles mandarem os *extraordinarii*...

— Você acha que vai estar mais seguro de costas para o mar? Então é um idiota. Precisamos de um navio e deve haver algum mercante ainda funcionando.

— E se eles mandarem os cavaleiros? — perguntou Sêneca, desesperado.

Brutus deu de ombros.

— Eu treinei aqueles homens. Se César mandar os *extraordinarii* contra nós, vamos estripá-los.

Enquanto Sêneca os encarava, Brutus caminhou lentamente de volta ao cavalo e saltou sobre a sela. De cima, olhou para Sêneca e esperou mais alguma oposição. Quando não houve, assentiu, satisfeito.

— Brundísio, então. Espero que seus rapazes estejam em forma, Sêneca. Quero estar em Brundísio em dez dias ou menos.

Virou o cavalo em direção ao sul e acenou à primeira fileira de guardas. Para a fúria secreta de Sêneca, eles se viraram para segui-lo e a coluna começou a se mover de novo. Enquanto acertava o passo com os que estavam ao redor, Sêneca percebeu que passaria a semana seguinte olhando o traseiro daquele cavalo.

À luz suave da manhã Júlio andava de um lado para o outro no antigo saguão da casa de Mário, observado pelos generais que tinha convocado. Parecia exausto e pálido, envelhecido pela notícia.

— Não é apenas que a traição prejudicará nossa posição com os senadores que ficaram — disse ele. — Poderíamos manter isso discreto se dissermos que ele foi mandado numa tarefa particular. Mas ele tem o conhecimento de nossos pontos fortes, de nossas fraquezas, até mesmo de nossos métodos de ataque! Brutus conhece os detalhes de cada batalha que travamos na Gália. Praticamente inventou os *extraordinarii* do modo como os usamos. Tem o segredo espanhol do ferro duro. Deuses, se ele entregar tudo isso a Pompeu seremos derrotados antes de começarmos. Digam como posso vencer contra esse tipo de conhecimento.

— Mate-o antes que ele consiga alcançar Pompeu — disse Régulo no silêncio.

Júlio ergueu os olhos mas não respondeu. Domício franziu a testa, perplexo, enxugando o suor frio do rosto. Seus pensamentos ainda estavam pesados por causa de uma festa louca numa casa perto do fórum. O cheiro doce de bebida continuava em todos, mas eles estavam firmes. Domício balançou a cabeça para clareá-la. Não podiam estar falando de Brutus como um inimigo, disse a si mesmo. Não era possível. Tinham recebido sal e pagamento juntos, compartilhado sangue e atado os ferimentos uns dos outros. Tinham se tornado generais em anos difíceis e Domício não podia afastar a ideia de que Brutus voltaria com uma explicação e uma piada, com uma mulher nos braços, talvez. O sujeito era praticamente um pai para Otaviano. Como poderia ter jogado tudo aquilo fora por causa do temperamento idiota?

Domício passou as mãos calosas no rosto, olhando o chão enquanto a conversa irada continuava ao redor. Tinham entrado na cidade apenas na manhã anterior e um deles já era inimigo.

Marco Antônio falou, enquanto Júlio voltava a andar:

— Poderíamos espalhar a notícia de que Brutus é nosso espião. Isso solaparia o valor dele para as forças da Grécia. Pompeu não estaria disposto a confiar nele. Com um pequeno empurrão ele poderia rejeitar Brutus totalmente.

— Como? Como faremos isso? — perguntou Júlio.

Marco Antônio deu de ombros.

— Mande um homem para ser capturado no litoral da Grécia. Dê-lhe o seu anel ou algo assim, para demonstrar que ele espiona para nós. Pompeu vai arrancar a informação dele com tortura e Brutus perderá seu valor.

Júlio pensou nisso num silêncio furioso.

— E quem mandarei para ser torturado, Marco Antônio? Não estamos falando de uma surra. Pompeu levaria horas com ele para ter certeza de que está falando a verdade. Eu já o vi trabalhar em traidores antes. Nosso espião perderia os olhos com ferros em brasa, e junto com eles a esperança de sobreviver ao sofrimento. Pompeu acabaria com ele. Você entende? Não restaria nada além de carne.

Marco Antônio não respondeu e Júlio fungou, enojado, as sandálias estalando enquanto caminhava pelo piso de mármore. No ponto mais distante parou e se virou. Não conseguia se lembrar de quando havia dormido pela última vez e sua mente estava entorpecida.

— Você está certo. Precisamos diminuir o golpe de Brutus passar para o lado deles. Pompeu vai trombetear isso aos quatro ventos se tiver algum bom-senso, mas se pudermos semear a desconfiança Pompeu pode desperdiçar nosso *precioso* general. Os homens já sabem que ele foi embora?

— Alguns devem saber, mas talvez não adivinhem que ele foi para Pompeu — respondeu Marco Antônio. — Para eles é impossível acreditar. Nem vão pensar nisso.

— Então um homem leal sofrerá as piores agonias para desfazer essa traição — disse Júlio, sério. — É o primeiro que ele vai nos dever. Quem mandarmos não pode saber da verdade. Ela seria arrancada a fogo. Deve ser informado que Brutus ainda é um de nós, mas fazendo um jogo sutil. Talvez possamos fazer com que ele ouça por acaso o segredo, para não ficar com muitas suspeitas. Quem vocês podem mandar?

Os generais se entreolharam com relutância. Uma coisa era ordenar que homens fossem para uma linha de batalha, mas esse era um negócio sujo e Brutus foi odiado naquela sala.

Finalmente, Marco Antônio pigarreou.

— Tenho um que trabalhou para mim no passado. É suficientemente desajeitado para ser apanhado se o mandarmos sozinho. Seu nome é Cecílio.

— Ele tem família, filhos? — perguntou Júlio, trincando o maxilar.

— Não sei.

— Se tiver, mandarei um prêmio de sangue para eles quando ele se encontrar fora da cidade — disse Júlio. Mas isso não parecia bastar.

— Posso chamar Cecílio, com sua permissão? — perguntou Marco Antônio.

Como sempre, a ordem final e a responsabilidade eram de Júlio. Ele se incomodou por Marco Antônio não aceitar o fardo com algumas palavras fáceis. Brutus teria feito isso, mas Brutus tinha virado traidor. Talvez fosse melhor estar rodeado por homens mais fracos.

— Sim. Mande-o vir. Eu mesmo darei a ordem — confirmou Júlio.

— Devemos mandar um assassino com ele, para ter certeza — disse Otaviano subitamente. Todos os olhos se viraram em sua direção e ele os encarou sem pedir desculpas. — E Então? Régulo disse o que todos estamos pensando. Será que sou o único que vou falar? Brutus era tão meu amigo quanto de qualquer um de vocês, mas acham que ele deve viver? Mesmo que não diga nada a Pompeu, ou que esse espião enfraqueça sua posição, ele deve ser morto.

Júlio segurou Otaviano pelos ombros e o rapaz não conseguiu encará-lo.

— Não. Não haverá assassinos mandados por mim. Ninguém mais tem o direito de tomar essa decisão, Otaviano. Não ordenarei a morte do meu amigo.

Ao ouvir a última palavra, os olhos de Otaviano chamejaram com fúria e Júlio o segurou com mais força.

— Talvez eu compartilhe a culpa com Brutus, garoto. Não vi os sinais até ele ter ido embora, mas agora eles me perturbam. Fui um idiota, mas o que ele fez não muda nada, no fim das contas. Quer Pompeu o nomeie general ou não, ainda devemos ir à Grécia e lutar contra aquelas legiões. — Ele parou até que Otaviano ergueu os olhos. — Quando fizermos isso, se Brutus estiver lá, ordenarei que seja mantido vivo. Se os deuses o matarem com uma lança ou uma flecha, minhas mãos estarão limpas. Mas se ele sobreviver à guerra que virá, não tirarei sua vida antes de ter falado com ele, talvez nem mesmo depois. Há muita coisa entre nós para pensar de outro modo. Entende?

— Não — respondeu Otaviano. — De jeito nenhum.

Júlio ignorou a raiva, também a sentindo.

— Espero que com o tempo entenda. Brutus e eu compartilhamos sangue, vida e mais anos do que posso lembrar. Não o verei morto por minha ordem. Nem hoje, por causa disto, nem em qualquer outro momento. Somos irmãos, ele e eu, quer ele escolha se lembrar disso ou não.

CAPÍTVLO VII

VER BRUNDÍSIO SEM A AGITAÇÃO USUAL DE GALERAS MERCANTES E de legiões era estranho para um porto tão fundamental no sul. Quando Brutus chegou à crista da última colina com as exaustas coortes de guardas, ficou desapontado ao não encontrar nada maior do que um barco lagosteiro atracado no cais. Tentou se lembrar se conhecia o questor do porto e então deu de ombros. Qualquer que fosse, o pequeno contingente de soldados romanos estacionado ali não poderia interferir. Fora da própria Roma, não havia nada no sul que pudesse incomodá-los.

Os guardas o seguiram até o porto, ignorando os olhares e os dedos dos trabalhadores apontando. Era uma sensação estranha para a maioria, mas Brutus estava familiarizado com territórios hostis e voltou às atitudes da Gália sem sequer pensar. Há apenas pouco tempo a visão de soldados teria trazido uma sensação de paz e ordem, mas com uma guerra civil espreitando eles seriam tão temidos quanto qualquer bando de saqueadores. Era desagradável ver os rostos dos que abriam caminho para as duas coortes de guardas. Mesmo com toda a experiência, Brutus não podia ignorar um sutil desconforto e se pegou ficando cada vez mais irritadiço enquanto liderava a coluna pelos armazéns de importação do cais. Deixou os soldados ao sol enquanto desmontava e entrava.

O escrivão do questor estava de pé, discutindo com dois homens corpulentos. Todos os três se viraram para encará-lo enquanto ele entrava, e Brutus fez uma saudação preguiçosa, sabendo que sua chegada era o assunto da conversa.

— Preciso de comida e água para meus homens — disse abruptamente. — Cuidem disso primeiro. Não vamos incomodá-los por muito tempo, senhores, portanto fiquem à vontade. Quero encontrar um navio que me leve à Grécia.

Quando mencionou o destino, notou o olhar do escrivão saltar rapidamente para um pergaminho sobre a mesa e depois voltar, cheio de culpa. Brutus sorriu, atravessando a sala. Os trabalhadores do cais se moveram para bloquear seu caminho e ele pôs a mão na espada com um gesto casual.

— Os senhores estão desarmados. Têm certeza que querem se arriscar comigo? — perguntou.

Um dos homens lambeu nervosamente o lábio inferior e teria falado, mas seu companheiro deu-lhe um tapinha no braço e os dois se afastaram.

— Muito bem — disse Brutus, deixando a mão cair. — E agora, comida, água e... um navio.

Chegou à mesa e segurou a mão ossuda do escrivão, afastando-a com firmeza dos documentos. Pegou o maço de folhas e as examinou rapidamente, deixando cada uma cair até chegar na metade da pilha. Era o registro de uma galera de legião que havia chegado ao porto na véspera para encher os barris de água doce. Havia poucos detalhes. O capitão tinha voltado do norte, segundo o registro, e içado a vela depois de apenas algumas horas em Brundísio.

— Para onde ele ia? — perguntou Brutus.

O funcionário abriu a boca e fechou, balançando a cabeça.

Brutus suspirou.

— Estou com mil homens em seu cais. Só queremos sair daqui sem problemas, mas hoje não estou com paciência. Posso mandar incendiar este prédio e tudo o mais que você valoriza. Ou você pode simplesmente me dizer. Onde está essa galera?

O funcionário foi rapidamente a uma sala dos fundos e Brutus ouviu o barulho de suas sandálias subirem correndo uma escada. Esperou num silêncio desconfortável com os dois estivadores, ignorando-os.

Um homem usando uma toga que parecia ter visto dias melhores desceu a escada atrás do escrivão. Brutus suspirou diante do surgimento do questor.

— Provincianos — murmurou baixinho.

O sujeito o escutou e fez uma careta irritada.

— Onde estão seus documentos de autoridade? — perguntou o questor.

Brutus o encarou, concentrando-se numa mancha de comida no manto do sujeito, até ele ficar vermelho.

— O senhor não tem o direito de nos ameaçar aqui — disse o questor indignado. — Nós somos leais.

— Verdade? A quem? — perguntou Brutus. O sujeito hesitou e Brutus desfrutou o desconforto dele antes de continuar: — Tenho duas coortes que vão se juntar a Pompeu e ao Senado na Grécia. Esta é a minha autoridade. Seu escrivão teve a gentileza de me mostrar os registros, e uma galera passou por aqui ontem. Diga para onde ela foi.

O questor lançou um olhar venenoso ao infeliz empregado antes de se decidir.

— Eu mesmo falei com o capitão — disse com relutância. — Ele estava de patrulha perto de Arimino quando recebeu a mensagem para vir. Ia atracar em Óstia. — O homem hesitou.

— Mas você lhe disse que Pompeu já havia partido — replicou Brutus. — Imagino que ele queira se juntar à esquadra navegando pelo litoral sul, encontrando-os na metade do caminho. Isso se parece com a conversa que você lembra?

O questor se enrijeceu diante do tom.

— Eu não tinha ordens novas para ele. Acredito que possa ter ido ao mar para negar o valor de seu navio a... forças rebeldes.

— Homem sensato. Mas *nós* somos leais a Pompeu, senhor. Precisamos daquela galera. Imagino que um capitão com tal sensatez tenha lhe dito qual deveria ser seu próximo porto, para o caso de a pessoa correta vir perguntar. Algum lugar mais ao sul, certo?

Enquanto falava, observou os olhos do escrivão e viu-os se agitarem cheios de culpa. O questor era um jogador muito melhor do que o empregado, mas captou o olhar e os músculos de seu maxilar se destacarem enquanto ele pensava no que fazer.

— Como saberei que o senhor não está com César?

A pergunta teve um efeito muito maior do que o questor poderia ter pretendido. Brutus pareceu crescer ligeiramente, fazendo o pequeno oficial sentir-se menor e com um calor opressivo. Os dedos de sua mão direita tamborilaram por um momento no peitoral de prata, com o barulho parecendo assustadoramente alto no silêncio.

— Acha que tenho uma senha secreta para você? — disse rispidamente. — Um sinal especial para mostrar minha lealdade? Estes são dias complicados. Não há nada mais que eu possa lhe dizer além do seguinte: Se não me disser, vou queimar este porto até os alicerces, com vocês dentro. Mandarei meus homens trancarem as portas e ouvirei vocês raspando-as. É só isso que ofereço. — Ele olhou de cima para baixo para o questor, sabendo que não haveria qualquer sinal de blefe em seus olhos.

— Tarento. Ele disse que faria uma parada em Tarento — disse o empregado, rompendo a tensão.

O questor ficou visivelmente aliviado por terem lhe tirado a decisão, mas mesmo assim reagiu levantando o punho, fazendo o empregado se encolher. Brutus procurou algum sinal de que estivessem mentindo, mas ficou satisfeito e ignorou-os, calculando rapidamente. Tarento era um porto que poderia ser alcançado em apenas algumas horas cavalgando rapidamente através de um istmo, e a galera teria de navegar dando a volta.

— Obrigado, senhores, sua lealdade será recompensada — disse, vendo o medo e a confusão enquanto eles digeriam as palavras. Supôs que em breve a mesma coisa aconteceria em todas as terras romanas, à medida que a questão da aliança ficasse cada vez mais importante. A guerra civil engendrava uma desconfiança que já começara a comer os alicerces de seu mundo.

Lá fora, ao sol, olhou as coortes encherem seus odres num poço, em razoável ordem. Por um momento de loucura sentiu-se tentado a mandar que eles queimassem o porto, como havia ameaçado. Afinal de contas, poderia ser um dos que Júlio usaria para mandar uma frota à Grécia. Não deu a ordem, preferindo não mandar uma coluna de fumaça que revelasse sua posição. Também havia um pouco de orgulho em querer que Júlio fizesse a travessia o mais rápido possível. Brutus só precisava de alguns meses para se estabelecer nas forças de Pompeu, e depois disso Júlio poderia ser bem recebido.

— Sêneca, há uma galera de legião indo para Tarento. Vou a cavalo até lá. Siga-me quando tiverem conseguido provisões.

— Não temos prata para pagar pela comida.

Brutus fungou.

— Este é um porto sem navios. Eu diria que os armazéns estão cheios de tudo que vocês precisam. Peguem o que quiserem e venham atrás de mim o mais rápido que puderem. Entendeu?

— Sim, acho...

— Sim, *senhor* — disse Brutus rispidamente. — Depois faça uma saudação como se soubesse o que está fazendo, entendeu?

— Sim, senhor — respondeu Sêneca, fazendo uma saudação rígida.

Brutus levou sua montaria até o poço e Sêneca ficou olhando irritado enquanto ele se movia entre os guardas com uma facilidade que Sêneca só podia invejar. Viu Brutus fazer algum comentário e os ouviu rir. O general era um herói para os homens que não tinham feito nada além de manter as fortalezas das estradas seguras para Roma. Sêneca sentiu um toque da mesma admiração e desejou ter um modo de recomeçar.

Enquanto olhava Brutus montar e sair trotando pela estrada do sul, sentiu os homens olhando-o à espera de ordens, de novo. Percebeu que poucos de sua geração tinham a chance de aprender o serviço com um veterano da Gália. Aproximou-se do grupo ao redor do poço, como tinha visto Brutus fazer. Não era sua prática se misturar com os homens e eles se entreolharam, mas então um deles lhe entregou um odre e Sêneca bebeu.

— Acha que ele vai nos conseguir uma galera, senhor? — perguntou um dos homens.

Sêneca enxugou a boca.

— Se não puder, provavelmente vai atravessar a nado, rebocando-nos — respondeu e sorriu ao vê-los relaxar. Era uma coisa pequena, mas sentiu mais satisfação naquele momento do que podia lembrar em todos os seus exercícios táticos.

Brutus galopava pelo capim baixo das colinas do sul, os olhos fixos no horizonte, atentos ao primeiro vislumbre do mar. Estava com fome, cansado e coçando por baixo da armadura, mas se a galera estivesse fazendo apenas uma breve parada em Tarento ele precisava se esforçar. Não pensava no que faria caso o capitão tivesse partido. Quanto mais ficava em terra, mais o perigo aumentava, mas não havia sentido em se preocupar. Em seus anos na Gália tinha aprendido o truque mental que lhe permitia ignorar o que não podia controlar e colocar todo o peso nas alavancas que podia mover. Afastou o problema da mente, concentrando-se em conseguir a maior velocidade possível sobre o terreno irregular.

Ficou surpreso ao se sentir responsável pelos guardas. Sabia melhor do que Sêneca o que aconteceria se Júlio os apanhasse. Todos tinham feito promessas solenes de não lutar por Pompeu e Júlio seria obrigado a torná-los exemplos. Sem dúvida balançaria a cabeça diante do terror daquilo tudo antes de dar a ordem, mas Brutus sabia que Júlio era em primeiro lugar um general, e apenas raramente um homem, quando isso lhe trazia lucro. Os guardas eram inexperientes e não tinham a mínima ideia das lutas pelo poder. Podiam ser esmagados até virar cinzas sangrentas entre os dois lados, baixas da guerra civil antes que ela tivesse começado propriamente. O navio precisava estar lá, esperando por eles.

Era fácil sonhar com o futuro enquanto cavalgava, pegando o caminho mais direto através dos campos e vales rochosos. Se chegasse ao acampamento de Pompeu com duas coortes teria influência desde o primeiro momento. Sozinho precisaria contar com a vontade de Pompeu para receber um comando. Não era um pensamento agradável. Pompeu não ousaria confiar nele a princípio e Brutus sabia que havia uma chance de ir parar na linha de frente como soldado de infantaria. A armadura de prata atrairia os homens da Décima de Júlio como mariposas e ele jamais sobreviveria à primeira batalha. Precisava dos homens de Sêneca ainda mais do que eles precisavam dele, talvez.

O campo ao sul de Roma era muito diferente das exuberantes planícies do norte. Pequenas fazendas sobreviviam cultivando oliveiras e limões de casca grossa em retorcidos esqueletos de madeira, todos definhando com o calor. Cães magros latiam em volta de seu cavalo sempre que ele diminuía a velocidade, e a poeira parecia cobrir sua garganta numa camada grossa. O som dos cascos trazia as pessoas para fora das casas isoladas para olhar cheias de suspeita até que ele estivesse fora de suas terras. Eram morenas e endurecidas como o chão em que trabalhavam. Por sangue, eram mais gregas do que romanas, restos de um antigo império. Ninguém falava com ele e Brutus se perguntava se elas ao menos pensavam na grande cidade ao norte. De algum modo, duvidava. Para elas Roma era outro mundo.

Parou junto a um pequeno poço e amarrou as rédeas numa árvore retorcida. Procurou algum modo de alcançar a água, o olhar pousando numa casa minúscula, de pedras brancas, ali perto. Havia um homem lá, olhando-o do conforto de um banco rústico junto à porta. Um cachorro pequeno estava sentado ofegante aos seus pés, com calor demais para latir para o estranho.

Brutus olhou impaciente para o sol.

— Água? — gritou, segurando as mãos em concha perto da boca e fazendo mímica de beber.

O homem o encarou com firmeza, os olhos absorvendo cada detalhe da armadura e do uniforme.

— Pode pagar? — perguntou ele. O sotaque era forte, mas Brutus o entendeu.

— No lugar de onde venho não se pede pagamento por alguns copos d'água — respondeu bruscamente.

O homem deu de ombros e, levantando-se, começou a ir para a porta de casa.

Brutus olhou as costas dele.

— Quanto? — perguntou, pegando a bolsa.

O agricultor estalou os nós dos dedos lentamente enquanto pensava.

— Sestércio — disse finalmente.

Era demais, mas Brutus apenas assentiu e procurou irritado entre as moedas. Entregou uma e o sujeito a examinou como se tivesse todo o tempo do mundo. Depois desapareceu na casa e voltou com um balde de couro costurado e um pedaço de corda.

Brutus tentou pegá-lo e o homem se afastou com velocidade surpreendente.

— Eu faço isso — disse passando por ele em direção ao poço empoeirado.

O cão lutou para ficar de pé e foi atrás, parando apenas para mostrar os dentes amarelos na direção de Brutus. Este se perguntou se a guerra civil tocaria aquelas pessoas. Duvidava. Elas continuariam raspando a vida do solo fino. E se de vez em quando vissem um soldado passar a galope, o que isso lhes importava?

Olhou o agricultor puxar o balde e segurá-lo para o cavalo beber, tudo na mesma velocidade irritante. Por fim, o balde foi passado a Brutus, que bebeu cobiçosamente. O líquido frio se derramou no peito em fios enquanto ele ofegava e enxugava a boca. O sujeito o olhou sem curiosidade enquanto Brutus pegava o odre na sela.

— Encha isto — disse ele.

— Um sestércio — respondeu o homem, estendendo a mão.

Brutus ficou pasmo. Assim é que eram os camponeses honestos!

— Encha o odre ou seu cachorro vai para dentro do poço — respondeu sinalizando com o odre frouxo.

O animal respondeu ao seu tom de voz repuxando a boca em outra lamentável exibição de dentes. Brutus sentiu-se tentado a pegar a espada, mas sabia como isso pareceria ridículo. Não havia qualquer traço de medo no agricultor nem em seu vira-lata, e Brutus tinha a suspeita desagradável de que o sujeito riria da ameaça. Sob a pressão da mão aberta, Brutus xingou e pegou outra moeda. O odre foi cheio com o mesmo cuidado lento e Brutus o amarrou à sela, não confiando em si mesmo para falar.

Quando estava montado, olhou para baixo, pronto para encerrar a conversa com algum comentário mordaz. Para sua fúria, o agricultor já estava se afastando, enrolando a corda no braço com cuidado. Brutus pensou em gritar para ele, mas antes de pensar em qualquer coisa o sujeito havia desaparecido na casa e o pequeno quintal estava tão imóvel quanto ele o havia encontrado. Pressionou os calcanhares contra os flancos do cavalo e cavalgou na direção de Tarento, com a água chacoalhando e gorgolejando atrás.

Enquanto saía do vale, captou pela primeira vez o cheiro de brisa salgada, mas este sumiu assim que foi reconhecido. Passou-se mais uma hora de cavalgada intensa até que a grande vastidão azul surgisse. Como sempre, o mar animou seu espírito, mas ele procurou em vão uma mancha significando que a galera estivesse navegando. Sêneca e seus homens deviam estar marchando atrás e Brutus não queria acabar com suas esperanças quando eles finalmente chegassem ao porto.

A terra ficou mais áspera próxima ao litoral, com trilhas íngremes onde foi obrigado a puxar o cavalo para não se arriscar uma queda. Num lugar tão vazio ele achou seguro retirar a armadura, e a brisa refrescou seu suor deliciosamente, enquanto subia ofegando a última encosta e olhava a cidadezinha embaixo.

A galera estava lá, no fim do cais fino que parecia tão precário quanto o resto do local. Brutus agradeceu a todos os deuses em que pôde pensar e deu um tapa empolgado no pescoço do cavalo antes de tomar um gole comprido do odre. A terra parecia sugar a umidade dele e o sol era feroz, mas Brutus não se importou. Montou de novo num salto e começou a trotar morro abaixo. Pompeu entenderia seu valor, pensou. Cartas seriam mandadas a todas as legiões mencionando o general da Gália que optara por honrar o Senado e não a César. Eles não sabiam nada de seu passado, a não ser o que Brutus contasse, e ele teria o cuidado de não alardear nem revelar seus antigos erros. Seria um recomeço, uma nova vida e, finalmente, iria à guerra contra seu amigo mais antigo. O sol pareceu mais escuro diante desse pensamento, mas ele o descartou. A escolha estava feita.

O sol ia baixando quando Sêneca chegou com suas duas coortes. A agitação a bordo da galera aumentara enquanto os soldados e a tripulação se preparavam para navegar. Foi um alívio ver Brutus falando com um oficial no píer de madeira e Sêneca percebeu o quanto estivera dependendo do sujeito.

Fez as coortes pararem, dolorosamente cônscio do exame da tripulação da galera que enrolava cordas e puxava os últimos barris de água doce pela prancha, até o porão. Desta vez sua saudação foi o mais perfeita possível e os dois homens o saudaram de volta.

— Apresentando-se, senhor — disse Sêneca.

Brutus assentiu. Parecia com raiva, e um olhar ao capitão da galera disse a Sêneca que tinha interrompido uma discussão.

— Capitão Gadítico, este é Livínio Sêneca, meu segundo no comando — disse Brutus formalmente.

O capitão não se incomodou em olhar na direção dele e Sêneca sentiu um jorro de aversão em meio ao prazer de ouvir seu novo título.

— Não há conflito aqui, capitão — continuou Brutus. — O senhor estava indo a Óstia pegar homens como estes. O que importa se atravessar para a Grécia a partir daqui?

O capitão coçou o queixo e Sêneca viu que o sujeito estava barbado e parecia exausto.

— Eu não sabia que César tinha voltado a Roma. Deveria esperar ordens da cidade antes...

— O Senado e Pompeu lhe deram ordens para juntar-se a eles, senhor — interrompeu Brutus. — Eu não deveria ter de lhe dizer qual é o seu dever. Pompeu ordenou que estes homens fossem para Óstia. Nós estaríamos com ele agora se não fôssemos obrigados a atravessar a região. Pompeu não ficará satisfeito se o senhor adiar minha chegada.

O capitão olhou-o irritado.

— Não jogue seus conhecimentos na minha cara, general. Eu servi Roma por trinta anos e conheci César quando ele era apenas um jovem oficial. Tenho amigos e poder que posso invocar.

— Não me lembro de tê-lo ouvido mencionar seu nome quando servi com ele na Gália — reagiu Brutus.

Gadítico piscou. Tinha perdido essa disputa em particular.

— Eu deveria ter sabido, pela armadura — disse lentamente, olhando para Brutus com uma nova luz. — Mas o senhor vai lutar por Pompeu?

— Estou cumprindo o meu dever. Cumpra o seu — disse Brutus, com o controle se esgarçando visivelmente. Já estava cheio da oposição que parecia brotar a cada estágio desse dia interminável. Olhou a galera balançando lentamente nas ondas e ansiou por deixar a terra para trás.

Gadítico passou o olhar pela coluna de homens que esperavam para subir a bordo. Por toda a vida tinha seguido ordens e, mesmo que esta cheirasse mal, sabia que não tinha escolha.

— Vai ficar apertado, com tantos homens. Basta uma tempestade e nós afundamos — disse com o resto da resistência.

Brutus forçou um sorriso.

— Vamos conseguir — disse, virando-se para Sêneca. — Leve-os a bordo.

Sêneca o saudou de novo e voltou aos seus homens. O píer estremecia sob os pés enquanto a coluna se aproximava e as primeiras colunas começaram a subir a prancha até o convés amplo.

— Então por que vai lutar contra César? O senhor não disse — murmurou Gadítico.

Brutus olhou-o.

— Há sangue ruim entre nós — respondeu com mais honestidade do que havia pretendido.

Gadítico assentiu.

— Eu mesmo não gostaria de estar contra ele. Não creio que ele jamais tenha perdido uma batalha — disse, pensativo.

Brutus respondeu com um clarão de raiva, como Gadítico esperava.

— As histórias são exageradas.

— Espero que sim, pelo seu bem.

Era uma pequena vingança por ter sido obrigado a se rebaixar, mas Gadítico gostou da expressão de Brutus desviando os olhos. Lembrou-se da última vez em que estivera na Grécia, quando o jovem César tinha organizado ataques contra o acampamento de Mitrídates. Se Brutus tivesse visto aquilo, talvez pensasse duas vezes antes de escolher Pompeu como senhor. Gadítico esperava que o general arrogante com sua armadura de prata aprendesse uma dura lição quando chegasse a hora.

Quando o último guarda estava a bordo, Gadítico os acompanhou, deixando Brutus sozinho no cais. O sol se punha no oeste e ele não conseguia olhar na direção de Roma. Respirou fundo enquanto se empertigava e subiu no convés, balançando suavemente nas ondas. Tinha deixado todos eles, e por um tempo não conseguia falar devido às lembranças que o devastavam.

As cordas foram enroladas e penduradas enquanto a galera ia para o mar, com o canto dos escravos nos remos parecendo um acalanto sob seus pés.

CAPÍTVLO VIII

A CIDADE PERMANECIA FECHADA ENQUANTO A ELEIÇÃO ACONTE-
cia, portões lacrados. A multidão no Campo de Marte era barulhenta e alegre, como se eleger cônsules fosse uma festa pública e não uma rejeição a
Pompeu e seu Senado. O sol batia sobre todos e havia muitas famílias jovens
e empreendedoras cobrando uma moeda de bronze para se desfrutar a sombra de um toldo que haviam carregado até o grande campo. O cheiro de
carne chiando, as conversas, o riso e os gritos dos vendedores se misturavam numa cacofonia sensual que parecia muito com vida e lar.

Júlio e Marco Antônio subiram a escadaria até a plataforma que os car-
pinteiros da legião tinham feito para eles. Estavam juntos, usando togas brancas com acabamentos em púrpura. Júlio usava a coroa de louros de um general
bem-sucedido, as folhas escuras recém-amarradas com fios de ouro. Raramente era visto em público sem ela, e havia alguns que suspeitavam que o
adereço era em parte para esconder a cabeça ficando careca por baixo.

A Décima estava polida e brilhante, montando guarda para os novos
cônsules. Os soldados seguravam as lanças e escudos prontos para sinalizar
pedindo silêncio, mas Júlio estava contente apenas em ficar ali parado, olhando por sobre as cabeças da vasta multidão.

— Na última vez em que fui feito cônsul neste lugar eu tinha a Gália à minha frente — disse a Marco Antônio. — Pompeu, Crasso e eu éramos aliados. Parece que foi há uma vida inteira.

— Você não perdeu tempo — respondeu Marco Antônio e os dois compartilharam um sorriso enquanto se lembravam daqueles anos. Como sempre, Marco Antônio tinha uma aparência polida, como se fosse esculpido na melhor pedra romana. Algumas vezes Júlio ficava irritado ao ver que, de todos os homens que conhecera, Marco Antônio era o que mais se aproximava da aparência que um cônsul deveria ter. Rosto forte e estrutura poderosa, junto com uma dignidade natural. Júlio tinha ouvido dizer que as mulheres de Roma se arrepiavam e ruborizavam à sua passagem.

Olhou para o amigo, que era mais alto, sabendo que fizera a escolha certa ao tê-lo para liderar o Senado. Marco Antônio era leal, mas não como Régulo, com quem uma palavra descuidada poderia lançar a morte em asas velozes contra um inimigo. Marco Antônio se importava tremendamente com a antiga República e iria fazê-la reviver enquanto Júlio ia à Grécia. Tinha mostrado um desdém pela riqueza que só poderia ser assumido pelos que nasceram ricos. Era de confiança e Júlio sentia alívio por não ter de se preocupar com a hipótese de sua preciosa cidade sofrer enquanto estivesse fora. Dentre todos os homens, Marco Antônio conhecia a fragilidade da paz aparente, e as lições de Milo e Clódio não haviam se perdido para ele, mesmo estando longe na Gália. Roma precisava de mão firme e de paz para crescer. Pompeu jamais poderia ter dado isso.

Deu um sorriso torto, sabendo que ele também não era o homem para comandar uma cidade pacífica. Tinha amado demais a conquista da Gália e da Britânia para considerar a hipótese de passar seus últimos anos em debates sonolentos. Preocupava-se o bastante com a lei quando podia mudá-la para se acomodar à sua visão, mas a administração tediosa que vinha em seguida seria uma morte lenta. Como Pompeu, preferia rasgar a pele do conforto e encontrar novos lugares, novas lutas. De algum modo era adequado que os últimos leões de Roma se enfrentassem finalmente. Se Pompeu não estivesse ali para provocá-lo, Júlio achava que mesmo assim acabaria entregando o poder a Marco Antônio, pelo menos por um tempo. Teria ido conquistar a África, talvez, ou seguir os passos de Alexandre até as terras estranhas que ele havia descrito no leste.

— Vamos nos dirigir ao nosso povo, cônsul? — disse sinalizando para um centurião da Décima.

Os soldados ao redor da plataforma bateram com as lanças nos escudos três vezes. Houve silêncio e eles puderam ouvir uma brisa sussurrando sobre o Campo de Marte. A multidão ficou parada respeitosamente, antes que alguns começassem a aplaudir e o resto se juntasse antes que Júlio pudesse falar. O som foi levado para o alto por milhares de gargantas enquanto o sol golpeava.

Júlio olhou para Marco Antônio e ficou surpreso ao ver que havia lágrimas nos olhos do amigo. Ele próprio não se sentia tão emocionado, talvez porque sua mente já estivesse na campanha por vir, ou porque já tivesse sido cônsul antes. Invejou o companheiro, entendendo sem compartilhar a emoção.

— Você fala primeiro? — perguntou em voz baixa.

Marco Antônio inclinou a cabeça, agradecendo.

— Depois do senhor, general. Eles são seus.

Júlio pousou as mãos no corrimão de madeira que seus homens tinham feito, exatamente na altura que desejava. Respirou fundo e lançou a voz:

— As centúrias votaram hoje e sua marca foi feita no solo de nossos pais. Marco Antônio e eu estamos diante de vocês como cônsules e Pompeu ouvirá suas vozes até mesmo na Grécia. Saberá que seu Senado ausente foi substituído. Esta é nossa mensagem para ele. Nenhum homem é mais do que Roma, nenhum homem é maior do que os que vejo hoje à minha frente.

Eles aplaudiram e bateram os pés mostrando o prazer diante de tais palavras.

— Mostramos que Roma pode sobreviver à perda dos que não se importam com ela. Mostramos que pode haver lei sem corrupção. Eu cumpri minha promessa a vocês?

Eles rugiram de modo incoerente no que pode ter sido uma concordância.

— Cumpri — disse Júlio com firmeza. — Os tribunais foram limpos e os subornos, punidos abertamente. Não haverá acordos secretos em minha cidade, feitos pelos que a governam. Os trabalhos do Senado serão tornados públicos todos os dias ao pôr do sol. Os votos de vocês são um empréstimo de poder, mas apenas para funcionar nos seus interesses, não para esmagá-los. Não esqueci disso, como aconteceu com alguns. Suas vozes soam comigo a cada dia é levarei os ecos à Grécia para repassá-las aos exércitos de lá.

A multidão tinha ficado mais densa aos seus pés enquanto os de trás empurravam. Júlio imaginou quantos teriam vindo ao campo para votar nos novos cargos. Eles estavam de pé desde o amanhecer e deviam sentir fome e sede, tendo gastado as poucas moedas com os vendedores há muito tempo. Decidiu ser breve.

— As legiões da Grécia terão nos ouvido aqui, hoje. Elas se perguntarão como apoiam um homem que perdeu a fé do povo que mais importa. Não pode haver autoridade sem a voz de vocês. Vocês transformaram alguns de seus companheiros em magistrados e questores, sim, e até mesmo em cônsules! — Júlio esperou a reação, sorrindo para eles. — Realizamos muito nestes últimos meses. O bastante para que, quando partir, eu saiba que minha cidade estará segura e em paz. Levarei seus votos a Pompeu e direi que ele foi rejeitado pelos cidadãos que o criaram. Servirei à minha cidade fielmente e Marco Antônio será suas mãos, seus olhos, sua *vontade* no Senado.

Enquanto eles aplaudiam, Júlio levou Marco Antônio à frente, com a mão em seu braço.

— E agora são seus — murmurou.

Sem um olhar de volta para a massa de cidadãos, Júlio desceu a escada e deixou Marco Antônio sozinho para encará-los. Era importante que os novos cônsules fossem vistos agindo sós, e Júlio se afastou até onde seu cavalo estava a postos. Pegou as rédeas com um legionário da Décima e passou a perna sobre a sela, sentando-se ereto e respirando fundo o ar frio.

Enquanto Marco Antônio começava a falar, Júlio balançou a cabeça, num espanto suave. Até a voz do sujeito era perfeita. Ressoava sobre a multidão. E ainda que Júlio soubesse que as palavras tinham sido exaustivamente ensaiadas em sessões noturnas, isso não estava aparente.

— Estar aqui, irmãos, com a cidade atrás de nós, é o motivo pelo qual nasci... — ouviu Júlio, antes que a voz se perdesse na brisa. Os *extraordinarii* se formaram ao seu redor e todos galoparam em direção aos portões de Roma.

Júlio ficou olhando em silêncio enquanto dois dos homens mais fortes apeavam e caminhavam em direção às placas de bronze e cera que lacravam a cidade. Levavam martelos pesados, e quando eles os ergueram Júlio ouviu o ruído dos cidadãos aumentar como o som de ondas distantes. Com um estalo as placas caíram e os portões se abriram para ele voltar ao trabalho. As eleições tinham lhe dado legitimidade, mas mesmo assim teria de levar suas legiões por sobre um mar hostil até a Grécia. Por um momento a ideia de que teria de enfrentar Brutus o fez hesitar. Era uma dor que ele esmagava implacavelmente sempre que vinha à superfície. Os deuses lhe concederiam outro encontro com o amigo mais antigo ou não. Ele levaria seu exército ao triunfo ou seria morto e seu caminho terminaria. Não podia se permitir ser fraco, tendo chegado tão longe.

— É apenas um passo — disse a si mesmo enquanto atravessava a linha das muralhas.

Servília estava na antiga casa de Mário quando Júlio chegou, suando e empoeirado por causa da cavalgada pela cidade calorenta. Em comparação ela parecia fresca, mas à luz forte do dia sua idade era ainda mais visível. Sempre fora uma mulher da noite. Ele se ocupou com a sela por um momento enquanto colocava os pensamentos em ordem, não querendo mergulhar direto em outra discussão difícil. As multidões de Roma eram muito mais fáceis de manobrar do que Servília, pensou.

Um escravo lhe trouxe um copo de suco de maçã gelado e Júlio o esvaziou enquanto entrava nos aposentos onde ela o esperava. A fonte no pátio podia ser ouvida e os aposentos internos eram arranjados em quadrados ao redor de um centro aberto, de modo que o cheiro de plantas e flores estava sempre no ar. Era uma casa linda, e agora era raro que Júlio imaginasse a voz de Mário ecoando por ela.

— Cônsul de novo — disse ele.

Os olhos de Servília se suavizaram por um instante, tocados pelo orgulho dele. Houvera muitíssimo pouca suavidade nela desde a noite em que Brutus partira. A princípio Júlio tinha achado que ela sentia culpa pela traição do filho, mas deveria perceber que não era isso.

— Sua mulher ficará satisfeita, César — disse Servília.

Júlio suspirou e viu os olhos dela relampejarem de raiva. Aproximou-se e a tomou nos braços.

— Mas vim aqui para você, Servília, como disse que faria. Pompeia está na propriedade do campo para me dar um herdeiro. Nada mais. Já discutimos isso o suficiente, não acha? A neta de Cornélio Sila é o melhor partido que encontrei para me dar um filho. Ele terá o sangue de duas famílias nobres. Um dia o garoto comandará Roma.

Servília deu de ombros e ele soube que o casamento apressado ainda era uma ferida aberta para ela.

— Foi você a primeira a me alertar que eu desejaria um filho, Servília. Ela fungou.

— Sei disso, mas também sei com que parte do corpo os homens pensam. Você não é um touro reprodutor, Júlio, apesar de tudo que alardeia. Ah, sim, ouvi seus soldados bêbados falarem de sua energia. Que júbilo foi escutar quantas vezes você montou nela numa única noite!

Júlio gargalhou.

— Você não pode me considerar responsável por meus soldados! Não deveria prestar atenção a essas coisas. — Ele segurou-a pelos ombros, obviamente divertido. — Estou aqui; isso não lhe diz nada? Pompeia será mãe de meus filhos, só isso. Não vou lhe dizer que não há prazer em fazê-los. A garota é *extremamente* bem proporcionada.

Servília o empurrou para longe.

— Eu a vi. Pompeia é linda. Também é uma idiota, coisa que desconfio que você não percebeu enquanto estava olhando para os peitos dela.

— Eu queria saúde e força, Servília. Como touro reprodutor fornecerei a inteligência de meus filhos.

— Você é um bode, isso sim — disse ela e ele riu de novo.

— Um bode que é cônsul pela segunda vez, Servília. Um bode que governará.

Seu humor era contagiante e ela não pôde resistir. Gentilmente, deu um tapinha na bochecha dele para interromper aquilo.

— Todos os homens são idiotas quando estão perto de mulheres, Júlio. Se deixá-la por muito tempo naquela propriedade sem você, haverá problema.

— Bobagem, ela vai ansiar por mim. Depois de um toque de César durante a noite, todas as mulheres...

Ela deu-lhe outro tapa, com um pouco mais de força.

— Você escolheu a beleza e filhos, mas fique de olho nela. É bonita demais para ser deixada sozinha.

— Vou mantê-la distante dos rapazes de Roma, claro. Agora chega disso, Servília. Como cônsul exijo comida e o melhor vinho da adega. Tenho de ir a Óstia mais tarde, ver as novas quilhas, e amanhã vou acordar ao amanhecer para ouvir os auspícios com Marco Antônio. Será um bom ano para Roma, posso sentir. Haverá raios amanhã quando os sacerdotes mais ansiosos procurarem sinais.

Servília suspirou.

— E se não houver?

— Domício virá e informará que viu alguns. Isso sempre funcionou no passado. Os sacerdotes não vão questionar. Teremos um ano de boa sorte, independentemente de qualquer coisa.

Ele se afastou e Servília ansiou por se abraçada com força de novo. Apesar de todos os riscos desconsiderando a nova esposa, ele não compartilhava sua cama há algumas semanas e a última vez fora quase um réquiem da união que ela recordava. Houvera pouca fome nele; pelo menos por ela. Ela engolia o orgulho diante dele, mas o casamento havia doído.

No entanto Júlio estava com ela, como tinha dito, e sua mulher se achava fora da cidade tendo apenas escravos por companhia. Servília já vira paixão se transformar em amizade. Sabia que deveria estar passando para essa condição, como tinha acontecido com Crasso. Mas o menor toque ou um beijo de Júlio fazia com que se lembrasse das cavalgadas juntos na Espanha e de estarem sentados aos pés da estátua de Alexandre nos primeiros brilhos do novo amor. Era doloroso demais.

Um escravo entrou e fez uma reverência para Júlio antes de falar.

— Senhor, há visitantes no portão.

— Excelente — respondeu Júlio, virando-se para Servília. — Pedi que Domício, Otaviano e Ciro trouxessem suas listas de promoções. — Ele pareceu desconfortável por um momento e a diversão sumiu do rosto. — Tivemos de fazer mudanças desde que Brutus partiu para a Grécia. Quer assistir à discussão?

— Não, você não precisa de mim — respondeu Servília, erguendo o queixo. Será que fora chamada apenas para ser ignorada? Mesmo para um líder de Roma, Júlio era capaz das mais espantosas quebras de cortesia. Era mais do que possível que ele achasse que a breve conversa era suficiente para preencher as obrigações para com ela. Servília cruzou os braços com um cuidado lento e ele a olhou, percebendo sua irritação. Seus olhos perderam o vazio distraído e ela quase pôde sentir toda a força da atenção dele.

— Eu deveria ter guardado a tarde para você — disse Júlio, segurando as mãos dela. — Devo mandá-los embora, Servília? Poderíamos ir cavalgar na pista de corridas ou nos sentarmos à margem do Tibre para desfrutar do sol. Eu poderia lhe ensinar a nadar.

Era necessário um esforço para não cair no feitiço do sujeito. Apesar de tudo que acontecera entre eles, Servília ainda podia sentir o encanto que ele espalhava.

— Já sei nadar, Júlio. Bom, receba seus homens e vá a Óstia. Talvez você ainda tenha uma chance de visitar sua jovem esposa esta noite.

Ele se encolheu diante disso, mas os dois puderam ouvir o barulho dos oficiais entrando na casa principal. O tempo dedicado a ela estava acabando.

— Se houvesse dois de mim, não bastariam para tudo que tenho de fazer — disse ele.

— Se houvesse dois de você, um mataria o outro — retrucou ela enquanto Domício entrava na sala. Este riu de orelha a orelha ao ver Servília e ela o cumprimentou com um sorriso antes de pedir licença. Num instante apenas sua fragrância permanecia no ar e Júlio estava ocupado recebendo os outros e gritando impaciente por comida e bebida.

Em casa, Servília relaxou, com os passos suaves das escravas mal interrompendo seus pensamentos.

— Senhora? O homem que a senhora chamou está aqui — anunciou a escrava.

Servília se ergueu do divã, com os braceletes de ouro ressoando suavemente no silêncio. A escrava se retirou depressa e Servília olhou com interesse cuidadoso o homem que mandara chamar. O sujeito não estava vestido com riqueza, mas ela sabia que ele podia imitar qualquer classe de Roma, se quisesse.

— Tenho outra tarefa para você, Belas.

Ele baixou a cabeça em resposta e ela viu que Belas tinha ficado calvo no alto da cabeça. Lembrou-se de quando ele usava o cabelo até os ombros em pesados cachos louros, e fez uma careta diante da injustiça daquilo. A idade tocava todos.

— Vou representar Dionísio por mais três dias — disse ele sem preâmbulo. — O desempenho foi descrito como sublime por aqueles que conhecem o teatro. Depois disso, meu tempo é seu.

Servília sorriu e viu, para seu prazer, que ele ainda mantinha certa paixão por ela. Talvez porque a visse através de uma gaze da memória, mas ele sempre fora fiel em sua adoração.

— Não será um trabalho difícil, Belas, mas irá retirá-lo da cidade por um tempo.

— Fora da cidade? Não gosto dos vilarejos, Servília. Os camponeses não conheceriam uma bela peça de Eurípedes nem que ela corresse ao redor deles gritando palavrões obscenos. Não saio da cidade há quase vinte anos, e por que o faria? O mundo é aqui, e existe gente que vai a todas as apresentações em que há um papel representado por Belas, mesmo que seja pequeno.

Servília não riu daquela vaidade. Mesmo afirmando que era um gênio ainda não reconhecido, ele podia ser duro e inteligente, e fora confiável no passado.

— Não é nem mesmo num povoado, Belas. Quero que você vigie uma propriedade no campo para mim, uma mulher, na verdade.

Belas inspirou profundamente.

— Há alguma taverna perto desse lugar? Sem dúvida, não deverei ficar deitado em valas fétidas para você, não é? Dionísio não seria reduzido a este nível.

— Não há taverna, meu querido, e suspeito que você já adivinhou para onde vou mandá-lo. Pelo que lembro da peça, Dionísio também se deitaria em qualquer lugar em troca de algumas moedas de ouro.

Belas deu de ombros e seu rosto mudou sutilmente, as feições tornando-se uma máscara para o homem que estava lá dentro.

— Só pode ser a jovem esposa desse tal de César. Toda a cidade está falando da moça. Não houve corte, pelo que notei, nem poemas comprados com escritores, não para ele. César deve ter pago o peso dela em ouro, a julgar pela propriedade que o pai da garota está subitamente querendo comprar.

Belas observou-a atentamente enquanto falava e não pôde resistir a um sorriso presunçoso quando o rosto de Servília mostrou a precisão de suas palavras.

— Faz um mês desde a cerimônia apressada e ainda não há anúncio de uma barriga inchando — continuou ele. — César não experimentou antes do casamento? Pompeia é de uma família fértil e estive esperando pela boa notícia e mais vinho de graça para afogar nossa inveja. Ele pode ser calvo embaixo daquelas folhas, mas já teve uma filha, portanto será que ela é estéril?

— Você é um mexeriqueiro malicioso, Belas. Já falei isso? Ele ainda não é calvo e nem todo casamento é abençoado com filhos desde a primeira noite.

— Mas ouvi dizer que ele tenta corajosamente. Garanhões já fizeram menos com éguas no cio, pelo que...

— Chega, Belas — disse Servília, com a expressão esfriando. — Um áureo por semana, até que o exército parta para a Grécia. Vai me dizer que ganha mais em algum teatro?

— Em termos de pagamento, não, mas meu público vai me esquecer. Talvez eu não consiga trabalho fácil depois. Eles são volúveis no afeto, você sabe, e os preços subiram depois de todo o ouro que César trouxe da Gália. Duas moedas de ouro por semana poderiam me manter vivo por tempo suficiente para arranjar trabalho, quando você terminar com o velho Belas.

— Duas, então, mas quero seus olhos naquela casa o tempo todo. Não quero desculpas, nem alguma de suas histórias malucas sobre jogos a que o arrastaram contra a vontade.

— Minha palavra é boa, Servília. Você sempre soube disso. — O tom dele era sério, e ela aceitou. — Você não disse o que devo procurar — continuou Belas.

— Ela é muito jovem, Belas, e os jovens podem ser idiotas quase tanto quanto os velhos. Veja se ela não se desgarra nem é tentada por algum bom rapaz da cidade.

— E qual é seu interesse nisso, minha bela rainha? Será que espera que ela seja tentada? Talvez eu devesse colocar a tentação no caminho para ela tropeçar. Essas coisas podem ser arranjadas facilmente.

Servília mordeu o lábio enquanto pensava, antes de balançar a cabeça.

— Não. Se ela é idiota, a coisa não acontecerá através de mim.

— Fico curioso em saber por que você gasta ouro com a mulher de outro homem — disse Belas, inclinando a cabeça enquanto olhava as reações de Servília. Para sua perplexidade, manchas de cor apareceram nas bochechas dela.

— Eu... vou ajudá-lo, Belas. Se ser útil é tudo que posso ser para ele, então serei.

Depois das palavras o rosto de Servília se suavizou e ele se aproximou dela, abraçando-a.

— Já tive essa desesperança uma ou duas vezes. O amor transforma grandes corações em idiotas.

Ela se soltou do abraço, tocando os olhos.

— Então fará isso?

— Claro, minha rainha. Estará feito, assim que eu puser a máscara de Dionísio de volta na caixa e a multidão tiver suspirado pela última vez com minhas falas. Gostaria de ouvir o clímax? É uma peça rara.

Ela o olhou com gratidão pela conversa inconsequente que aliviou o momento de tristeza.

— Deixe-me chamar as meninas, Belas. Você é sempre melhor quando há mulheres bonitas ouvindo — disse ela, relaxando agora que os negócios haviam terminado.

— Minha maldição é tê-las me inspirando. Posso escolher uma favorita quando terminar? Um ator de minha qualidade deve ser recompensado.

— Só uma, Belas.

— Duas? Estou sedento de amor, Servília.

— Uma. E uma taça de vinho pela sede.

Cecílio tremeu quando o mar frio espirrou sobre a proa do barco minúsculo na escuridão. Podia ouvir o sibilar e as batidas das ondas, mas na noite sem luar era como se estivesse flutuando na escuridão absoluta. Os dois remadores jamais falavam enquanto guiavam a embarcação, e apenas as estrelas vislumbradas por entre as nuvens móveis os mantinham no rumo para o litoral da Grécia. A vela fora abaixada há algum tempo, e mesmo que não fosse marinheiro, Cecílio achou que esse ato possuía algum significado.

— A meu favor, duas facas e uma variedade de moedas gregas, valor ainda não equiparado aos preços atuais — murmurou consigo mesmo.

Um dos remadores o mandou ficar quieto entre duas remadas e Cecílio continuou em silêncio sua lista mental. Em momentos de desconforto havia descoberto que ajudava ver o caminho com mais clareza se pudesse pegar as situações mais amorfas e acrescentar um pouco de estrutura.

— Um anel de ouro de César amarrado numa bolsa de um bom cinto de couro. Um par de sandálias fortes com lã para abrigar os pés contra as bolhas. Um pouco de comida para o caso de ter de me esconder por alguns dias. Sal e óleo para acrescentar sabor à comida. Um odre que parece ter um pequeno vazamento.

Essas eram as coisas que tinha trazido para espionar o exército de Pompeu, pensou arrasado. Não parecia muito, nas circunstâncias. Outro borrifo de água fria atravessou o banco onde estava sentado. Cecílio tentou segurar com mais firmeza o seu moral que ia afundando.

— Uma bela mente, bom conhecimento de grego que pode passar como de um camponês, pelo menos. Olhos afiados. Experiência e algum conhecimento coletado pelo caminho.

Sentou-se um pouco mais ereto no barco enquanto listava essas realizações, sentindo-se melhor. Afinal de contas, fora recomendado para a tarefa e César não mandaria um idiota. Só precisava avaliar a força das legiões e o número de galeras que Pompeu havia reunido. Com seu domínio do grego, achava que provavelmente conseguiria trabalho num dos acampamentos até que chegasse a ocasião, a cada mês, de voltar ao litoral e repassar seus relatórios. Finalmente, a pessoa que viesse encontrá-lo diria que a tarefa estava terminada e ele poderia pular no barco e ser levado para casa.

— Vocês é que virão me pegar? — sussurrou ao remador mais próximo.

O homem sibilou uma resposta raivosa antes mesmo que ele terminasse a pergunta.

— Fique de boca fechada. Há galeras na água ao redor, e as vozes chegam longe.

Não era uma grande conversa, e Cecílio tentou ficar confortável e ignorar a água que parecia se deliciar em saltar acima da proa e cumprimentá-lo como um velho amigo. Não importando o quanto tentasse se abrigar, outro borrifo o encontrava e abria caminho até suas reentrâncias mais íntimas.

"Por outro lado", pensou, "tenho um joelho direito que dói sempre que apoio o peso nele. Dois dedos que doem quando chove. Um forte desejo de não estar aqui. Não sei o que enfrentarei e há uma chance de que seja capturado, torturado e morto. E companheiros mal-humorados que não se importam com meus problemas."

Quando terminou a lista, os dois remadores pararam devido talvez a algum instinto e ficaram absolutamente imóveis no barco. Cecílio abriu a boca para sussurrar uma pergunta, porém o mais próximo apertou a mão sobre seu rosto. Cecílio se imobilizou e também olhou ao redor, para a escuridão, aguçando os ouvidos.

Em algum lugar na distância pôde ouvir o sibilar baixo das ondas numa praia de pedregulhos e pensou que era isso que havia parado os remadores. Então, vindo da escuridão, ouviu estalos e um ruído que parecia peixe saltando fora d'água. Forçou a vista para o negrume e a princípio não viu nada, até que uma sombra em movimento pairou sobre eles, com uma flor de espuma branca na proa.

Cecílio engoliu em seco dolorosamente enquanto a pequena embarcação começava a balançar na onda provocada pela galera. À medida que ela se aproximava, pôde ver os remos gigantescos que mergulhavam na água e ouviu a batida abafada de um tambor em algum lugar próximo. A galera iria despedaçá-los, tinha certeza. Parecia estar vindo direto para eles e Cecílio sabia que não tinha coragem para ficar sentado e deixar a quilha cortar o barco ao meio, levando-o para baixo ao longo da esguia espinha verde, sendo aberto e sangrado para os tubarões. Começou a se levantar em pânico e os remadores agarraram seu braço com a força casual de sua profissão. Seguiu-se uma luta breve e silenciosa antes que Cecílio cedesse. A galera era uma enorme montanha preta acima, e ele podia ver a luz fraca das lanternas no convés.

Seus companheiros baixaram os remos na água com cuidado infinito, usando o ruído da passagem da galera para esconder o deles. Com alguns movimentos fortes saíram do alcance da quilha esmagadora e Cecílio jurou que os remos da galera tinham passado sobre sua cabeça no movimento para o alto. Foi um instante de puro terror imaginá-los descendo sobre o barco, mas os remadores conheciam seu trabalho e a galera foi adiante sem que um único alarme soasse.

Percebeu que estivera prendendo o fôlego e ficou ofegante na proa enquanto os dois homens retomavam as remadas firmes sem dizer uma palavra. Podia imaginar os olhares de escárnio deles e de novo repassou sua lista, para se acalmar.

Pareceu se passar uma eternidade até que eles pusessem os remos de novo dentro do barco e um dos homens saltasse nas ondas para firmar a embarcação. Cecílio olhou para a água preta e desceu com cuidado enorme, fazendo o homem que estava na água xingar baixinho com impaciência.

Por fim estava fora do barco, com ondas suaves batendo na cintura e a areia fria fazendo pressão nos dedos dos pés, invisíveis.

— Boa sorte — sussurrou um dos homens, dando-lhe um empurrãozinho para fazê-lo andar.

Cecílio se virou e os companheiros já pareciam ter sumido. Por um instante pensou ter ouvido o som dos remos, e logo os dois se foram e ele estava sozinho.

CAPÍTVLO IX

POMPEU DESFRUTOU O CALOR DO SOL NA ARMADURA ENQUANTO ESperava, o cavalo relinchando baixinho. A área de desfiles em Dirráquio tinha sido construída depois de sua chegada à Grécia e as muralhas e os prédios cercavam um vasto pátio de argila vermelha endurecida. A brisa levantava redemoinhos de poeira cor de sangue e no alto as aves marinhas chamavam umas as outras em vozes lamentosas. Três legiões brilhantes estavam paradas em sua homenagem, as fileiras se estendendo até a distância. Pompeu havia completado a inspeção e desejou que César pudesse ver a qualidade dos homens que acabariam com sua pretensão de governar Roma.

A manhã havia se passado com rapidez prazerosa enquanto ele esperava as manobras formais. As unidades de cavalaria eram particularmente impressionantes e ele sabia que César não poderia ter um número maior do que um quarto das suas. Pompeu havia se empolgado ao vê-las galopar por todo o grande pátio em formação perfeita, girando ao sinal e atirando enxames de lanças para destruir os alvos de treinamento. Aqueles eram os homens que retomariam Roma do usurpador. Para eles César era apenas o nome de um traidor e Pompeu sentira-se entusiasmado com o apoio sério dos comandantes que faziam seus juramentos de lealdade.

As legiões tinham marchado pela Grécia para se juntar aos senadores evacuados na costa oeste e ele havia descoberto que eram homens bem liderados, disciplinados e com elevado moral. Adorou a indignação deles ao vê-lo obrigado a sair de sua cidade. Não havia fraqueza política nas legiões da Grécia: ele dera a ordem e elas tinham vindo. Estavam famintas para encontrar o inimigo e Pompeu achara divertido descobrir que os relatórios da Gália desagradavam àqueles soldados profissionais. Eles ansiavam pela chance de destruir a vaidade dos veteranos de César, achando que era uma arrogância injustificada. Eram bons homens com quem ir à guerra.

A qualidade das forças gregas ajudou a diminuir a irritação constante que Pompeu enfrentava, proveniente dos senadores e suas famílias. Mais de uma vez se arrependeu de tê-los trazido, apesar do peso da lei que eles davam à sua posição. Reclamavam da água, dizendo que ela soltava suas entranhas; do calor, das acomodações em Dirráquio e de mil outras picuinhas. Poucos tinham ideia do valor escasso que representavam para Pompeu agora que ele estava no campo. Em vez de lhe dar rédeas soltas, eles tentavam influenciar suas decisões e permanecer como uma força numa área em que não tinham aptidão. Pompeu sentira-se tentado a mandá-los a uma das ilhas gregas durante todo o período de exílio. Apenas o fato de que essa decisão poderia solapar sua autoridade o impediu de dar a ordem.

Cada olhar estava fixo nele quando instigou seu cavalo espanhol num galope e foi em direção ao alvo. Sentiu o quente ar grego assobiar nos ouvidos e um trovão de cascos se fundiu numa vibração de tambor que fez aumentar sua concentração. O saco de palha amarrado à semelhança de um homem pareceu crescer e ele pensou que podia ver cada nó do barbante que o mantinha preso.

Com as fileiras de soldados olhando, a coisa precisava ser perfeita, e ele não cometeu erro. Quando a lança saltou de sua mão ele soube que acertaria. Os olhos de profissionais seguiram o caminho da arma e houve muitos que sabiam que o lançamento fora bom antes que a figura de palha se sacudisse, girando com o impacto. Eles aplaudiram e Pompeu levantou a mão, saudando e ofegando. Seu rosto estava molhado de suor e o ombro direito doía terrivelmente, com a resposta de um ponto de dor crescendo nas entranhas. Tinha sentido os músculos se rasgando ao soltar a lança, mas isso não importava. Os romanos respeitavam a força e a demonstração lhes daria orgulho do comandante.

Virou-se e galopou ao longo da fileira de homens, notando os rostos ferozes e a disciplina. Somente o oficial-comandante, Labieno, o encarou e saudou quando Pompeu puxou as rédeas.

— Estou satisfeito com eles, Labieno — disse Pompeu, suficientemente alto para os legionários ouvirem. — Dispense-os para comerem, mas que não ponham muito em cada prato. Quero-os magros e com fome. — Sua voz baixou para um tom mais casual. — Acompanhe-me até o templo, general. Ainda há muito a discutir.

— Sim, senhor — respondeu Labieno. Seus olhos afiados notaram como Pompeu favorecia o braço direito, mas seria desrespeitoso mencionar isso, caso Pompeu não o fizesse. Labieno ficou satisfeito ao ver que não havia qualquer sinal de desconforto no rosto vermelho de Pompeu. O ditador era um homem duro e orgulhoso e fazia uma bela figura a cavalo, mesmo em sua idade. — Eles estão sempre famintos, senhor. Não vão desapontá-lo.

— Não mesmo — disse Pompeu, sério. — Vão espalhar as aves de rapina de César como sementes ao vento.

Labieno inclinou a cabeça em resposta, os olhos baixos. Não era difícil demonstrar honra a um homem daqueles. O que tinha visto de Pompeu o impressionara desde a chegada. O ditador levava sua autoridade com um modo tranquilo e digno que os homens respeitavam. Labieno sabia que os legionários estavam confiantes, e na verdade muitos gostariam de ter a chance de lutar contra um traidor. Para alguns a Grécia estava pacífica há muito tempo, em especial para os que esperavam uma carreira brilhante. Como o mais humilde carregador de lanças sabia, a guerra trazia promoções muito mais depressa do que a paz. Qualquer um deles estaria esperando fazer nome contra César, tornar-se centurião e membro respeitado da classe de oficiais.

Pompeu esperou enquanto Labieno montava em seu capão e ficou satisfeito por não encontrar qualquer falha no sujeito ou em seus modos. Fisicamente o general não era notável, com o cabelo raspado e olhos escuros num rosto de traços duros. Sua ficha era excelente e Pompeu não tivera dúvidas em incluí-lo em seus conselhos. Havia em Labieno uma solidez que ele apreciava, quase um antídoto para as intrigas venenosas dos senadores. Oficiais como ele podiam ser encontrados em cada porto e cidade que baixavam a cabeça para a lei romana. Não aceitavam subornos, não hesitavam na lealdade. Sua disciplina férrea mantinha os postos durante anos, e quando iam à guerra não conheciam inimigos iguais no campo. Eram os ossos duros de Roma. Pompeu assentiu para Labieno, mostrando seu prazer.

Sob aquele olhar benigno, Labieno deu a ordem e as fileiras de homens se dissolveram em direção aos alojamentos. O cheiro de comida quente já se espalhava no ar e Pompeu se lembrou de que Labieno devia estar tão faminto quanto eles, depois de uma manhã tão longa. Mandaria que a melhor refeição fosse servida ao general. Labieno entenderia o elogio sem que mais nada tivesse de ser dito.

Enquanto cavalgavam para o templo que Pompeu havia escolhido como base, Labieno pigarreou. Pela experiência, Pompeu sabia que o sujeito não falaria sem permissão. Ele era um belo exemplo para os homens.

— Fale, general. Diga o que está em sua mente.

— Eu gostaria de mandar uma galera para vigiar Óstia, com sua permissão. Se estivermos avisados quando eles partirem, estaremos preparados para recebê-los. Nossa esquadra poderia afundar os navios inimigos antes mesmo que eles avistem a Grécia.

— Imagino que você lamentaria isso, Labieno. Iria nos privar da chance de derrotá-lo aqui.

Labieno ergueu os ombros ligeiramente.

— Um pouco, senhor, mas mesmo assim eu não ignoraria uma chance de acabar com a situação.

— Muito bem, use meu selo nas ordens, mas diga ao capitão para ficar bem longe da costa. Tenho um espião no porto de lá, para dizer quando César estará juntando suas legiões. Não seremos surpreendidos por elas.

— Era o que eu esperava, senhor — disse Labieno. Os dois se entreolharam e ambos sorriram.

O templo de Júpiter em Dirráquio não tinha nem um pouco da opulência do que ficava no fórum de Roma. Fora construído para os deuses gregos antes do papel atual e Pompeu o escolhera devido ao espaço e à localização central e não por qualquer significado religioso. Mesmo assim parecia justo ter o chefe do panteão observando os preparativos e Pompeu havia notado que seus serviçais e soldados ficavam sutilmente pasmos com o ambiente. Não se ouvia linguagem áspera dentro das paredes e era raro que as vozes se erguessem acima de murmúrios. Pompeu fizera uma grande doação aos sacerdotes do templo e não foi surpresa que eles aprovassem sua escolha. Júpiter Vitorioso era um deus militar, afinal de contas.

Deixando as montarias nas mãos de cavalariços da legião, os dois entraram por entre as colunas altas e brancas. Pompeu parou um instante na passagem, os olhos procurando sinais de que os homens lá dentro não estivessem ocupados com seu trabalho.

O ar de movimentação silenciosa estava exatamente como ele havia deixado de manhã. Mais de duzentos oficiais, funcionários e escravos se encontravam ali para administrar suas novas legiões, e o som de sandálias apressadas ecoava no espaço. Pompeu tinha mandado trazer mesas pesadas para seus mapas e junto de cada uma delas estavam oficiais superiores, as cabeças curvadas enquanto faziam marcas e discutiam as posições. O silêncio se espalhou quando se empertigaram para saudá-lo. Pompeu devolveu o gesto e o trabalho foi retomado sem cerimônia.

Labieno entregou seu elmo e a espada a um escravo que esperava e Pompeu ordenou que fosse trazida comida para os dois enquanto andavam juntos pelo corredor central. O mapa principal fora pendurado na parede e Pompeu foi direto até ele, já considerando os problemas da campanha. Com a altura e a largura de um homem, o mapa fora pintado em quadrados de pergaminho macio, alisado com pedra-pomes até ficar com textura de veludo. Toda a Itália e a Grécia estavam ali, representados com cores e detalhes perfeitos.

Pompeu verificou que suas mãos estavam livres de sujeira e tocou os principais portos da costa oeste da Grécia.

— Eu gostaria de ouvir suas ideias, Labieno. Se a esquadra não impedir César, ele terá centenas de quilômetros de litoral para escolher o local de desembarque, de norte a sul. Se eu reunir nosso exército num só lugar, ele pode evitar a área que controlamos e estabelecer seus acampamentos em outra, em perfeita segurança. Mesmo com cinquenta mil homens, não posso guardar cada quilômetro da Grécia.

Labieno olhou o mapa, o rosto duro parecendo em oração.

— Devemos presumir que todas as suas sete legiões sobrevivam ao ataque dos nossos navios — disse ele. — Não é provável, mas devemos planejar para isso. Eles precisarão de uma quantidade gigantesca de suprimentos a cada dia e César não poderá esperar nossa ida até ele, a não ser que queira deixá-los morrer de fome. Descobri que a comida e a água vencem batalhas tão bem quanto a força das armas.

— Eu me preparei — disse Pompeu. — Dirráquio será nosso principal depósito. A cidade está atulhada de grãos. — Ele esperou um elogio e ficou surpreso quando Labieno franziu a testa.

— Talvez fosse melhor não deixar tantos recursos numa única cidade. Não digo que possa ser feito, mas se ele puder nos separar de Dirráquio, onde estaríamos? Onze legiões precisam de mais carne ainda do que sete.

Pompeu chamou um funcionário e ditou uma ordem. Nos meses desde que haviam se conhecido ele passara a perceber que Labieno tinha argúcia para esses detalhes e uma compreensão rápida dos problemas de uma campanha longa. Simplesmente juntar onze legiões num lugar provocava imensas dificuldades de suprimento. Labieno chamara sua atenção pela primeira vez ao criar linhas das fazendas e cidades da Grécia até o oeste. Pelo que Pompeu sabia, nenhum homem estivera carente de rações desde o primeiro mês. Era uma realização espantosa.

— Se ele evitar nossa esquadra e desembarcar no leste — continuou Labieno, pensativo —, terá ficado no mar por mais de um mês e estará com pouca água potável. Seus homens teriam de marchar centenas de quilômetros só para nos encontrar. Se ele não tivesse o tipo de inovações que o senhor descreveu, eu ignoraria o leste completamente. Para ele seria muito melhor ir para um dos principais portos do oeste, mesmo que nossas galeras estejam em bandos ali. Minha avaliação seria Dirráquio no norte, Apolônia ou Orico. Eu apostaria nesses três, ou algum trecho de litoral entre eles. Ele não vai querer ficar no mar por mais tempo do que o necessário, com nossas galeras prontas para atacar.

— Desses, qual seria sua escolha? — Pompeu perguntou.

Labieno riu, um som como de madeira sendo rachada, e que desapareceu tão rapidamente quanto chegara:

— Só posso tentar adivinhar a escolha de César, senhor. Se eu estivesse comandando a campanha dele, escolheria Orico, sabendo que nossas legiões estarão espalhadas ao redor dos agrupamentos de portos mais ao norte. Pelo menos assim não teria de lutar em duas frentes.

O som de passos ruidosos os interrompeu e Pompeu olhou pela extensão do templo, seu bom humor se evaporando. Era Brutus.

Ter um dos homens de maior confiança de César passando para seu lado deveria ter sido causa de júbilo, Pompeu sabia. Quando Brutus desembarcou com suas coortes, as legiões gregas haviam se agitado com a notícia e a empolgação. Ele havia até mesmo salvado da fúria de César os membros leais da guarda de estradas, e os jovens soldados mostravam espanto com o veterano da Gália. Brutus abrira mão de muita coisa para arriscar a vida com Pompeu e merecia ser homenageado. Se ao menos a coisa fosse tão simples!

Pompeu ficou olhando friamente enquanto Brutus caminhava pelo corredor central em sua direção. A armadura de prata fora polida até brilhar. Viu que Brutus havia retirado a espada, seguindo a ordem, e respirou fundo enquanto o general se aproximava. Podia sentir o olhar de Labieno, notando sua reação ao mesmo tempo em que ele tentava mascará-la.

Brutus fez uma saudação.

— Estou às ordens, senhor — disse ele.

Pompeu franziu a testa, incapaz de lembrar se havia marcado uma reunião, mas não querendo admitir isso diante de nenhum dos dois homens. Houvera tempo em que sua mente era a mais afiada de Roma, mas a idade retirara o gume da memória tanto quanto da força física. O ombro pareceu doer mais ferozmente, como lembrança disso. Parte da irritação pôde ser ouvida no tom de voz enquanto ele respondia.

— Decidi não confirmar seu comando da Quinta Legião, Brutus. Suas coortes vão completar os números dela e você aceitará as ordens do legado Selatis. Vou observá-lo atentamente e, se você se sair bem... se eu descobrir que é leal, será recompensado rapidamente. Está dispensado.

Nenhum traço de desapontamento surgiu no rosto de Brutus. Era quase como se esperasse essa resposta.

— Obrigado, senhor — disse ele, saudando e girando nos calcanhares.

Pompeu viu que cada olhar no templo seguiu o general prateado que saía e suspirou. O sujeito era um espinho no seu pé, mas também era uma lenda.

— O que você faria com este aí, Labieno? Confiaria nele?

Labieno hesitou. Sentia-se muito menos confortável falando de outros oficiais do que de táticas ou das dificuldades de suprimentos. Quando Pompeu se virou para ele, disse:

— Não mais do que o senhor, mas eu estaria pronto para lhe dar uma legião assim que tivesse certeza da lealdade. Ele é... um oficial muito interessante. Nunca vi um espadachim melhor. Os legionários parecem reverenciá-lo e sua experiência sugere que é capaz de liderar bem, se tiver o comando. Se ele abandonou César, como afirma, lutará para provar sua confiança.

— Esse é o âmago do problema, Labieno. Se ele foi enviado para mim por algum estratagema de César, poderia causar tanto dano quanto ter outra legião do lado deles no lugar certo. Um ataque fundamental sendo contido, uma retirada deliberada num ponto crucial, um movimento súbito para bloquear minhas reservas. Qualquer uma dessas coisas poderia fazer com que eu perdesse a guerra. Se ao menos eu pudesse ter *certeza* da lealdade dele, iria homenageá-lo e fazê-lo desfilar com aquela armadura espalhafatosa. Jamais esperaria comandar um dos generais de César. Eu poderia usá-lo, Labieno. Como está, nem mesmo ouso confiar nas informações que ele traz. Prefiro permanecer ignorante a ser induzido a um desastre.

— Neste ponto é melhor ser cauteloso, senhor. Quando ele matar os primeiros soldados de César, saberemos que é leal. Ou mandarei matá-lo.

A comida chegou em pratos de prata e Pompeu se certificou de que Labieno ficasse com o melhor do que foi servido. Comeram parados diante do mapa, continuando a discutir os problemas da campanha. Muito depois de os pratos estarem vazios, ainda conversavam e o sol ia baixando no horizonte antes de chegar a hora de Pompeu visitar mais uma vez os irritados velhos de seu Senado.

Brutus embainhou o gládio enquanto saía ao sol, deixando Labieno e o velho idiota cozinhando sozinhos seus planos. Os dois eram perfeitos um para o outro, pensou. Se houvera uma fagulha de vida em Labieno, ela havia secado no fogão dos anos passados na Grécia, e Pompeu tinha perdido a coragem junto com a juventude.

Olhou para trás e resmungou ao ver os dois homens que Labieno havia designado para vigiar seus movimentos. A princípio tinha aceitado a presença deles, dizendo a si mesmo que teria feito o mesmo. Como poderiam confiar num general da Gália que fora o braço direito de César durante tantos anos? À medida que os meses passavam e Pompeu permanecia distante, a injustiça da situação começara a infeccionar cada vez mais. Brutus tinha mais conhecimento do inimigo de Pompeu do que qualquer homem vivo, e sabia que poderia ser a chave para destruí-lo. Em vez disso, suas sugestões eram recebidas quase com insolência pelos funcionários de Pompeu. Brutus começara a duvidar que eles ao menos passassem adiante a maioria de suas mensagens. Era uma ironia amarga, e naquela tarde a sombra constante dos homens de Labieno o irritava mais do que o normal.

Fez uma careta enquanto andava, sabendo que eles estariam trotando atrás. Talvez fosse hora de fazê-los respirar um pouco mais fundo do que o normal em troca do pagamento. Conhecia Dirráquio bastante bem depois de passar três meses no alojamento, e pela primeira vez estava disposto a ignorar a voz interior que lhe dizia para dar um tempo até ser visto com confiança. Nesse dia ficou subitamente enjoado daquilo e, quando virou uma esquina, saiu correndo, acelerando pela rua sob o olhar surpreso de um carroceiro e seu boi.

Desviou-se para um beco e correu até o fim sem olhar para trás. Esta era uma coisa que Rênio havia lhe ensinado na última vez em que estivera na Grécia. Nos primeiros momentos da fuga, olhar para trás só iria retardá-lo. Você *sabe* que eles estão lá, seguindo-o.

Virou mais duas esquinas em alta velocidade e suas pernas iam se aquecendo muito bem. Estava mais em forma do que qualquer soldado dos alojamentos, com o treinamento constante, e sentia-se capaz de correr o dia inteiro. Uma porta aberta o atraiu e Brutus atravessou direto uma casa estranha, saindo numa rua que não conhecia. Não parou para ver se ainda estava sendo seguido e continuou correndo por mais oitocentos metros de ruas tortuosas até ter certeza que os havia despistado.

Eles informariam isso ao frio Labieno, tinha certeza, mesmo que lhes rendesse chibatadas. O general não era cruel, mas exigia que suas ordens fossem cumpridas ao pé da letra e Brutus não invejou os dois soldados. Pompeu certamente ficaria sabendo e suas suspeitas cresceriam. Talvez fosse mandada uma patrulha para vasculhar as ruas. Brutus ofegou ligeiramente enquanto pensava em sua situação. Na melhor das hipóteses tinha uma hora antes de ser capturado. Labieno era no mínimo eficiente, e não demoraria muito até fechar a rede. Brutus riu, sabendo que havia apenas um lugar que valeria visitar nesse curto período de liberdade. Orientou-se rapidamente e partiu correndo, com as sandálias batendo na poeira verme-lha da cidade num ritmo que ele poderia manter por quilômetros.

Uma vez pensou ter visto legionários correndo à distância, mas manteve uma rua entre eles, que não chegaram mais perto. O suor encharcava seu cabelo, mas os pulmões ainda respiravam bem quando chegou ao centro da cidade e ao jardim onde sabia que encontraria a filha de César; um belo pássaro engaiolado.

Como os senadores, Júlia não tinha um papel verdadeiro nos meses em que esperavam César construir uma esquadra e cruzar o mar. Brutus a vira de braço dado com o marido nas primeiras semanas depois da chegada, mas à medida que o trabalho de Pompeu aumentava ela fora deixada por conta própria. Fora uma coisa estranha ser apresentado a ela no escritório de Pompeu, tão longe da propriedade de Júlio. Naquele primeiro encontro Brutus apenas conseguira dizer algumas palavras educadas, mas pensou ter captado uma fagulha por baixo da formalidade dela. As escravas de Pompeu tinham-na pintado e vestido com joias exatamente como ela havia previsto um dia. Para Brutus, a mistura de fria reserva e perfume pesado era profun-damente provocante, um alerta e um desafio.

Ao ver pela primeira vez o jardim onde ela se abrigava do calor da tarde, tinha notado quase preguiçosamente as entradas. Sabia que Pompeu per-manecia no templo até a noite e depois ia para uma de suas monótonas reu-niões com os senadores. Afora alguns escravos pessoais, sua esposa costumava ficar praticamente sozinha.

Brutus adivinhou que Pompeu devia manter soldados perto dela, mas enquanto olhava pelo portão para o fresco pátio interno não havia ninguém à vista. Seu coração bateu mais rápido diante do perigo. Pompeu sabia que ele conhecera Júlia antes, através do pai dela. Não seria necessário muito para que ele suspeitasse de algo mais do que um conhecimento casual.

Talvez fosse pela recusa do comando de uma legião, ou simplesmente a irritação pela desconfiança constante e a distância imposta por Pompeu. De qualquer modo, Brutus sentia um jorro de prazer apesar do risco espantoso.

— Você está bem, Júlia? — chamou baixinho através das barras orna-mentadas.

Viu-a se enrijecer enquanto girava para olhar. Era a própria imagem da primeira mulher de Júlio, Cornélia. Uma mulher linda, e a visão trouxe com força surpreendente lembranças da única noite que haviam passado juntos. Houvera pouco sangue, lembrou, mas talvez o bastante para ligá-la a ele.

Ela se levantou e veio ao portão, ruborizada.

— O que está fazendo aqui? Meu marido...

— Está discutindo planos chatíssimos com Labieno, como sempre, Júlia, e tenho certeza de que você sabe. Não entendo por que ele deixa uma mulher como você sozinha num dia tão lindo.

Ouviu a voz aguda de uma criança cantando desafinada ao fundo.

— Seu filho? Quem mais está aí com você?

— Você não deve falar comigo, Brutus! — disse ela olhando ao redor, nervosa. — Ele tem guardas por perto e sempre há escravos aqui. Este não é um lugar privado.

Um menininho saiu correndo da casa e Brutus piscou para ele. O menino riu de orelha a orelha.

— Ele é muito bonito. Olhe o tamanho das mãos. Vai ser um grande espadachim.

O medo de Júlia se suavizou diante do elogio e ela se virou para o filho.

— Vá para dentro. Daqui a pouco vou brincar com você — disse ela. Os dois ficaram olhando o menino concordar sério e voltar pelo jardim.

— Vai me deixar entrar? — perguntou Brutus.

Júlia balançou a cabeça com firmeza.

— Definitivamente não. Não posso ser vista com você e não creio que possa confiar em você.

— Eu estava me lembrando de uma noite num estábulo — admitiu ele, gostando do modo como ela enrubesceu. — Você não pode dizer que prefere Pompeu agora.

— Ele é meu marido — disse ela, mas sem qualquer firmeza na voz.

Inconscientemente, Júlia havia se aproximado das barras. Se elas não estivessem ali, Brutus poderia tomá-la nos braços e beijá-la, mas ele pensou que ela estava pronta a saltar para longe, caso fizesse essa tentativa.

— Por que abandonou meu pai? — perguntou ela subitamente. — Nunca esperei isso de você. Não foi para ficar comigo, disso eu sei.

A resposta veio tão depressa que ela não o notou olhando para longe num instante fugaz. Naquele humor as mentiras vinham facilmente a ele.

— Seu pai é o melhor homem que já conheci, Júlia. Pompeu terá muita sorte se derrotá-lo, apesar de toda a confiança.

— Então por que o *abandonou*? — perguntou ela, os olhos chamejando.

Brutus pensou no conflito de Júlia ao ter o marido planejando uma guerra contra seu pai. Enquanto o olhava, ele teve uma ideia tão empolgante quanto simples. Mas, pelos deuses, era um risco. Até onde poderia confiar no que havia nos olhos dela? Será que iria traí-lo?

— Tenho o seu juramento de não contar a Pompeu? — sussurrou ele.

— Pela vida do meu filho — respondeu ela, chegando mais perto.

— Eu não abandonei Júlio. Estou aqui para ajudá-lo a vencer.

Os lábios vermelhos dela se abriram enquanto percebia o que ele estava dizendo. Ele quis beijá-los, faminto, e sua mão se moveu por vontade própria para acariciar os cabelos dela. Júlia se afastou instantaneamente.

— Ninguém mais sabe — disse ele. — Eu só lhe disse porque não pude suportar a ideia de que me considerasse um traidor.

Dava para ver que ela queria acreditar, e Brutus precisou fazer um esforço para não cair numa gargalhada.

— Mas seu marido não confia em mim — continuou Brutus. — Ele não vai deixar que eu comande homens em número suficiente para fazer diferença. Acho que pretende me colocar nas primeiras fileiras, para ser morto na primeira escaramuça. — Estaria sendo óbvio demais? Tinha pretendido colocar uma farpa sutil, para que ela temesse por ele, mas era difícil encontrar o tom exato.

Júlia não respondeu e ele podia ver a agonia na expressão dela sendo apanhada entre lealdades conflitantes. Amava o pai, ele sabia. Tinha contado com a hipótese de que ela não contaria a Pompeu para não vê-lo ser executado. Se o afeto pelo ditador tivesse crescido, Brutus sabia que sua vida poderia ser medida em horas. Já estava pasmo com o risco corrido, e enquanto Júlia permanecia em silêncio ele teria dado tudo para pegar as palavras de volta.

— Meu pai quer que você lidere uma legião? — perguntou ela debilmente.

Então Brutus conteve um riso, sabendo que ela era sua e que tinha vencido.

— Quer, Júlia.

— Então vou convencer meu marido a lhe dar um comando.

Ele forçou a surpresa a surgir no rosto, como se jamais houvesse pensado na ideia.

— Você pode fazer isso? Ele não gostará de ser pressionado. — Brutus viu que ela havia empalidecido, e agora que a ideia fora plantada teve uma sensação do tempo lhe escapando. Não poderia ser encontrado junto ao portão, especialmente agora.

— Eu o conheço bem — disse ela. — Vou encontrar um modo. — Num impulso, pressionou o rosto contra as barras e o beijou com força nos lábios. — Faça meu pai saber que não o esqueci.

— Farei, mas agora preciso ir.

Ele poderia ter jurado que ouviu o som de sandálias reforçadas com ferro à distância. Teria de estar longe quando o encontrassem, de preferência numa taverna com uma garota nos braços. Seria difícil inventar uma história para escapar, mas não impossível, esperava.

— Quando irei revê-lo? — perguntou ela.

— Dispense os escravos daqui a dois dias, na mesma hora. Se puder, estarei aqui — disse ele, rejubilando-se por dentro. Era muito mais do que havia esperado a princípio. Em vez do prazer particular de rolar com a mulher de Pompeu de vez em quando, as apostas haviam ficado assustadoramente grandes.

— Vá depressa! — disse ela, captando seu nervosismo.

Ele assentiu e correu finalmente, pegando a primeira esquina a toda velocidade. Ela o viu desaparecer e pulou quando os soldados de seu marido passaram fazendo barulho alguns instantes depois. Ele iria guiá-los numa dança animada, pensou, e pela primeira vez desde que chegara à Grécia seu coração bateu louco de empolgação.

CAPÍTVLO X

O FESTIVAL DA BONA DEA ACONTECIA COM FORÇA TOTAL E ROMA estava cheia de mulheres. Nesse dia, a cada ano, os homens fechavam a porta e iam dormir cedo enquanto as mulheres livres da cidade bebiam, cantavam e dançavam. Algumas saíam com os seios nus, aproveitando as liberdades da festa enquanto suas famílias estavam seguras em casa.

Muitos cidadãos subiam ao telhado das casas para olhar, mas se fossem vistos receberiam uma chuva de pedradas até sumirem de novo. Teria sido ainda menos agradável ser apanhado sozinho nas ruas. A cada ano havia histórias de rapazes que tinham sido encurralados depois que a curiosidade os mantivera do lado de fora por tempo demais. Alguns eram encontrados amarrados e nus na manhã seguinte, ainda chocados demais para falar do que acontecera.

Belas olhava a antiga casa de Mário de uma alta janela do lado oposto, imaginando como chegar mais perto. Tinha visto César se despedir rindo da esposa antes de ir para uma reunião que duraria toda a noite, com os oficiais. O cônsul saíra de casa tarde para fazer uma passagem digna e seus homens foram vaiados enquanto marchavam pela colina do Quirinal em direção ao fórum. As regras normais eram suspensas durante a Bona Dea e Belas tinha adorado o desconforto evidente do cônsul. Não havia dignidade em tentar resistir ao festival das mulheres, mesmo para os membros do Senado.

De seu ponto de observação Belas olhava com interesse quando um grupo de virgens vestais veio dançando morro acima, acompanhado pelo ritmo sensual de tambores e flautas. As duas líderes estavam nuas até a cintura e seus seios balançavam do modo mais atraente, na opinião de Belas, as pernas longas e oleadas brilhando à luz das tochas. Não ousava se inclinar até um local onde elas poderiam vê-lo. As vestais, em particular, podiam ser malignas quando viam um homem naquela noite. Era a morte ao menos tocá-las, e a sentença era sempre cumprida. Belas se certificou nervoso de que havia trancado a porta da casa, embaixo, depois de alugar o quarto para a noite.

A casa de Mário estava ficando movimentada com as convidadas de Pompeia. Como mulher do cônsul, ela havia obtido prestígio social instantâneo e estava claramente gostando do novo status. Belas ficou olhando as mulheres das grandes famílias chegando de toda a cidade e bateu os dedos no parapeito da janela, frustrado, por não poder ver o que acontecia lá dentro. A maioria dos homens de Roma estava preparada para acrescentar novos boatos sobre o festival, mas Belas sabia que os mexericos se baseavam em muito pouca coisa. Os segredos da Bona Dea eram bem guardados.

Esforçou-se para ver através do portão aberto quando este não ficava bloqueado pelas recém-chegadas. Por maior que fosse a casa, Belas achou que o terreno devia estar apinhado de filhas dos nobres. Suas vozes eram estridentes, cantando e rindo, sabendo muito bem que os homens ouviriam e imaginariam os deboches que elas estavam armando.

Belas não queria estar ali e tinha dito isso a Servília, falando que Pompeia não poderia envergonhar César naquela noite, acima de todas as outras. Ela fora firme e ele havia ocupado seu lugar no quarto alto do outro lado da rua, sem nada além de um pouco de queijo e pão como companhia. Seria uma noite longa numa vigília tão solitária.

Enquanto a lua nascia, aconteceram vislumbres hipnóticos de carne na rua abaixo, enquanto todas as inibições eram descartadas. Belas se remexia esperando durante as horas, atormentado pela própria imaginação. Podia ouvir uma mulher roncando em algum lugar perto, talvez na porta de seu refúgio. O suor se grudava à pele e ele tentava enxergar através do brilho das tochas, procurando não visualizar o vinho que elas estariam derramando na pele umas das outras, vermelho escuro sobre ouro.

Perdido no devaneio, a princípio não notou nada de incomum na figura cambaleante que veio subindo o morro. O cabelo dela era comprido e preso num coque na nuca. Usava um manto que adejava ao vento, revelando por baixo uma estola negra como a noite. Belas ouviu os passos batendo nas pedras, parando ao chegar à casa que ele vigiava.

Não conseguiu deixar de olhar de novo, o coração martelando enquanto chegava mais perto da janela e espiava embaixo. Suas mãos seguraram o peitoril com tensão súbita, a boca se abrindo para sussurrar um xingamento. O que via era impossível.

A figura carregava um odre de vinho frouxo como o escroto de um velho. Belas ficou olhando-a inclinar a cabeça para trás de modo que a luz das tochas captou a linha do pescoço. Não era uma mulher. A pintura do rosto era muito benfeita, e até o passo era feminino, apesar da embriaguez aparente. Mas Belas havia representado mulheres nos grandes teatros e tinha certeza. Nas sombras aplaudiu a ousadia do sujeito e se perguntou quanto tempo iria se passar até que ele fosse descoberto. Elas não seriam gentis. A meia-noite já havia passado e nenhum homem tinha o direito de andar pela cidade àquela hora. Se as vestais pegassem o intruso ele teria sorte se não fosse derrubado e castrado. Belas estremeceu e pensou em oferecer abrigo ao estranho até de manhã. Estava tomando fôlego para fazer isso quando viu os movimentos do sujeito ficando sutilmente mais afiados enquanto ele olhava o jardim.

A embriaguez também era fingida, percebeu Belas. O estranho não era um jovem idiota fazendo uma aposta com os amigos, e sim alguém mais perigoso. Poderia ser um assassino? Belas se xingou por não ter como contatar Servília durante a Bona Dea. Não importando o que acontecesse, não ousava sair do abrigo daquele quartinho.

Ficou olhando enquanto o homem captava as visões e sons que lhe eram negados e depois cambaleava para dentro dos portões, até o jardim perfumado. Belas ficou sozinho, consumido pela curiosidade. Mesmo em sua juventude mais louca não teria se arriscado a sair ao ar livre durante aquele festival.

Esperou impaciente, imaginando uma súbita erupção de gritos indignados quando a fraude do sujeito fosse descoberta. Quando isso não aconteceu imediatamente, pegou-se quase pulando de um pé para o outro com a tensão.

Demorou muito tempo até perceber que o homem não sairia, nem mesmo à força. Estivera tão preocupado com o perigo que, quando a suspeita o atacou, ficou imóvel, quase indignado. Não acreditava que o estranho enganaria tantas mulheres por tanto tempo, se é que as enganaria. Então ele era esperado? No escuro pensou nas possibilidades. O sujeito poderia ser um prostituto, talvez, contratado para a noite. Isso era infinitamente preferível a um aventureiro de sangue frio que poderia naquele momento estar colocando Pompeia num divã de seda. Belas começou a cantarolar, como fazia algumas vezes em momentos de preocupação. Sabia que precisava olhar dentro da casa.

Esgueirou-se descendo dois lances de escada na escuridão de breu até sentir a madeira polida da porta da rua. Cautelosamente abriu-a e olhou para fora. A mulher que roncava caiu para dentro ao ter o apoio retirado, e Belas se imobilizou vendo-a tombar aos seus pés. A mulher não acordou quando ele pegou-a pelas axilas e puxou-a de lado. Podia sentir a própria pulsação latejando enquanto a observava em busca de qualquer movimento. Merecia um pagamento melhor por essa noite.

Fez uma oração aos deuses romanos mais masculinos para que o mantivessem em segurança, e atravessou correndo a rua, deixando a porta entreaberta. Com cautela exagerada, espiou ao redor da coluna do portão da antiga casa de Mário, com a imaginação tumultuada.

Havia uma mulher nua esparramada logo depois do portão, com um odre de vinho vazio ao lado. Mesmo com o medo, Belas percebeu que era uma beldade, mas não era Pompeia. Uma gargalhada súbita vindo da casa o fez se encolher e olhar para um lado e outro da rua, aterrorizado com a ideia de ser descoberto por alguém que viesse por trás. Estremeceu ao imaginar a alegria delas. Esgueirou-se mais para dentro do jardim e se escondeu quando duas mulheres passaram, a centímetros de descobri-lo. O medo era demasiado e ele podia sentir seu próprio suor azedo.

Estava quase pronto para ir embora quando viu de novo o estranho. O disfarce estava estragado pela força casual do sujeito caminhando para o espaço aberto com uma mulher nua nos braços. Ela estava com as pernas enroladas para cima como um gatinho e ia murmurando enquanto ele a carregava para algum lugar privado. Belas só pôde balançar a cabeça diante da ousadia do estranho. Ele ainda usava o vestido, mas os braços eram musculosos demais para ser femininos. A mulher parecia que tentava cantar em meio a um ataque de soluços. Enquanto a cabeça da mulher balançava, Belas captou um vislumbre das feições de Pompeia e ficou espantado olhando-a passar um braço pelo pescoço do homem e puxar sua cabeça para os lábios. Ela raramente parecera mais bonita, dava para ver, o cabelo escuro se derramando nos ombros e oscilando ao beijar o estranho. Suas bochechas estavam ruborizadas pelo vinho e a paixão, e Belas invejou o homem que tinha arriscado tudo para estar ali naquele jardim.

Ocorreu-lhe que, se saísse e não dissesse nada, haveria pouco dano para qualquer pessoa. Parte dele queria fazer exatamente isso, mas tinha aceitado o ouro de Servília e tudo que isso implicava.

— Ela vale a sua vida? — disse de repente, fazendo a voz ir longe.

O estranho quase largou Pompeia ao ouvir o som e se virou depressa na direção da origem. Belas se escondeu fora das vistas e saiu correndo. Tinha atravessado a rua de novo antes que qualquer alarme pudesse ser dado.

Havia feito seu trabalho e o rapaz sabia que fora visto. Belas suspirou enquanto olhava de sua janela o caos que se seguiu. O estranho tinha desaparecido, talvez através do jardim para subir um muro até a segurança. O resto das mulheres da casa foi alertado pela senhora e todas revistaram a área com xingamentos e ameaças. Uma delas chegou a bater na porta do outro lado, mas Belas a havia trancado com segurança e pôde sorrir. Imaginou se o estranho estivera voltando de uma cama, e não indo para ela. O sujeito merecia alguma coisa em troca de seus esforços, afinal de contas. Quando chegasse a manhã haveria problema.

Júlio bocejou enquanto comia o cordeiro frio e as cebolas assadas que tinham sobrevivido à noite. Com a primeira luz cinzenta da alvorada aparecendo no fórum, os planos e as discussões tinham começado a ficar turvos, fundindo-se uns nos outros até que ele soube que estava na hora de parar.

Adàn também bocejava tremendamente, tendo passado toda a sessão com dois outros escribas anotando ordens e mantendo os registros em perfeito detalhe.

Era estranho estar na Cúria sem um único senador nos bancos. Preencher os assentos com os oficiais de suas legiões dera ao local um ar de corte militar e Júlio desejou que o verdadeiro Senado visse a eficiência daqueles homens. Não houvera discursos pomposos e desperdiçados nas longas horas de escuridão: havia muito trabalho de verdade a fazer.

Apesar das liberdades do festival, tinham ouvido pouca coisa para incomodar a longa vigília da noite. Numa quebra de tradição, Júlio postara soldados na escadaria do Senado para impedir que alguma mulher mais empolgada chegasse suficientemente perto para interferir. Aparentemente isso havia funcionado, mas a luz do amanhecer ainda trazia alguns risos à câmara ao sinalizar o fim da Bona Dea e a chance de finalmente ir para a cama.

Júlio olhou orgulhoso para os homens que haviam se reunido sob sua ordem. Além dos sete generais havia convocado seus centuriões mais antigos e tribunos militares para ouvir os arranjos finais da saída de Roma. Mais de trezentos homens estavam apinhados nos assentos, e às vezes as discussões tinham sido tão barulhentas e jocosas quanto um debate no Senado.

Mesmo exausto, estava contente com os preparativos da guerra. A frota esperava em Óstia para zarpar e ele possuía os homens para ocupá-la, agora que mais três de suas legiões tinham vindo ao sul e montado barracas no Campo de Marte. Marco Antônio estava firme em seu papel de cônsul e cada soldado na sala conhecia os principais planos para os primeiros desembarques na Grécia, mas não a data.

— Mais um mês — murmurou Júlio a Domício que estava ao lado — e então estaremos livres para guerrear de novo.

— Mais um lance do jogo — respondeu Domício, ecoando uma conversa tida no Rubicão há meses.

Júlio riu da referência.

— Parece que sempre que domino um jogo descubro que estive jogando às cegas num tabuleiro maior. Mandei Cecílio à Grécia para ser capturado, mas em vez disso recebemos a cada mês relatórios detalhados que são mais valiosos do que ouro. Parece que o sujeito é uma raposa, e os deuses têm um estranho senso de humor.

Domício assentiu, com a mesma satisfação que aparecia no rosto de Júlio. Os relatórios de Cecílio eram parte vital dos preparativos; e os que sabiam que ele fora mandado simplesmente para semear a desconfiança com relação a Brutus estavam interiormente satisfeitos que o estratagema tivesse falhado, pelo menos até agora. Mesmo assim, a guerra vindoura era apenas metade da tarefa que os aguardava. Júlio estava obcecado por deixar a cidade em segurança e todos tinham trabalhado durante meses preparando Roma para ser entregue a Marco Antônio.

Os novos magistrados haviam levado a sério a única instrução que Júlio lhes dera: "Trabalhem mais rápido e não aceitem subornos". Com o apoio do espanto reverente que sentiam por ele, isso havia bastado para diminuir as pilhas de processos acumulados nos meses anteriores à partida de Pompeu. Poucas autoridades tinham reincidido na corrupção, e essas estavam à mercê de suas vítimas, agora que as reclamações eram levadas a sério.

A cidade estava funcionando de novo, apesar dos levantes. A confiança do povo fora pedida e ele dera, pelo menos por enquanto. Marco Antônio herdaria um bocado de boa vontade quando as legiões partissem. Júlio mantivera a promessa feita no fórum e dera dez coortes inteiras para manter a paz enquanto estivesse fora. Incrementadas com oficiais mais experientes, as guardas de estradas de Corfínio tinham sido perfeitas para essa tarefa, e Júlio ficou feliz em confirmar Ahenobarbo como seu general.

Pensando nisso, Júlio ergueu sua taça para Ahenobarbo, num brinde particular. Não lamentava tê-lo poupado, e a firme falta de imaginação do sujeito era adequada ao serviço de manter a paz em Roma. Júlio podia ver o orgulho dele ao devolver o brinde.

Um soldado entrou na câmara, um dos que Júlio havia deixado guardando as portas de bronze do lado de fora. Júlio se ergueu rigidamente ao ver Servília com ele. Com ruído, os demais oficiais seguiram seu exemplo e no silêncio todos ouviram o gemido de um prato metálico girando no piso de mármore antes que alguém pusesse o pé em cima.

Servília não sorriu ao cumprimentá-lo e foi com um sentimento frustrante que Júlio a encarou.

— O que a traz aqui?

O olhar dela percorreu as sólidas fileiras de oficiais e ele entendeu que ela relutava em falar em público.

— Venha à minha casa no Quirinal. Vou dispensar os homens.

— Lá, não, cônsul — disse ela, hesitando.

Júlio perdeu a paciência e segurou-a pelo braço, saindo à escadaria que descia até o fórum. Os dois podiam ver toda a extensão do lugar, e o ar puro ajudou a acalmar a mente dele depois das longas horas respirando a fumaça oleosa das tochas.

— Não sinto prazer nisso — começou ela —, mas mandei um homem vigiar sua casa ontem à noite.

Júlio encarou-a, os pensamentos saltando imediatamente para a suspeita.

— Em outra hora discutiremos seu direito de fazer isso. Diga o que ele viu.

Servília repassou os detalhes que Belas havia testemunhado e o viu ficar mais frio e mais irado enquanto ela falava. Por longo tempo Júlio ficou em silêncio, olhando a vastidão do fórum. Há alguns instantes ele só quisera dormir, mas seu estado de espírito mudara por causa das palavras dela.

Fechou o punho inconscientemente antes de se obrigar a falar de novo.

— Arrancarei dela a verdade sobre isso.

Os olhos de Pompeia estavam vermelhos de chorar quando Júlio entrou tempestuosamente. Ele deixara seus soldados na rua para que não testemunhassem esse encontro muito particular. Bastou um olhar para a expressão culpada e sua humilhação foi completa.

— Desculpe — disse Pompeia ao vê-lo e, antes que Júlio pudesse falar, ela começou a soluçar como uma criança.

A pergunta borbulhava dentro dele como ácido estomacal, mas as palavras precisavam ser ditas em voz alta.

— Então é verdade?

Ela não conseguia olhá-lo enquanto confirmava com a cabeça, enterrando o rosto num pano manchado de lágrimas. Júlio estava diante dela, as mãos se abrindo e se fechando enquanto lutava para encontrar uma resposta.

— Ele veio ontem à noite? Foi um estupro? — perguntou finalmente, sabendo que era impossível. Tentar um estupro na Bona Dea seria o mesmo que suicídio. Seus pensamentos haviam se enrolado com tanta força que ele mal conseguia pensar. O choque o deixava idiota, notou alguma pequena parte dele, e soube que quando a raiva finalmente chegasse seria terrível.

— Não, não foi isso. Não posso... eu estava bêbada...

A lamúria de Pompeia começou a moer sua calma atordoada. Visões das punições brutais que poderia exercer relampejaram em sua mente, tentando-o. Seus homens não ousariam entrar em sua casa, mesmo que ele a estrangulasse. Suas mãos se apertavam convulsivamente, mas ele não chegou mais perto.

Vozes exaltadas na rua o fizeram se virar, quase com alívio pela distração. Escutou uma voz estranha gritando, e quando olhou de novo para Pompeia viu que ela ficara pálida como leite.

— Ah, não — sussurrou ela. — Por favor, não o machuque. Ele é um bobo. — Pompeia se levantou e tentou segurar Júlio.

Ele recuou como se estivesse diante de uma cobra, o rosto se retorcendo de fúria.

— Ele está aqui? Ele voltou à minha casa?

Júlio foi até o portão da frente, onde os soldados estavam pressionando uma figura balbuciante contra o calçamento da rua. A boca do sujeito estava ensanguentada, mas ele lutava feito um louco. Pompeia deu um grito de puro horror ao vê-lo. Júlio balançou a cabeça, pasmo. O estranho que Belas tinha visto era um jovem com não mais de dezoito anos. Tinha cabelo comprido até os ombros, notou amargamente. Olhar para ele fez com que se sentisse velho e sua amargura aumentou.

Os soldados seguraram o intruso num silêncio sério ao perceber que o general estava com eles. Um havia levado um corte no lábio durante a luta e estava com o rosto vermelho pelo esforço.

— Deixem-no ficar de pé — disse Júlio, a mão baixando automaticamente para o gládio.

Pompeia gritou em pânico e Júlio se virou para lhe dar um tapa no rosto. O choque a silenciou e seus olhos se encheram de lágrimas enquanto o rapaz se levantava para encarar os que o atormentavam. Estava ofegando ao enxugar o sangue da boca com as costas da mão.

— Podem me prender — disse o rapaz com clareza. — Deixem-na ir.

— Levem-no *para dentro* — ordenou Júlio. — Não quero toda a Roma vendo isso.

Seus homens puseram as mãos pesadas no rapaz, arrastando-o para o jardim e trancando o portão. Pompeia foi atrás, os olhos sombrios de terror e sofrimento enquanto saíam do sol para os aposentos frescos.

Os soldados jogaram o rapaz no mármore ruidosamente. Ele gemeu de dor antes de se levantar cambaleando. Olhou para Júlio com censura.

— E então? — perguntou Júlio. — Qual é o seu nome, garoto? Estou curioso para descobrir exatamente o que você achava que iria acontecer aqui.

— Meu nome é Públio e achei que o senhor poderia matá-la.

Ele erguia a cabeça com orgulho e Júlio perdeu as estribeiras por um instante, dando-lhe um tapa na boca com os nós dos dedos. O sangue escorreu devagar pelo rosto de Públio, mas os olhos permaneceram desafiadores.

— Estamos falando da minha mulher, garoto. Você não tem direito a opinião.

— Eu a amo. Amava antes de o senhor se casar com ela.

Júlio precisou se conter para não matá-lo. A fúria que esperava finalmente bania o cansaço da mente, alimentando uma energia inquieta que lhe deu vontade de matar o idiota arrogante.

— Por favor, não diga que queria salvá-la, cachorrinho. Será que eu deveria entregá-la a você e desejar boa sorte aos dois? O que acha?

Enquanto Públio começava a responder, Júlio bateu nele outra vez, derrubando-o. Públio ofegou, lutando para se levantar, e suas mãos tremiam.

Júlio viu que o sangue havia espirrado no mármore do saguão da entrada e lutou para controlar as emoções. Pompeia estava soluçando de novo, mas ele não conseguia olhar para ela, temendo que suas emoções ficassem incontroláveis.

— Deixarei Roma em menos de um mês para lutar contra um exército com o dobro do tamanho do meu. Talvez vocês estejam esperando que eu deixe os dois sozinhos quando partir, não é? Ou até mesmo que não volte? — E xingou, enojado. — Faz muito tempo desde que eu era jovem como você, Públio, mas nunca fui tão idiota. Nunca. Você arriscou a vida num gesto romântico, e o problema com os grandes poemas e peças de teatro é que eles raramente entendem o que significa arriscar a *vida*. Significa eu mandar meus homens levá-lo a algum lugar discreto e espancá-lo até que seu rosto fique afundado. Entendeu? Como acha que vai ficar romântico depois disso?

— Por favor, não — disse Pompeia. — Por favor, deixe que ele vá embora de Roma. Você nunca mais precisará vê-lo de novo. Farei tudo que você quiser.

Júlio olhou-a friamente.

— Está se oferecendo para ser uma mulherzinha fiel agora? É tarde demais. Meu herdeiro deve ter o meu sangue, sem boatos, sem mexericos. Era só isso que você precisava fazer por mim. — Ele fez uma careta, incapaz de suportar vê-la por mais tempo. — Diante destas testemunhas, por três vezes digo: eu me divorcio de você. Eu me divorcio de você. Eu me *divorcio* de você. Agora saia da minha casa.

Pompeia deu um passo para longe, incapaz de responder. Círculos escuros faziam com que seus olhos parecessem machucados. Virou-se para Públio e os dois compartilharam um olhar de desespero.

— Duvido que esse seu útero seco um dia seja preenchido, mas se ele mostrar vida quando eu tiver ido embora, a criança será bastarda.

Júlio queria magoar e ficou satisfeito ao vê-la se encolher.

Quando encarou Públio de novo, fungou diante da expressão de esperança no rosto do rapaz.

— Por favor, não diga que está esperando escapar dessa. Você viveu o suficiente para saber o que deve acontecer, não é? Ninguém pode ser tão jovem e idiota.

— Se o senhor está deixando Pompeia livre, isso basta — disse Públio.

Os olhos do rapaz estavam luminosos de integridade e Júlio ficou tentado a bater nele de novo. Em vez disso, fez sinal para dois de seus homens.

— Levem-na para fora e a deixem na rua. Nada nesta casa é dela.

Então Pompeia começou a gritar. Os soldados a seguraram e arrastaram para fora. O som continuou ao fundo enquanto Públio e Júlio se entreolhavam.

— Vai me matar agora? — perguntou Públio, levantando a cabeça.

Júlio estava pronto para dar a ordem, mas a coragem do rapaz era extraordinária. Mesmo na certeza absoluta da morte ele permanecia calmo e quase distanciado do que acontecia ao redor.

— Se não fosse você, a puta teria outro na cama — disse Júlio em voz baixa.

Públio saltou para ele e os soldados o derrubaram com uma chuva de golpes.

— Não, não vou matá-lo — disse Júlio olhando para baixo. — Um garoto corajoso como você vai se sair bem nas minhas legiões. Vou me certificar que seja posto na linha de frente. Vai aprender rapidamente a minha profissão, de um modo ou de outro. Você vai para a Grécia, garoto.

CAPÍTVLO XI

NA ESCURIDÃO JÚLIO PODIA VER A LUZ DE POPA DE UMA GALERA parecendo um vaga-lume distante, piscando com o movimento do mar.

— Diga ao capitão para nos levar um pouquinho mais para perto — disse a Adàn. Ouviu os passos do jovem espanhol levando a mensagem adiante, mas a escuridão o engoliu como se todos estivessem cegos. Júlio sorriu sozinho. Tinha escolhido a noite sem lua exatamente por isso, e os deuses haviam lhe dado nuvens para mascarar até mesmo o brilho fraco das estrelas invernais.

Amontoados no convés e em cada espaço da galera os soldados da Décima cochilavam ou aplicavam uma última camada de óleo para proteger as armaduras contra a maresia. Apenas a exaustão absoluta poderia ter aplacado a tensão transformando-a num sono leve. Haviam zarpado sabendo que existia apenas uma chance de surpreender os portos gregos. Se isso falhasse e o sol nascente os encontrasse ainda longe da costa inimiga, as esguias galeras de Pompeu baixariam sobre eles e destruiriam a todos.

— Nenhum sinal do amanhecer? — disse Otaviano subitamente, traindo o nervosismo.

Júlio sorriu sem ser visto na escuridão.

— Ainda não, general. A noite vai nos manter em segurança por um pouco mais de tempo.

Enquanto falava ele estremeceu à brisa gélida e apertou a capa com mais força em volta dos ombros. O vento era forte, mas mudou sem aviso e Júlio tinha visto os remos se estender para as águas escuras por três vezes desde que haviam saído de Brundísio. Nesse ritmo os escravos embaixo estariam se aproximando do limite, mas não havia como evitar. Eles também se afogariam se fossem apanhados pelo dia.

Com apenas a lanterna abrigada da galera adiante para indicar a direção, era fácil pensar que estavam sozinhos no mar. Ao redor havia trinta galeras feitas em Óstia pelos melhores construtores romanos. Levavam a fortuna de Júlio: seus homens e sua vida. Com alguma amargura ele reconheceu que não haveria filho e herdeiro caso morresse na Grécia. Seu casamento desastrosamente curto fora o mexerico da cidade e ele ainda fervia com a humilhação. Depois havia encontrado uma jovem chamada Calpúrnia e se casado com ela numa pressa inconveniente. Seu nome fora tema de canções cômicas e os inimigos zombavam de seu desespero para ter um filho.

Calpúrnia não possuía nada da beleza que marcava Pompeia. Seu pai havia aceitado a proposta sem um instante de hesitação, como se estivesse aliviado por se livrar dela. Júlio pensava nas feições um tanto bovinas da jovem com pouco afeto, mesmo com o verniz da memória. Ela provocava pouca paixão nele, mas vinha de uma casa nobre que passava por tempos difíceis. Ninguém em Roma poderia questionar sua linhagem e Júlio duvidava que ela teria as tentações que haviam acabado com sua segunda esposa.

Fez uma careta ao pensar no último encontro dos dois e nas lágrimas que Calpúrnia havia derramado em seu pescoço. Ela chorava mais do que qualquer mulher que ele conhecera, considerando o pouco tempo em que ficaram juntos. Chorava de felicidade, de adoração e depois ao menor pensamento na partida de Júlio. Seu sangue mensal havia começado um dia antes de ele embarcar e ela havia chorado por isso também. Se ele fracassasse contra Pompeu não haveria outra chance de deixar mais do que uma lembrança de seu nome. Esse era o seu caminho, seu último lance de dados. Esse era o verdadeiro jogo.

Respirou fundo deixando o ar frio penetrar nos recessos mais fundos do peito. Mesmo então se sentia cansado e sabia que precisava dormir. Em algum lugar ali perto um homem roncava baixinho e Júlio riu. Sua Décima não era do tipo que se amedrontava com uma pequena viagem de cem quilômetros no escuro.

Os últimos três dias tinham sido difíceis para todos. Quando Júlio finalmente deu a ordem, as sete legiões haviam marchado de Roma a Brundísio, cobrindo os quilômetros num ritmo brutal. Tinha mandado duas galeras rápidas para expulsar o barco espião de Pompeu para longe da costa e a esquadra havia zarpado, movendo-se depressa para pegar as legiões do outro lado da terra firme. Mesmo nesse último ponto Júlio se sentira tentado a conter o ataque até possuir uma frota equivalente à controlada por Pompeu. Mas cada dia de atraso era outro para Pompeu se entrincheirar. Cada hora. Com a sorte dos deuses o ex-cônsul não esperaria a chegada de Júlio antes da primavera.

Júlio fez uma oração silenciosa pedindo para estar certo. Se os espiões de Pompeu tivessem chegado primeiro à costa da Grécia o alvorecer traria as últimas horas de sol que talvez eles vissem. As apostas do jogo o deixavam pasmo e o empolgavam, mas não havia como recuar. No momento em que as galeras deslizaram para fora de Brundísio, carregadas com suas legiões, o rumo de todos estava decidido.

O soldado que roncava fez um som parecido com o de um ganso grasnindo e um de seus colegas o acordou com uma sacudida e um palavrão abafado. Júlio dera ordens para fazerem silêncio, mas a noite parecia viva com o sibilar das ondas e o estalar de cordas e traves. Seu ânimo cresceu enquanto se lembrava de outras viagens, algumas distantes a ponto de parecerem em outra vida. De certa forma Júlio invejava as liberdades do rapaz que ele fora. Na época as escolhas pareciam mais simples e ele só podia balançar a cabeça pensando em como devia ter parecido inocente para homens como Mário ou Sila.

Adàn voltou ao seu lado, cambaleando ligeiramente enquanto a galera atravessava uma onda.

— A ampulheta foi virada três vezes, senhor. O amanhecer não pode estar longe — disse ele.

— Então finalmente saberemos se eles estão nos esperando — respondeu Júlio.

No início a noite parecera interminável e no entanto, de algum modo, havia fluído. Os generais de sete legiões estavam a bordo dos navios ao redor, esperando impacientes a luz. Cada galera tinha um homem no ponto mais elevado, para gritar avisando sobre o primeiro brilho do alvorecer e examinar o mar em busca do inimigo. Júlio sentiu uma liberdade estranha ao perceber que não lhe restava nada a ordenar ou corrigir. Era uma calmaria na tensão, que quase podia desfrutar, e na escuridão pensou em Rênio, desejando que ele estivesse ali para vê-los. O velho teria gostado da aposta de Júlio e teria visto o sentido dela. Júlio espiou adiante, como se pudesse ver a costa da Grécia através da força da imaginação. Havia muitos fantasmas atrás, e em algum lugar à frente estava Brutus.

Depois do sucesso de Cecílio alcançando as legiões de Pompeu, Júlio mandara mais cinco homens para se infiltrar nas cidades gregas. Cecílio informara a execução deles mês a mês até ser de novo a única voz informando sobre os movimentos de Pompeu. Era desgastante pôr tanta confiança em apenas um espião, e Júlio se preocupava constantemente com a hipótese de o sujeito ter se voltado contra ele.

Na escuridão descartou esse peso junto com o resto. Isso também estava além de seu poder de mudança. Se os relatórios fossem acurados, Pompeu estava no norte, perto de Dirráquio. Suas legiões tinham sido postas para defender a costa ocidental, mas não podiam saber exatamente onde Júlio desembarcaria até que fosse tarde demais. A não ser que estivessem preparados para ele. Sorriu sozinho, sabendo que o momento de paz fora uma ilusão. Não conseguia parar com o exame interminável dos planos, assim como não conseguia parar com o vento que congelava seus homens.

Um som de pés nus no convés de madeira o fez se virar.

— Senhor? O amanhecer está chegando — disse o marinheiro, apontando para o leste.

Júlio olhou para a escuridão inalterada. No instante em que ia falar, um retalho de cinza tornou-se visível e com ele a linha preta que separava o mundo do céu. Tinha visto o sol nascer no mar antes, e ainda ficava sem fôlego quando a primeira linha de ouro abria caminho para a existência e a barriga das nuvens se iluminava em sombras feridas.

— Vela inimiga! — gritou outro vigia, despedaçando a visão.

Júlio segurou o corrimão de madeira, desejando que a luz chegasse mais depressa. Em algum lugar próximo, um dos capitães de Pompeu estaria rugindo ordens em pânico enquanto a frota se materializava. Júlio não alteraria o curso. Imaginou que podia sentir cheiro de terra no ar marinho e soube que era desespero.

Formas débeis apareceram ao redor enquanto suas trinta galeras eram iluminadas pelo alvorecer. Os conveses estavam movimentados com os homens se preparando e Júlio podia sentir o coração bater com mais força, quase dolorosamente, esperando a notícia de que a Grécia podia ser vista.

Agora três galeras de Pompeu eram visíveis, a mais próxima suficientemente perto para tornar visíveis as manchas de branco na lateral enquanto os remadores agitavam a água.

— Terra — veio o grito, e Júlio soltou um rugido de empolgação, levantando o punho para o céu.

Seus soldados liberaram a tensão em gritos de júbilo que ecoaram sobre a água ao ver a mancha marrom em seu caminho, significando que não seriam apanhados sozinhos no oceano.

Os tambores que tinham estado em silêncio durante toda a noite voltaram subitamente à vida, estabelecendo um ritmo ainda mais rápido, de matar os homens. Corações estourariam enquanto eles atravessavam o último trecho até a terra, mas os tambores continuavam batendo e as galeras aceleravam juntas.

Júlio podia ver as casas de uma cidade que despertava, e como o zumbido de insetos ouviu trompas de alarme convocando os soldados da Grécia para defender os habitantes. Seria Orico? Pensou que era, mas fazia quase vinte anos desde que havia entrado pela última vez num navio naquele porto.

O som dos tambores lançou seu sangue ainda mais alto enquanto observava o porto se aproximar. Três galeras estavam atracadas lá e, enquanto Júlio observava, elas se tornaram vivas com homens correndo e gritando. Riu ao pensar no medo deles. Bastaria tocar em terra e mostraria que Roma ainda podia produzir um general.

Brutus se levantou do duro colchão em seu alojamento e começou a série de exercícios com que recebia cada novo amanhecer. Rênio estabelecera a forma original, mas a influência de Cabera tinha alterado a rotina, de modo que agora havia tanto movimento para aumentar a agilidade quanto para manter a força. Depois de meia hora seu corpo estava brilhando de suor e o sol havia subido acima da distante cidade de Dirráquio. Pegou uma espada e começou as rotinas que tinha aprendido com Júlio há décadas, as formas simples se transformando em golpes mais complexos, quase como uma dança. A rotina fazia parte dele a ponto de deixar a mente completamente livre e Brutus aproveitou o tempo para pensar em sua situação nas forças de Pompeu.

O jogo com Labieno tinha se tornado perigoso depois de ter escapado pela primeira vez de seus guardas. O general grego ainda suspeitava e Brutus sabia que era espionado o tempo todo. Achava que poderia sair das vistas deles com esforço suficiente, mas isso só faria aumentar a desconfiança de Labieno. Em vez disso tinha confundido o sujeito reclamando diretamente, arrastando um dos vigias até a presença dele.

Brutus gostara de parecer tão indignado quanto qualquer outro general leal ficaria. Labieno fora obrigado a se desculpar e dizer que um erro fora cometido. Os espiões que observavam Brutus haviam sido substituídos por novos rostos no dia seguinte.

Sorriu enquanto se abaixava num movimento que terminava com o gládio estendido reto durante cinco batidas de coração. Ver Júlia era um desafio inebriante e simplesmente sumir das vistas daria início a outra caçada. Era muito melhor agir como inocente. Nas duas ocasiões em que passara tempo com Júlia desde o primeiro encontro no jardim tinha ordenado, alegre, que os homens de Sêneca prendessem os vigias. Isso não mudou nada. Brutus sabia que Labieno jamais teria total confiança nele até que lutasse contra Júlio no campo e provasse sua lealdade além de qualquer dúvida.

Girou lentamente num movimento que aprendera há anos com uma tribo que lutava com armas de bronze. Rênio teria desaprovado qualquer coisa que rompesse o contato com o chão, mas o salto era espetacular e escondia o movimento da espada durante alguns instantes, e salvara sua vida em duas ocasiões diferentes. Quando pousou, Brutus segurou o chão de madeira do alojamento com os pés descalços, sentindo a própria força. Havia sido o primeiro espadachim em Roma e um general na Gália. Ter Labieno farejando ao redor em busca de deslealdade era uma afronta que um dia pagaria integralmente. Nenhum dos homens de Pompeu jamais poderia saber o que lhe custara trair Júlio. Sabia que eles avaliavam sua colaboração às discussões táticas com olhar preconceituoso. Parte dele entendia a necessidade daquelas dúvidas, mas mesmo assim era de enfurecer.

Quando finalmente parou e levantou a espada na primeira posição do legionário, considerou a ironia de seu novo papel. Lutara apenas sob o comando de Júlio e considerava Pompeu meramente competente, em comparação. O sujeito era um general sólido, mas carecia do fogo da inovação que Júlio poderia levar às piores situações. Brutus vira Júlio de pé com flechas se cravando no chão ao redor enquanto transformava uma batalha perdida em triunfo. Ainda que isso não se acomodasse facilmente ao seu orgulho, havia ocasiões em que podia admitir que aprendera mais com Júlio do que jamais aprenderia com Pompeu.

O silêncio da noite foi rompido à medida que os soldados ao redor acordavam e começavam a se lavar e se vestir. O alojamento temporário fora montado perto de um riacho que nascia acima da linha de neve em montanhas distantes e Brutus podia ouvir os homens xingando o frio enquanto se banhavam. Enfiou a mão sob o pano enrolado na virilha e se coçou preguiçosamente. Havia um banheiro ali perto, com fogo para esquentar baldes de água, mas tinha se tornado ponto de orgulho para os homens ver seus oficiais enfrentarem o rio gelado com eles. Sorriu ao pensar na transformação que provocara nos guardas de estrada. Até Labieno o havia elogiado, ao seu modo rígido. As coortes de Sêneca mal reconheceriam os soldados destreinados que tinham sido, depois dos meses de exercícios e manobras. Brutus havia cuidado da instrução delas com meticulosidade deliberada, sabendo que apenas a habilidade dos homens iria mantê-lo vivo quando Júlio chegasse à Grécia.

Deixou a armadura de prata no cômodo, preferindo uma simples, de couro e ferro, com longas *bracæ* de lã para proteger as pernas do frio. Um chamado fez um escravo trazê-las e Brutus saiu ao pálido sol da manhã.

A cidade de Dirráquio estava envolta em névoa à distância, com o mar cinzento brilhando no ponto mais a oeste. Brutus inclinou a cabeça numa apreciação irônica de Labieno que estaria em algum local por lá. Não duvidava que as ordens para treinar fora da cidade decorriam da sutileza do general, resolvendo os problemas com a remoção do homem que os causava.

Enquanto ia até a margem do rio, viu que Sêneca havia se levantado antes dele e estava parado nu à margem, esfregando-se vigorosamente para reviver a carne congelada. O jovem oficial riu para Brutus, mas então os dois ficaram imóveis ao ver movimento perto da cidade e espiaram à distância.

— Quem poderia estar se juntando a nós aqui? — perguntou-se Brutus. A mancha de homens em movimento era muito distante para ver os detalhes, e Brutus se resignou a um mergulho rápido e uma esfregadela para se preparar para recebê-los.

Sêneca já estava vestindo as roupas e amarrando os cordéis e tiras que brilhavam com óleo. Enquanto Brutus entrava ofegante na água, o alarme foi dado no acampamento e as construções de madeira ressoaram com o barulho de homens pegando armas.

Brutus suportou o frio num silêncio tenso enquanto mergulhava abaixo da superfície, ainda que isso o entorpecesse em instantes. Ofegou com força ao sair e aceitou um cobertor para se enxugar.

— Só preciso me apresentar daqui a três dias — disse a Sêneca enquanto vestia as *braccæ* e punha os pedaços de lã que protegiam seus pés do pior frio. Não verbalizou o medo de que Pompeu tivesse descoberto seus encontros com Júlia. Tinha certeza de que ela não o trairia, mas Labieno podia ter espiões vigiando-a também, homens que ele não vira. Balançou a cabeça. Por que mandar uma coluna para pegá-lo quando ele poderia ser emboscado durante a apresentação para informes?

Brutus e Sêneca viram os soldados de Dirráquio se aproximar e os dois reviraram a consciência em busca de alguma transgressão, trocando apenas um olhar pasmo. As coortes que eles comandavam se enfileiraram em perfeita ordem e Brutus se orgulhou da postura dos homens. Tinham-se ido os dias em que eles só conseguiam responder a alguns poucos toques de trombeta numa linha de batalha. Eram o mais disciplinados e duros que ele poderia torná-los.

À frente dos homens que se aproximavam Brutus reconheceu o próprio Labieno montado num cavalo preto. Não conseguiu evitar um arrepio ao ver o segundo no comando de Pompeu vindo vê-lo pessoalmente. A coisa não parecia boa e ele desejou ter trazido a armadura de prata do alojamento.

Labieno puxou as rédeas a pouco mais de um metro das figuras rígidas que o esperavam. Centuriões gritaram o comando de parar e a coluna se imobilizou diante deles. Labieno apeou com seu cuidado usual e Brutus notou de novo a calma silenciosa do sujeito que tinha um estilo tão diferente do seu. As batalhas vencidas por Labieno eram triunfos de disciplina e economia. Ele jamais desperdiçava homens em ações sem sentido, mas mesmo assim possuía uma das melhores fichas na Grécia. Num nível pessoal Brutus detestava sua reserva seca, mas não podia negar que o sujeito entendia de táticas.

— General Brutus — disse Labieno, inclinando a cabeça num cumprimento.

Ainda que o título fosse usado oficialmente, o olhar de Labieno passou com rapidez sobre a força minúscula comandada por Brutus, aparentemente cônscio da ironia. Brutus deixou o silêncio se estender até que Labieno ficou desconfortável. Por fim, cumprimentou-o com seu título e a tensão recuou.

— Pompeu entregou estes homens para o seu comando, general — continuou Labieno.

Brutus escondeu o prazer enquanto respondia:

— Então sua recomendação é valiosa. Muito obrigado.

Labieno ficou ligeiramente ruborizado. Falou com cuidado, como sempre fizera, sabendo que verbalizar às claras sua desconfiança convidaria a um duelo de honra que ele não poderia vencer.

— Não foi minha recomendação, como tenho certeza de que o senhor sabe. Pompeu tem outros conselheiros. Parece que ele se lembrou de seu sucesso com os *extraordinarii* na Gália. Depois da primeira batalha o senhor comandará esses homens como uma força móvel para consertar pontos fracos nas fileiras segundo sua avaliação.

— *Depois* da primeira batalha? — perguntou Brutus, adivinhando o que viria em seguida.

Labieno pegou um rolo de pergaminho embaixo da capa, marcado claramente com o selo de Pompeu. Enquanto o colocava nas mãos de Brutus, falou de novo com um brilho de diversão:

— Para o primeiro encontro de forças os seus homens ficarão na primeira fila contra o inimigo. Esta é a ordem direta de Pompeu.

Ele hesitou, escolhendo as palavras com cuidado extremo.

— Devo dizer que Pompeu espera que o senhor sobreviva a esse primeiro ataque, para que possa usar suas habilidades integralmente nos estágios seguintes da guerra.

— Tenho certeza de que ele disse exatamente isso — respondeu Brutus com frieza.

Imaginou se o conselho para usar suas habilidades teria vindo da própria casa de Pompeu. Júlia havia prometido usar a influência e ele não tinha outra voz para falar a seu favor. Pompeu estava apanhado entre o desejo de usar um general extremamente hábil e o medo constante de que Brutus fosse espião do inimigo. A influência de Júlia poderia ter sido o sussurro que ele precisava para obter essa pequena concessão.

Labieno observava sua reação com sentimentos dúbios. Achava o general da Gália inquietante. Ao treinar com as legiões da Grécia ele mostrara uma compreensão do terreno e dos homens que não estava abaixo da de ninguém. Ao mesmo tempo era arrogante e ocasionalmente desrespeitoso ao ponto da insolência direta. Como Pompeu, Labieno odiava desperdiçar um homem que tinha mais anos de experiência real em batalhas do que qualquer outro general das forças de Pompeu. Um homem assim poderia ser vital para atrapalhar o ataque eventual de César. Se ao menos pudessem confiar nele.

— Não quero comer nem beber — disse Labieno como se isso tivesse sido oferecido. — Falta muito para terminar as fortificações.

Brutus ergueu os olhos à menção de uma área da política que ele não pudera influenciar. Sob ordens de Pompeu, vastas áreas de muros e fortificações em colinas tinham sido iniciadas, estendendo-se por quilômetros ao redor de Dirráquio. Elas podiam ter deixado o velho mais seguro, mas Brutus havia zombado da ideia. No mínimo isso mostrava que Pompeu sentia respeito demais por Júlio como comandante, e preparar posições defensivas antes mesmo da chegada do inimigo não inspirava os homens. Pior, Brutus achava que isso minava a coragem ao saberem que havia posições seguras para o caso de uma retirada.

— Esperemos que isso não seja necessário, Labieno — disse ele, mais bruscamente do que pretendera. — Quando César chegar, talvez possamos partir suas forças sem nos escondermos delas.

Os olhos frios de Labieno ficaram duros diante da implicação, sem saber se deveria reagir ou não ao insulto. No fim, deu de ombros.

— Exato — respondeu. Em seguida, sinalizou para a guarda pessoal composta de uma centúria para escoltá-lo até a cidade. O resto permaneceu impassível junto ao rio, tremendo ao vento.

Brutus ficou bastante satisfeito por não participar mais daquele jogo e saudou Labieno, notando o alívio do sujeito ao devolver o gesto.

— Diga a Pompeu que obedecerei a suas ordens e que agradeço pelos homens.

Labieno assentiu enquanto montava de novo e os olhos dos dois se fixaram um no outro, como se Labieno pensasse que poderia discernir a lealdade através da intensidade do olhar. Por fim, girou a montaria e cavalgou rigidamente de volta à cidade.

Quando as galeras chegaram ao cais, as pontes corvus, cheias de pontas, baixaram com estrondo, seguidas imediatamente pelos soldados das legiões de Júlio. As galeras no porto foram encurraladas antes que pudessem escapar, e muitos homens que pularam em solo grego fizeram isso a partir dos conveses delas. Inundaram a costa, matando as tripulações com eficiência implacável e indo em frente.

Orico ficou atulhada enquanto eles abriam caminho à força em terra. A cidade portuária era defendida por mil legionários aquartelados, e esses foram os primeiros a ser dominados. Alguns conseguiram acender fogueiras de sinalização com madeira verde e as nuvens de fumaça subiram para alertar o país. Júlio não permitiu que seus homens demonstrassem misericórdia antes de estarem bem estabelecidos, e aqueles primeiros mil foram despedaçados nas ruas de Orico.

As três galeras que avistaram sua esquadra não haviam tentado atracar. Em vez disso viraram-se para o norte, levando a notícia da invasão. Júlio sabia que precisava usar o ataque surpresa com vantagem máxima. Se tivesse mais homens esperando para fazer a travessia, poderia ter garantido uma área segura ao redor do porto. Mas havia lançado toda a sua força contra o litoral. Precisava da capacidade de movimento e se irritava com cada instante de atraso à medida que o equipamento pesado começava a ser guinchado para fora das galeras. Por enquanto estava livre do mar. Nenhuma outra força poderia desembarcar facilmente atrás dele, com suas galeras bloqueando o porto. Quando as últimas bestas e os arcos escorpiões haviam sido retirados, ordenou que as naves fossem afundadas, atravancando o porto completamente.

Antes que o sol chegasse ao zênite os veteranos estavam prontos para marchar para o interior. Espirais de fumaça subiam da cidade portuária ao redor, manchando o ar limpo enquanto eles esperavam em fileiras e colunas perfeitas. Júlio olhou-os com orgulho e baixou o braço para sinalizar o toque das trombetas.

As ruas cederam lugar a campos com arbustos quando viram a primeira das legiões de Pompeu totalmente arrumada à distância. Os veteranos da Gália rugiram desafiando e não havia relutância neles. Quem poderia ter adivinhado como se sentiriam ao ver uma legião romana como inimigo? Júlio viu o interesse feroz à medida que os legionários observavam a força movendo-se à distância. Irmãos lobos podiam se despedaçar mutuamente, independentemente do sangue compartilhado.

Quem quer que comandasse os cinco mil homens claramente rejeitava a oportunidade de vê-los destruídos diante de uma força tão superior. Enquanto Júlio observava, a coluna pesada mudou de direção e foi para o norte. Júlio riu alto, pensando na consternação daquelas fileiras. Eles não o esperavam e agora era tarde demais. Bateu no pescoço do cavalo, empolgado, olhando ao redor um país que não via há décadas.

A região estava nua no inverno, com árvores retorcidas sem folhas e um capim fino grudado ao solo. A terra pedregosa era uma poeira seca que ele recordava das lutas contra Mitrídates há tantos anos. Até o ar tinha um cheiro sutilmente diferente do de Roma ou da Gália. Esta era uma terra dura, onde a vida precisava ser trazida cuidadosamente à existência. Era um bom local para guerrear. Ao lançar o olhar pelas linhas coloridas de suas legiões, Júlio pensou em Alexandre e se empertigou na sela.

Seu capão se mostrava arisco enquanto ele cavalgava pelas fileiras silenciosas. Um a um, cumprimentou seus generais. Alguns, como Otaviano, Domício, Ciro e Régulo, eram conhecidos há anos. Outros tinham se provado na Gália e foram promovidos depois da traição de Brutus. Eram homens bons, e ele sentiu a confiança crescer. Parecia um sonho estar em solo grego, com a terra se abrindo diante deles. Estava de volta ao seu elemento mais natural e todos os subterfúgios sufocantes da Roma política podiam ser deixados para trás. Bandeiras estalavam e balançavam numa brisa invernal que não esfriava o prazer sentido por estar finalmente ao alcance do inimigo. Pompeu tinha quase o dobro dos homens sob seu comando, com a vantagem de lutar em terra que ele conhecia e havia preparado. Que venham, pensou Júlio. Que nos experimentem.

CAPÍTVLO XII

POMPEU CAMINHAVA PELA EXTENSÃO CENTRAL DO TEMPLO TRANSFOR-
mado em quartel-general, as mãos apertadas com força às costas. Todos os
outros sons haviam cessado e suas sandálias ferradas provocavam um eco
simples e perfeito nas paredes, como se os passos fossem seguidos por um
inimigo invisível.

— Então ele está entre nós — disse. — Apesar das promessas alardeadas
por meus oficiais, César passa por eles e tira Orico de meu controle. Gol-
peia o coração do litoral e não encontra nada além de uma resistência ridí-
cula! Diga de novo como isso é possível!

Seus últimos passos o levaram cara a cara com Labieno, que estava parado na entrada no templo. Sua expressão era difícil de ler, como sempre, mas
ele tentou aplacar a raiva do comandante.

— Havia bons motivos para não esperar que César fizesse a travessia
no inverno, senhor. Ele conseguiu o tempo de escuridão necessário para evitar
a frota, mas o terreno está estéril.

Pompeu sinalizou para ele continuar, com uma fagulha de interesse sur-
gindo nos olhos.

Labieno pigarreou.

— Ele arriscou muita coisa para garantir um desembarque seguro, senhor. Até que as plantações de primavera tenham amadurecido, seus homens, seus animais de carga devem sobreviver sem nada além do que trouxeram. Na melhor das hipóteses, podem ter duas semanas de rações de comida e carne-seca. Depois disso vão ficar fracos. Essa decisão só pode ter sido tomada em desespero, senhor. Ele *vai* se arrepender.

Os olhos de Pompeu pareceram ficar sombrios enquanto a fúria o dominava outra vez.

— Quantas vezes já ouvi dizer que ele ousou mais do que poderia? No entanto parece continuar, enquanto meus conselheiros dizem que ele deveria estar morto há muito. A sorte de César é incrível, Labieno.

— Senhor, *sabemos* qual é o tamanho de suas forças. Ordenei que nossa frota bloqueasse o litoral atrás dele. César não pode receber suprimentos por mar. Não importando a sorte que tenha, não pode colocar grãos que não existem na barriga de sete legiões. Talvez, se fosse deixado em paz, ele pudesse atacar as cidades para roubar comida, mas quando estivermos lá para incomodar seus flancos ele comandará homens que estarão lentamente morrendo de fome.

— Ah, estarei lá, Labieno. Junte nossas legiões e as deixe prontas para partir contra ele. Não deixarei que César perambule pela Grécia como se fosse dono dela!

— Sim, senhor — respondeu Labieno rapidamente, satisfeito por ter recebido a ordem depois de uma hora suportando o mau humor de Pompeu. Fez uma saudação e se virou para sair, mas a voz de Pompeu o impediu de novo.

— Certifique-se de que Brutus esteja lá, para ser visto por todos os seguidores de César — disse Pompeu com a voz tensa. — Ele provará que é leal ou será morto.

Labieno assentiu.

— Minha legião nunca estará longe dele, senhor. Há homens em quem confio para contê-lo, se ele se mostrar falso. — Labieno teria saído em seguida, mas não pôde evitar a voz de preocupação que o incomodava. — Seria mais fácil, senhor, se ele tivesse apenas as coortes com que chegou. Os mil extras que o senhor lhe deu serão um obstáculo caso ele se volte contra sua autoridade.

— Se ele honrar o juramento a mim, esses homens terão um papel fundamental no conflito próximo. Eu seria um idiota se incapacitasse o homem que melhor conhece as táticas de César deixando-o apenas com duas coortes. A decisão é final, Labieno.

Labieno saiu, ainda imaginando quem poderia ter influenciado Pompeu. Talvez fosse alguma voz dentre os senadores exilados que reivindicavam tanto tempo dele. Mesmo sendo desconfortável ao menos pensar em coisas tão desleais, Labieno encontrara pouca coisa para respeitar nos velhos briguentos que Pompeu havia trazido de Roma. Reconfortou-se com o conhecimento de que poderia honrar os senadores pelo cargo que ocupavam, não importando a aversão pessoal que sentisse por eles.

Sete das onze legiões que Pompeu comandava estavam acampadas ao redor de Dirráquio. A força principal encontraria e absorveria as outras enquanto se movia para o sul para enfrentar a invasão. Labieno achou agradável a visão da hoste e teve certeza de que dera o conselho certo a Pompeu. Cinquenta mil homens era o maior exército que ele jamais vira num só lugar. Os melhores relatórios sobre as legiões de César lhe davam não mais do que vinte e dois mil. Labieno era de opinião que Pompeu sentia respeito demais pelo carreirista que havia usurpado o Senado de Roma. O fato de as legiões da Gália serem veteranas não estava em dúvida, mas veteranos podiam ser furados por lanças tanto quanto qualquer outro homem.

Não muito longe, Labieno escutou o mugido de um touro branco sacrificado pelos que acreditavam em oráculos. Veria o relatório deles antes de Pompeu e o alteraria, se necessário. Parado ao sol, passou o polegar na ponta do cabo da espada, polindo-o num hábito nervoso. Nunca imaginara a visão de Pompeu tão abalado com o desembarque de César em Orico. Não haveria outras más notícias para abalar a confiança dele.

Viu mensageiros se aproximando para levar suas palavras às legiões que esperavam.

— Marchemos — disse-lhes rudemente, já pensando na campanha vindoura. — Deem ordem para levantar acampamento. O general Brutus formará a vanguarda, com minha Quarta Legião atrás dele.

Os mensageiros se espalharam pelas estradas saindo da cidade, competindo para ser os primeiros no campo com a notícia. Labieno respirou fundo e se perguntou se teria a chance de ver o rosto do inimigo que podia abalar a confiança de Pompeu. Deu de ombros. César lamentaria ter vindo à Grécia com sua ambição. Eles não haviam esquecido o predomínio da lei.

Júlia estava sentada na casa de campo de Pompeu, brincando com o filho no colo, quando o marido chegou. A paz do dia foi despedaçada enquanto ele berrava para ser atendido pelos serviçais. Ela se encolheu diante do tom estridente e a criança em seus joelhos riu de sua expressão, tentando imitá-la. O menino tinha a promessa das feições pesadas do pai, e ela se perguntou se herdaria a mesma disposição mal-humorada. Um barulho de pratos caindo ali perto lhe disse que Pompeu tinha atravessado os cômodos principais e vinha vê-la. Podia ouvir cada palavra enquanto ele gritava pedindo a melhor armadura e a melhor espada. Então ela soube que Júlio viera à Grécia e seu coração martelou enquanto se levantava.

— Aí está você! — disse Pompeu entrando no jardim. Parou para beijá-la na testa e ela suportou isso com um sorriso tenso. O filhinho estendeu os braços e foi ignorado.

— Chegou a hora, Júlia. Partirei e quero que você seja levada para um lugar mais seguro.

— Ele desembarcou?

Pompeu franziu a testa e examinou os olhos dela.

— Sim. Seu pai conseguiu passar pela minha esquadra.

— Você vai destruí-lo — disse ela e, sem aviso, beijou o marido com força na boca. Ele ficou ruborizado numa surpresa satisfeita.

— Vou — respondeu sorrindo. O coração das mulheres sempre fora um mistério para ele, pensou, mas sua esposa havia aceitado a nova lealdade sem dor nem discussão. Era uma mãe adequada para seu filho.

— E Brutus? Você vai usá-lo?

— Assim que tiver certeza vou libertá-lo para causar tumulto onde puder. Você estava certa com relação aos *extraordinarii* dele, Júlia. O sujeito funciona melhor quando não está muito preso à cadeia de comando. Dei-lhe mais duas coortes.

Gentilmente, Júlia pôs o filho no chão e o empurrou para longe. Chegou mais perto do marido e o envolveu num abraço apaixonado. Deixou a mão ir em direção ao ventre dele, que pulou, rindo.

— Deuses, não tenho tempo! — disse Pompeu levando a mão dela aos lábios. — Você ficou mais bela na Grécia, mulher. O ar daqui lhe faz bem.

— Você me faz bem.

Apesar das preocupações, ele pareceu satisfeito.

— Agora mande os escravos pegarem tudo que você precisar.

O sorriso dela hesitou.

— Sem dúvida estou mais segura aqui, não é? Não gostaria de ser levada a um lugar estranho nessa hora.

Pompeu piscou, confuso.

— O que está falando? — perguntou numa impaciência súbita.

Ela se obrigou a tocá-lo de novo, segurando sua mão.

— Você será pai de novo, Pompeu. Não quero arriscar a criança.

O rosto do marido mudou lentamente enquanto ele absorvia a notícia e pensava. Olhou o corpo dela.

— Não aparece.

— Ainda não, mas você pode ficar no campo durante meses. Vai aparecer.

Ele assentiu, tomando uma decisão rápida.

— Muito bem. Esta cidade está longe de qualquer luta, afinal de contas. Só gostaria de poder convencer os senadores a ficar aqui com você, mas eles insistem em acompanhar as legiões.

Júlia viu que a ideia de ter os senadores questionando cada ordem bastava para estragar até a felicidade da notícia que ela dera.

— Você deve ter o apoio deles, pelo menos por enquanto — disse.

Ele ergueu os olhos, desesperado.

— É um preço alto, Júlia, acredite. No entanto, seu pai foi eleito cônsul de novo e sou obrigado a me curvar à vontade daqueles idiotas. Sabem que preciso deles agora, esse é o problema. — Pompeu suspirou. — Você terá a companhia das famílias deles, pelo menos. Deixarei mais uma centúria para mantê-la em segurança. Agora prometa que não ficará caso haja algum perigo. Você é preciosa demais para que eu a arrisque nisso.

Ela o beijou de novo.

— Prometo.

153

O IMPERADOR — OS DEUSES DA GUERRA

Pompeu alisou o cabelo do filho, com afeto. Sua voz subiu ao volume anterior enquanto voltava para dentro da casa, gritando novas ordens para os guardas e serviçais. Depois de um tempo foi embora e a casa começou a voltar ao silêncio sonolento de sempre.

— Você vai ter um neném? — perguntou o filho com sua voz aguda, estendendo as mãos para ser apanhado no colo.

Júlia sorriu, pensando em como Brutus reagiria quando ela contasse.

— Vou, querido.

Seus olhos estavam frios à luz fraca do sol. Tinha feito sua escolha. Saber que Brutus estava preparado para trair Pompeu havia se mostrado um fardo enorme desde que ele confiara nela. Parte dela sentia dor pela sua própria traição, mas com o pai e o amante, não restava lealdade para Pompeu.

— Senhor, realmente há muito pouco tempo — disse Suetônio.

Cícero acompanhou o olhar dele por sobre a balaustrada acima do salão de reuniões e seus lábios se apertaram.

— A não ser que você queira que eu arraste os grandes e os bons de Roma pelo cangote, há pouco a fazer além de esperar.

Na hora anterior, os modos de Suetônio haviam mudado de uma confiança superior para a indignação diante da falta de progresso. Ficou olhando enquanto mais um grupo de escravos vinha aumentar a confusão geral. Estava pasmo ao ver quantos caixotes e embrulhos implicava a mudança do Senado, e podia imaginar a impaciência crescente de Pompeu.

Abaixo dos dois, outra discussão teve início.

— Eu deveria descer até lá — disse Suetônio, relutante.

Cícero pensou em deixá-lo tentar. Seria no mínimo divertido e ele gostava pouco do senador. A maturidade não lhe trouxera sabedoria, decidiu Cícero, olhando-o. No entanto ele era um elo com a máquina militar sob o comando de Pompeu e deveria ser cultivado, caso o Senado quisesse manter qualquer influência durante a campanha. Os deuses sabiam que eles precisavam de qualquer vantagem que pudessem juntar.

— Eles não estão com clima para receber ordens, Suetônio, mesmo que o próprio Pompeu estivesse aqui. É melhor esperar.

Olharam de novo por cima da balaustrada, procurando algum sinal de que o caos estivesse diminuindo. Centenas de escravos traziam papéis e materiais numa fila serpeteante de homens que parecia não ter fim. Suetônio apertou mais o corrimão, incapaz de esconder a irritação.

— Talvez o senhor pudesse explicar a eles a urgência — disse finalmente.

Cícero riu alto.

— Urgência? Pompeu deixou bastante claro que não somos nada além de bagagem. O que importa a ele se a bagagem levar mais bagagem?

Em sua frustração, Suetônio falou sem muito do cuidado usual.

— Talvez fosse melhor deixá-los ficar. Que utilidade eles terão no campo de batalha?

O silêncio de Cícero o fez olhar ao redor. O orador estava com uma raiva fria, as palavras tensas.

— Deveríamos ser o governo no exílio, rapaz, e não ser mantidos longe de todas as decisões. Sem nós Pompeu não tem o direito de travar guerra em nome de Roma. Não tem mais legitimidade do que César, e talvez tenha ainda menos.

Ele se inclinou para a frente e olhou por baixo das sobrancelhas fartas.

— Suportamos um ano neste lugar, Suetônio, longe do conforto e do respeito. Nossas famílias clamam para ser levadas para casa, mas lhes dizemos para aguentar até que a ordem legítima seja restabelecida. Acha que não faríamos parte da campanha? — Ele fez um aceno indicando a agitação no salão. — Aqui você encontrará homens que entendem das sutilezas mais inefáveis da civilização, os ideais que se quebram com mais facilidade sob as sandálias de um soldado. Dentre eles estão escritores da lei e da matemática, os mais capazes dentre as grandes famílias. Mentes boas para trabalhar para *vocês* quando enfrentarem um opositor como César, não acha?

Suetônio não queria ser arrastado, mas sabia que, se a escolha fosse sua, teria deixado os senadores para trás sem sequer um olhar. Respirou fundo, incapaz de enfrentar a raiva de Cícero.

— Talvez agora fosse melhor deixar as decisões com Pompeu, senhor. Ele é um general capaz.

Cícero soltou uma gargalhada que fez Suetônio pular.

— Há mais nisso do que proteger os flancos! César comanda legiões *romanas*. Ele assumiu a autoridade com um novo Senado. Você pode não pensar em nada além de bandeiras e trombetas, mas haverá decisões políticas a ser tomadas antes do fim, pode contar com isso. Pompeu precisará de conselheiros, quer se dê conta ou não.

— Talvez, talvez — disse Suetônio assentindo, tentando aplacá-lo.

Cícero não foi descartado tão facilmente.

— Será que seu desprezo é tão grande que nem vai se incomodar em argumentar? O que acha que vai acontecer se César vencer? Quem governará?

Suetônio se enrijeceu e balançou a cabeça.

— Ele não pode vencer, senhor. Nós temos... — E parou enquanto Cícero fungava.

— Minhas filhas têm mentes mais afiadas, juro. *Nada* é certeza numa batalha. As apostas são altas demais para simplesmente jogar uns exércitos contra os outros até que reste um homem de pé. Roma ficaria sem defesas e nossos inimigos não teriam nada para impedi-los de entrar no fórum quando quisessem. Você entende isso? Deve haver um exército sobrevivente quando todas as poses e as fanfarronadas tiverem acabado. — Ele suspirou diante da expressão vazia de Suetônio. — O que o ano seguinte trará para nós, ou o outro? Se a vitória for decisiva, não haverá ninguém para limitar a autoridade de Pompeu quando César cair. Se ele optar por se fazer rei, ou até mesmo imperador, abandonar a República de seus pais, lançar uma invasão à África, não haverá quem possa recusar. Se César for triunfante, o mesmo se aplica e o mundo mudará independentemente de qualquer coisa. Será uma nova ordem, não importando o que acontecer aqui. Quando um general cai, deve haver estabilidade. E só então seremos necessários.

Suetônio permaneceu em silêncio. Achou que podia sentir medo nos alertas de Cícero e sentiu desprezo pelas preocupações do velho. Se Pompeu triunfasse, Suetônio teria apenas júbilo, mesmo que isso levasse a um império iniciado nos campos da Grécia. César estava em número menor e logo passaria fome. Ao menos sugerir que Pompeu poderia não vencer era um insulto. Não conseguiu resistir a uma última ferroada.

— Talvez sua nova ordem precise de sangue mais jovem, senhor.

O olhar do velho não se abalou.

— Se o tempo da sabedoria e do debate tiver passado, que os deuses nos ajudem a todos.

Brutus e Sêneca cavalgavam juntos na frente de uma hoste de legiões que enegrecia por quilômetros o campo da Grécia. Pela primeira vez Sêneca estava em silêncio e Brutus suspeitou que ele pensava nas ordens dadas por Labieno e no que elas significariam. Ainda que, em teoria, fosse uma honra liderar o vasto exército, ambos sabiam que o teste de lealdade poderia deixá-los mortos no campo depois do primeiro ataque.

— Pelo menos não temos de pisar na bosta como o resto deles — disse Brutus, olhando por cima do ombro.

Sêneca forçou um sorriso tenso. As legiões eram separadas umas das outras por milhares de animais de carga e carroças, e era verdade que os que vinham mais atrás marchariam por um caminho tornado profundamente desagradável pela passagem deles.

Em algum lugar adiante estavam as legiões que haviam desembarcado em Orico, lideradas por um general cujo nome era quase sinônimo de vitória no exército. Cada homem tinha acompanhado os relatos vindos da Gália e, mesmo com a vantagem dos números, havia poucos achando que as batalhas vindouras seriam qualquer coisa que não brutais.

— Acho que Pompeu vai nos desperdiçar — disse Sêneca, quase baixo demais para que Brutus escutasse. Ao sentir o olhar do general nele, deu de ombros sobre a sela. — Quando penso até onde viemos, desde Corfínio, preferiria não ser trucidado nos primeiros instantes da batalha só para testar nossa lealdade.

Brutus desviou o olhar. Estivera pensando a mesma coisa e ainda lutava para encontrar uma solução. A Quarta Legião, de Labieno, marchava logo atrás de suas coortes e as ordens haviam sido dolorosamente claras. Qualquer interpretação criativa convidaria uma rápida destruição vinda de sua própria retaguarda. Ainda que isso lançasse o ataque inicial de Pompeu numa confusão, Brutus sabia que Labieno era bem capaz de um ato implacável como esse, e precisava se esforçar para não olhar para trás e ver se o general o estava vigiando. Sentia o exame tanto quanto sentira em Dirráquio, e isso estava começando a lhe dar nos nervos.

— Duvido que nosso amado líder vá ordenar um ataque direto contra o inimigo — disse finalmente. — Ele sabe que Júlio estará planejando e tramando em busca de vantagem, e Pompeu tem respeito demais para partir para o ataque quando nos encontrarmos. Júlio... — Ele se conteve e balançou a cabeça com raiva. — César provavelmente deve ter feito armadilhas e colocado espetos no chão, cavado buracos e escondido forças pelos flancos onde quer que haja cobertura. Pompeu não vai deixar que ele tenha essa vantagem. Onde quer que os encontrarmos haverá uma armadilha, garanto.

— Então seremos os homens que morrerão descobrindo-a — disse Sêneca, mal-humorado.

Brutus fungou.

— Algumas vezes esqueço sua falta de experiência, o que é um elogio, por sinal. Pompeu assumirá uma posição nas proximidades e mandará batedores testar o terreno. Com Labieno aconselhando-o, só seremos mandados quando houver um caminho amplo e doce para passarmos trovejando. Eu apostaria minha vida nessa hipótese, se é que Labieno já não fez isso. — Ele riu enquanto o ânimo de Sêneca melhorava visivelmente. — Nossas legiões não atacam feito loucas desde Aníbal e seus elefantes desgraçados, Sêneca. Nós *aprendemos* com os erros, ao passo que cada novo inimigo nos encara pela primeira vez.

O sorriso de Sêneca hesitou.

— Mas não César. Ele conhece Pompeu tão bem quanto qualquer um. Ele nos conhece.

— Ele não me conhece — disse Brutus incisivamente. — Ele *nunca* me viu. E nós vamos derrotá-lo, Sêneca.

Viu que o aperto de Sêneca nas rédeas era suficientemente forte para fazer os nós dos dedos ficarem brancos e se perguntou se o sujeito seria um covarde. Se Rênio estivesse ali, teria dito algo ríspido para aumentar a coragem do jovem oficial, mas Brutus não conseguiu encontrar as palavras necessárias.

Suspirou.

— Se você quiser, posso mandá-lo para trás antes do primeiro ataque. Não haverá vergonha nisso. Posso ordenar que você leve uma mensagem a

Pompeu. — A ideia o divertiu e ele continuou: — Algo do tipo "Agora veja o que você fez, seu velho idiota." O que acha?

Sêneca não riu. Em vez disso, olhou o homem que cavalgava ao seu lado com tanta confiança.

— Não. Estes são meus homens. Vou aonde eles forem.

Brutus se esticou entre os dois cavalos e lhe deu um tapa no ombro.

— Foi um prazer servir com você, Sêneca. Agora pare de se preocupar. Vamos vencer.

CAPÍTVLO XIII

APESAR DA PESADA CAPA DE INVERNO QUE O PROTEGIA DO PIOR do frio, Pompeu sentia-se congelado na armadura. O único calor parecia ser o líquido amargo que borbulhava e subia na garganta e nas entranhas, deixando-o fraco. Os campos sem cultivo estavam cheios de torrões partidos pelo gelo e o progresso era dolorosamente lento. Quando jovem ele se lembrava de ter sido capaz de desconsiderar os piores extremos das campanhas, mas agora mal conseguia trincar o queixo e impedir que os dentes batessem audivelmente. Duas plumas de vapor saíam das narinas do cavalo e Pompeu baixou a mão distraidamente para lhe dar um tapinha no pescoço. Sua mente estava no exército que podia ver à distância.

Não poderia ter pedido um ponto de observação melhor. As legiões de César haviam estacionado a sessenta quilômetros a leste de Orico, no fim de uma planície rodeada por florestas. Os batedores de Pompeu tinham chegado a uma crista de terreno elevado e imediatamente se reportaram à força principal, passando por Brutus e Sêneca sem olhar para o lado. Pompeu se adiantara para confirmar se podia vê-los e agora observava num silêncio cheio de suspeita.

O ar cortante pelo menos estava sem névoa. Ainda que as forças de César devessem estar a mais de três quilômetros de distância, elas se destacavam contra o capim mirrado da planície. De longe pareciam uma ameaça digna de pena, como minúsculos broches de metal cravados no chão duro. Estavam imóveis como os retalhos de floresta que cobriam as colinas, e Pompeu franziu a testa.

— O que ele está *fazendo*? — murmurou, os dentes trincados.

Havia uma parte dele que sentia júbilo ao descobrir o inimigo ao alcance, mas sua cautela mais natural havia assumido o controle. Júlio nunca arriscaria sua sobrevivência num simples choque de exércitos. A planície onde reunira seu exército era um bom terreno para um ataque, e Pompeu sabia que sua cavalaria era capaz de esmagar o número menor de *extraordinarii* que Júlio trouxera à Grécia. Era tentador demais e Pompeu balançou a cabeça.

— Quantas legiões você pode contar, Labieno?

— Apenas seis, senhor — respondeu Labieno imediatamente. Em sua expressão azeda, Pompeu podia ver que ele compartilhava as mesmas dúvidas.

— Então onde está a sétima? O que estão fazendo enquanto ficamos aqui olhando o resto? Mande os batedores num círculo amplo. Quero que sejam encontrados antes de irmos adiante.

Labieno deu a ordem e os animais mais rápidos de sua cavalaria galoparam em todas as direções.

— Nós fomos vistos? — perguntou Pompeu.

Em resposta, Labieno apontou para onde um cavaleiro distante trotava ao longo do limite entre as árvores e o terreno rochoso que cercava a planície. Enquanto os dois olhavam, o homem ergueu uma bandeira e sinalizou para as forças de Júlio.

— Não gosto disso — disse Pompeu. — Aquela floresta pode esconder qualquer coisa. Parece tanto uma armadilha que me pergunto se é essa a conclusão que ele quer que tiremos.

— Temos homens de sobra, senhor. Com sua permissão, mandarei apenas uma legião testá-los. Talvez as coortes que estão com o general Brutus.

— Não. Um número pequeno demais não acionaria a armadilha, se houver. Ele os deixaria chegar perto e os destruiria. Perderíamos homens em troca de nada. Fico relutante em mandar um número maior até termos informações melhores. Diga aos homens para descansarem até a volta dos batedores. Ponha uma refeição quente dentro deles e diga para estarem prontos para qualquer coisa.

A força do vento aumentava à medida que a tarde se esvaía. Dirráquio tinha ficado longe, bem atrás, e Pompeu sabia que seus homens estavam cansados. Talvez fosse melhor estabelecer acampamentos fortificados para a noite e prosseguir ao amanhecer. Suspeitava que Labieno não se sentia impressionado com sua cautela, mas Pompeu ainda podia se lembrar de Júlio reunindo a antiga legião Primogênita e transformando-a no núcleo de sua famosa Décima. Até os que odiavam César admitiam sua capacidade de obter o sucesso contra todas as chances. Sua habilidade podia ser lida nos relatórios, e Pompeu sabia que Júlio era um daqueles raros que mantinham um senso de batalha mesmo enquanto ela se incendiava ao redor. A Gália não caíra sozinha, nem as costas da Britânia. Seus homens lhe eram leais, acima do Senado e de Roma. Quando ele pedia que morressem, eles morriam porque era ele quem pedia. Talvez por causa dessa fé eles tivessem se acostumado à vitória. Labieno jamais se encontrara com o sujeito, e Pompeu estava decidido a não ser outro nome na lista dos que Júlio havia derrotado. Seu estômago se retorceu com uma pontada e ele se remexeu desconfortável na sela.

— Senhor! Eles estão se movendo a leste! — gritou um dos batedores, no momento em que o próprio Pompeu percebia isso. Dez batidas de coração depois de as legiões inimigas começarem a se mexer, e o sussurro distante de suas trompas os alcançaram, quase perdido no vento.

— Sua opinião, general? — murmurou Pompeu.

— Eles podem estar tentando nos atrair — disse Labieno, em dúvida.

— É a minha sensação. Mande os batedores manter as cadeias mais distantes em contato conosco enquanto nos movemos ao redor. Quero que cada um esteja à vista do outro o tempo todo.

Labieno lançou um olhar preocupado para a densa área de floresta que agarrava a terra em retalhos à toda volta. Mesmo no inverno os galhos formavam uma massa impenetrável e seria difícil manter contato naquele terreno.

— Vai escurecer em apenas algumas horas, senhor — disse ele.

— Faça o melhor que puder com a luz do dia que resta — reagiu Pompeu com rispidez. — Quero que eles nos sintam bafejando na nuca quando a noite chegar. Que temam o que vamos fazer quando eles não nos virem mais. O dia de amanhã será suficientemente longo para matar todos.

Labieno fez uma saudação e cavalgou para dar as ordens. Os legionários que já haviam começado a se amontoar na expectativa de uma refeição foram postos de pé pelos gritos dos centuriões. Labieno optou por não ouvir as reclamações abafadas dos soldados enquanto cavalgava para dar a ordem aos oficiais. Os soldados adoravam criticar a vida dura que levavam, ele sabia, mas aqueles eram homens experientes e isso se devia quase ao hábito, e não a algum sentimento verdadeiro. Desde o início sabiam que a campanha no inverno seria um teste à forma física e à resistência. Labieno não esperava que falhassem.

Enquanto a grande coluna começava a se mover, Brutus cavalgou de volta passando pela fileira de batedores, sua armadura de prata atraindo o olhar dos oficiais de Pompeu. Estava ruborizado com alguma emoção e sua expressão ficou sutilmente mais tensa, a boca numa linha pálida na pele bronzeada.

Chegou perto do cavalo de Pompeu, saudando-o rapidamente.

— Senhor, meus homens estão prontos para atacar. Basta que ordene.

— Volte à sua posição, general — respondeu Pompeu se encolhendo com um espasmo do estômago. — Não enviarei um ataque em terreno que ele teve tempo para preparar.

Brutus não demonstrou qualquer reação à negativa.

— Ele está se movendo agora, senhor, e isso é um erro. Ele não teve tempo de fazer armadilhas em toda a área. — A expressão de Pompeu não se alterou e Brutus falou com mais urgência: — Ele conhece nós dois, senhor. Vai esperar que aguardemos e avaliemos seus planos antes de atacar. Se formos agora podemos feri-lo antes do escurecer. Quando tivermos de recuar teremos levantado o moral com uma vitória e causado dano à confiança dele.

Quando Brutus acabou, Pompeu fez um pequeno gesto com a mão nas rédeas. Labieno aproveitou a deixa, cavalgando até o lado de Brutus.

— O senhor recebeu suas ordens, general — disse ele.

Brutus olhou-o e, por um instante, Labieno se enrijeceu diante do que viu. Então Brutus fez outra saudação e voltou para as fileiras da vanguarda.

Pompeu tamborilou os dedos no alto arção da sela, sinal da tensão criada por Brutus. Labieno não rompeu o silêncio da marcha, permitindo ao ditador a privacidade de seus pensamentos.

Os batedores prestavam informes a cada hora para mantê-los no rumo quando a linha de visão se tornava impossível para a força principal. A noite de inverno ia chegando rapidamente e Pompeu esperava com impaciência cada vez maior que as legiões inimigas parassem.

— Se eles não pararem logo, vão passar a noite em terreno aberto — disse, irritado. — Metade deles vai morrer congelada.

Franziu a vista através das sombras das árvores distantes, mas não havia nada visível. O inimigo tinha desaparecido no escuro, mas os cavaleiros batedores mais distantes ainda informavam o progresso. Pompeu apertou o maxilar por causa do frio e se perguntou se isso também seria um teste. Talvez Júlio estivesse esperando despistá-los, ou simplesmente fazer com que marchassem até a morte pelas planícies da Grécia.

— Eles podem já ter preparado um acampamento, senhor — disse Labieno.

Seus lábios estavam entorpecidos e ele sabia que Pompeu teria de deixar os homens descansarem ou vê-los começar a cair. Escondeu qualquer sinal de irritação enquanto Pompeu continuava cavalgando como se não percebesse o sofrimento ao redor. Não queria provocar o comandante, mas se não montassem acampamento logo iriam se arriscar a perder a vantagem que tinham trabalhado tanto para obter.

O som de cascos galopando distraiu os dois de seus pensamentos e do frio.

— Eles pararam, senhor! — informou o batedor. — Um pequeno grupo vem cavalgando em nossa direção.

Pompeu levantou a cabeça como um cachorro farejando.

— Quantos?

Mesmo à última luz cinzenta Labieno pôde ver que o batedor estava congelado a ponto de mal se manter na sela. Levou seu cavalo para mais perto e tirou as rédeas dos dedos rígidos do rapaz.

— Seu general perguntou quantos homens estão vindo.

O batedor piscou, juntando forças.

— Três, senhor, com uma bandeira de trégua.

— Ordene um acampamento fortificado, Labieno — disse Pompeu finalmente. — Quero paredes altas ao redor quando eles chegarem. Sem dúvida vão informar cada detalhe a César ao voltarem. Que não haja nada fora do lugar. — Ele parou e se empertigou para esconder o desconforto. — Mande chamar meu médico. Preciso de um pouco do giz com leite dele para acalmar o estômago.

Labieno mandou homens correndo para cumprir a ordem. Por mais cansado e com frio que estivesse, o exército de cinquenta mil montaria rapidamente o acampamento cercado de muros de terra. Isso era quase uma segunda natureza para eles, depois de tanto treinamento, e o general ficou satisfeito ao ver os quadrados tomando forma. O som de machados cortando árvores lhe era tão familiar como sua casa e ele começou a relaxar. Pompeu tinha deixado isso para muito tarde, reconheceu Labieno. Parte do trabalho seria terminado no escuro e haveria acidentes.

Os três homens mandados por César para falar com Pompeu o preocuparam muito mais. O que haveria para dizer num estágio tão tardio? Não poderia ser a rendição antes que uma única lança fosse atirada com raiva. Labieno fez uma careta no escuro enquanto pensava em mandar alguns cavaleiros para fazer o grupo desaparecer. Não temia as consequências, sabendo que se os corpos fossem bem escondidos Pompeu pensaria que era uma tática de adiamento. Labieno tinha homens leais em quem podia confiar para matá-los no escuro e esse seria apenas mais um pequeno mistério, rapidamente esquecido.

A alternativa era alimentar o que agora via como medo de Pompeu com relação ao inimigo. A confiança que havia atraído Labieno nos primeiros encontros parecia ter desaparecido com a novidade do desembarque em Orico. Labieno vira como ele apertara o estômago, e temia que a doença estivesse afetando mais do que sua saúde e seu humor. Pompeu tinha envelhecido diante de todos eles e Labieno precisava representar um papel como segundo no comando que ia muito além de tudo que havia esperado.

Estava a ponto de chamar homens que conhecia quando um dos batedores veio informar. Os três cavaleiros haviam chegado ao perímetro de um quilômetro e meio e estavam sendo escoltados. Labieno deixou a mão cair, irritado ao ver que sua hesitação havia lhe roubado a chance. Talvez esse fosse o segredo do gênio de César, pensou com um sorriso torto repuxando a boca.

Os que o enfrentavam se amarravam tentando adivinhar o que ele tentaria em seguida. Labieno se perguntou se acabaria sendo tão vulnerável quanto Pompeu parecia, e se animou olhando a cidade de soldados que tinham trazido do norte. Não importando a inteligência de César no campo, ele jamais enfrentara legiões romanas em força plena. A Gália não o teria preparado para aquele massacre.

Quando os três cavaleiros saíram da escuridão o acampamento estava assumindo forma. Milhares de legionários tinham cavado trincheiras e amontoado terra até a altura de dois homens. Cada árvore em quilômetros ao redor havia sido cortada e desgalhada, serrada e amarrada no lugar. Montes de terra e capim firmavam as colunas, prova contra fogo e mísseis inimigos. Em questão de horas eles construíam fortalezas a partir do nada, portos seguros feitos de ordem e segurança no ermo. Tochas tinham sido postas em suportes de ferro a toda volta do acampamento e iluminavam a noite num amarelo tremeluzente. Labieno podia sentir no vento noturno o cheiro de carne cozinhando e seu estômago vazio roncou. Suas necessidades teriam de esperar um pouco mais, e obrigou a fraqueza do corpo a se esconder.

Esperou enquanto os três cavaleiros passavam pelas linhas de batedores até o acampamento, notando a insígnia da Décima Legião e a armadura do centurião. Júlio mandara um homem de alta patente falar com Pompeu. Eles tinham sido obrigados a caminhar pelos círculos defensivos com espadas desembainhadas apontando para suas costas. Labieno observou-os com os olhos estreitados. À sua ordem os cavalos foram contidos e os três soldados foram rapidamente cercados.

Labieno caminhou pelo terreno gelado na direção deles. Os três trocaram um olhar quanto ele se aproximava, e o líder falou primeiro.

— Viemos por ordem de Caio Júlio César, cônsul de Roma — disse ele. O centurião estava numa postura confiante como se não estivesse cercado de homens dispostos a matá-lo ao primeiro movimento súbito.

— Você parece um pouco rude para a diplomacia, soldado — respondeu Labieno. — Diga qual é sua mensagem, então. Tenho uma refeição esperando.

O centurião balançou a cabeça.

— Não com você, Labieno. A mensagem é para Pompeu.

Labieno olhou para os homens sem que o rosto demonstrasse sua irritação. Não tinha deixado escapar o fato de que seu nome era conhecido deles e se perguntou quantos espiões César teria na Grécia. Realmente deveria ter matado todos antes que chegassem à sua posição, pensou pesaroso.

— Os senhores não podem se aproximar do general armados.

Eles assentiram e retiraram as espadas e adagas, deixando-as cair aos pés. O vento uivava ao redor e as tochas mais próximas balançavam feito loucas.

— Retirem o resto das roupas e mandarei trazer outras para vocês.

Os três homens pareceram com raiva, mas não resistiram e logo estavam tremendo e nus. As peles mostravam que todos tinham lutado durante anos, colecionando uma teia de cicatrizes. O que havia falado tinha uma coleção particularmente bela e Labieno pensou que César devia ter excelentes médicos para que ele sobrevivesse. Os três ficaram parados sem qualquer embaraço enquanto Labieno sentia um toque de admiração ao ver como haviam se recusado a se encolher no frio. Vendo a arrogância, considerou ordenar uma busca mais íntima, mas decidiu não fazê-lo. Pompeu já devia estar perguntando o motivo da demora.

Escravos trouxeram ásperas roupas de lã e os centuriões as jogaram sobre a pele que já estava ficando azul.

Labieno examinou as sandálias deles em busca de algo incomum, depois deu de ombros e as jogou de volta.

— Acompanhem-nos até o acampamento um, à tenda do comando — disse.

Observou atentamente o rosto deles, mas os homens estavam tão impassíveis quanto os soldados ao redor. Labieno sabia que sua refeição teria de esperar um pouco mais. Estava muito curioso para descobrir por que César mandaria homens valiosos para uma reunião daquelas.

O acampamento um continha onze mil soldados e os elos principais da cadeia de comando. Era rodeado por outros quatro de tamanho semelhante, de modo que de cima pareceriam as pétalas de uma flor colhida por uma criança. Três estradas cruzavam o coração do acampamento e, enquanto caminhava pela Via Principalis em direção à tenda de comando de Pompeu,

Labieno notou como os centuriões captavam cada detalhe ao redor. Franziu os olhos ao pensar que eles levariam as observações de volta ao inimigo e de novo pensou em mandar despachá-los rapidamente. Em vez de desperdiçar outra chance, afastou-se da escolta e deu instruções rápidas a um tribuno de sua Quarta Legião. Sem hesitar, o homem fez uma saudação e foi juntar outros doze para a tarefa. Labieno saiu correndo pela estrada principal para alcançar os homens de César, sentindo-se melhor em relação à missão deles.

A tenda do pretório era uma enorme construção de couro perto do portão norte do acampamento. Reforçada com traves e esticada com cordas, era sólida como um prédio de pedras e à prova de chuva ou vendavais. Toda a área era bem iluminada com tochas de óleo parcialmente abrigadas por uma trama de ferro. As chamas se estendiam com o vento, lançando sombras estranhas enquanto Labieno alcançava seus homens e os fazia parar do lado de fora. Deu a senha do dia aos guardas externos e entrou, encontrando Pompeu em discussão com uma dúzia de seus oficiais. A tenda era mobiliada de modo simples, com uma mesa comprida e uma ornamentada cadeira de carvalho para Pompeu. Bancos estavam encostados às paredes, para reuniões, e o local tinha um ar espartano que Labieno aprovava. Mais importante, a tenda era muito mais quente do que o lado de fora. Braseiros luziam na terra socada, deixando o ar denso e pegajoso de calor. Labieno sentiu o suor brotar na pele diante da mudança súbita.

— Você os trouxe aqui? — perguntou Pompeu. Sua mão se esgueirou para o estômago enquanto ele falava.

— Eu os despi e revistei, senhor. Com sua permissão, mandarei que meus homens os tragam.

Pompeu indicou os mapas sobre uma mesa pesada e um dos oficiais juntou-os rapidamente em rolos bem arrumados. Quando não havia nada importante visível, ele se sentou com cuidado, repuxando a toga em dobras perfeitas sobre as pernas.

Os três centuriões se portaram bem na presença de Pompeu. Mesmo vestidos como estavam, o cabelo curto e os braços com cicatrizes os identificavam imediatamente como o que eram. A escolta manteve as armas à mostra enquanto assumia posição junto às paredes da tenda e deixava os três homens diante de Pompeu. Labieno se pegou respirando mais pesadamente enquanto esperava, tendo esquecido a fome.

— Então contem o que César tem a dizer de tão importante a ponto de arriscar a vida de vocês — disse Pompeu.

No silêncio apenas os estalos dos braseiros podiam ser ouvidos.

O centurião que havia falado primeiro deu um passo à frente e, como se fossem um só, os guardas na tenda passaram da imobilidade para uma posição de perigo. O sujeito olhou ao redor e ergueu os olhos por um momento, como se achasse divertida a atitude deles.

— Meu nome é Décimo, senhor. Centurião da Décima Legião. Já nos encontramos antes, em Arimino.

— Lembro-me de você — disse Pompeu. — No encontro com Crasso. Você estava lá quando César trouxe ouro da Gália.

— Sim, senhor. O cônsul César preferiu mandar um homem que o senhor reconhecesse, para mostrar boa-fé.

Apesar do tom neutro, Pompeu ficou vermelho de raiva imediatamente.

— Não use um título falso na minha presença, Décimo. O homem que você segue não tem o direito de se declarar cônsul diante de mim.

— Ele foi eleito pelas centúrias votantes, senhor, segundo as tradições mais antigas. Ele reivindica a autoridade e os direitos que lhe foram dados pelos cidadãos de Roma.

Labieno franziu a testa, imaginando o que Décimo esperaria alcançar antagonizando Pompeu logo de início na reunião. Não pôde evitar o pensamento preocupante de que as palavras se destinavam aos outros homens presentes, que certamente as discutiriam com os amigos e colegas. Como se compartilhasse a suspeita, Pompeu olhou os homens na tenda ao redor, com os olhos se estreitando.

— Como ditador, até mesmo os cônsules falsos devem cumprir minhas ordens, Décimo, mas suspeito que você não esteja aqui para discutir esse ponto.

— Não, senhor. Recebi ordens para requisitar que os soldados leais a Roma deixem este acampamento e abandonem o campo de batalha ou se juntem às legiões de César contra o senhor.

Houve um tumulto imediato. Pompeu se levantou e, a seu sinal, os três homens foram derrubados de joelhos pelos guardas mais próximos. Nenhum deles fez qualquer som. Pompeu se controlou com dificuldade.

— Seu senhor é insolente, Décimo. Não há traidores aqui.

Décimo pareceu meio atordoado por um golpe na nuca. Levantou a mão para esfregar o local onde fora acertado e depois pensou melhor. Os guardas ao redor estavam ansiosos para matá-lo por qualquer provocação.

— Nesse caso tenho a autoridade dele para oferecer a paz, senhor. Pelo bem de Roma ele pede que o senhor escute.

Pompeu se lembrou com dificuldade de sua dignidade. Levantou a mão preparando-se para ordenar a morte dos centuriões e Décimo observou o movimento, os olhos brilhando à luz das tochas.

— Estou avisando, Décimo — disse Pompeu finalmente —, não serei censurado em meu próprio acampamento. Escolha as palavras com cuidado ou será morto.

Décimo assentiu.

— César deseja que se saiba que ele serve a Roma acima de sua própria segurança ou ambição. Não quer ver exércitos se partindo uns contra os outros, deixando a cidade mal defendida durante uma geração. Ele oferece a paz, caso certas condições sejam atendidas.

Pompeu apertou o punho erguido, e um dos homens que estava com Décimo se encolheu ligeiramente, esperando sentir o aço frio nas costas a qualquer momento. Décimo não reagiu à ameaça, e enquanto Pompeu sustentava seu olhar todos escutaram vozes do lado de fora da tenda.

Um instante depois, Cícero surgiu com mais dois senadores, entrando para o calor com cristais de gelo nas capas. Estavam pálidos de frio, mas Cícero captou a cena imediatamente. Fez uma reverência a Pompeu.

— General, vim representar o Senado nesta reunião.

Pompeu fez uma cara de ódio para o velho, incapaz de dispensá-lo enquanto os três centuriões observavam.

— Vocês são bem-vindos, Cícero. Labieno, pegue um banco para os senadores. Que eles testemunhem a impertinência de César.

Os senadores se acomodaram e Décimo ergueu as sobrancelhas interrogativamente.

— Devo me repetir, general? — perguntou ele.

Sua calma não era natural para alguém que estivesse com um ferro afiado junto ao pescoço e Labieno se perguntou se o sujeito teria mascado uma das raízes que supostamente entorpeceriam o medo. Pompeu voltou a sentar-se e seus dedos longos se ocuparam com as dobras da toga enquanto ele pensava.

— César ofereceu a paz — disse a Cícero. — Desconfio que seja outra tentativa de semear discórdia entre nossos homens.

Décimo baixou a cabeça por um momento e respirou fundo.

— Meu senhor reivindica os direitos que lhe foram dados pelo povo de Roma numa eleição legítima. Com esses direitos ele aceita a responsabilidade de evitar uma guerra, caso possível. Ele teme que um conflito entre nós deixe a Grécia nua e Roma sem defesas. Ele pensa primeiro em Roma.

Cícero se inclinou para a frente como um velho falcão.

— Mas há um espinho a suportar, não é? Eu não esperaria que César enfrentasse nossa esquadra para chegar à Grécia e depois abrir mão humildemente de sua ambição.

Décimo sorriu.

— Não, senador. Ele só procura uma solução pacífica porque não quer ver Roma enfraquecida.

— O que ele oferece? — perguntou Cícero.

Pompeu ficou irritado com as interrupções do velho, mas o orgulho o impedia de mostrar raiva diante de seus mais altos oficiais.

Como se sentisse o desconforto de Pompeu, Décimo deu as costas a Cícero e se dirigiu diretamente ao ditador.

— César oferece uma trégua entre os dois exércitos. Nenhum homem será punido nem considerado responsável por seus oficiais nesta hora.

Respirou fundo de novo e Labieno ficou tenso, sentindo a tensão de Décimo.

— Ele só pede que Pompeu pegue uma pequena guarda de honra e deixe a Grécia, talvez se juntando a algum aliado pacífico. Seu exército voltará aos postos e nenhum mal será feito aos homens por ter tomado armas contra o cônsul de Roma legitimamente eleito.

Pompeu se levantou de novo, ficando mais alto do que os homens ajoelhados. Sua voz estava embargada de fúria.

— Seu senhor acha que eu aceitaria uma paz nesses termos? Preferiria virar cinza a ficar com a vida dependendo da generosidade dele!

Labieno olhou os homens na tenda ao redor. Estava com um arrependimento amargo e sabia que deveria ter mandado matar os homens antes que chegassem a Pompeu. Quem poderia saber que danos a oferta causaria quando se espalhasse pelas fileiras inferiores?

— Vou levar sua resposta, general — disse Décimo.

Pompeu balançou a cabeça com expressão dura.

— Não vai *não*. Matem-nos.

Cícero se ergueu, horrorizado. Décimo se levantou ao escutar a ordem. Um legionário foi até o centurião e, com um riso de desprezo, Décimo abriu os braços para receber a lâmina.

— Você não *serve* para liderar Roma — disse a Pompeu, ofegando quando do o gládio foi cravado em seu peito.

A dor distorceu suas feições e no entanto ele não caiu. Em vez disso, segurou o punho da arma com as duas mãos. Sustentando o olhar de Pompeu, Décimo cravou-a mais fundo, soltando um grito de fúria animal. Enquanto os outros dois tinham as gargantas abertas, Décimo desmoronou e o cheiro enjoativo de sangue encheu a tenda. Alguns homens fizeram gestos contra os espíritos malignos e o próprio Pompeu ficou abalado com a coragem extraordinária do sujeito. Parecia ter encolhido na cadeira e não conseguia afastar os olhos dos corpos aos seus pés.

Restou a Labieno dar ordens e ele fez com que os mortos fossem removidos, os guardas se retirando em seguida. Não podia acreditar no que vira Décimo fazer, ou em sua completa desconsideração pela própria morte. César escolhera com sabedoria ao mandar um homem assim, era forçado a reconhecer. Antes do amanhecer, cada soldado no acampamento de Pompeu teria ouvido falar nas palavras e nos atos do centurião. Acima de todas as coisas, eles respeitavam a coragem. Labieno franziu a testa ao pensar no melhor modo de abordar a disseminação da informação. Será que poderia diminuir a força da história com um boato contrário? Seria difícil, com tantas testemunhas. Conhecia seus soldados. Alguns deles realmente se perguntariam se estavam seguindo o homem certo.

Enquanto saía ao vento uivante e puxava a capa com mais força em volta do corpo, conseguia aplaudir o uso de três vidas com um efeito assim. Enfrentavam um inimigo implacável, e quando este chegasse ele gostaria ainda mais da destruição final de César.

Olhou a distância enquanto pensava em seu comandante. Labieno conhecera homens que sobreviviam durante anos com úlceras ou hérnias. Lembrou-se de um antigo companheiro de tenda que adorava mostrar um calombo brilhante que se projetava da barriga, até mesmo recebendo moedas de quem desejasse forçá-lo de volta para dentro com um dedo. Labieno esperava que a doença de Pompeu não fosse a origem de seu espírito enfraquecido. Se fosse, só haveria coisa pior adiante.

CAPÍTVLO XIV

JÚLIO NÃO CONSEGUIA SE LEMBRAR DE TER SENTIDO TANTO FRIO. Sabendo que atravessaria a Grécia no inverno, tinha pagado para que seus homens recebessem as melhores capas e camadas de lã para as mãos e os pés. Depois de marchar pela noite com apenas alguns bocados de carne borrachuda para manter a força, até os pensamentos pareciam fluir mais devagar, como se a mente estivesse pegajosa com o gelo.

A noite havia passado sem catástrofe enquanto suas legiões se moviam a uma boa distância do acampamento de Pompeu. A lua convexa dava luz suficiente para fazer um bom progresso e seus veteranos tinham se aferrado à tarefa teimosamente, sem uma palavra de reclamação.

Tinha encontrado a legião de Domício 16 quilômetros a oeste do acampamento de Pompeu e esperou por duas horas enquanto os animais das carroças eram arreados e postos em movimento. Eles também tinham sido abrigados com cobertores tirados dos depósitos e haviam comido melhor do que os homens.

Enquanto o amanhecer chegava ele só podia avaliar o quanto teriam avançado para o norte. O exército de Pompeu devia estar se preparando para marchar contra uma posição abandonada e não demoraria até que sua ausência fosse descoberta. Então as legiões de Júlio seriam caçadas por homens que estavam descansados e bem alimentados. Não demoraria muito até que Pompeu adivinhasse seu destino, e sete legiões deixavam uma trilha que não poderia ser disfarçada. Suas sandálias ferradas socavam a terra transformando-a numa estrada ampla que até uma criança poderia encontrar.

— Eu... eu não me lembro da Grécia tão fria — gaguejou para a figura encolhida de Otaviano ao seu lado. As feições do rapaz estavam escondidas por tanto pano que apenas a pluma de vapor branco da respiração provava que havia algo dentro daquela massa.

— Você disse que o legionário deveria se erguer acima dos desconfortos do corpo — respondeu Otaviano com um ligeiro sorriso.

Júlio encarou-o divertido, ao ver que seu parente parecia se lembrar de cada conversa que eles haviam tido.

— Rênio me disse isso há muito tempo — confirmou. — Disse que tinha visto homens agonizantes marcharem o dia inteiro antes de cair. Disse que a verdadeira força estava em até onde podemos ignorar a carne. Algumas vezes acho que o sujeito era espartano no coração, a não ser por beber demais. — Olhou para trás, para a coluna de suas legiões marchando num silêncio sério. — Espero que possamos ir mais rápido do que nossos perseguidores.

Viu a cabeça de Otaviano se virar rigidamente para ele e encarou os olhos no fundo das dobras do capuz.

— Os homens entendem — disse Otaviano. — Não vamos abandonar você.

Júlio sentiu um aperto na garganta que não tinha nada a ver com o frio.

— Sei disso. Eu sei — respondeu gentilmente.

O vento batia neles como a pressão de uma mão alertando enquanto iam em frente. Júlio não conseguia falar devido ao orgulho que sentia. Achava que não merecia a fé simples que os homens colocavam em sua liderança. A responsabilidade de vê-los sobreviver na Grécia era apenas sua e ele sabia o que recebera na confiança dos soldados.

— Pompeu já deve estar no nosso acampamento — disse Otaviano subitamente, olhando o sol que lutava para se alçar das colinas no leste. — Virá depressa ao ver para onde estamos indo.

— Vamos derrotá-los — disse Júlio, sem certeza de que acreditava.

Tinha planejado e preparado ao máximo possível antes de sair de Roma, mas o simples fato era que precisava arranjar comida para os homens. Cecílio dissera que Dirráquio guardava o suprimento principal e Júlio teria de pressionar suas legiões até a exaustão para chegar lá. Tinha outros motivos para ir à cidade, mas sem comida sua campanha chegaria a uma parada súbita e tudo pelo que ele lutara estaria perdido.

Temia a perseguição. Ainda que seus homens estivessem bem descansados enquanto preparavam o ardil a leste, não poderiam marchar para sempre naquelas condições. Não importando o que Rênio tivesse pensado sobre o espírito dos guerreiros, a força de seus corpos só poderia levá-los até um certo ponto. Júlio olhou para trás com um medo primitivo, sabendo que, se o exército de Pompeu fosse avistado, ele teria de dobrar o ritmo. Seus homens começariam a cair sem descanso e Dirráquio ainda estava longe, ao norte.

Cada estágio da campanha parecia ter roçado a borda do desastre, pensou. Talvez, depois de tomar os suprimentos em Dirráquio, ele tivesse tempo para respirar sem o exército de Pompeu mordiscando seus calcanhares. O único motivo de otimismo era que seu conhecimento de Pompeu parecia estar lhe dando uma vantagem nas manobras. Havia esperado que Pompeu não atacasse enquanto uma legião inteira estivesse fora das vistas. Domício estivera pronto para tomar Dirráquio sozinho, se fosse necessário, enquanto Júlio atraía o inimigo para o leste, mas Pompeu havia se comportado exatamente como ele esperava.

Júlio se dizia repetidamente para ter cautela, ainda que nunca houvesse esperado que Pompeu abandonasse Roma. Não podia afastar a suspeita de que o ditador perdera o gosto pela guerra. Se fosse verdade, Júlio sabia que deveria fazer todo o possível para mantê-lo com medo.

Olhou para o sol e cedeu ao inevitável.

— Faça uma parada aqui e deixe os homens comerem e dormirem. Precisamos descansar quatro horas antes de ir em frente.

As trombetas soaram e Júlio apeou dolorosamente, com os quadris e os joelhos doendo. Ao redor os legionários sentavam-se onde estavam e tiravam de suas sacolas o pouco de comida que tinham. A carne-seca era como pedra e Júlio olhou em dúvida para sua ração quando ela foi trazida. Seria preciso mastigar muito antes que aquilo se aproximasse do ponto de ser comestível. Tremendo como um velho, forçou um pedaço de carne entre os lábios e tomou um gole de água de um odre para começar o amaciamento. De um bolso na capa tirou um molho de agrião seco que, segundo diziam, revertia a calvície, e enfiou por dentro da bochecha num movimento furtivo. Visões de pão macio e frutas em Dirráquio encheram seus pensamentos enquanto movia o maxilar.

Pompeu estava dez horas ou menos atrás deles e andaria mais rápido no curto dia de inverno. Júlio entregou as rédeas a um soldado do primeiro turno de vigia e se deitou no chão duro. Dormiu instantes depois.

Otaviano sorriu com afeto ao ver as feições imóveis e pálidas. Tendo cuidado para não acordá-lo, pegou um cobertor extra em sua sela e pôs sobre o general.

Pompeu enfiou as mãos nas cinzas da fogueira de vigilância, franzindo a testa ao sentir o núcleo quente. Seu estômago tinha se revoltado ao pensar em comida e ele não havia posto nada na boca desde o meio-dia da véspera. Engoliu o ácido amargo e se encolheu quando aquilo queimou sua garganta.

— Os rastreadores estão trabalhando? — perguntou com a voz áspera de raiva e dor.

— Sim, senhor — respondeu Labieno. — O caminho vai para o sul e o oeste antes de se curvar para o norte, na direção de Dirráquio.

Ele ficou parado rigidamente ao vento, ignorando o desconforto do frio enquanto os pensamentos formavam uma tempestade por dentro. Os homens saberiam muito bem que Pompeu deixara escapar um exército de vinte mil homens devido à cautela. Isso não ajudaria ao moral, depois de ter chegado suficientemente perto para vê-los na véspera. Eles haviam acordado do sono com a tensão nervosa que seria de esperar antes de uma batalha e agora não existia inimigo à vista.

— Eu sabia — disse Pompeu, furioso. — Assim que ouvi dizer que eles tinham ido embora, eu sabia. Deveríamos poder cortar aquela curva e ganhar uma hora sobre eles. — Apertou o punho e bateu na perna. — Se é Dirráquio que eles querem, deve haver espiões nos acampamentos — disse, remexendo a boca.

Labieno olhou o horizonte.

— Como podem ter nos rodeado sem um único batedor marcando o movimento deles, Labieno? Diga!

Labieno sabia tão bem quanto ele que a prova de que isso poderia ser feito estava no fato de que tinha sido feito. Assumindo uma rota ampla, César não havia chegado a menos de três quilômetros do acampamento de Pompeu; e sem dúvida isso fora o bastante. Pompeu não parecia precisar de resposta.

— Parece que devo ir atrás — continuou ele com raiva. — Eles tiveram a noite para se adiantar. Podemos alcançá-los?

Labieno olhou automaticamente para o sol, avaliando quantas horas tinham sido perdidas. Sua conclusão ácida foi que seria quase impossível, mas não conseguia arranjar ânimo para dizer isso a Pompeu naquele estado de humor.

— Em nossa melhor velocidade, comendo enquanto marchamos e sem dormir, devemos chegar à retaguarda deles antes que estejam na cidade — disse. — Nossas novas muralhas talvez os atrasem. — Ele parou para escolher as palavras certas que não preocupassem Pompeu ainda mais. — Mesmo que cheguem à cidade, precisarão de tempo para refazer os suprimentos. Podemos negar isso a eles.

Labieno teve o cuidado de manter longe da voz qualquer sugestão de crítica, mas particularmente estava pasmo com a reviravolta dos acontecimentos. Dirráquio era um porto fundamental na costa e ainda era o principal depósito de suprimentos para o exército no campo. As legiões de César não deveriam ter conseguido ir para lá. Ele sabia que parte da responsabilidade estava em seus ombros, mas não adiantava nada ficar remoendo os erros passados. A nova posição ainda não estava perdida.

Pompeu olhou ao redor.

— Então vamos sair deste lugar estéril. Tudo, menos comida e água, deve vir atrás de nós na maior velocidade possível. Os senadores também: eles não suportarão o ritmo que vamos estabelecer.

Enquanto Labieno fazia uma saudação, Pompeu montou com os movimentos rígidos de raiva. Não precisava dizer que sua família e as famílias dos senadores estavam em Dirráquio. Assim que Júlio os tivesse como reféns, sua posição seria incomensuravelmente mais forte. Pompeu balançou a cabeça para afastar o ódio e o medo. Seu estômago parecia ter se acalmado enquanto tomava a decisão, e esperou que uma dose de giz com leite o mantivesse dócil pelo dia. Suas legiões começaram a se mover ao redor, mas ele não conseguia mais sentir conforto no número de homens.

Júlio calculou a distância que haviam percorrido, desejando possuir um mapa. Tinham marchado por doze horas e os homens estavam arrastando os pés na poeira. Mesmo suportando com seriedade, alguns cambaleavam e Júlio finalmente dera a ordem para cerrar fileiras e descansar um braço no ombro do da frente. Isso os fazia parecer inválidos ou refugiados, em vez de legiões de Roma, mas cada quilômetro era um quilômetro à frente do inimigo.

— Ela já deveria estar à vista, não é? — perguntou Otaviano ao seu lado.

Júlio o encarou em silêncio até que o rapaz engoliu em seco e desviou o olhar. Júlio franziu os olhos para a distância, procurando o primeiro sinal da cidade. O mar brilhava em prata a oeste e isso lhe dava esperança de estarem perto. Seus olhos doíam de cansaço e ele poderia tê-los fechado enquanto cavalgava, se a fraqueza não fosse vista.

Lembrou-se de ter marchado atrás do exército de escravos de Espártaco há anos, e era estranho perceber que havia uma vantagem enorme em ser o caçador. Algo na situação de ser perseguido minava a vontade de ir em frente e Júlio via um número cada vez maior de cabeças se virando para olhar a terra atrás, enquanto marchavam. Estava a ponto de dar uma ordem de manter os olhos à frente quando viu que Domício estava adiante dele, gritando comandos enquanto cavalgava acima e abaixo pelas fileiras.

O terreno em que andavam estava manchado em alguns lugares por escuros jorros de urina. Não era uma coisa fácil de se fazer durante a marcha, mas os homens estavam há muito imunes a isso. Os de trás deviam caminhar em terreno úmido até Dirráquio. Quando paravam para descansar não havia tempo de cavar uma latrina e eles precisavam usar qualquer folhagem que encontrassem para se limpar. Alguns homens carregavam um pano que umedeciam com água, mas o material ficou escorregadio e sujo depois da primeira noite e do dia. Uma longa marcha era um negócio desagradável e fedorento para todos e o frio comia a força muito mais do que um calor de verão.

O dia parecia ter durado eternamente e, mesmo sentindo-se irritado com o comentário de Otaviano, Júlio também achava que Dirráquio já deveria estar à vista. O sol ia caindo para o horizonte e a ordem de roubar mais quatro horas de sono precioso teria de vir logo.

Uma nota de alerta soou na retaguarda da coluna e Júlio se virou na sela, esforçando-se para ver. À distância algo brilhava em meio a uma linha baixa de poeira. Balançou a cabeça, desesperado. No exato momento em que ele ordenaria uma parada, Pompeu tinha surgido no horizonte. Júlio não sabia se deveria se enfurecer porque a distância tinha diminuído ou se deveria agradecer porque seus homens doloridos e exaustos não haviam recebido ordem de parar nessa hora extremamente perigosa. Olhou as fileiras de homens cambaleando e oscilando e soube que, de algum modo, teriam de ir em frente.

Dois de seus *extraordinarii* que haviam ido longe voltaram galopando à sua posição e o saudaram enquanto giravam as montarias.

— Quais são as novidades? — perguntou Júlio, impaciente com a menor demora.

— A cidade está à vista, senhor. Cinco quilômetros à frente.

Automaticamente Júlio olhou o sol e de volta para sua coluna. Estaria escuro antes que chegassem às muralhas, mas a notícia manteria os homens andando.

— Há uma muralha antes da cidade, senhor, a uns três quilômetros daqui. Parece estar guarnecida.

Júlio xingou algo. Pompeu estivera ocupado. A ideia de ter de romper uma linha defensiva enquanto Pompeu vinha correndo atrás era quase demais para suportar.

— Vou cavalgar adiante com vocês — disse depressa. — Preciso ver isso pessoalmente. — Enquanto apertava mais as rédeas, olhou para Otaviano por cima do ombro. — Diga aos homens para voltar à distância padrão entre as fileiras. Não vou me envergonhar diante do inimigo. Aumente o ritmo nos últimos quilômetros.

Viu Otaviano hesitar, não ousando verbalizar a aversão por uma ordem assim.

— Eles não vão me frustrar, general. Minha Décima irá na frente.

Na obscuridade do fim do dia o exército de César lançava tremores de medo no coração de cada soldado que estava nas muralhas inacabadas ao redor de Dirráquio. Com altura total de três metros e meio e alguns milhares de homens eles poderiam ter tido chance de parar as legiões da Gália, no entanto mais de uma seção era feita apenas de alguns troncos cruzando um espaço vazio. Nem de longe isso bastaria.

Os gritos de alerta dos oficiais de Pompeu fizeram os trabalhadores gregos correrem para a proteção da cidade, deixando as ferramentas espalhadas no chão ao redor. Os soldados que ficaram assumiram as posições segundo as ordens, desembainhando espadas e trocando algumas últimas palavras. Não consideraram a ideia de dar as costas, mas o vento os fazia tremer enquanto esperavam.

— Esperem até serem substituídos — gritou o centurião-chefe, fazendo a voz ir longe. A ordem foi repassada por toda a linha e os defensores levantaram os escudos e se prepararam. Todos sabiam que não haveria uma força substituta, mas era estranho como as palavras traziam um pouco de esperança.

As legiões de César chegaram cada vez mais perto, até que rostos podiam ser vistos apesar da luz fraca. Os dois lados rugiram em desafio enquanto as legiões da Gália chegavam à última barreira antes de Dirráquio e forçavam caminho. As aberturas na muralha vomitavam homens e os defensores eram atacados, os corpos caindo. A Décima de Júlio atravessou-a praticamente sem diminuir a velocidade, saltando na direção da cidade desprotegida.

CAPÍTVLO XV

JÚLIO CAVALGAVA LENTAMENTE PELAS RUAS ESCURAS, LUTANDO CONTRA a exaustão. Um morador da cidade ia na frente, tendo um gládio cutucando as costas, mas ainda era desconcertante estar dentro de um labirinto de ruas que nenhum deles tinha visto antes.

Apenas a Décima tivera permissão de entrar na cidade. As outras seis legiões não veriam nada além das muralhas que ocupavam. Júlio estava decidido a não lhes dar rédea curta em território hostil. Ainda estremecia ao se lembrar de uma cidade na Gália onde perdera o controle de seus homens. Sempre que seu coração era levado a correr pelo trovão de um ataque ou pelo estalar de bandeiras numa brisa forte ele se lembrava de Avarico e da aparência das ruas no início do dia. Não permitiria que esse tipo de ações se repetisse sob o seu comando.

Se qualquer outro homem tivesse liderado as legiões gregas, Júlio esperaria um ataque durante a noite. Os oficiais de Pompeu conheciam bem a cidade e até poderia haver entradas que Júlio não vira. Era ameaça suficiente para manter seus homens fora de encrenca nas muralhas, mas não achava que Pompeu arriscaria a vida das pessoas que ele valorizava em Dirráquio. Os dias de juventude imprudente haviam passado para os dois.

Seu guia murmurou algo em grego e apontou para um portão largo numa parede. Uma única lâmpada pendia de uma corrente de latão iluminando a entrada e Júlio teve o pensamento extravagante de que ela fora posta ali para lhe dar as boas-vindas. Fez um gesto e dois homens com martelos se adiantaram para quebrar a fechadura. Na rua silenciosa o som foi como um sino tocando e Júlio podia sentir olhares sobre ele, em todas as casas do local. As possibilidades redemoinhavam em sua cabeça e ele inspirou fundo o ar noturno, pensando no inimigo fora dos muros de Dirráquio.

Travar uma guerra com sutileza e propaganda causava uma embriaguez perigosa. Júlio avaliava cada detalhe minúsculo das forças e fraquezas de Pompeu, qualquer coisa que pudesse ser usada. Havia mandado homens para solapar o ditador em seu próprio acampamento, sabendo que eles poderiam ser mortos. Era um tipo de guerra maligna que o havia levado à Grécia, mas chegara longe demais e perdera muito, para perder tudo.

Os pensamentos sombrios foram interrompidos quando o portão caiu com um estrondo sobre as pedras da rua. O ruído havia acordado a casa e lâmpadas iam sendo acesas lá dentro, funcionando como uma fagulha para os habitantes locais que acordavam e procuravam luz para banir o terror.

Como esperava, o som de pés em marcha veio rapidamente atrás dos golpes de martelos, e passaram-se apenas instantes até que o espaço no muro se enchesse de soldados intimidadores. A princípio Júlio não falou, observando com interesse profissional enquanto eles sobrepunham os escudos para impedir uma entrada súbita.

— Chegaram tarde, senhores — disse, apeando. — Eu já poderia estar dentro se não tivesse esperado por vocês.

Quinhentos homens de sua Décima se espalhavam ao longo da rua e ele pôde sentir a tensão no ar cortante. Bastaria uma única palavra sua e eles matariam os defensores. Encarou os olhos do centurião que guardava o portão e ficou intrigado ao não encontrar sinal de medo. O oficial não se incomodou em responder e meramente devolveu seu olhar. Pompeu tinha escolhido bem.

— Sou cônsul de Roma — disse Júlio dando um passo à frente. — Não ouse bloquear meu caminho.

Os homens no portão se remexeram desconfortáveis, as palavras os faziam lembrar o que haviam aprendido desde a infância. O centurião piscou e Júlio o viu estender a mão para um dos defensores, acalmando-o.

— Minhas ordens são de Pompeu, cônsul — disse o centurião. — Esta casa não deve ser tocada.

Júlio franziu a testa. Não seria um bom início para sua nova política se ele trucidasse homens decentes que estavam cumprindo o dever. Com as restrições que se impusera, aquilo era um impasse.

— Vocês me permitirão entrar sozinho? Irei desarmado — disse chegando ao alcance das armas estendidas à frente.

O centurião estreitou os olhos e Júlio ouviu um sibilar de respirações vindo dos soldados da Décima. Sua legião não gostaria de vê-lo entrando no perigo, mas ele não conseguia enxergar outra opção.

Uma voz soou no terreno da casa.

— Deixem-me passar!

Júlio sorriu ao reconhecê-la. Um baixo murmúrio de protesto veio de algum lugar fora das vistas.

— O homem que vocês estão mantendo à espera é meu pai. Não me importa quais sejam suas ordens, vocês vão me deixar ir até ele!

De novo os soldados no portão se remexeram, desta vez num embaraço insuportável. Júlio riu da dificuldade deles.

— Não creio que possam impedi-la de vir até mim, podem, senhores? Vão pôr as mãos na própria mulher de Pompeu? Acho que não. Minha filha vai aonde quer.

Mesmo falando com todos, seus olhos sustentavam os do centurião, sabendo que a decisão era dele. Finalmente o homem falou algumas palavras rápidas e os escudos foram afastados.

Júlia estava ali parada, com o filho no colo. Júlio inspirou profundamente e notou pela primeira vez a fragrância do jardim, como se ela tivesse trazido o perfume.

— Vai me convidar para entrar, Júlia? — perguntou, sorrindo.

Júlia lançou um olhar de desprezo para os soldados no portão, ainda parados sem jeito. Seu rosto estava vermelho e Júlio achou que a filha nunca parecera mais linda do que à luz daquela lâmpada.

— Pode ficar tranquilo, centurião — disse ela. — Meu pai deve estar cansado e com fome. Vá à cozinha e mande trazer algo para comer e beber.

O centurião abriu a boca, mas ela falou de novo antes que ele pudesse verbalizar qualquer objeção.

— Quero a melhor salsicha, pão fresco, vinho quente da adega do meu marido, queijo e um pouco de frutas.

Sem saída, o soldado olhou para o pai e a filha por um longo momento antes de desistir. Com dignidade rígida, recuou finalmente.

— Minha casa é sua, cônsul — disse Júlia, e pelo modo como os olhos dela brilhavam, Júlio soube que a filha havia gostado do choque de vontades. — Sua visita é uma honra.

— Você é gentil, filha — respondeu ele desfrutando da formalidade fingida. — Diga, as famílias dos senadores ainda estão na cidade?

— Estão.

Júlio se virou para seus homens, notando a figura nervosa do grego que os havia guiado desde a muralha. O sujeito tremia de medo enquanto Júlio o avaliava.

— Você vai levar meus homens até as famílias. Elas não sofrerão danos, juro. — O grego baixou a cabeça enquanto Júlio se dirigia aos seus homens. — Reúnam todas elas...

Ele parou para olhar a filha.

— Não conheço esta cidade. Há um prédio do Senado, um local de reuniões?

— O templo de Júpiter é bem conhecido.

— Vai servir bem — disse Júlio. — Lembrem-se, senhores, que minha honra as protege. Vou enforcar vocês se houver um único arranhão. Está claro?

— Sim, senhor — respondeu o centurião por todos eles.

— Mande homens ao general Domício e diga para começar a carregar os suprimentos nas nossas carroças. Quero poder sair rapidamente, de manhã.

Os soldados da Décima se afastaram marchando, com o ruído dos passos diminuindo lentamente na rua cheia de ecos.

— Então este é o meu neto — disse Júlio. O menino ainda estava semiadormecido e não se agitou quando Júlio pôs a mão suavemente em sua cabeça. — E sou realmente bem-vindo aqui, Júlia? — perguntou em voz baixa.

Ela estendeu a mão para tocar o homem que estivera ausente durante toda a sua infância e na maior parte de sua vida. Ele havia escapado de lhe mostrar as falhas comuns dos pais. Ela nunca o vira bater num cachorro ou cair de bêbado, nem mostrar qualquer despeito mesquinho. Só o conhecia como o general da Gália, cônsul de Roma. Era verdade que o odiara com toda a paixão de uma menina quando ele a ofereceu a Pompeu como esposa, mas o hábito da adoração era forte demais para que isso durasse. Brutus a havia trazido para as conspirações de seu pai pela primeira vez e era uma alegria inebriante ser valiosa para aquele homem. Era demais colocar isso em palavras e ela decidiu dar a única prova de lealdade que possuía.

— Se seu sangue não corresse verdadeiro em mim, eu teria denunciado Brutus — sussurrou no ouvido dele.

O tempo se imobilizou para Júlio enquanto sua mente disparava. Ele lutou para permanecer calmo.

— O que ele lhe contou?

Ela enrubesceu um pouco e Júlio não conseguiu evitar a suspeita que surgiu em seus pensamentos.

— Que a traição dele era parte dos seus planos. — Júlia viu que ele fechou os olhos por um momento e entendeu errado. — Não contei a ninguém. Até ajudei-o a conseguir mais duas coortes com meu marido.

Ela ergueu o queixo com um orgulho frágil que o feriu. Júlio sentiu a exaustão da longa marcha para o norte como se esta estivesse esperando exatamente esse momento. Cambaleou ligeiramente enquanto olhava para ela e encostou a mão na parede.

— Bom... bom — disse distraidamente. — Não imaginei que ele fosse lhe contar isso.

— Ele confiou em mim. E confio que você deixará meu marido viver, pai. Se você vencer, os dois vão sobreviver. — Ela o olhou implorando e ele não conseguiu suportar a ideia de dizer que não havia acordo secreto com Brutus. Isso iria destruí-la. — O perdão em Corfínio foi notícia aqui durante meses — continuou Júlia. — Você poderia fazer menos por ele?

Com ternura infinita, Júlio segurou a mão da filha.

— Muito bem. Se depender de mim, ele viverá.

O templo de Júpiter em Dirráquio era quase tão frio quanto as ruas do lado de fora. A respiração de Júlio parecia um jorro de névoa enquanto ele entrava, com seus homens ocupando lugares ao longo das paredes com uma eficiência ruidosa.

Todo o barulho cessou quando ele seguiu pelo comprido corredor central em direção à grande estátua branca do deus. Suas sandálias estalavam e ecoavam, e no fim ele viu os familiares dos senadores ainda piscando por causa da luz. Pareciam refugiados depois da convocação apressada feita pelos guardas. Os bancos estavam apinhados enquanto outros se sentavam no chão de mármore. Eles se agitaram com medo renovado à vista do general que seus homens tinham vindo à Grécia para destruir.

Júlio ignorou o exame dos olhos desconfiados. Parou diante da estátua de Júpiter e se abaixou rapidamente sobre um dos joelhos, curvando a cabeça. Era penoso concentrar-se e teve de esmagar a preocupação e o medo que sua filha havia causado. Brutus era um sedutor experiente, era fácil ver como ela devia ter se mostrado vulnerável. No entanto, envolvê-la de tal modo era de uma crueldade espantosa. Não servia de conforto saber que Júlio a entregara a Pompeu com remorso igualmente escasso. Esse era seu direito como pai. O general que se ajoelhou à luz da lâmpada acrescentou essa informação ao que sabia sobre as forças de Pompeu. Brutus era um pouco apaixonado pelo risco e talvez pudesse ser usado. O pai e o homem estavam com tanta raiva que ele mal conseguia raciocinar.

— Então o senhor fechará as portas e mandará nos matar? — perguntou uma voz áspera, despedaçando seu devaneio.

Júlio ergueu os olhos incisivamente enquanto se levantava, reconhecendo a esposa de Cícero, Terência. Ela parecia um corvo envolto em preto, com feições afiadas e olhos mais afiados ainda.

Júlio se obrigou a sorrir, mas o efeito foi que algumas crianças menores começaram a chorar, irritando seus ouvidos.

— Sou cônsul de Roma, senhora. Não guerreio contra mulheres e crianças — disse friamente. — Minha honra mantém vocês em segurança.

— Então seremos reféns? — perguntou Terência. Sua voz tinha um tom particularmente agudo que fez Júlio se perguntar o que Cícero via nela.

— Por esta noite. Meus homens vão deixá-los o mais confortáveis possível neste prédio.

— O que está planejando, César? — perguntou Terência, estreitando os olhos. — Pompeu nunca esquecerá isto, não percebe? Não vai descansar enquanto seus exércitos não estiverem trucidados.

Júlio sentiu a raiva subindo por dentro.

— Fique quieta! — disse com rispidez, a voz aumentando de volume. — Você não sabe nada dos meus negócios nem dos de Pompeu. Deixe suas ameaças para suas irmãs. Meus homens lutam porque amam Roma e porque me amam. Não *fale* deles.

Uma vergonha amarga o inundou ao ver o medo no rosto daquelas pessoas. Estava enjoado com sua própria fraqueza. Com esforço gigantesco assumiu o controle apertando as mãos trêmulas às costas.

Terência ergueu a cabeça em desafio.

— Então você é um *desses* homens, César — disse com ar de desprezo. — Enfia espadas nos inimigos e acha que isso é maravilhoso. Um açougueiro também poderia cantar canções sobre os porcos que ele mata todos os dias. — Uma das outras mulheres pôs a mão em seu braço, mas ela se soltou. — Você está aqui porque escolheu isso, César, não se esqueça! Você poderia ter voltado à Gália com essas legiões que o "amam". Se valorizasse a vida deles, os teria salvado.

O medo se tornou palpável enquanto o resto se imobilizava. Algo na fúria pálida de Júlio a fez perceber que tinha ido longe demais. Ela desviou os olhos, mordendo o lábio. Depois de uma longa pausa, ele falou com força terrível:

— Homens *vão* morrer, mas eles dão a vida porque entendem mais do que você jamais entenderia. Estamos aqui para fazer o futuro, mulher, nada menos do que isso. Não seremos governados por reis. Pela sua segurança, pelos nossos cidadãos na Espanha, na Grécia e na Gália, estamos aqui para refazer a República. É um sonho que vale a pena. O que nos torna diferentes das tribos da Gália ou dos homens da Grécia? Nós comemos, dormimos, fazemos comércio. Mas há mais, Terência. Mais do que conforto e mais do que ouro. Mais até do que a família, o que deve incomodá-la. Você faz cara de desprezo porque não consegue ver que deve haver um tempo em que os homens erguem a cabeça do trabalho que estão fazendo e dizem: "Não. Isto é demais para suportar."

Terência até poderia ter respondido se as mulheres ao redor não tivessem sussurrado um alerta áspero. Ela cedeu sob a expressão de Júlio e não o olhou de novo.

— Se vocês tiverem bom-senso — continuou Júlio — dirão aos senadores que só tenho um inimigo na Grécia e que lhe ofereci o exílio em vez deste conflito. Mostrei minha honra em Corfínio. Diga a eles para lembrarem que sou cônsul eleito pelos mesmos cidadãos que lhes deram a autoridade. Roma está *comigo*. — Ele olhou para os rostos duros e deu de ombros. — Informem aos meus homens suas necessidades pessoais, dentro do que for razoável. Estarei nas muralhas. Mandarei notícia aos seus maridos e pais dizendo que vocês estão em segurança e não foram feridas. Isso é tudo.

Sem outra palavra, Júlio girou nos calcanhares e voltou em direção às grandes portas do templo. Seus olhos coçavam de exaustão e a ideia de desmoronar numa cama macia o atraía com a força da luxúria. Sabia que seu corpo sofrido iria levá-lo por um pouco mais de tempo, mas então correria o risco de provocar um ataque da doença naquela noite crucial. Ainda estava caminhando no limite e um único escorregão poderia lhe custar a guerra.

Quando chegou aos guardas, o centurião o encarou por um instante e assentiu brevemente, provando que estivera ouvindo. Júlio devolveu o gesto com um sorriso tenso enquanto saía para a escuridão fria. O amanhecer ainda estava longe e a cidade perplexa se mostrava silenciosa de tanto medo. O invasor caminhava entre eles.

Pompeu olhou para as muralhas da cidade, grato pela escuridão que escondia seu desespero. Havia dispensado Labieno com apenas uma mínima tentativa de civilidade, furioso por não terem alcançado Dirráquio antes de Júlio estar em segurança para ficar perambulando. A dor no estômago era como se ele estivesse sendo comido vivo por dentro. Os mingaus de giz, que haviam ajudado no início, agora pareciam praticamente inúteis. Um gemido baixo saiu de sua boca enquanto ele apertava a barriga com o punho. Tinha enxugado sangue dos lábios antes de sair e olhou com um pavor doentio as pintas vermelhas que manchavam o tecido branco. Seu próprio corpo estava se voltando contra ele e Pompeu cravou os dedos duros na carne como se pudesse arrancar a doença à força. Não podia se dar ao luxo de adoecer e achava que as exigências dos senadores haviam ficado mais veementes com a dor que ia piorando. Era como se sentissem sua fraqueza e estivessem prontos para despedaçá-lo.

Somente a séria resistência de seus soldados havia impedido Cícero e os colegas de o alcançarem na tenda. O que havia a ganhar com outra discussão? Pompeu não podia suportar a ideia de ter de ser educado com aqueles homens cheios de medo enquanto eles arengavam sobre suas preciosas esposas e escravos.

Não sabia o que César faria com a cidade. Claro, os suprimentos desapareceriam na bocarra faminta de suas legiões. Pompeu havia escutado a avaliação impassível de Labieno sobre seus próprios suprimentos, agora que Dirráquio lhes estava fechada. Agradeceu aos deuses por ter tido a previdência de transportar toneladas de comida antes do início da guerra. Pelo menos seus homens não morreriam de fome enquanto Júlio engordava com carne-seca e melaço preto.

Ouviu o som de cascos na escuridão e ergueu os olhos para a figura sombreada de Labieno se aproximando. Com esforço, ficou mais ereto para recebê-lo, deixando a mão cair. A dor no estômago pareceu se intensificar, mas ele não mostraria isso ao general.

— O que há, agora? — perguntou ríspido, enquanto Labieno apeava.

— Um mensageiro de César, senhor. Chegou com uma bandeira de trégua.

Os dois pensaram nos três centuriões que Júlio tinha usado antes e se perguntaram se esse também semearia a discórdia no acampamento.

— Mande trazê-lo à minha tenda, Labieno. Não informe a ninguém, se você valoriza seu cargo.

Pompeu lutou para manter a expressão impassível enquanto seu estômago se retorcia. Sem esperar resposta, passou pelos guardas e sentou-se na tenda, pronto para ouvir o que César queria.

Mal havia se acomodado quando Labieno trouxe o homem à sua presença. O suor brotou na testa de Pompeu apesar do frio e ele a enxugou, sem perceber a mancha marrom de sangue seco.

O mensageiro era um soldado alto e magro com cabelos muito curtos e olhos escuros que captavam cada detalhe do homem à frente. Pompeu se perguntou se sua doença seria informada e precisou de toda a força para ignorar a dor. Nenhum sinal dela deveria chegar a César.

— E então? — perguntou impaciente.

— General. Meu senhor quer que saiba que as famílias dos senadores estão incólumes. Vamos devolvê-las aos senhores ao amanhecer. A cidade de Dirráquio será sua ao meio-dia. Ele proibiu saques ou danos de qualquer tipo.

Pompeu viu Labieno piscar de surpresa. Nunca se ouvira falar de um exército abrindo mão da vantagem obtida com tanta facilidade.

— O que ele quer? — perguntou Pompeu cheio de suspeitas.

— Três dias, senhor. Oferece ao senhor as famílias e a cidade em troca dos suprimentos que há nela e três dias de trégua para se afastar. Pede que aceite esses termos.

— Labieno — disse Pompeu —, leve-o para fora enquanto penso.

Nos momentos de privacidade preciosa, Pompeu se inclinou adiante, encolhendo-se. Quando Labieno voltou ele estava empertigado de novo e o rosto brilhava de suor.

— O senhor está doente? — perguntou Labieno imediatamente.

— Um desconforto passageiro. Diga o que acha desses termos.

A mente de Pompeu estava nublada e a dor tornava quase impossível planejar. Como se entendesse, Labieno falou rapidamente:

— Parece generoso, mas de novo nossos homens verão César agindo no papel de estadista. Verão as famílias ser libertadas e os dias de trégua serão outra vitória na medida em que somos obrigados a reagir às ações dele. — Labieno fez uma pausa. — Se a aposta não fosse tão alta, eu atacaria ao amanhecer, quando os portões fossem abertos para libertar as famílias.

— Elas poderiam ser mortas numa situação dessas — disse Pompeu com rispidez.

Labieno assentiu.

— É um risco, mas duvido. César teria negada a chance de mostrar generosidade a todos nós. O moral em nossos acampamentos é baixo e mais três soldados foram apanhados tentando desertar.

— Não fui informado! — disse Pompeu, furioso.

Labieno sustentou o olhar dele por um momento.

— O senhor não estava disponível.

Pompeu se lembrou da dispensa anterior e enrubesceu.

— Deixe claro que qualquer desertor será morto na frente dos outros. Lembrarei a todos do dever com o sangue desses homens.

— Pensei que poderíamos interrogá-los primeiro, senhor, e...

— Não. Mate-os ao amanhecer como lição para os outros. — Ele hesitou, a raiva lutando contra a necessidade de mandar o sujeito para longe e de cuidar da própria dor. — Vou conceder a trégua, Labieno. Não tenho opção se quiser que minha ditadura seja renovada. As famílias dos senadores devem ser protegidas de qualquer mal.

— E a cidade, senhor? Se os deixarmos sair sem resistência ele terá os suprimentos para mantê-lo no campo por no mínimo três meses. Devemos atacar quando as famílias dos senadores estiverem em segurança.

— E quanto tempo você acha que iria se passar antes que cada soldado comum soubesse que faltei com minha palavra? Você vê a escolha que ele me deixou?

— Esta é uma chance de acabar com isso, senhor — disse Labieno em voz baixa.

Pompeu o encarou irritado, querendo que ele fosse embora. Seus olhos foram até um cadinho que continha um pouco do mingau de uma hora atrás. Mal suportava a ideia de Labieno continuar por mais um instante na sua presença. Lembrou-se de um tempo em que seu juramento o tornara quem ele era.

— Saia, general. César ofereceu um bom preço por três dias de trégua. Depois disso estaremos livres para levar a guerra a ele de novo. Agora chega.

Labieno fez uma saudação rígida.

— Direi ao mensageiro o que o senhor ordenou.

Finalmente a sós, Pompeu chamou seu médico e fechou os olhos diante da dor que o consumia.

CAPÍTVLO XVI

Júlio suspirou de prazer ao terminar a refeição. Cada carroça que estava com sua legião gemia ao peso das provisões tomadas da cidade. Pela primeira vez desde que viera à Grécia os homens podiam comer bem. A nova confiança podia ser vista enquanto marchavam — e nem mesmo o frio parecia cortar com tanta ferocidade.

Na tenda de comando seus generais estavam num humor jovial enquanto apreciavam um bom vinho e trucidavam carne boa e pão fresco feito com grãos da Grécia. O fato de a comida ter vindo dos suprimentos de Pompeu parecia dar a tudo um sabor especial.

Olhou ao redor, os sete homens que tinha reunido neste local, orgulhoso de todos eles. Sabia que haveria dias mais duros pela frente, mas por que não deveriam rir e fazer piadas? Tinham enganado Pompeu no campo e depois o obrigado a aceitar uma trégua em troca de uma cidade. Era um movimento que aplaudiam mais do que os legionários, que se sentiam privados dos espólios usuais. Mesmo assim eles tinham tamanha crença em Júlio que os resmungos eram abafados. Como soldados, rejubilavam-se com estratagemas que humilhavam os inimigos sem a necessidade de uma grande batalha.

— Se é que posso arrastar vocês para longe do cocho, senhores — disse Júlio, batendo na mesa para pedir atenção —, os batedores chegaram e há novidades. — Ele pôs a mão na boca para arrotar e sorriu, lembrando-se da longa marcha para tomar a cidade. Os deuses estavam sorrindo para seu empreendimento e, mesmo ficando alerta contra o excesso de confiança, os últimos relatórios confirmavam aquilo em que passara a acreditar. Tinha conseguido a atenção deles. — O exército de Pompeu não saiu de Dirráquio. Ele continua a trabalhar na linha de fortalezas e muralhas, agora que mostramos a necessidade delas.

Otaviano deu um tapa nas costas de Domício ao ouvir isso e Júlio sorriu do entusiasmo deles.

— Só temos um homem na cidade propriamente dita, e Cecílio não pôde nos alcançar. Os relatórios dos batedores são tudo que possuímos. Pode ser que Pompeu pretenda cercar a cidade com uma linha de fortalezas sólidas antes de ir de novo para o campo. Ou talvez tenha perdido completamente o gosto pela guerra. Ele não é mais o mesmo homem. Quando penso em como lutou contra Espártaco, a mudança é extraordinária.

— Ele envelheceu — disse Régulo.

Júlio trocou um olhar com Régulo, sabendo que ele conhecia Pompeu melhor do que todos.

— Pompeu ainda não tem 60 anos, mas não consigo pensar em nenhum outro motivo para representar um papel tão defensivo. Ele tem o dobro dos homens que estão sob meu comando, no entanto ficam em Dirráquio sem fazer nada além de construir muralhas para nos manter do lado de fora.

— Talvez ele esteja aterrorizado conosco — disse Otaviano em meio a bocados de carne salgada. — Nós lhe demos motivo, depois de arrastá-lo pelo nariz através da Grécia. Os senadores recuperaram as mulheres e as filhas devido à nossa generosidade e devem saber que poderíamos ter queimado Dirráquio.

Júlio assentiu, pensando.

— Eu esperava que alguns soldados de sua legião tivessem se juntado a nós. Fiz tudo, menos ir pedir pessoalmente, mas ainda há apenas uns poucos que ousam desafiar Pompeu e os senadores. Os batedores informam sobre mais de oitenta cabeças adornando as novas muralhas, homens honrados que atenderam ao nosso pedido e foram apanhados. Um número menor ainda conseguiu chegar aos nossos acampamentos.

— Isso não vai ajudá-lo — disse Domício. — Quanto mais ele matar por causa de deserção, mais soldados perderão o respeito por ele. Nós lhes demos Dirráquio sem tocar num fio da cabeça dos cidadãos. Matar seus próprios homens será bom para a nossa causa.

— Espero que sim, mas eu gostaria que um número maior tivesse tentado nos alcançar. A lealdade deles está se mostrando um duro obstáculo. — Júlio ficou de pé e começou a andar de um lado para o outro na tenda. — A não ser que possamos reduzir seu número, não teremos obtido nada mais do que um adiamento. Quanto tempo esta nova carne e esses grãos vão durar? Pompeu pode receber suprimentos pelo mar, ao passo que temos de carregar tudo. — Ele balançou a cabeça. — Não devemos ser complacentes. Tentei derrotá-lo sem derramamento de sangue, mas acho que está na hora de arriscar um pouco mais do que isso.

Júlio ergueu um relatório escrito e olhou de novo para as palavras no pergaminho.

— As legiões dele se espalharam muito para construir essas muralhas. Apenas seis coortes estão estacionadas no ponto mais a leste de suas linhas. Se eu levar apenas uma legião, deixando nosso equipamento aqui, podemos separá-los do controle dele e reduzir sua força. Mais importante, precisamos de uma vitória sólida para induzir que mais homens sob o comando dele passem para o nosso lado. Isso poderia nos dar essa condição.

O humor na tenda mudou enquanto os homens percebiam que os dias de planejamento e estratégia estavam terminados. A comida foi posta de lado e eles observaram o líder andando de um lado para o outro, sentindo a velha empolgação enrijecer as costas.

— Não quero ser arrastado para um grande confronto, senhores. Esse deve ser um ataque rápido, ir e voltar. Ciro, você deve se lembrar de como lutamos contra Mitrídates nesta mesma terra. É isso que tenho em mente. Vamos destruir aquelas coortes e depois fazer uma retirada antes que Pompeu possa convocar seu exército principal.

Ele parou, olhando o rosto dos homens em quem confiava.

— Domício, você comandará quatro coortes e os atacará por um lado enquanto sigo pelo outro. Temos a vantagem da surpresa e da escuridão, e a coisa deve terminar rapidamente.

— Sim, senhor — respondeu Domício. — Quatro coortes bastarão?

— Com mais quatro comigo, sim. Uma pequena força pode se mover rapidamente e em silêncio. Com um número maior, Pompeu pode ter a chance de preparar um contra-ataque. O importante é a velocidade. Vamos marchar na escuridão, esmagá-los e desaparecer. — Ele coçou um ponto da testa enquanto pensava. — Isso pode espicaçar Pompeu a ir para o campo. Se acontecer, todas as legiões devem se retirar para o sul até chegarmos a um local mais adequado à defesa.

— E se ele não se mover? — perguntou Ciro.

— Então perdeu completamente a coragem. Presumo que o Senado tentará substituí-lo por outro, tirado das legiões gregas. Então reabrirei as negociações. Sem Pompeu, qualquer ação que eles tomarem será ilegal e teremos um número maior desertando para o nosso lado. — Júlio pegou sua taça de vinho e ergueu-a num brinde.

— Não há lua esta noite. Como eles não saem, levaremos a luta até lá.

O trabalho de construir as muralhas de Pompeu jamais parava. Mesmo na escuridão do inverno os homens labutavam em turnos sob tochas tremeluzentes. Labieno olhou por sobre a colina, ouvindo os gritos e ordens enquanto sua legião construía uma extensão das fortificações ao redor de Dirráquio.

— Isso é loucura — murmurou baixinho.

Mesmo a sós, olhou ao redor para ver se algum de seus homens poderia ter escutado. Desde que Dirráquio fora devolvida a Pompeu, Labieno descobrira que sua disciplina pessoal fora retesada a ponto de quase se romper. Era obrigado a ficar olhando Pompeu desistir de chances para acabar com a guerra, desperdiçando seus homens em fortalezas ao redor de uma cidade que já perdera o único valor real. Certo, mais suprimentos estavam chegando ao porto, mas gastar tempo e força para proteger uma pequena área enquanto César percorria o resto da Grécia ia contra todos os instintos de

Labieno. Em seus pensamentos mais íntimos, tinha percebido que Pompeu sentia terror. Labieno não sabia se o motivo era a doença que ele tentava inutilmente esconder. O maior exército que a Grécia vira em gerações estava se enfraquecendo na cidade ou construindo defesas inúteis.

Era enfurecedor ver legiões leais ficarem carrancudas e alertas. Naquela manhã mesmo Labieno havia executado mais quatro homens, seguindo ordem de Pompeu. O registro das punições mostraria que eles tinham sido insolentes, mas isso só acontecera depois de Pompeu tê-los condenado. Tudo havia começado com açoitamento por estarem carregando dados feitos de osso durante o turno de vigia. Três deles tinham sido idiotas o bastante para deixar que a raiva aparecesse.

Labieno apertou o punho num espasmo. Conhecia um deles pessoalmente e passou pelo sofrimento de ter de rejeitar seu apelo pessoal. Havia se arriscado a um pedido de misericórdia, mas Pompeu não quis vê-lo até que as execuções acontecessem.

Era medo, supôs Labieno, ver inimigos mesmo entre seus próprios homens. Pompeu jogava suas frustrações sobre as legiões da Grécia. E o pior era que elas sabiam muito bem o que estava acontecendo e o desprezavam por isso. Labieno podia sentir a inquietação e a raiva crescente dos soldados. Até os mais leais iriam se rebelar diante de um tratamento assim.

Num clima de suspeita, Labieno detestava os riscos que era forçado a correr. Quando tentava falar com Pompeu era recusado, mas a cadeia de comando soltava as ordens e pedidos como sempre. Ele não poderia permitir que seus subordinados vissem as fraquezas do comandante. A cada manhã Labieno dava instruções rígidas como se viessem de Pompeu, esperando o tempo todo que o ditador voltasse a si e retomasse o controle. Era um jogo suicida, mas o único interesse de Pompeu parecia ser as muralhas defensivas que cresciam como ossos feios na paisagem. Com o ritmo que ele exigia, vidas estavam sendo perdidas na construção e o humor das legiões azedava mais a cada dia. Elas sabiam que sua força e seus números não deveriam ser desperdiçados, mesmo que Pompeu não soubesse.

Naquela manhã até mesmo Labieno tivera de mandar seus tribunos militares embora quando eles abordaram o assunto da liderança de Pompeu. Eles não entendiam que ele não poderia ser visto hesitando. Sua lealdade precisava ser pública e absoluta, caso contrário a cadeia de comando iria se despedaçar. Era perigoso demais ao menos discutir, e ele ainda estava furioso com a estupidez dos tribunos. Mais preocupante era o fato de que, se homens em posto superior ousavam trazer esse assunto, a podridão já devia ter se alastrado nas fileiras inferiores.

Suspeitou que não foi acidente ter sido mandado para tão longe de Dirráquio. Talvez Pompeu já duvidasse de sua lealdade. Certamente já sentia muitas suspeitas. Na última vez em que Labieno fora admitido em sua presença, um dos folhetos de propaganda de Júlio fora encontrado circulando e Pompeu tinha ficado furioso com os traidores, prometendo mais e mais reprimendas selvagens. Copiar as cartas havia se tornado punível com a morte, mas mesmo assim elas apareciam. Pompeu insistira em ler as palavras de César em voz alta, com a saliva e o giz formando uma pasta nos cantos da boca. Nos dias seguintes começara inspeções súbitas nas legiões ao redor da cidade, punindo o menor erro com açoitamentos brutais.

O pensamento que jamais poderia ser falado em voz alta se tornara finalmente um sussurro para Labieno. A não ser que Pompeu se recuperasse do que o assolava, poderia destruir todos eles. Ainda que fosse quase doloroso considerar isso, Labieno sabia que era possível chegar um tempo em que ele próprio teria de assumir o controle.

Achava que os senadores iriam apoiá-lo, se conseguissem se obrigar a derrubar a autoridade de Pompeu. A ditadura que eles renovavam a cada ano iria terminar em apenas alguns dias. Ou ela seria aprovada sem incidente ou Pompeu ficaria abalado. Se Pompeu convocasse as legiões sem um mandato dos senadores, Labieno sabia que teria de se opor. Seria o caos. Alguns seguiriam Pompeu, talvez um número maior desertaria para César. Labieno estremeceu, dizendo a si mesmo que era apenas o frio.

Júlio se deitou na terra dura e sentiu o frio penetrar no corpo. Escondido mais pela escuridão do que pelo mato baixo, observou o trabalho de construção por uma hora inteira, notando cada detalhe dos homens que labutavam nas muralhas e fortalezas de Pompeu.

Os soldados que carregavam madeira e tijolos nunca estavam longe de suas armas, dava para ver. Apenas o fato de não terem sentinelas espalhadas por quilômetros mostrava a sensação de segurança. Júlio mordeu os lábios enquanto pensava se isso significaria que uma força maior estava suficientemente perto para responder às trombetas. Não tinha como ter certeza sem passar pela linha das muralhas de Pompeu, e o plano já fora estabelecido. Domício levara dois mil homens da Terceira Legião num grande cerco ao norte. Quando Júlio disparasse flechas incendiárias no ar eles atacariam os dois lados do acampamento ao mesmo tempo. Com a sorte dos deuses, seria uma destruição rápida.

Imaginou subitamente se Brutus estaria ali, entre seus inimigos, talvez antecipando um ataque desses. Eles haviam montado missões noturnas na Gália; será que Brutus teria alertado Pompeu? Balançou a cabeça num espasmo, com raiva por estar permitindo que os pensamentos vagueassem. Tinha visto isso acontecer com outros, quando a previsão tropeçava na indecisão. Apertou o maxilar contra o frio e se concentrou em ver apenas o que era real.

Na escuridão profunda, as sentinelas pareciam desaparecer entre as lâmpadas que marcavam o perímetro do acampamento. A muralha também estava cheia de luzes, de modo que toda a extensão brilhante se esticava em direção a Dirráquio.

Olhou para onde Vênus havia subido. Tinha esperado o bastante para Domício chegar à posição. Lentamente, desembainhou a espada na cintura e ouviu o sussurro sibilante enquanto os soldados da Terceira Legião faziam o mesmo ao redor. Para crédito deles, não houve um único murmúrio para perturbar o silêncio da noite. Tinha-os escolhido em parte porque haviam sido da legião de Brutus. Sabia que precisavam do batismo de sangue contra o inimigo mais do que qualquer outro grupo. Tinham sofrido zombarias e humilhações depois da traição do general e ainda ardiam com a vergonha. Esta noite ajudaria a restaurar seu orgulho.

— Avisem os arqueiros — sussurrou, mantendo-se tão abaixado que podia sentir o cheiro da terra escura. Havia trazido cem deles para atacar o acampamento, e assim que as flechas de fogo tivessem voado provocariam o tumulto no inimigo.

Encolheu-se quando as pederneiras dos arqueiros soltaram fagulhas. Seus corpos escondiam os clarões enquanto eles trabalhavam, mas mesmo assim se preocupava com a hipótese de alguma sentinela de olhos atentos enxergar a luz e dar o alarme. Soltou o ar aliviado quando finalmente as chamas saltaram e atravessaram rapidamente pela fileira até que uma centena de flechas ardiam.

— Agora! — gritou Júlio e as chamas saltaram alto no ar. Domício iria vê-las e viria despedaçar o acampamento.

Júlio se levantou.

— Comigo — disse, começando a correr encosta abaixo. Eles o seguiram.

Domício se arrastava pela escuridão, parando apenas para olhar as estrelas necessárias para se manter no rumo. O caminho que tinha escolhido o levou para dentro da muralha inacabada e ele podia usar as luzes dos próprios inimigos para avaliar o progresso. Não havia sentinelas dentro do perímetro e seus dois mil homens ainda não tinham sido descobertos. Rezou para que continuassem assim, sabendo que Júlio não deveria atacar sem ele.

Sentia-se orgulhoso da confiança que Júlio depositara em sua liderança, mas isso fazia aumentar a tensão terrível ao abrir caminho pela paisagem escura. O suor ardia nos olhos devido ao esforço físico, mas estava decidido a se encontrar em posição quando Júlio desse o sinal.

Olhou para trás e viu os homens que tinham vindo para o ataque. Seus rostos estavam enegrecidos de carvão e eles eram quase invisíveis. Quando se levantassem para atacar o flanco do acampamento da legião pareceriam ter vindo do nada. Domício grunhiu quando uma pedra afiada arranhou suas costelas. Estava com sede, mas eles nem mesmo trouxeram água nesse ataque relâmpago. Agradecia por tão ter de arrastar um odre ou um escudo pelo mato baixo. Os únicos estorvos eram as espadas, e até mesmo elas se prendiam em raízes e tornavam o progresso mais difícil.

Dois batedores da dianteira vieram agachados. Domício pulou quando eles apareceram junto ao seu ombro sem qualquer som.

— Senhor, há um rio adiante — sussurrou em seu ouvido o que estava mais próximo.

Domício parou de se mover.

— Fundo? — perguntou.

— Parece, senhor. Está bem no nosso caminho.

Domício fez uma careta. Ordenou que os homens parassem, sabendo que o tempo estava correndo para todos eles. Vênus ia se aproximando do zênite e Júlio iria em frente sabendo que ele estaria lá para apoiá-lo.

Meio se levantando, Domício correu uns cem passos. Ouviu o som de água e viu uma tira escura e móvel. Um medo súbito tocou-o.

— Qual é a largura?

— Não sei, senhor. Entrei até a cintura, depois voltei para avisar. A correnteza é muito forte. Não sei se poderemos atravessar.

Domício segurou-o, quase o jogando na água.

— Temos de atravessar! Por isso você foi mandado na frente. Atravesse uma corda enquanto trago os homens.

Todos os batedores foram para a água. Domício voltou correndo para as coortes silenciosas. Demorou apenas alguns instantes para trazê-las ao rio e juntos esperaram na escuridão.

Apertou os punhos enquanto os minutos se arrastavam sem qualquer sinal. A intervalos estendia a mão para tocar a corda que fora amarrada numa árvore caída. Ela tremia invisivelmente e ele xingou a demora. Deveria ter dado algum tipo de sinal ao batedor para indicar quando tivessem chegado ao outro lado. Esses detalhes insignificantes eram fáceis de ser esquecidos no calor do momento, mas agora precisava sofrer a espera. O batedor poderia ter se afogado ou poderia estar voltando lentamente. Pôs a mão na corda de novo e xingou baixinho. Ela estava frouxa e não havia movimento.

O acampamento inimigo era visível do outro lado da margem distante. Domício podia ver as luzes como moedas de ouro na escuridão. Remexia-se e tremia no frio.

— Mais dois para a água, aqui — ordenou finalmente. — Mais dez em cada direção para encontrar um vau. Temos de atravessar o rio.

Enquanto falava, viu tiras luminosas de flechas saltando no ar, vindas do outro lado do acampamento.

— Ah, deuses, não — sussurrou.

Labieno foi arrancado dos pensamentos por um grito. Hesitou apenas um instante ao ver uma linha de figuras negras aparecer nos poços de luzes e trucidar os primeiros de seus legionários.

— Trombetas! — gritou. — Estamos sendo atacados! Soar trombetas!

Começou a correr para o inimigo enquanto as notas estridentes soavam, sabendo que precisava assumir o controle rapidamente. Depois parou, escorregando, e lentamente se virou para o outro lado do acampamento, para a escuridão pacífica de lá. Estava reagindo como César esperava, pensou.

— Primeira coorte, guarde o leste.

Viu homens revertendo a direção à sua ordem e só então correu para o cavalo, jogando-se na sela. Sua legião era formada por homens experientes e organizados que corriam ao redor. Ouviu os centuriões pedindo uma linha defensiva e o início dela se formar a partir do primeiro momento de caos. Mostrou os dentes.

— Defender o leste! — gritou. — Linha de escudos e lanças. — Cravou os calcanhares no animal e galopou pelo campo em direção aos sons de morte e ferro.

CAPÍTVLO XVII

JÚLIO SABIA QUE ESTAVA COM PROBLEMAS. A LEGIÃO QUE ENFRENTAVA tinha perdido muito pouco tempo antes que uma forte linha defensiva se formasse e o contra-ataque fosse iniciado. Para onde quer que olhasse via soldados correndo para sua posição. Quem quer que os comandasse conhecia obviamente o trabalho e Júlio pôde sentir a súbita hesitação de seus homens quando o ataque vacilou e ficou mais lento.

— Avante, Terceira! — ordenou.

O plano original de destruição rápida e retirada estava em ruínas. Não podia recuar e deixar as coortes de Domício para ser trucidadas. Ainda que a surpresa estivesse perdida, Júlio sabia que, se conseguisse aguentar por tempo suficiente, Domício lançaria um arrepio nos defensores e ele ainda poderia salvar o ataque. Precisava pressionar o inimigo para trás só para dar espaço de recuo à Terceira, mas não havia fraqueza nas linhas. Júlio teve de olhar enquanto seus homens eram derrubados e um número cada vez maior de inimigos atacava, aumentando a força. Era uma carnificina.

As fileiras de homens o separavam da matança e Júlio podia ver seus soldados olhando-o enquanto um número cada vez maior deles era trucidado, querendo que ele ordenasse a retirada. O terreno estava coberto com seus soldados de rosto preto, e no frio os ferimentos deles soltavam um vapor visível enquanto o sangue bombeava no solo.

Júlio aguardou, ficando desesperado. Domício tinha de chegar logo ou ele perderia tudo.

— Arqueiros! Sinalizar de novo! — gritou, mas muitos deles estavam mortos.

Seus homens se mantiveram firmes enquanto ouviam, com os dedos dos pés grudados aos do inimigo. Sem escudos estavam terrivelmente vulneráveis e os homens de Pompeu usavam essa vantagem, golpeando com seus escudos contra os rostos ou para baixo para quebrar os pequenos ossos dos pés calçados com sandálias. Júlio se encolhia com os gritos, e enquanto as flechas de fogo voavam acima das cabeças de novo sentiu algo mudar em seus homens. Não conseguiu ver o início daquilo, mas onde eles haviam estado firmes de repente começavam a se virar para correr.

Ficou parado numa descrença perplexa enquanto homens que ele havia treinado começavam a passar a toda velocidade. Ouviu seus centuriões gritando ordens furiosas mas o efeito chicoteou através da Terceira e o terror os despedaçou.

À distância ouviu o trovejar da cavalaria e seu coração se encolheu. Pompeu estava chegando e seus homens estavam fugindo em pânico. Viu o porta-estandarte da Terceira passar correndo por ele e arrancou a bandeira da mão do sujeito.

— Terceira, a *mim*! — rugiu brandindo o mastro em gestos amplos.

A multidão de homens correndo não parou na fuga ao passar ao seu redor. Júlio viu uma grande massa de cavaleiros e percebeu que morreria quando eles atacassem. No caos fervilhante da fuga em pânico sentiu uma calma fantasmagórica dominá-lo. Não poderia juntar a Terceira e logo seria deixado sozinho. Seus braços doíam e ele se perguntou como Brutus receberia a notícia. Era apenas um desapontamento num mar de desapontamentos, e sentiu o chão tremer enquanto milhares dos *extraordinarii* de Pompeu saíam galopando da escuridão.

Mal notou que alguns da Terceira haviam reagido e estavam se formando ao seu redor. Novos chamados de trombetas foram ouvidos, e Júlio viu a carga de cavalaria parando. Não importava. Não poderia correr mais do que eles. Esperou o fim e se espantou com sua própria falta de emoção. A coisa tinha acontecido tão depressa que mal conseguia perceber a mudança na sorte. Pompeu não tinha outros opositores em Roma. Marco Antônio seria espanado, banido discretamente ou morto.

Apoiou-se no mastro da bandeira, ofegando. Não falou com os homens que estavam ao redor no escuro, sentindo apenas desprezo por eles. Havia aprendido as lições do medo há tempo demais para lembrar. Talvez tivesse sido o exemplo de Rênio, ou de seu próprio pai, ou o tipo de coragem simples de Tubruk, mas aquilo havia ficado com ele. Não importando o que mais um homem realizasse, tudo perdia o valor se ele permitisse que o medo dominasse seus atos. Fosse terror ou dor, deveria ser encarado e esmagado. O que era a dor, afinal de contas? Os ferimentos se curavam e até os que não se curavam eram uma coisa melhor do que levar a vida com vergonha. Júlio vira homens mutilados que mesmo assim se portavam com orgulho. Usavam as cicatrizes com a mesma coragem mostrada ao recebê-las.

Manteve a cabeça alta enquanto os cavaleiros inimigos se reuniam, esperando como ele pela ordem que iria mandá-los em sua direção. Não iria gritar. Não iria fugir.

Pompeu seguia à frente de sua cavalaria, com cada movimento brusco do animal lançando uma pontada de dor que atrapalhava a visão. Tinha ouvido os chamados de alarme e interrompido a inspeção para respondê-los, mas agora seus olhos se estreitaram à visão dos legionários de Júlio fugindo.

Viu Labieno vir galopando e aceitou a saudação.

— O que está acontecendo? — perguntou.

— Um ataque noturno, senhor. Nós o rechaçamos. Uma carga de cavalaria vai acabar com eles.

Os dois olharam por cima do campo em direção ao inimigo que fugia, desaparecendo no escuro. Uma distante figura solitária balançava uma bandeira na semiescuridão e o movimento atraiu o olhar de Pompeu. Viu o sujeito plantar o estandarte na terra dura, onde a brisa o repuxava. O sujeito estava numa imobilidade pouco natural, com a mancha branca do rosto virada em direção aos cavaleiros. Pompeu franziu a testa, cheio de suspeitas.

— É uma vitória, senhor — disse Labieno, mais ansioso. — Com sua permissão, levarei os *extraordinarii* e acabarei com eles.

— É uma armadilha — respondeu Pompeu. — Tenho certeza. Quando você ouviu falar das legiões de César fugindo de medo? Ele *quer* que corramos para a noite em direção ao que ele tem esperando lá. Não. Você manterá a posição até o amanhecer.

Labieno respirou fundo, sibilando entre os dentes enquanto lutava para controlar a ira.

— Senhor, não acredito nisso. Eles perderam *centenas* contra as minhas fileiras.

— E ele mandou três para morrer na minha tenda, só para espalhar mentiras entre os fiéis, Labieno. Isso deveria ter lhe mostrado qual é a qualidade do sujeito. Ele é um enganador e não serei enganado. Você ouviu minhas ordens.

Os olhos de Pompeu estavam friamente implacáveis e Labieno soube que teria de matá-lo ou aceitar a ordem. Não era uma escolha real.

— Sim, senhor — disse baixando a cabeça. — Mandarei os homens ficarem onde estão.

Pompeu viu a perturbação enquanto Labieno tentava escondê-la. Apesar da dor que se espalhava em ondas para atormentá-lo, obrigou-se a falar:

— Você se saiu bem aqui, general. Não esquecerei sua lealdade.

Olhando para além do acampamento, Pompeu viu o porta-estandarte se virar e ser engolido pela escuridão. A bandeira foi deixada adejando como uma mancha de cor fraca contra a noite. Com um último olhar para Labieno, Pompeu girou a montaria e se afastou, a cavalaria virando-se com ele.

Labieno podia ver a frustração no rosto dos homens, espelhando a sua. Não fora uma armadilha. Vira batalhas suficientes para conhecer o momento em que o inimigo se dobrava. Isso poderia vir de um único covarde largando a espada, ou mesmo de uma estranha comunicação não vista quando a coragem se esvaía dos homens que não poderiam ter imaginado isso há apenas uma hora. Apertou os punhos em fúria, olhando para a escuridão. Seu segundo em comando chegou junto ao seu ombro e Labieno não tinha palavras que ousasse falar em voz alta.

Por fim, esmagou a frustração atrás de uma máscara rígida.

— Mande os homens construírem um acampamento ao redor das fortificações. Isso vai tornar o trabalho mais lento, mas o que importa?

Fechou a boca com força para não continuar. O segundo no comando fez uma saudação e foi repassar as ordens. Labieno sentiu os olhares de seus soldados ao redor e se perguntou o quanto eles haviam entendido da batalha.

— Vocês se saíram bem esta noite — disse num impulso. — Finalmente ferimos César.

Eles comemoraram sua aprovação e a ordem começou a se espalhar ao redor. A coorte que havia mandado para oeste voltou, parecendo tranquila comparada com os colegas. Não haviam sido necessários, mas Labieno encontrou mais algumas palavras para eles antes de voltar à tenda e redigir o relatório formal. Por longo tempo ficou sentado à luz de uma única lâmpada, olhando o espaço.

Júlio marchava entorpecido pela escuridão. O cansaço o deixava desajeitado e cada arbusto e espinho parecia decidido a impedir seu progresso. Um número maior de homens da Terceira Legião se juntou ao seu redor, mas só os deuses sabiam para onde o resto havia se espalhado. Era a pior derrota que via em anos e caminhava atordoado. Não podia entender o que havia acontecido. Quando o ataque não viera, tinha revelado sua posição junto à bandeira e dado as costas a Pompeu. Mesmo então havia esperado que a cavalaria o destroçasse.

Júlio vira o ditador à luz das lâmpadas e o reconheceu mesmo à distância. Sua capa vermelha havia se enrolado ao redor do corpo ao vento e tinha sido fácil visualizar o prazer selvagem do sujeito quando lhe trouxessem o corpo de Júlio. Houvera até um momento em que sentiu Pompeu olhando diretamente para ele, mas mesmo assim tivera permissão de se esgueirar para a noite que o abrigava e ir para a segurança de suas linhas.

Quando ouviu o ruído de homens marchando perto, desembainhou a espada convencido de que os soldados de Pompeu vinham finalmente. Ao ver Domício não falou, na verdade sentiu-se incapaz de pronunciar uma única palavra para qualquer um deles. Os soldados da Terceira tinham se desgraçado. Sabiam disso e marchavam pela terra de cabeça baixa num sofrimento particular. Até as fileiras eram caóticas enquanto cada homem encontrava seu próprio ritmo, como um bando de saqueadores e não uma força disciplinada. Nenhuma ordem era dada. Era como se o fracasso os houvesse despido de qualquer direito de se dizerem soldados de Roma. Júlio nunca vira um grupo tão arrasado e não sentiu simpatia por nenhum deles.

O amanhecer estava chegando quando se aproximaram de seu acampamento principal. Com a luz cinzenta Júlio acreditou que finalmente Pompeu havia perdido a coragem. Não havia outra explicação que ele pudesse ver. Domício tentou falar e foi rapidamente silenciado por um olhar furioso. As sentinelas os deixaram passar sem questionamento e não gritaram perguntando pelas novidades. As expressões de pesar e as lanças arrastadas eram suficientemente claras.

Júlio entrou em sua tenda e jogou a espada e o elmo longe, com ruído, antes de se sentar à mesa de mapas. Descansou a cabeça nas mãos por um momento e considerou os eventos da noite. Sentira-se aterrorizado com o olhar de Pompeu sobre ele, do outro lado do acampamento, mas não havia vergonha em sentir medo, somente no que viera em seguida. Os homens ainda podiam ficar de pé enquanto suavam de medo. Podiam resistir à dor, à exaustão e à fraqueza. Podiam suportar tudo isso por dentro e manter-se nas fileiras. Esta era a força de Roma, e seus homens a conheciam tão bem quanto ele. Mas de algum modo a Terceira havia fugido.

Passos que se aproximavam fizeram-no se empertigar na cadeira. Ele respirou fundo quando Ciro chegou em primeiro lugar à sua presença. Régulo, Otaviano e Domício vinham logo atrás. Júlio olhou para Domício sem expressão quando este ficou de pé diante dele. Será que Domício também havia perdido a coragem naquela noite?

Sob as manchas pretas, Domício parecia exausto. Retirou a espada e colocou-a sobre a mesa de Júlio.

— Senhor, peço para ser retirado do comando — disse. Júlio não respondeu e Domício engoliu em seco. — Eu... não consegui chegar à posição a tempo, senhor. Não há desculpa. Vou me demitir do cargo e retornar a Roma.

— Se nossos inimigos fossem liderados por um homem que soubesse vencer eu estaria morto — disse Júlio em voz baixa.

Domício ficou olhando direto em frente, em silêncio.

— Conte o que aconteceu — disse Júlio.

Domício soltou um suspiro fundo que estremeceu ao sair dele.

— Encontramos um rio fundo demais para ser atravessado, senhor. Vi o sinal da flecha enquanto ainda estava na margem errada. Quando tínhamos encontrado um vau, as legiões de Pompeu haviam respondido às trombetas e era tarde demais. Ainda poderia tê-los atacado. Apenas por minha escolha não fiz isso. Atravessamos o rio de novo e voltamos para cá. — Ele não disse que ter atacado as legiões de Pompeu seria suicídio. Suas ordens não lhe haviam permitido tomar a decisão.

Júlio tamborilou a mesa com os dedos.

— Você viu por que Pompeu conteve o ataque?

— Eu o vi falando com os oficiais, mas eles estavam muito longe — respondeu Domício, com vergonha de nem sequer poder dar essa pequena informação.

— Ainda não decidi seu destino, Domício. Deixe-me e convoque os homens da Terceira diante de minha tenda. Mande minha Décima escoltá-los como prisioneiros.

Domício fez uma saudação com a mão erguida tremendo. Júlio esperou até ele ter saído, para falar de novo:

— Nunca pensei que veria uma legião minha fugir de medo. — E olhou seus generais, que não puderam encará-lo. — Segurei o estandarte da legião e eles o ignoraram. Passaram por mim. — Júlio balançou a cabeça, lembrando. — Deixei-o lá, para Pompeu. Já que ele ficou com a honra deles, pode muito bem ficar com a bandeira.

Todos ouviram os gritos e os sons de pés à medida que a Décima e a Terceira se reuniam. Júlio ficou sentado olhando para o nada enquanto seus generais esperavam. A derrota parecia tê-lo envelhecido, e quando finalmente se levantou seus olhos estavam vazios e cansados.

— Tomem seus lugares, senhores. O dia deve prosseguir — disse sinalizando para fora. Sem uma palavra, eles deixaram a tenda e Júlio os alcançou saindo ao sol pálido.

A Terceira Legião estava parada em fileiras silenciosas sobre o chão congelado. Muitos ainda tinham as marcas da fuligem usada no rosto, mas a maioria usara um pano molhado para retirar a maior parte. Seguravam os escudos e espadas e pareciam estar esperando a execução, o medo presente em cada olhar.

Às costas deles estava a Décima; homens mais velhos e mais duros. Júlio se lembrou de uma ocasião em que alguns deles haviam fugido nas batalhas contra Espártaco. Imaginou se algum pensaria naquele dia sangrento em que o próprio Pompeu tinha ordenado que suas fileiras fossem dizimadas. Os soldados marcados pela contagem haviam sido espancados até a morte pelos punhos de seus amigos mais íntimos. Fora a coisa mais brutal testemunhada por Júlio na época, mas a partir disso ele formara a Décima e lhe dera um nome para registrar o acontecimento.

A Terceira Legião esperava em silêncio que ele falasse. Uma brisa fria soprava através das fileiras enquanto Júlio caminhava até seu cavalo e montava.

— Vocês lutaram comigo na Gália. Será que devo citar as tribos, as batalhas? Os helvécios, os suevos, os belgas, os nervos, mais? Lutaram comigo na Gergóvia, Alésia, contra Vercingetórix e na Britânia. Estavam comigo quando perdoei os homens de Corfínio. Tomaram Dirráquio comigo, aqui.

Parou, fechando os olhos por um momento, enojado.

— Vocês deixaram a honra no campo quando fugiram. Tudo que fizeram antes se transformou em cinzas ontem à noite. Vocês me desonraram e me envergonharam; e nunca pensei que veria isso. Não de vocês. Apenas minha Décima esteve por mais tempo ao meu lado.

Do alto de sua montaria dava para ver todas as fileiras reunidas. Os soldados olhavam adiante sem ousar encará-lo, mas ele sabia que alguns estavam tremendo de humilhação, como se Júlio fosse um pai fazendo sermão para filhos arrependidos. Balançou a cabeça e olhou para o nada por longo tempo.

— Suas vidas estão confiscadas — disse asperamente, forçando-se a prosseguir. — Só pode haver um pagamento pela covardia.

Otaviano tinha montado em seu cavalo e trotou ao longo das fileiras silenciosas em direção a Júlio. Quando estava perto, inclinou-se e falou somente para ele.

— Senhor, a Décima está com carência de homens. Deixe que eles escolham os melhores da Terceira.

Júlio virou os olhos vermelhos para seu parente mais jovem e, depois de um tempo, assentiu. Levantou a cabeça para falar de novo à Terceira.

— Não tenho filhos homens. Nunca precisei deles enquanto conheci vocês. Que tudo acabe entre nós. Chegamos longe o bastante. — Pigarreou e lançou a voz o mais longe que pôde. — Minha Décima está com carência de homens. Eles caminharão entre vocês e alguns passarão para lá. O resto será dizimado. Os sobreviventes preencherão os lugares dos mortos nas minhas legiões leais. Não tenho utilidade para vocês agora.

Um murmúrio baixo de medo agonizado veio das fileiras da Terceira. Ninguém se moveu de sua posição. Júlio podia ouvir o tom de súplica na voz deles e se endureceu contra aquilo.

— Décima Legião! Adiantem-se e peguem os melhores deles. Vocês supervisionarão o que virá em seguida.

Ficou olhando enquanto os centuriões de sua Décima se moviam entre os outros. Estava exausto e o desespero o dominava. Tinha perdido centenas de homens na noite anterior, mortos ou capturados. No entanto, ainda restavam mais de três mil de uma legião veterana. Não poderia debandá-los tão longe de Roma. Eles seriam obrigados a saquear povoados e cidades da Grécia só para sobreviver. Júlio estaria largando sobre cidadãos romanos uma peste que eventualmente teria de ser caçada e morta. Não tinha opção além de marcar o dia com o sangue. Eles haviam fugido.

Os oficiais da Décima indicaram suas escolhas com um breve toque no ombro. Cada homem escolhido parecia desmoronar ligeiramente, como se não pudesse acreditar no que estava acontecendo. Deixavam vazios nas fileiras enquanto caminhavam de volta à Décima, e a humilhação e o alívio os impelia em igual medida.

Enquanto o processo continuava, Júlio lançou um olhar de suspeita para Otaviano e descobriu que o general já o estava observando. O rapaz se mostrava rígido de tensão, e quando Júlio abriu a boca para interromper a escolha viu Otaviano balançar a cabeça apenas um pouquinho, os olhos implorando. Júlio voltou a olhar as legiões e não disse nada.

Os homens escolhidos se formaram de novo como um terceiro grupo parado junto à Décima e logo estava claro que os oficiais haviam interpretado as ordens de Júlio do melhor modo que lhes servisse. Júlio achou que Otaviano estava por trás da ideia e só pôde ficar olhando enquanto todos os homens da Terceira recebiam um tapa no ombro e marchavam até a nova posição. Ninguém fora deixado para trás e Júlio viu o início da esperança no rosto dos soldados da Terceira enquanto entendiam. A pressão do olhar de Otaviano era implacável.

Chamou Otaviano. Quando ele estava suficientemente perto, Júlio se inclinou para ele, murmurando:

— O que você fez?

— Agora a vida deles pertence à Décima — respondeu Otaviano. — Por favor. Deixe assim.

— Você está me solapando. Pretende que eles fiquem sem punição?

— A Terceira acabou, senhor. Esses homens são seus de novo. Não esquecerão a chance que o senhor lhes dá.

Júlio olhou para Otaviano, vendo de novo até onde ele havia ido, desde o garoto que conhecera. O guerreiro e general diante dele havia suplantado a juventude. Júlio sabia que fora manipulado mas sentiu um orgulho estranho ao ver aquilo vindo de seu próprio sangue.

— Então eles são seus, general. Domício liderará a Décima.

Otaviano se remexeu na sela.

— O senhor o está honrando?

Júlio assentiu.

— Parece que ainda posso surpreender você. Agora é a única escolha. Esta "nova" legião lutará bem por você, como o homem que a salvou. Se eu deixar Domício comandar quaisquer homens abaixo de minha Décima ele será desacreditado e isso acabará com a disciplina. Isso vai mostrar que não o considero responsável pelo fracasso. — Júlio parou, pensando. — Na verdade, não considero. Eu deveria ter avaliado a possibilidade de atrasos e pensado num sistema de sinais diferente. Agora é tarde demais, mas a responsabilidade também é minha.

Viu Otaviano relaxar enquanto percebia que seu estratagema para salvar a Terceira não seria destruído. O rapaz havia apresentado a Júlio a chance de humilhá-lo e à Décima, ou fazer o melhor possível disso. A inteligência do estratagema agradava a Júlio como não agradaria a nenhum outro comandante romano.

— Você tem um nome para eles? — perguntou Júlio.

Será que Otaviano pensara tão adiante? Parecia que sim, já que o rapaz respondeu de imediato:

— Eles serão a Quarta Legião Grega.

— Já existe uma com este nome — respondeu Júlio friamente. — São aqueles contra quem lutamos ontem. Labieno os comanda.

— Sei disso. Quando se encontrarem de novo em batalha eles vão lutar muito mais para garantir o direito de mantê-lo.

Apesar de sua experiência, ele examinou o rosto de Júlio em busca de aprovação, e em resposta Júlio estendeu a mão e deu-lhe um tapinha no ombro.

— Muito bem — disse ele —, mas se algum dia eles fugirem de novo vou crucificá-los até o último homem. Não vou salvá-los da punição, Otaviano. Ainda quer liderá-los?

Otaviano não hesitou.

— Quero, senhor — disse fazendo uma saudação. Em seguida puxou as rédeas e trotou de volta às fileiras, deixando Júlio sozinho.

— Minha Décima trouxe nova honra para vocês — disse Júlio com a voz ressoando. — Se eles podem ver seu valor, não lhes recusarei isso. A Terceira não existe mais e o nome dela será retirado dos anais do Senado em Roma quando voltarmos. Não posso lhes devolver sua história. Só posso oferecer um recomeço e um novo nome. Vocês serão a Quarta Legião Grega. Já conhecem este nome, pertence aos homens que enfrentamos ontem à noite. Vamos tirá-lo deles e quando nos encontrarmos em guerra tomaremos de volta nossa honra, junto com o nome.

Os soldados que tinham sido libertados ergueram a cabeça com alívio. Muitos tremeram com a força da libertação e Júlio ficou satisfeito por ter feito a escolha certa.

— O general Domício está livre de culpa e comandará a Décima para mostrar a honra que lhe dedico. O general Otaviano pediu para receber a nova Quarta e eu aceitei. Lembrem-se de que sua vida vem da honra de minha Décima e levem essa honra com vocês. Não os envergonhem.

Ele passou o olhar sobre os milhares de homens à frente e sentiu que parte da vergonha da noite anterior fora de fato lavada. Agora sabia que Pompeu tinha perdido a coragem. Ele podia ser derrotado.

Labieno estava de pé, imóvel, no pátio de treinamento em Dirráquio. Mais de duzentos homens da Terceira Legião de César se encontravam de joelhos na poeira vermelha, as mãos amarradas às costas. O vento chicoteava o pátio, cobrindo-os de pó, de modo que eram obrigados a baixar a cabeça e piscar para afastar os grãos que pinicavam.

Labieno continuava furioso com o homem que observava os procedimentos na garupa de um belo capão espanhol. Mas conhecia seu dever e não hesitaria em dar a ordem para o início da execução. Uma dúzia de oficiais montava guarda em outro alojamento e eles seriam torturados em troca de informações. O resto era simplesmente um exemplo a ser dado.

Labieno olhou para Pompeu, esperando o sinal. Não podia escapar ao sentimento de que as três legiões que Pompeu havia reunido não precisavam ver mais sangue romano. Eles haviam testemunhado um número suficiente do seu próprio sendo derramado, para aprender qualquer coisa nova no processo. Isso não era para eles, pensou. Era para Pompeu. Talvez houvesse uma parte do velho que soubesse como fora idiota em conter os *extraordinarii* na noite anterior. Labieno mandara seus rastreadores ao amanhecer e eles não haviam encontrado qualquer sinal de uma força maior. Sabia que a informação se espalharia e o moral baixaria ainda mais.

Quando Pompeu o encarou, Labieno percebeu que ele estivera olhando-o e fez uma saudação apressada para encobrir o embaraço. Pompeu parecia a ponto de ser derrubado pela brisa forte e sua pele estava esticada e amarela sobre os ossos. Labieno pensou que ele estava morrendo, mas até que o Senado revogasse a ditadura o sujeito tinha poder de vida e morte sobre todos.

Pompeu assentiu incisivamente e Labieno se virou para os cinco homens que havia escolhido para a tarefa. Podia ver que não gostavam dela, mesmo ele tendo escolhido os matadores mais brutais sob seu comando.

— Comecem — disse Labieno.

Quatro deles se adiantaram com as facas prontas, mas o quinto hesitou.

— Senhor, eles são romanos. Isso não é certo.

— Fique parado — disse Labieno rispidamente. — Centurião! Venha cá!

O soldado balançou a cabeça aterrorizado quando seu oficial se aproximou.

— Sinto muito, senhor. Eu só quis dizer...

Labieno o ignorou. O centurião que veio à sua ordem estava pálido e suando.

— Este homem se recusou a cumprir minha ordem. Vai se juntar aos outros.

O soldado abriu a boca para gritar e o centurião o acertou com o punho antes que ele pudesse aumentar a vergonha que trouxera à legião. Mais dois socos violentos obrigaram o soldado tonto a tombar de joelhos. Labieno ficou olhando desapaixonadamente enquanto ele era desarmado e empurrado para o fim da fila de prisioneiros. Eles não o olharam.

Labieno soltou o ar lentamente, controlando a pulsação acelerada. Pompeu havia testemunhado o incidente, mas pareceu ignorá-lo. Labieno fechou os punhos às costas tentando não mostrar a tensão que sentia. Em dias mais calmos poderia ter mandado chicotear o sujeito pela insolência, mas Pompeu era capaz de executar toda a centúria devido à idiotice de um homem. Isso fora pelo menos evitado, e Labieno fez uma oração silenciosa para conseguir suportar o dia.

Os quatro homens que restavam do grupo de execução passaram a trabalhar com rápida eficiência. Caminhavam por trás dos prisioneiros ajoelhados, com facas para cortar as gargantas. Um puxão rápido e depois um empurrão para jogar os homens agonizantes com o rosto no pó, e iam em frente. A poeira ia ficando mais escura com o sangue até que o chão estava cheio e não absorvia mais. As riscas se afastavam em ramos retorcidos, como uma árvore desenhada no solo.

Pompeu esperou até que o último prisioneiro caísse se retorcendo, antes de chamar Labieno.

— Os senadores exigiram uma reunião comigo, general. É estranho que peçam isso tão pouco tempo depois dos acontecimentos da noite passada, não é? Imagino se há alguém em suas fileiras que poderia estar passando a informação a eles.

Labieno enfrentou o olhar dele sem ousar uma piscada. Pensou na carta que tinha escrito e deixado sem assinar, mas nenhum sinal de culpa surgiu em seu rosto. Estava feito e ele não podia se arrepender.

— Impossível, senhor. Eles estiveram sob meus olhos desde que voltamos.

Pompeu grunhiu e deu de ombros.

— Então talvez seja apenas para confirmar minha ditadura. Ela deve ser renovada em dois dias, mas é apenas uma formalidade. Seus homens devem retornar ao trabalho nas muralhas, general. Assim que esses corpos forem queimados.

Labieno viu Pompeu sair da área de desfiles e desejou estar presente para ouvir o que os senadores diriam. Suspeitava que o futuro seria moldado por aquela conversa.

CAPÍTVLO XVIII

— Minha saúde não está em questão aqui! — gritou Pompeu com o rosto vermelho. — Vocês ousam sugerir que sou incapaz?

Os tendões de suas mãos se destacavam como arames enquanto ele segurava o rostro e encarava os senadores. O salão de reuniões estava apinhado e muitos haviam se levantado para falar. Era uma situação caótica sem as tradições ordenadas dos debates da Cúria. Pompeu já fora interrompido por duas vezes e uma veia latejava visivelmente em sua têmpora enquanto ele pensava em sair e deixá-los. Teria feito isso se tivesse ao menos um mês antes da renovação da ditadura. Eles tinham consciência da vantagem que possuíam e pareciam decididos a cobrar seu valor.

Cícero baixou o olhar para examinar um pergaminho que tinha na mão. Pompeu teria dado muito para saber quem era o autor. Enquanto Cícero olhava para cima de novo, os outros ficaram em silêncio com uma disciplina que não haviam demonstrado com Pompeu.

— Sua saúde está em questão quando a doença o impede de agir em defesa dos interesses de Roma — disse Cícero, olhando furioso mais uma vez para o pergaminho. — Você deveria abdicar do posto enquanto ainda está bem, Pompeu. Se fosse com outro homem, você estaria entre os primeiros a dizer isso.

Pompeu o encarou, sentindo o olhar de todos se chocando contra suas defesas. A dor nas entranhas era uma força vermelha e maligna, e era necessária cada fibra de sua vontade para não deixá-la transparecer.

— Vocês não foram tão insolentes quando Roma estava queimando e recebi a ditadura. Na ocasião mantive a ordem, quando ninguém mais poderia fazê-lo. Derrubei Espártaco quando o exército dele ameaçava todos nós; lembram-se disso? E ousam sugerir que não tenho condições de comandar? Por que não lê o papel que está em sua mão, Cícero, em vez de sugerir qual é o conteúdo? Não temo críticas suas nem de ninguém. Minha história fala por mim.

Houve um murmúrio de aprovação nos bancos e Pompeu ficou satisfeito ao ver que Cícero não tinha o apoio total dos outros no salão. Muitos ficariam horrorizados diante de uma tentativa de acabar com a ditadura numa situação assim. Se estivessem em Roma, isso não poderia ser contemplado, mas Pompeu sabia que a campanha não ia bem. Havia muitos no Senado que não entendiam nada de guerra e estavam sofrendo sem o conforto e o respeito que desfrutavam em sua própria cidade. Ele sabia que precisava encontrar uma palavra para instigá-los.

— Sua história é sem igual — disse Cícero —, mas agora você está suando, Pompeu, porque está em agonia. Descanse por um mês e lhe mandaremos os melhores médicos. Quando estiver bem poderá retomar a guerra.

— E se eu não fizer isso? Fale suas ameaças em voz alta, Cícero, para que todos possamos ouvir. Diga em que traição está pensando — reagiu Pompeu asperamente, inclinando-se adiante no rostro. Mais murmúrios receberam suas palavras e ele viu Cícero parecer desconfortável.

— Sua ditadura termina em dois dias, Pompeu, como você sabe. É melhor que ela se passe enquanto você ainda está suficientemente saudável para continuar.

Cícero o encarou com firmeza e Pompeu soube que ele não ousaria sugerir que a doença havia roubado sua coragem. Tinha ouvido os rumores a seu respeito e zombava deles. Teria respondido, mas viu Suetônio se levantar e sinalizou para ele. Não poderia fazer a votação sozinho e, enquanto ele e Cícero retomavam os assentos, sentiu-se arrebatado de tanta esperança.

Suetônio pigarreou.

— Esta questão jamais deveria ter sido levantada — começou. Cícero se levantou imediatamente e Suetônio o encarou, furioso. — Eu tenho a palavra — disse ele. — Em toda campanha há contratempos, como bem sabem os que têm experiência. Foi ele que atraiu César da segurança de Roma para um campo de guerra melhor. É aqui que o queremos e isso foi conseguido apenas com a habilidade de Pompeu. Qual, dentre vocês, teve a visão para ver que a guerra deveria acontecer na Grécia? Pompeu tomou decisões duras em nosso nome. Sua ditadura foi criada para enfrentar ameaças grandes demais para o governo comum da lei. Ele cumpriu suas obrigações, e pensar em remover sua autoridade neste estágio é um jogo perigoso.

Ele parou para varrer o olhar sobre os homens reunidos.

— Não conheço outro general capaz de derrotar César. *Sei* que Pompeu é mais do que capaz. Votarei pela continuação da ditadura. Não há outro caminho honroso.

Suetônio sentou-se sob uma forte onda de aprovação que deu algum conforto a Pompeu. Este sentiu um espasmo crescer no estômago e adiou por um instante a hora de se levantar, usando um pano fino para passar nos lábios. Não ousou olhá-lo enquanto o empurrava para dentro da toga.

Cícero também hesitou antes de se levantar. Sabia que a doença de Pompeu era pior do que ele fingia. Se o sujeito ficasse no comando poderia muito bem entregar a vitória a César. Talvez esse *fosse* o melhor caminho, no fim. Se Labieno assumisse o campo de batalha, os dois exércitos poderiam desperdiçar as forças um contra o outro, e então onde Roma ficaria? Cícero havia esperado que depois da remoção de Pompeu pudesse ser obtida alguma acomodação com César, mas agora seus pensamentos estavam confusos e ele não sabia como convencer os senadores. Era um caminho difícil. Havia muitos desejando que Pompeu travasse uma guerra direta sem pausa nem misericórdia. Por isso tinham vindo à Grécia, afinal de contas. Cícero só podia balançar a cabeça diante da cegueira de homens assim. Gostava pouco de Pompeu e menos ainda de César. O futuro de Roma era mais importante do que ambos.

Cícero viu que sua demora não passara despercebida. Falou rapidamente para cobrir o lapso:

— Falo pelo bem de Roma, Pompeu, você pode negar isso? Esperei que você vencesse esta guerra, mas você não conseguiu sequer *encontrar* o inimigo. Isso não constitui "contratempos" em uma campanha, como mencionou Suetônio. Você matou mais de seus próprios homens por motim do que César conseguiu. O moral está baixo e você jogou fora a única chance que teve de atacar com Labieno. — Ele respirou fundo, sabendo que estava fazendo uma escolha perigosa. — Quantas mais você vai deixar de aproveitar?

— Aí está, finalmente — disse Pompeu.

Ele fez uma careta súbita e olhou para as mãos. Cícero sentiu um jorro de esperança de que a dor seria revelada aos outros. Que ele desmoronasse ou gritasse, e tudo acabaria.

Pompeu levantou a cabeça devagar, os olhos brilhando

— Ousa sugerir que perdi a coragem, Cícero? Foi isso que deu início a esse ataque pessoal? Construí muralhas para proteger uma cidade que foi tomada uma vez por César. Procurei-o no campo e, sim, ele me escapou. — A dor o impediu de falar por um momento e ele esperou que ela passasse.

— Você tem o dobro de homens e uma cavalaria quatro vezes maior — interrompeu Cícero. — Em tempos melhores já teria chegado à vitória. Apenas sua doença...

— A minha *doença*, como você a chama, não passa de um problema de estômago controlado por giz e leite — reagiu Pompeu rispidamente. — Não vou ficar aqui suportando você me questionar desse jeito.

— Sua ditadura... — tentou Cícero de novo.

— Chega! — rugiu Pompeu. — Muito bem, se você quer ver guerra, vou lhe dar! Vou levar meu exército e dar um fim a isso. É o que quer ouvir? Vou esmagar César e trazer de volta a cabeça dele, ou então vou morrer. Esta é a minha palavra. Votem pela continuação da ditadura ou não, como quiserem. Quando a votação terminar estarei no campo.

Cícero empalideceu quando o grosso do Senado aplaudiu o anúncio. Tudo que ele não pretendia era provocar Pompeu a ser tão duro. A última coisa que desejava era um confronto direto.

— Pelo bem de Roma... — gritou, mas foi ignorado.

Os senadores ficaram de pé. Pompeu aceitou a aprovação com um último olhar venenoso a Cícero, desceu do rostro e saiu. Suetônio e os outros tribunos foram atrás e Cícero foi deixado enquanto se sentava lentamente em sua cadeira, olhando o nada.

Brutus estava de pé com os braços estendidos, respirando longa e lentamente. Seu corpo fora coberto de óleo e raspado e a pele brilhava de saúde. Sua mente estava na batalha vindoura e ele mal notava os escravos silenciosos que erguiam a túnica sobre sua cabeça e a prendiam no lugar, arrebanhando-a num nó junto ao pescoço. A armadura estava pendurada numa árvore na tenda e ele a olhou com ar crítico, notando os pontos onde velhos arranhões e mossas tinham sido martelados e polidos. A prata não perdera o lustro com o uso e, mesmo sendo um metal mais macio do que o ferro, ele sabia que o brilho branco podia ser visto de longe num campo de batalha. Júlio iria vê-lo assim que os dois exércitos se encontrassem.

Enquanto permanecia imóvel, os escravos afivelaram um grosso cinto de couro em sua cintura, repuxando as dobras do linho escuro. Antes que pudessem ir em frente ele flexionou os ombros e verificou se ainda estava livre para se mover. O ritual foi feito em silêncio e Brutus sentiu conforto na familiaridade. Nada que usava era novo, as calças de lã e a túnica haviam feito parte de seu equipamento na Gália. As cores estavam desbotadas por terem sido lavadas mil vezes, mas eram confortáveis como um material novo e áspero jamais poderia ser. Baixou a cabeça enquanto os escravos prendiam uma echarpe leve na garganta para proteger o pescoço contra a fricção. Afrouxou-a de leve com dois dedos e olhou para o nada, pensando em encarar Júlio.

Pompeu tinha voltado da reunião no Senado com um fogo por dentro, afinal. Não haveria descanso para nenhum deles até que os inimigos fossem derrotados na Grécia. Era o que Brutus quisera desde o início e sabia que suas quatro coortes seriam as primeiras na linha de batalha.

Esse foi o pensamento que lançou um tremor de medo descendo por sua coluna. Apesar de todo o treinamento, se Júlio mandasse a Décima como linha de frente seria um trabalho duro e sangrento. Brutus os vira lutar o suficiente para saber que não cederiam terreno a não ser por cima dos mortos. Eram os veteranos sobreviventes de incontáveis batalhas e as legiões gregas não tinham nada parecido com a experiência deles.

— Nós temos os números — murmurou fazendo os escravos pararem e olhá-lo inquisitivamente. — Continuem — disse-lhes.

Um dos homens se ajoelhou para amarrar os cordões de suas sandálias, verificando com cuidado elaborado se estavam esticados enquanto os cruzava até os tornozelos de Brutus. O macio tecido de lã por baixo deles se avolumava contra a rede de couro e Brutus remexeu os dedos confortavelmente. Levantou os braços de novo enquanto o saiote de couro era amarrado na cintura para proteger a virilha, e sentiu um arrepio de antecipação quando os dois homens se viraram finalmente para a armadura.

O peitoral trazia de volta lembranças agridoces enquanto ele pensava nas mãos que o haviam feito. Alexandria o amava ao trabalhar no desenho e seu cuidado transparecia. Era uma coisa bela, com uma representação de músculos sobreposta por figuras modeladas de Júpiter e Marte juntando as mãos junto à sua garganta. Brutus respirou fundo quando o peitoral foi preso à placa das costas, soltando o ar enquanto as fivelas eram apertadas. Ela não iria restringi-lo. Moveu a cabeça de um lado para o outro e sentiu o início da empolgação que usá-la sempre trazia. As ombreiras foram presas junto ao pescoço e de novo ele testou-a, verificando qualquer estorvo no movimento. Levou a perna adiante para que a greva de prata fosse presa, depois pegou o elmo e colocou-o na cabeça. Também era uma maravilha de desenho e brilhava mesmo na semiescuridão da tenda. Iria atrair o inimigo, sabia.

Prendeu a fivela que sustentava as guardas de rosto e abrigou a cabeça no metal.

Sêneca entrou na tenda enquanto Brutus estava ali testando cada um dos nós e fivelas que os escravos tinham prendido. Sêneca sabia que não deveria interromper o ritual, mas Brutus o olhou e sorriu.

— Está pronto? — perguntou.

— Estou, mas não foi por isso que vim. Há um estranho da cidade, que veio vê-lo.

— Mande-o embora — respondeu Brutus imediatamente. — O que quer que seja, pode esperar. Marcharemos ao amanhecer.

— Eu teria mandado, mas quando lhe disse para voltar ele me entregou isto.

Sêneca estendeu um anel que Brutus conhecia muito bem. Era um simples lacre de ouro e sua mão tremeu ligeiramente ao pegá-lo.

— Você sabe o que é isso? — perguntou ele.

Sêneca balançou a cabeça e Brutus esfregou os dedos sobre o desenho de flechas cruzadas, que um dia pertencera a Mário. A sensação era quente e ele agradeceu aos seus deuses por Sêneca não ter entendido o significado. Se Pompeu o tivesse visto, ou qualquer um dos homens mais velhos, teria significado sua morte.

— Traga-o a mim — disse, dispensando os escravos. Sêneca olhou curioso para o seu general, mas fez uma saudação e o deixou sem dizer qualquer palavra.

Brutus se pegou suando enquanto esperava. Depois de pensar, foi até onde suas armas estavam, sobre uma mesa, e pegou o gládio que tinha ganhado no torneio de toda a Roma. Assim como a armadura, era belo, finamente harmonioso e feito do melhor ferro do mundo. Teria gostado de desembainhar a lâmina e procurar falhas como fizera mil vezes antes, mas nesse momento Sêneca retornou trazendo o estranho.

— Deixe-nos a sós, Sêneca — disse Brutus olhando o recém-chegado. Não era uma visão inspiradora e parecia qualquer um dos outros camponeses gregos que apinhavam a cidade. Por um momento Brutus se perguntou se ele teria encontrado o anel e estivesse esperando uma recompensa, mas nesse caso por que o traria logo a ele?

— Onde arranjou isso? — perguntou, colocando o anel entre os dois. O sujeito pareceu nervoso, e antes de falar enxugou o suor da testa.

— Foi-me dado, senhor. Pela mão dele.

— Diga o nome — sussurrou Brutus.

— César — respondeu Cecílio. — Sou espião dele.

Brutus fechou os olhos por um momento, sentindo o perigo pairar. Seria outro teste de Labieno? O general era inteligente o bastante para ter pensado nisso. Ele poderia estar esperando do lado de fora com uma centúria de homens para levá-lo a interrogatório. Sem dúvida teria visto algum nervosismo em Sêneca, não? Algum sinal de que algo estava errado.

— Por que trouxe isso a mim? — perguntou Brutus. Em seguida, baixou a mão para o punho da espada, mais pelo conforto do toque do que por qualquer ameaça. Cecílio viu o movimento e pareceu se retorcer.

— Fui enviado para obter informações sobre o exército de Pompeu, senhor. Antes de partir descobri que o senhor ainda era leal. Eu o vi muitas vezes na cidade, mas não me aproximei para não colocá-lo em perigo.

— Então por que veio agora? — perguntou Brutus. Jogos dentro de jogos, pensou. Se o sujeito era mesmo espião, por que Júlio teria mentido a ele? Não fazia sentido.

— Estou saindo de Dirráquio, senhor. Alguém deve levar um alerta a César e acredito que sou o único espião dele que restou vivo. Não espero voltar aqui e pensei que o senhor gostaria que eu lhe levasse alguma notícia.

— Fique aí — respondeu Brutus rispidamente, indo até a entrada da tenda e abrindo-a. Parou à luz, olhando ao redor, mas não havia nada de extraordinário. Os homens andavam de um lado para o outro, preparando-se para marchar. Ordens eram gritadas, mas não havia qualquer sinal de Labieno ou de Pompeu, nem qualquer ameaça a ele. Balançou a cabeça, confuso, e deixou a aba cair.

Se o sujeitinho era um assassino, Júlio fizera uma escolha ruim, pensou Brutus. Sem aviso, agarrou Cecílio e o revistou áspera e detalhadamente. Passou-lhe pela cabeça a ideia de que Pompeu apreciaria que lhe entregassem um espião, mas esmagou a ideia enquanto ela se formava. O sujeito pensava que Brutus estava representando algum elaborado papel duplo. Não valeria a pena levar essa suspeita a Pompeu logo antes da marcha. Provavelmente ele deixaria Brutus para trás.

Parte desses pensamentos apareceu em seu rosto e Cecílio se encolheu diante do olhar.

— Senhor, se não há mensagem, vou partir. Mal tenho tempo, mesmo se sair agora.

Brutus o examinou atentamente. O sujeito parecia genuíno, mas Júlio o enganara deliberadamente, e isso era um mistério. A não ser que Pompeu devesse descobri-lo. Sob tortura o sujeito teria o conhecimento exposto e Brutus seria destruído. Deu um risinho quando por fim entendeu e foi até suas armas, pegando a adaga com cabo de prata e desembainhando a lâmina.

Cecílio olhava cada movimento com desconforto crescente.

— Senhor, eu deveria ir embora. Tenho de levar o aviso.

Brutus assentiu, andando calmamente até ele.

— Entendo — disse. Num movimento rápido agarrou Cecílio pelo cabelo e passou a faca por sua garganta, largando-o no chão. O pequeno espião agarrou o ferimento em agonia.

— Mas eu não *quero* que ele seja avisado — disse Brutus enxugando a faca entre dois dedos. Havia manchas de sangue em sua armadura e ele xingou quando elas formaram gotas sobre o óleo. Teria de ser limpa de novo.

CAPÍTVLO XIX

DEZESSEIS QUILÔMETROS AO SUL DE DIRRÁQUIO JÚLIO ESTAVA DE pé na sela de seu cavalo, observando a coluna distante. Sua capa estalava e balançava como uma coisa viva, forçando o broche que a prendia ao pescoço. Otaviano estava parado com as rédeas numa das mãos, segurando o tornozelo de Júlio com a outra. Os dois estavam sujos de poeira e famintos por ter marchado o dia inteiro.

— Ele vem direto para nós — disse Júlio. — Nenhuma notícia de Cecílio?

— Nenhuma. A não ser que esteja no acampamento de Pompeu, a essa hora foi deixado para trás. — Otaviano se remexeu de um pé para o outro, impaciente. — O que está vendo?

De tão longe, a coluna de Pompeu era uma mancha preta na paisagem, com figuras minúsculas de cavaleiros avançando, parecendo insetos se arrastando.

— Não sei se ele pôs toda a força no campo. Deuses, estão em grande número — disse Júlio. — Será que nosso amado ditador perdeu a paciência conosco?

— Podemos despistá-los depois do anoitecer.

Júlio olhou para o general que o sustentava na posição.

— Não foi para isso que vim à Grécia. Não deixarei minhas legiões fugirem de Pompeu, não depois da vergonha dos homens que agora você comanda. Temos comida suficiente e estamos fortes de novo. Eu colocaria nossos veteranos contra um exército com o dobro deste e esperaria vencer.

Júlio ficou quieto enquanto olhava o número de soldados postos contra ele. Sempre soubera que Pompeu finalmente deixaria a segurança das muralhas ao redor de Dirráquio, mas algo o havia forçado a sair antes que elas estivessem terminadas, e de novo os dois exércitos estavam suficientemente perto para ameaçar a guerra. Júlio fingiu uma confiança que não sentia. Era verdade que fizera o possível para minar o moral das legiões gregas. Cada legionário devia ter ouvido falar de suas ofertas a Pompeu e os que foram apanhados desertando deviam ter amigos e colegas. Eles tinham visto Dirráquio ser devolvida intacta com as famílias dos senadores e Júlio sabia que esse ato devia ter falado ao coração das legiões gregas. Eram homens honrados, vivendo e trabalhando longe das intrigas e das tramas de Roma. Se ao menos pudesse ter uma hora com eles para defender seu ponto de vista! Tudo que Júlio fizera fora semear a dúvida entre as fileiras gregas e esperava que o jeito implacável de Pompeu tivesse testado ainda mais a lealdade delas.

A visão de tantos homens decididos a destruí-lo devia ser amedrontadora, mas Júlio sentia uma lenta raiva crescendo. Pompeu ficava arrogante com aqueles seguidores, mas os que marchavam com ele não eram *seus* homens. Eram soldados de Roma, cumprindo o dever do modo como o entendiam. As legiões veteranas da Gália pertenciam apenas a Júlio.

Olhou por cima do ombro, para as fileiras que havia mandado marchar mais para o sul. Poderia alcançá-las facilmente a cavalo e tinha ficado para trás para fazer sua avaliação pessoal do exército que enfrentavam. Ainda ficava pasmo ao ver tantas legiões no campo. Agora mais próximas, as fileiras tremulavam com os estandartes e as águias de bronze brilhavam ao sol poente. Se não fossem inimigos ele teria se glorificado com a visão. Em toda a sua experiência nunca vira tantos guerreiros de Roma e isso o comoveu. O exército dos helvécios fora muito maior, mas estes eram legionários, com o mesmo sangue e a mesma armadura. A mesma história. Seria como lutar contra irmãos, e ele sabia que poderia haver amargura durante anos quando tivessem terminado. Sua Décima jamais perdoaria romanos que houvessem lutado contra ela.

— Podemos pegá-los — disse Júlio. Otaviano olhou para cima e viu um sorriso retorcer-lhe os cantos da boca. — Eles viram Pompeu ser humilhado em Dirráquio. Viram-no desperdiçar a chance que teve com Labieno. Não quererão morrer por um homem assim, Otaviano, e isso vai enfraquecê-los.

Viu a coluna se aproximar, sabendo que teria de se mover logo para não ficar ao alcance dos batedores.

— Venham a mim — disse quase baixo demais para Otaviano entender. Os dois podiam ouvir os cavaleiros mais próximos tocar as trombetas minúsculas ao avistá-los.

— Devemos ir — disse Otaviano.

Júlio não se mexeu e Otaviano ficou olhando nervoso enquanto os batedores instigavam os cavalos num galope e começavam a convergir para a posição deles.

— Senhor, devemos ir agora.

— Eles têm os números, Otaviano. Simplesmente para igualar a linha de frente do inimigo nós ficaríamos ralos no terreno, mas é por isso que viemos. Por isso atravessamos o Rubicão. Não temos mais aonde ir, general. Encontre-me um lugar para ficar e vamos *derrotá-los*.

Para alívio de Otaviano, Júlio baixou-se na sela e segurou as rédeas de novo. Otaviano saltou em seu capão e os dois galoparam para longe dos batedores que se aproximavam, perseguidos por sombras compridas. Alguns cavaleiros de Pompeu ficaram em sua trilha por um quilômetro e meio antes de voltar, suas trombetas soando lamentosas enquanto eles sumiam lá atrás.

Brutus puxou as rédeas violentamente quando a ordem de parada cortou o ar. Podia ver as legiões de Júlio ainda marchando adiante, e cada quilômetro perdido era outro a ser compensado no dia seguinte. Era estranho pensar em como conhecia bem os homens daquelas fileiras. Tinha lutado com eles por anos e podia imaginar as vozes de amigos e colegas arrumando as linhas. Parte dele ansiava por aquela antiga familiaridade, mas não havia como voltar atrás. Júlio estava em algum lugar naquela massa de homens e Brutus o veria morto quando tivessem terminado. Estava faminto pelo confronto e seus homens andavam cuidadosamente ao redor enquanto ele espiava por sobre as colinas.

Quando os muros estavam levantados e as trincheiras cavadas, a escuridão havia caído e as primeiras luzes tinham sido acesas. Pompeu ordenara um único acampamento para envolver todo o seu exército. Era uma cidade no ermo, e dentro de suas barreiras seguras as legiões gregas punham um último gume nas espadas e comiam sem falar, sentadas ao redor das fogueiras de vigia. Muitos faziam seus testamentos e os que sabiam escrever ganhavam algumas moedas extras redigindo para os amigos. Não havia risos e Brutus sentia-se inquieto ouvindo-os na noite. Eram em número muito maior do que o inimigo e deveriam estar estridentes e ruidosos cantando vantagem. Não havia canções no acampamento e o humor azedo parecia sufocante.

Foi até onde Sêneca olhava para as chamas de uma fogueira, mastigando preguiçosamente um último pedaço de salsicha assada. Os homens que haviam se apinhado junto ao calor afastaram-se diante de sua aproximação e Brutus sentou-se com um suspiro, olhando em volta. O silêncio era tenso e ele se perguntou o que estariam dizendo antes de ele chegar.

— Bom, isso é que é um grupo animado — disse a Sêneca. — Imaginei que ouviria pelo menos alguém cantando. — Sêneca sorriu mas não respondeu e Brutus levantou as sobrancelhas. — Fiz muita coisa por vocês, não é? Encontrei uma galera para trazê-los à Grécia, não encontrei? Dei meu tempo e minha experiência. Algum de vocês poliu minha armadura ou repassou um pouco de seu pagamento, em gratidão? Não. Algum de vocês ao menos me ofereceu vinho?

Sêneca riu, olhando o homem sentado com sua armadura de prata.

— Gostaria de um pouco de vinho, general? — disse ele, levando a mão atrás do corpo para pegar uma ânfora.

— Não. Não um pouco — respondeu Brutus, pegando um copo de estanho com o sujeito ao lado, que o havia estendido. O homem piscou, surpreso.

— Vamos vencer, vocês sabem — disse Brutus, estendendo o copo para batê-lo no de Sêneca, que esvaziou o dele sem dizer uma palavra. — Ele não pode nos impedir de flanqueá-lo com nossa cavalaria, pode? E assim que estivermos por trás de suas linhas, elas vão se enrolar como um tapete velho. Ouviram dizer como o sujeito fugiu de Labieno? Como acham que eles vão se sair contra o resto de nós?

Ficou olhando Sêneca assentir relutante, parecendo perder um pouco do humor pesado. Quando Brutus soubera da notícia de que sua antiga legião tinha fugido em pânico, teve certeza de que era algum plano inteligente. Havia saído a cavalo às primeiras luzes para ler o terreno, mas não existiam pegadas nem traços de uma força de emboscada. Ainda mal podia acreditar. De certa forma era um consolo tortuoso: a Terceira nunca havia fugido enquanto ele a comandava. Talvez Júlio estivesse perdendo o jeito.

Terminando de tomar seu vinho, Brutus enfiou a mão dentro da armadura e pegou um saco de dados. Escolheu dois sem olhar e sacudiu-os no copo. O som funcionou como magia no rosto dos homens ao redor, fazendo-os erguer a cabeça com súbito interesse.

— Ah, agora tenho a atenção de vocês — disse, animado. — Vamos fazer um joguinho antes de dormir? Estou pensando em comprar um cavalo novo e a verba anda baixa.

Uma hora depois, Labieno passou pelo grupo e viu Brutus no centro. Os risos e os gritos tinham atraído muitos outros para olhar, e outros jogos haviam começado nas bordas. Labieno soltou o ar lentamente ao ver Brutus pegar uma pilha de moedas, comemorando o próprio sucesso sem embaraço. O acampamento se estendia pela escuridão ao redor e Labieno sorriu antes de ir em frente.

Ao amanhecer Pompeu levantou-se da cama e mandou chamar seu médico. A barriga estava dura e inchada, a pele tão retesada que emitia espasmos de dor ao menor toque. Trincou os dentes enquanto tateava com os dedos rígidos, deixando a raiva abrigá-lo da dor, até ofegar. Deveria deixar o médico cortá-lo? Havia noites em que a coisa era ruim a ponto de o próprio Pompeu querer enfiar uma faca, de puro desespero. A cada manhã fantasiava uma lâmina fina que soltaria todo o ar e o pus que a estava fazendo inchar, mas então se obrigava a se vestir, apertando a massa inchada para que mais ninguém pudesse ver.

Passou a mão áspera no rosto, vendo-a voltar brilhando com o suor noturno. Seus olhos estavam pegajosos e ardentes e ele os esfregou, furioso com o corpo que o abandonava.

Sentou-se na borda do estrado, dobrando-se sobre a pele volumosa. O médico entrou e franziu a testa diante de sua cor doentia. Num silêncio sério o homem pousou a bolsa de materiais, indo até ele. Uma palma fria foi apertada contra a testa de Pompeu e o médico balançou a cabeça.

— O senhor está com febre, general. Há sangue nas fezes?

— Faça suas misturas e saia — disse Pompeu rispidamente, sem abrir os olhos.

O médico sabia que não deveria responder. Virou-se e arrumou seu almofariz e uma fileira de frascos tampados. Pompeu abriu um olho para observá-lo enquanto ele acrescentava ingredientes e os moía até formar uma pasta branca. O médico sentiu o interesse e levantou a tigela para mostrar o muco leitoso grudado nas laterais.

— Tenho esperanças neste preparado. É uma casca de árvore que encontrei em Dirráquio, misturada com azeite, água e leite. O homem de quem comprei jurou que ajudaria a melhorar qualquer doença do estômago.

— Parece sêmen — disse Pompeu com os dentes trincados.

O médico ficou vermelho e Pompeu fez um gesto de irritação, já cansado do sujeito.

— Dê-me isso — falou pegando a tigela e usando os dedos para puxar a mistura para a boca. Não tinha gosto de nada, mas depois de um tempo realmente o aliviou um pouco.

— Faça mais um pouco. Não posso correr atrás de você sempre que a dor piorar.

— Está funcionando, é? — perguntou o médico. — Se o senhor me deixasse liberar os venenos que estão em seu corpo eu poderia...

— Basta lacrar outra dose disso com cera para eu tomar mais tarde — interrompeu Pompeu. — Duas doses; e mais uma da sua gosma usual.

Estremeceu ao pensar em ferimentos estomacais que tinha visto no passado. Quando era pouco mais do que um garoto havia matado um coelho e cortado as entranhas enquanto tentava retirar a pele. Coágulos pretos e verdes haviam manchado suas mãos, estragando a carne boa. Fora obrigado a jogar todo o coelho fora e ainda conseguia se lembrar do fedor. Tinha visto furos simples de lança se encherem de imundície assim que o estômago era aberto ao ar. A morte sempre viera em seguida.

— Como quiser, general — respondeu o sujeito, ofendido. — Tenho mais dessa casca de árvore na minha tenda. Mandarei ao senhor.

Pompeu apenas o encarou irritado até ele sair.

Quando estava a sós, levantou-se. Sabia que as legiões estariam prontas para marchar. A luz já clareava na entrada da tenda de comando e os solda-dos deviam estar em fileiras, esperando seu surgimento. Mesmo assim não podia chamar os escravos para vesti-lo enquanto não tivesse amarrado a barriga. Apenas o médico tinha visto a vastidão de carne furiosa que ele es-condia com tiras de linho limpo, e nem mesmo ele sabia sobre o sangue que Pompeu cuspia durante a noite. Quando estava em público engolia a massa pegajosa a cada vez que ela subia na garganta, mas isso se tornava mais difícil a cada dia.

Enquanto se levantava, uma onda de tontura o acertou e ele xingou bai-xinho, esperando que ela passasse. Mais suor lhe escorreu pelo rosto e ele descobriu que o cabelo estava molhado.

— Dê-me só mais uns dias — sussurrou, e não sabia se era uma ora-ção aos deuses ou ao tumor doentio que o consumia.

Pegou as tiras manchadas de suor que havia posto na extremidade do estrado e começou a enrolá-las em volta do tronco, apertando os inchaços com puxões violentos que o deixaram tremendo. Seus dedos estavam desa-jeitados nos nós, mas por fim conseguiu ficar ereto e respirou fundo várias vezes. Foi até o balde de água e a jogou sobre o corpo antes de enfiar uma túnica pela cabeça.

Estava ofegante quando chamou os escravos, que entraram de cabeça baixa e começaram a colocar sua armadura. Pompeu imaginou se eles adivi-nhavam o motivo da demora e decidiu que não se importaria. Os deuses lhe dariam o tempo que ele precisava para humilhar seu último inimigo. Quan-do Júlio estivesse morto deixaria que o cortassem, mas até lá suportaria cada dia, cada hora, até que tudo acabasse.

O preparado do médico havia tirado o excesso de desconforto, pensou com alívio. Enquanto os escravos eram dispensados, tocou o punho do gládio e levantou a cabeça para ir até os homens que o esperavam. Parou na passagem e respirou fundo. Talvez fosse alguma propriedade calmante da pasta do médico, ou talvez porque estivesse finalmente assumindo seu caminho. Pela primeira vez em meses percebeu que não sentia medo do inimigo.

Na terceira manhã da marcha para o sul os batedores voltaram à coluna de Júlio, os rostos vermelhos devido à corrida para ser o primeiro a trazer a notícia. Descreveram uma planície vasta e vazia apenas alguns quilômetros adiante. Farsália.

Havia alguns poucos nas fileiras que reconheciam o nome, mas os que conheciam a Grécia sentiram pontadas de empolgação. Por fim estavam chegando a um local adequado à batalha.

De algum modo era justo que a luta se resolvesse como os antigos generais de Roma haviam lutado. Na terra plana do piso do vale não poderia haver armadilhas nem uso inteligente do terreno. Apenas um rio marrom lamacento corria na parte sul da planície, formando uma fronteira natural. Se Farsália fosse o terreno de batalha, Júlio sabia que ela dependeria de velocidade, tática e simples força. Os comandantes se encarariam por cima de fileiras de soldados e seus exércitos se chocariam e matariam até que um merecesse o direito de retornar a Roma. Cipião, o Africano, aprovaria a escolha. Júlio tomou a decisão rapidamente. Ficaria em Farsália.

As legiões da Gália entraram na planície duas horas depois e a coluna não fez pausa enquanto marchava pela terra aberta. Era um lugar estéril. Até mesmo na sombra protetora das montanhas o inverno tinha deixado uma paisagem negra de terra seca e lisa e pedregulhos partidos, despedaçados como se tivessem sido atirados por forças enormes. Era um alívio ter terreno firme sob os pés, ainda que fosse tão seco que redemoinhos de poeira gritassem atravessando-o, até desaparecer à distância. Os legionários se inclinavam contra o vento e abrigavam os olhos da terra que chegava a fazer barulho contra a armadura.

A cidade de Farsália ficava do outro lado do rio preguiçoso ao sul, longe demais para ser vista. Júlio descartou-a dos pensamentos. Os cidadãos de lá não fariam parte da batalha a não ser que ele fosse obrigado a recuar e precisasse de altas muralhas de pedra. Balançou a cabeça enquanto pensava em encontrar pontos de travessia nas margens. Não haveria recuo.

— Continue a linha de marcha até o outro lado — ordenou a Domício acima do uivo do vento. — Quero um acampamento sólido ao pé das colinas de lá.

Júlio ficou olhando enquanto os *extraordinarii* passavam ao seu redor, por fim livres da necessidade de guardar os flancos. Todos os inimigos estavam atrás e Júlio ouviu seus cavaleiros gritando de alegria ao instigar os animais num galope, atraídos à velocidade pela abertura do terreno. Ele também sentiu a elevação dos ânimos e apertou mais as rédeas.

— Vamos fazê-los parar *aqui* — gritou a Otaviano, e os que o ouviram deram risos selvagens. Sabiam que César não tinha mais inimigos depois de Pompeu. Assim que o velho estivesse derrotado eles poderiam finalmente se aposentar. Os que tinham envelhecido a serviço de Júlio sentiram a mudança no ar e marcharam um pouco mais empertigados, apesar do cansaço. Ossos doloridos foram ignorados e qualquer homem que olhasse em volta via a confiança irresistível dos que haviam posto a Gália de joelhos.

Apenas a nova Quarta Legião, sob o comando de Otaviano, permanecia séria e silenciosa ao atravessar a planície. Mais uma vez eles precisavam provar o direito de caminhar nas pegadas de Júlio.

CAPÍTVLO XX

A LUZ DO AMANHECER SE DERRAMOU SOBRE A FARSÁLIA, COM FORMAS de nuvens correndo sobre a superfície. Os exércitos de Roma haviam acordado há muito, enquanto ainda estava escuro. À luz de tochas tinham se preparado para a chegada do dia. Os equipamentos haviam sido guardados com cuidado rotineiro; tendas de couro foram dobradas e amarradas em silêncio. Tinham comido um cozido fumegante com pão fresco feito em fornos de argila. Isso lhes daria forças para o que estava adiante. Os seguidores e comerciantes permaneciam de pé com a cabeça respeitosamente baixa. Até as prostitutas se mantinham em silêncio, agrupadas enquanto olhavam as legiões se moverem para a planície. Trombetas uivavam nas duas extremidades de Farsália e o som de pés parecia as batidas de um coração.

Os veteranos da Gália estavam ansiosos pela luta. Avançavam com os melhores cavalos e as fileiras tinham de ser organizadas e ordens precisavam ser gritadas para manter o ritmo firme. A despeito dos melhores esforços dos optios e centuriões, provocações e insultos alegres eram trocados por homens que haviam lutado juntos por anos demais para contar. À medida que o exército de Pompeu crescia diante deles, os gritos e as fanfarronices diminuíram até que todos estavam num silêncio carrancudo, cada homem se preparando para o que viria.

Os padrões da infantaria e das cavalarias mudavam constantemente enquanto os exércitos se aproximavam. A princípio Júlio posicionou sua Décima no centro da linha de luta, mas depois a mandou ao flanco direito, aumentando a força ali. Pompeu viu o movimento e suas fileiras se moveram como líquido brilhante, manobrando em busca de qualquer vantagem. Era um jogo de blefes enquanto os dois comandantes alteravam as formações como peças num tabuleiro de latrunculi.

Pompeu havia sentido medo e exultação ao ver que as legiões de César iriam se virar a uma distância e finalmente o enfrentariam. Era um ato de confiança colossal da parte de Júlio, escolher a planície aberta. Outro homem poderia ter procurado um terreno irregular: algo mais adequado a estratagemas e habilidades. A mensagem de César aos soldados de Pompeu era clara. Ele não os temia. Talvez isso tenha feito Pompeu colocar suas legiões em três linhas amplas, cada uma com dez homens de profundidade, estendendo-se por mais de um quilômetro através de Farsália. Com o rio protegendo o flanco direito, ele poderia usar o esquerdo como um martelo.

Quando Júlio viu a formação pesada sentiu um jorro de nova confiança. Se um comandante achava que seus homens poderiam se dobrar, poderia abrigá-los nesses blocos pesados, sustentando-os e prendendo-os entre amigos e oficiais. Júlio sabia que as legiões gregas sentiriam a falta de fé de Pompeu e isso faria seu moral cair ainda mais. A partir daí fez planos, mandando uma fiada de novas ordens a seus generais. Os exércitos se aproximaram.

Júlio seguiu a passo, montado em seu melhor cavalo espanhol. Tinha se rodeado de batedores para levar suas ordens, mas numa linha tão ampla a estrutura de comando era perigosamente lenta. Era forçado a confiar na iniciativa de seus generais. Conhecia-os há tempo suficiente, pensou. Conhecia seus pontos fortes e fracos tanto quanto os dele próprio. Pompeu não poderia ter essa vantagem, pelo menos.

Viu que Pompeu havia concentrado seus cavaleiros no flanco esquerdo enquanto ele os encarava. O simples número era intimidador e Júlio enviou ordens rápidas para destacar mil homens e formar uma quarta linha móvel.

Se permitisse que seus veteranos fossem flanqueados por tantos inimigos, não haveria como salvá-los. Posicionou-se na direita com sua Décima, de modo que ele e Pompeu ficassem face a face. Tocou o punho da espada e examinou as fileiras várias vezes, procurando falhas. Estivera em batalhas suficientes para saber que a ilusão de tempo de sobra desapareceria tão depressa quanto a névoa do amanhecer no verão. Tinha visto até mesmo comandantes experientes esperar até que fosse tarde demais para mover seus homens para a melhor posição. Não cometeria esse erro e optou por mandá-los cedo, deixando Pompeu reagir.

O vento havia diminuído e as espirais de poeira foram pisoteadas, sem ser percebidas, enquanto os dois exércitos marchavam inexoravelmente um para o outro. Júlio franziu os olhos para a formação que Pompeu havia criado. Com apenas mais mil *extraordinarii* poderia ter ameaçado a borda mais distante do exército de Pompeu, obrigando-o a dividir a cavalaria. Como estava, Pompeu ficava livre para convocá-los numa única grande massa. Atrás deles o terreno era preto de arqueiros protegendo a posição de Pompeu. A coisa começaria ali.

— Vá ao general Otaviano e mande a Quarta mover-se de volta para o centro — disse Júlio ao batedor mais próximo. — Quando a coisa começar, ele deve avançar com toda a velocidade. — Olhou ao redor e escolheu outro, pouco mais velho do que um menino. — Os *extraordinarii* não devem avançar para além do flanco. Devem manter a posição.

Enquanto o homem se afastava rapidamente, Júlio ficou se remexendo, suando apesar do vento. Teria pensado em tudo? Seus arcos-escorpião e as máquinas pesadas estavam sendo puxados para a posição por bois e homens que gritavam, ao longo de toda a linha de marcha. Pompeu também havia reunido suas armas enormes e Júlio estremeceu ao pensar no que elas poderiam fazer. Pompeu tinha um número muito maior delas do que ele pudera trazer ao campo. Sem dúvida representariam um papel importante na decisão da batalha.

A seiscentos metros, Júlio e Pompeu pararam de procurar vantagem para suas formações. As linhas de batalha estavam arrumadas e o que se seguisse seria um teste de coragem e habilidade que nenhum dos dois havia experimentado antes. Apesar de todas as escaramuças e pequenas batalhas entre eles, os dois não haviam enfrentado as melhores legiões romanas em terreno bom e seco. O resultado não podia ser previsto.

Júlio continuou a dar ordens, como sabia que Pompeu devia estar fazendo. Parte dele ficava quase hipnotizada pelos movimentos rituais da dança enquanto os exércitos se aproximavam. Era uma coisa formal e aterrorizante e Júlio se perguntou se Pompeu chegaria à distância exata especificada nos manuais antes de começar a carga final. Sua memória saltou de volta às vozes secas dos tutores dizendo que 180 metros eram perfeitos em terreno bom. Qualquer distância maior e os homens estariam ofegando antes de alcançar um inimigo no meio do caminho. Qualquer distância menor e eles se arriscavam a perder a vantagem de um primeiro ataque esmagador. Júlio estendeu a mão e baixou o elmo de rosto inteiro que escondia suas feições. Quando o elmo estalou, fechando-se, o vento se tornou um tamborilar oco e o suor escorreu dos cabelos.

As vastas linhas estavam separadas por trezentos metros e Júlio sentiu a tensão em suas legiões enquanto fazia o cavalo avançar com elas. O animal fungou e lutou contra a rédea curta, inclinando a cabeça para trás quase até encostar no pescoço. Seus cavalos e homens tinham sido alimentados e os aguadeiros marchavam com eles. As pedras de amolar haviam funcionado por toda a noite, colocando gume nas espadas. Ele fizera tudo em que poderia pensar para enfraquecer a hoste à sua frente.

Não sabia se isso bastava e sentiu os antigos sinais de medo de cada batalha da juventude. A bexiga se apertou, ainda que ele a tivesse esvaziado na trincheira de mijo antes de montar. A boca estava seca com a poeira que redemoinhava no ar frio. A visão ficou mais nítida enquanto cada sentido bebia a terra e os homens ao redor. Sabia que poderia morrer naquela planície e zombou do pensamento. Tinha sido cônsul duas vezes e tomara a Gália e a Britânia. Havia tomado a própria Roma. Escrevera seu legado nas leis de sua cidade e não seria esquecido facilmente.

Procurou uma armadura de prata em algum lugar em meio ao inimigo. Brutus devia estar lá, e Júlio o conhecia suficientemente bem para imaginar seus pensamentos, sua expressão enquanto os exércitos se aproximavam. A dor da traição era constante, com a necessidade de ver Brutus mais uma vez, mesmo que do outro lado de uma espada.

Olhou para Otaviano por sobre as fileiras. Desejou ter deixado filhos para levar sua linhagem adiante, mas o sangue sobreviveria mesmo se ele não sobrevivesse. Teria dito a Otaviano como sentia orgulho dele? Pensou que sim.

— Que ele viva, se eu cair — sussurrou Júlio contra o aperto do elmo. — Por Marte, que *os dois* vivam.

❖

Pompeu olhou as legiões que vinham contra ele e não conseguiu sentir os deuses. Lembranças das vitórias de César na Gália penetraram como línguas em sua mente. O sujeito havia derrotado as hordas dos helvécios. A doença de Pompeu latejava na cintura, esgotando sua confiança.

Em Roma e na Grécia havia homens que diziam que César era o maior general de uma era; e agora Pompeu tentaria matá-lo. Desejou poder invocar a coragem imprudente de sua juventude, mas ela não estava presente para esse inimigo. Sentia-se frio e desconfortável na sela, às vezes com tanta raiva da dor que mal conseguia enxergar. O suor escorria sob a armadura e gelava, de modo que ele sentia o tecido da túnica se friccionar molhado contra o pescoço.

Olhou à esquerda, onde Labieno estava montado, rígido de raiva. O general tinha argumentado contra a ordem de colocar os homens em fileiras tão profundas, mas Pompeu os conhecia melhor do que ele. Tinha-os olhado atentamente e visto a relutância que era a morte do espírito de luta. Eles temiam as legiões da Gália. Isso não importaria assim que vissem sua cavalaria esmagar o flanco, mas, até que a batalha começasse, Pompeu não ousava confiar naqueles homens.

Enquanto as legiões veteranas se aproximavam ele já podia ver sinais de perturbação em suas fileiras. Os soldados assumiam as posições que tinham sido ordenadas, mas seu olhar experiente via falhas e hesitação.

— Mande o general Labieno se aproximar de mim — disse Pompeu aos seus mensageiros.

Eles partiram a meio galope entre as fileiras móveis e voltaram com Labieno.

— General, a cento e oitenta metros vamos parar e esperar o ataque — disse Pompeu.

Por um momento, Labieno ficou chocado demais para falar.

— Senhor?

Pompeu chamou-o para perto.

— Eles vão se dobrar ao primeiro ataque a não ser que nós os *obriguemos* a ficar, general. Tenho fileiras profundas e agora vou usá-las. Deixe os homens prontos para parar. As lanças deles serão atiradas com precisão, pelo menos. — Ele parou um momento, os olhos brilhando. — Se meus *extraordinarii* romperem o flanco tão rapidamente como acho que o farão, as legiões podem nem ter a chance de atirar as lanças!

— Senhor, não deve forçar...

Pompeu deu-lhe as costas abruptamente.

— Você recebeu as ordens. Siga-as.

O instinto fez Labieno saudá-lo antes de voltar às suas legiões, mandando uma nova ordem pelas fileiras. Pompeu sentiu o olhar de seus soldados virando-se para ele perplexos, mas se manteve olhando fixo adiante. Se tivessem mostrado um espírito melhor, ele deixaria que atacassem os veteranos. Em vez disso, seriam sua muralha contra o ataque.

Enquanto os exércitos atravessavam 300 metros, o barulho de tantos homens marchando podia ser ouvido como um trovão fraco, sentido por todos eles através das solas das sandálias. Centenas de estandartes adejavam de cada lado e as águias de bronze eram seguras com orgulho para captar o sol. A 250 metros os dois exércitos prepararam as lanças. As linhas de frente eram pontuadas pelas armas pesadas e os que marchavam diante delas sentiram o primeiro toque sedoso do terror.

A 180 metros Pompeu viu toda a linha de frente de César estremecer, como se esperasse que seus homens fossem começar o ataque. Em vez disso, Pompeu levantou a espada e baixou-a, fazendo parar cinquenta mil homens em três passos. Ordens ecoaram de um lado para o outro pelas fileiras e Pompeu começou a respirar mais depressa, cheio de antecipação, enquanto as equipes preparavam as máquinas. Dava para ver os rostos do inimigo à medida que a distância se estreitava por todo o quilômetro e meio.

Dos dois lados os arcos-escorpião martelaram contra os suportes, atirando flechas do tamanho de um homem tão depressa que só podiam ser vistas como um borrão escuro. Elas abriam caminho pelas fileiras, espalhando homens em emaranhados de membros.

Quando a cavalaria de Pompeu começou a acelerar na lateral, César mandou a carga a menos de sessenta metros, seus homens batendo os pés na terra seca. Vinte mil lanças foram atiradas dos dois lados, disparando uma sombra que se retorcia sobre a faixa de terreno entre os exércitos.

Se houve gritos, foram engolidos pelo trovão de quando os homens se encontraram.

Por um quilômetro e meio de terreno milhares de homens com armaduras se chocaram contra os escudos e as espadas dos inimigos. Não houve pensamento fraternal. Matavam com uma fúria maníaca que não dava nem esperava trégua naquele corte sangrento que atravessava Farsália. O quilômetro e meio de luta era sólido enquanto os soldados davam a vida.

Os *extraordinarii* de Pompeu galoparam pela borda, indo contra a cavalaria menor que tinham vindo destruir. Pompeu enxugou o suor escorregadio dos olhos e se esticou para ver. Enquanto seus cavaleiros começavam a empurrar o flanco para trás, pegou-se tremendo. Não conseguia afastar os olhos do progresso deles, sabendo que a batalha dependia disso. Eles martelavam a cavalaria de César espalhando as fileiras inimigas com a simples força dos números, de modo que cada um precisava enfrentar dois ou três cavaleiros de Pompeu.

— Cedam, seus desgraçados. Cedam! Entreguem-no a mim — gritou ao vento.

Então os homens da Décima contra-atacaram. Alargaram a linha para incluir a cavalaria na lateral e Pompeu os viu estripando seus preciosos cavalos e cavaleiros enquanto estes diminuíam a velocidade em meio à massa. Pompeu gritou ao vê-los pressionarem em sua direção. Lançou um olhar às centúrias que guardavam sua posição e sentiu-se reconfortado. Além dos melhores de seus guardas, mantivera arqueiros para fazer uma carnificina contra qualquer força que o ameaçasse. Estava bem seguro.

Nem mesmo as lâminas da Décima podiam impedir a cavalaria de Pompeu que começava a rodeá-la. Os cavaleiros eram rápidos e móveis demais para ser seguros por muito tempo e Pompeu viu a linha de batalha se expandir para o leste enquanto os cavaleiros de César lutavam inutilmente para impedir o avanço.

Pôde ver Júlio em seu cavalo acima de milhares de cabeças. A figura esguia gesticulava com calma, mandando ordens pelo campo. Pompeu olhou para suas próprias fileiras para verificar se elas estavam se sustentando. Olhou de novo a carga de cavalaria e, com um jorro de alegria, viu os cavaleiros de César cederem finalmente, dando as costas ao inimigo, galopando para longe. A dor foi esquecida enquanto Pompeu erguia as duas mãos.

Homens e cavalos agonizavam no chão escorregadio de sangue. Pompeu viu seus oficiais destacarem duzentos cavaleiros da borda mais distante e mandá-los atrás do inimigo que fugia. Assentiu rapidamente, o rosto selvagem. O ataque havia acontecido como ele esperava, e agradeceu aos deuses. Seus mensageiros o olhavam esperando novas ordens, mas não existia necessidade.

O ruído era apavorante e a poeira havia subido acima das fileiras em nuvens tão pesadas que cavaleiros e homens saíam dela como se fossem sombras. Pompeu viu sua cavalaria se afastar para refazer a formação e soube que assim que ela atacasse iria abrir caminho até o coração dos veteranos. Nem mesmo a Décima poderia contê-la, lutando de dois lados. A reputação criada por César seria destruída.

Quatro coortes da Décima se viraram habilmente para enfrentar a carga que sabiam que viria, e Pompeu xingou contra a poeira que escondia tudo. Aquele era o cerne da lenda de César e ele queria ver a legião humilhada tanto quanto o comandante. O próprio Júlio estava em algum ponto daquela massa, mas ia ficando cada vez mais difícil enxergar.

— Andem! Andem! Penetrem — disse com a voz falhando. — Façam o ataque.

No centro da linha de batalha, Brutus empurrou para trás um homem agonizante e levantou o escudo para impedir um golpe. Seu cavalo estava morto e ele mal havia saído da sela antes que o animal desmoronasse. Não sabia se fora por deliberação que Júlio mandara sua antiga legião contra ele. Talvez eles tivessem esperado que isso enfraquecesse seu braço. Não havia enfraquecido. Mesmo tendo treinado os homens que enfrentava, mesmo conhecendo-os como irmãos, matava-os sem pensar.

Como imaginara, sua armadura os atraía, distorcendo as fileiras de luta quando viam a prata e lutavam para derrubá-lo.

— Estão com medo de seu velho professor? — gritava para eles, rindo loucamente. — Não há um de vocês suficientemente bom para me enfrentar agora? Experimentem, garotos. Venham experimentar.

Eles ouviram e a reação foi tão violenta que Brutus foi empurrado para trás, com a espada presa contra o corpo pela pressão dos homens. Alguma coisa pesada bateu em seu elmo e cortou a tira presa no queixo. Ele xingou quando bateu no chão e sentiu o elmo se soltando, mas levantou-se com um movimento brusco e matou dois homens antes que eles pudessem se recuperar.

Outros vieram e o escudo foi arrancado de sua mão enquanto o erguia, arrancando carne dos dedos. Brutus gritou de dor e se desviou de uma espada, enfiando a sua na virilha de um homem, de baixo para cima. Seu pé escorregou quando os cravos da sandália rasgaram o rosto de um cadáver. Viu que era Sêneca, com os olhos abertos cheios de poeira.

Lutou irracionalmente por longo tempo, cortando qualquer coisa que chegasse ao alcance e berrando um desafio cansado contra as fileiras de homens. Captou um vislumbre de uma armadura prateada parecida com a sua e gritou um desafio, vendo Otaviano girar a cabeça ao escutar. Brutus o esperou. Não conseguia abrir espaço para respirar enquanto o pressionavam e estava ficando exausto. A energia interminável da juventude tinha de algum modo se esvaído sem que notasse. Às costas ouviu Labieno gritando para a Quarta avançar e o grito pareceu galvanizar sua antiga legião. Eles rugiram de novo e lutaram como ensandecidos, ignorando ferimentos. Otaviano esforçava-se para alcançá-lo e Brutus o chamava, cansado. Sangue espirrava nele enquanto lutava, ofegando. Queria ver Júlio mas não conseguia encontrá-lo.

A lâmina de sua espada se virou inutilmente contra um escudo. Ele não viu o golpe que o lançou de joelhos, ou o segundo que o deixou de costas.

— Onde está você? — gritou pelo antigo amigo, olhando para o céu. Um peso esmagador espremeu o ar para fora de seus pulmões e ele ouviu o braço direito estalar. Depois não soube de mais nada.

Duzentos cavaleiros de Pompeu galopavam pela planície, deixando o ruído, o sangue e a morte atrás até que tudo que podiam ouvir era o ritmo forte dos cascos e o bufar das montarias. Estavam ferozes de tanta empolgação enquanto perseguiam o inimigo. Seguravam suas longas *spathas* acima da cabeça e gritavam com o prazer da luta. Casitas tinha chegado ao posto de decurião sem ver batalha nos lentos anos de serviço na Grécia. Não sabia que seria tão empolgante e ria alto enquanto disparava através de Farsália, sentindo que voava.

À frente deles os *extraordinarii* de César reagiram a um único toque de trombeta e a louca debandada mudou. As fileiras se juntaram com a precisão de um desfile e a coluna em fuga diminuiu o passo para girar como se fosse um único homem, virando as costas para a batalha.

Casitas não podia acreditar no que estava vendo. Com o medo que chegava, percebeu que quase dois mil excelentes cavaleiros voltavam em perfeita ordem de montaria. Olhou por cima do ombro e pensou em tentar impedi-los de se juntar de novo ao exército de César. Um olhar para a linha escura de cavalos inimigos bastou para saber que era um gesto inútil.

— Voltem às linhas. Vamos estripá-los lá — gritou, girando o cavalo e liderando-os. Viu seus homens olhando nervosos por cima dos ombros enquanto cavalgavam e tentou resistir à tentação. Seria por pouco. Casitas podia ouvi-los chegando.

O grosso da cavalaria de Pompeu pareceu saltar de figuras distantes para uma massa de homens e cavalos, fervilhando em meio a uma nuvem de poeira escura. Casitas gritou inutilmente para o vento, querendo avisá-los, mas sua voz não foi ouvida.

Júlio gritava ordens a homens que mal podia ver na poeira que os encobria. Sua Décima estava lutando em perfeita ordem, fechando os buracos nas fileiras no momento em que eram abertos. Era uma agonia vê-los tão pressionados, mas Júlio não podia trazer toda a sua força para enfrentar os soldados ao redor de Pompeu. Nas bordas podia ver a massa de cavaleiros se formando para um ataque. Ouvia os relinchos dos animais através da poeira e cada nervo e músculo estava esticado de tanta tensão. Se eles esmagassem suas fileiras por trás, sabia que a batalha estaria perdida e procurou qualquer coisa que pudesse usar para atrapalhar o ataque, quando este viesse.

Não havia nada. Olhou por cima das linhas e viu mais homens da Décima morrendo, lutando até o último, como ele teria esperado. A poeira cegaria os cavalos, percebeu. Até mesmo uma sólida parede de escudos seria rompida quando eles se chocassem contra ela. Balançou a cabeça, tremendo. A Décima não conseguiria travar escudos e defender a linha principal ao mesmo tempo. Seria destruída.

— Senhor! A leste! — gritou um dos seus batedores.

O homem fora retirado dos *extraordinarii* e talvez fosse essa aliança que o tivesse feito procurá-los. Júlio se virou na sela e seu coração saltou. Viu os perseguidores de Pompeu retornando à batalha. Atrás deles vinham seus *extraordinarii*, a pleno galope.

Olhou, de boca seca, enquanto os cavaleiros em fuga tentavam penetrar em suas próprias linhas. Não houve tempo para diminuírem a velocidade e o resultado foi caos instantâneo. A tentativa de formar uma carga se desfez e então os *extraordinarii* de César os atacaram por trás.

Os cavaleiros de Pompeu foram arruinados. Seus próprios homens abriam os buracos nas fileiras contra as quais os *extraordinarii* se chocavam, espalhando-os. Júlio viu cavalos empinando em terror antes que a poeira sufocante os engolisse. A poeira inchou até formar uma nuvem densa acima da matança e dela saíam os cavaleiros de Pompeu, batidos e sangrando. Alguns estavam morrendo e caíam das selas. Outros puxavam inutilmente as rédeas das montarias desembestadas.

A Décima avançou rapidamente enquanto a cavalaria de Pompeu era esmagada. Júlio gritou e instigou seu cavalo para dentro do caos, os olhos fixos na figura desolada de Pompeu à distância. A nuvem de poeira redemoinhava no alto e ele xingou, avançando com seus homens.

O flanco de Pompeu se dobrou como se uma grande pressão tivesse sido retirada e os homens quase caíram na direção dos arqueiros que rodeavam o ditador. Júlio ia ordenar que os escudos fossem levantados quando os arqueiros também se dobraram e a Décima trucidou os que ousavam mostrar as costas.

Enquanto a poeira soprava, Júlio viu que a cavalaria de Pompeu estava fora do campo e continuava fugindo. Seus *extraordinarii* não os estavam perseguindo, viu quase num delírio a mudança na sorte. Observou seus cavaleiros cortando ao longo da retaguarda das linhas de Pompeu, escolhendo seus pontos de entrada para começar a fatiá-las.

Procurou Pompeu outra vez, mas ele não estava ali. Seu cavalo passou sobre os corpos partidos dos arqueiros, golpeados por cada fileira que passava. Os cascos lançavam para o alto espirros de sangue e torrões de terra que acertavam sua perna e caíam, deixando manchas frias que ele não sentia.

Em algum lugar à distância trombetas soaram e Júlio girou na sela. Era o toque de rendição e ele sentiu um terror súbito de que seus veteranos tivessem falhado enquanto ele estava ocupado no flanco direito. Ouviu o estrondo quando os homens largaram suas armas e, na confusão, ainda não sabia se tinha vencido ou perdido.

Otaviano veio pelas fileiras em sua direção, ofegando. Sua greva pendia de uma única tira e a armadura e a pele estavam rasgadas, feridas e arranhadas em igual medida. Um olho havia inchado fechando-se completamente, mas isso não importava. Ele havia sobrevivido e o coração de Júlio saltou de alegria ao vê-lo.

— Eles se renderam, senhor. Assim que Pompeu deixou o campo. Acabou. — Otaviano fez uma saudação e Júlio viu que ele estava tremendo, numa reação física.

Júlio se deixou afrouxar na sela, inclinando-se à frente com a cabeça baixa. Depois de um longo instante, empertigou-se e olhou para o norte. Não podia deixar que Pompeu escapasse, mas a luta poderia irromper de novo à menor provocação, a não ser que ele permanecesse com suas legiões. Seu dever era continuar na planície e trazer a ordem, e não perseguir um homem derrotado. Sabia disso, mas ansiava por chamar seus *extraordinarii* de volta e perseguir Pompeu. Balançou a cabeça para afastar as emoções guerreiras.

— Desarmem todos eles e comecem a levar os feridos de volta ao acampamento de Pompeu — disse. — Tragam os generais a mim e os tratem com cortesia. Certifiquem-se de que os homens entendam que não haverá mau tratamento. Eles não são inimigos. Receberão toda cortesia.

— Sim, senhor — respondeu Otaviano. Sua voz tremia ligeiramente e Júlio o encarou, dando um sorriso torto diante da adoração que havia nos olhos injetados do rapaz.

— Aceitarei um novo juramento de lealdade deles, como cônsul de Roma. Diga-lhes que a guerra terminou.

Ele próprio mal podia crer e soube que a realidade só iria se assentar dentro de horas ou dias. Estivera lutando desde quando conseguia lembrar, e tudo aquilo o havia trazido à planície de Farsália no meio da Grécia. Bastava.

— Senhor, vi Brutus cair — disse Otaviano.

Júlio saiu do devaneio.

— Onde? — perguntou rispidamente, pronto para agir.

— No centro, senhor. Ele lutou com Labieno.

— Leve-me até lá. — Júlio instigou o cavalo até um trote. Um pavor doentio baixou sobre ele. Suas mãos tremiam ligeiramente enquanto cavalgava, mas não saberia dizer se era por reação ou medo.

Os dois cavaleiros passaram pelas fileiras de homens já envolvidos nas rotinas tão conhecidas. Pilhas de espadas capturadas eram feitas e água era servida aos que não haviam bebido durante horas. Quando as legiões viram o general deram início às comemorações que cresceram até que todos estivessem gritando de alívio e triunfo.

Júlio mal os ouvia, os olhos fixos numa figura frouxa, de armadura prateada, sendo puxada de uma pilha de cadáveres. Sentiu lágrimas ardendo nos olhos enquanto apeava. Não podia falar. Os homens na nova Quarta Legião recuaram respeitosamente para lhe dar espaço e ele se abaixou sobre um joelho para olhar o rosto do amigo mais antigo.

Havia sangue em toda parte e a pele de Brutus estava num branco de mármore, contrastando com as manchas. Júlio tirou um pedaço de pano do cinto e estendeu a mão, enxugando gentilmente a sujeira grudada.

Brutus abriu os olhos. Com a consciência veio a dor e ele gemeu em agonia. Sua bochecha e a boca estavam inchadas e deformadas, e escorria sangue do ouvido. Seu olhar pareceu vazio enquanto girava para Júlio, depois, lentamente, uma leve consciência retornou. Brutus tentou se levantar, mas o braço quebrado era inútil. Caiu para trás, gritando debilmente. Seus lábios se moveram sobre os dentes sangrentos e Júlio se inclinou mais perto para ouvi-lo falar.

— Vai me matar agora? — sussurrou Brutus.

— Não.

Brutus soltou uma longa respiração trêmula.

— Então estou morrendo?

Júlio olhou-o de cima a baixo.

— Talvez. Você merece.

— Pompeu?

— Fugiu. Vou encontrá-lo.

Brutus tentou sorrir, com uma tosse rasgando-o em agonia. Júlio ficou olhando, os olhos escuros mais frios que a morte.

— Então perdemos — disse Brutus debilmente, tentando cuspir sangue no chão. Não teve força. — Fiquei preocupado quando não pude ver você antes. Pensei que eu estava acabado.

Júlio balançou a cabeça numa tristeza lenta.

— O que vou fazer com você? — murmurou. — Você achou que eu não o valorizava? Achou que eu não sentiria sua falta em Roma? Não acreditei quando sua mãe me contou. Disse a ela que você não me trairia. *Você*, não. Você me feriu. Ainda me fere.

Lágrimas vieram aos olhos de Brutus, espremidas pela dor e o sofrimento.

— Algumas vezes eu só queria fazer alguma coisa sem o pensamento de que o grande Júlio pudesse fazer melhor. Mesmo quando éramos novos, queria isso. — Ele parou para deixar um espasmo seguir seu curso, trincando o maxilar. — Tudo que sou, eu fiz. Lutei passando por coisas que teriam derrubado desgraçados fracos. Enquanto eu me flagelava, você fazia tudo parecer fácil. *Era* fácil para você. Você é o único homem que me faz sentir que tive uma vida desperdiçada.

Júlio olhou para a figura partida do homem que ele conhecia há tantos anos que nem lembrava. Sua voz se embargou ao falar:

— Por que não pôde ficar feliz por mim? Por que me traiu?

— Eu queria ser um igual — disse Brutus, mostrando dentes vermelhos. Uma dor nova o fez ofegar enquanto se remexia. — Não esperava que Pompeu fosse tão idiota. — Olhou para a expressão fria de Júlio e soube que sua vida, seu destino, estavam sendo decididos enquanto ele ficava ali, impotente. — Pode me perdoar por isso? — murmurou, levantando a cabeça. — Posso pedir essa última coisa?

Júlio demorou tanto a responder que Brutus tombou para trás, os olhos se fechando.

— Se você viver — disse Júlio por fim —, deixarei o passado para trás. Entende? Vou precisar de você, Brutus.

Não soube se foi ouvido. O rosto ferido de Brutus havia empalidecido ainda mais e apenas o tremor de uma veia na garganta mostrava que continuava vivo. Com grande gentileza, Júlio enxugou o sangue da boca do amigo e apertou o pano na mão frouxa antes de se levantar.

Encarou Otaviano e viu o choque inexpressivo do rapaz diante do que tinha escutado.

— Cuide dele, Otaviano. Ele está muito ferido.

Otaviano fechou a boca lentamente.

— Senhor, por favor...

— Deixe para lá, garoto. Nós chegamos longe demais juntos, para qualquer outra coisa.

Depois de um longo momento, Otaviano baixou a cabeça.

— Sim, senhor.

CAPÍTVLO XXI

O ACAMPAMENTO DE POMPEU FICAVA NA CRISTA DE UM MORRO acima da planície. Rochas nuas e cinzentas apareciam através do líquen verde como ossos e o único som vinha do vento. Em tal altitude o vendaval era livre para gemer e uivar ao redor deles enquanto Júlio ia até o portão. Viu que os trabalhadores do acampamento de Pompeu tinham acendido grandes tochas, e tiras de fumaça preta se estendiam sobre a planície abaixo.

Parou para olhar Farsália. Seus generais estavam criando ordem no campo de batalha, mas de seu ponto de observação dava para ver a fileira de cadáveres que marcavam o local onde os exércitos haviam se chocado. Estavam onde tinham caído. De tão longe parecia uma cicatriz sinuosa na terra, mais uma característica da planície do que um local de morte. Apertou a capa em volta dos ombros e ajeitou de novo o broche que a prendia.

Pompeu havia escolhido bem o local de sua fortaleza. O caminho para a crista plana era estreito e cheio de mato em alguns lugares, como se até mesmo as cabras selvagens evitassem as trilhas mais íngremes. Seu cavalo escolhia o caminho com cuidado e Júlio não forçava o passo. Continuava pasmo com a nova realidade, e seu pensamento geralmente rápido parecia ter se enterrado sob um peso esmagador de lembranças. Durante toda a vida havia lutado contra inimigos. Tinha se definido à sombra deles, dizendo que não era Sila, nem Catão, nem Pompeu. Era um novo mundo sem eles e havia medo na liberdade.

Desejava poder ter trazido Cabera até a fortaleza da colina. O velho teria entendido por que ele não exultava com o momento. Talvez fosse apenas o vento e a grande altitude, mas era fácil imaginar os fantasmas dos que haviam caído. Não existia sentido na morte. Homens como Rênio e Tubruk enchiam sepulturas tão longas e largas quanto Catão ou Sila. No fim, tudo que era carne viraria cinzas.

Mais tarde faria oferendas aos deuses e agradeceria, mas, enquanto ia subindo, sentia-se entorpecido. Fazia poucas horas havia enfrentado um vasto exército e a vitória ainda era fresca e crua demais para ser verdadeira.

A grande fortaleza que Pompeu tinha construído pairava acima dele à medida que ia chegando mais perto. Saber que cada pedaço dela fora trazido das terras baixas era um testemento à engenhosidade e à força de Roma. Júlio havia pensado que iria mandar queimá-la, mas quando chegou ao terreno plano da crista soube que ela deveria ser deixada como um memorial aos que tinham morrido. Era justo deixar-lhes alguma coisa naquela paisagem nua, onde até mesmo a poeira sangrenta logo desapareceria sob o vento forte. Dentro de alguns dias, quando as legiões fossem mandadas embora, a fortaleza seria abrigo de animais selvagens até que o tempo e a decadência a fizessem afrouxar e cair.

O portão estava aberto enquanto Júlio se aproximava. Mil homens de sua Décima tinham feito a subida com ele e dava para ouvi-los ofegar enquanto ele passava pelas muralhas e olhava a ordem bem acabada do último acampamento de Pompeu.

Os buracos de cozinhar e as barracas estavam abandonados até onde dava para ver. Era um local solitário e Júlio estremeceu pensando em quantos homens que o haviam deixado ao amanhecer estariam agora frios na planície. Talvez já então soubessem que iriam se render a ele, mas o dever os mantivera até Pompeu fugir do campo.

Os antigos senadores de Roma formavam filas silenciosas na rua principal do acampamento, de cabeça baixa. Júlio não olhou para eles, fixo na tenda do pretório onde Pompeu havia trabalhado naquela manhã. Apeou diante dela e parou para desamarrar as tiras que mantinham o vento do lado de fora. Sua Décima se adiantou para ajudá-lo e dois soldados puxaram para trás o couro pesado, amarrando-o com firmeza enquanto ele entrava na semiescuridão.

Olhou ao redor, irritado com a câmara escura, sentindo-se um intruso. Esperou enquanto seus homens acendiam as lâmpadas e os braseiros, e o ouro tremeluzente iluminou o interior. Fazia um frio cortante e ele tremeu.

— Esperem lá fora — disse e, num momento, estava a sós. Passou por uma divisória e viu que a cama de Pompeu fora arrumada para sua volta. Havia um sentimento de ordem, sem dúvida obra de escravos depois da saída do exército. Júlio pegou numa mesa uma tigela de argila com uma crosta branca e cheirou-a. Abriu um baú e olhou rapidamente o conteúdo. Sentiu-se nervoso, como se a qualquer momento Pompeu fosse entrar pela porta e perguntar o que ele estava fazendo.

Continuou o exame dos pertences particulares do ditador, finalmente balançando a cabeça. Esperava, contra a lógica, que o anel do selo do Senado tivesse sido deixado para trás, mas não havia sinal dele nem motivo para ficar.

Enquanto caminhava pela terra socada, seu olhar pousou na mesa de Pompeu, onde havia um maço de seus papéis particulares. Num impulso estendeu a mão para a seda vermelha que os amarrava e seus dedos seguraram o nó, enquanto pensava. Sabia que deveria lê-los. O diário e as cartas completariam a imagem do homem contra quem ele havia lutado na Grécia. Revelariam seus erros, assim como os de Júlio, seus pensamentos mais privados. Em algum lugar no maço haveria algo sobre Brutus, os detalhes que Júlio ansiava por saber.

O estalar das chamas num braseiro invadiu seus pensamentos e ele agiu antes que a mente inquieta pudesse começar seus argumentos, levantando o maço e jogando-o inteiro nas chamas. Quase imediatamente, estendeu a mão para pegá-lo de volta, mas então se dominou e ficou olhando à medida que a faixa vermelha se chamuscava e se enrolava, ficando lentamente marrom até que chamas saltaram nas bordas.

A fumaça não era densa, mas mesmo assim pareceu arder nos olhos de Júlio enquanto ele voltava à luz fraca do sol. Viu que os mil soldados da Décima haviam entrado em forma do lado de fora e se orgulhou da postura. Eles esperariam ser levados de volta a Dirráquio, para negociar com o Senado de Pompeu numa cidade, e não num campo de batalha. Parte dele sabia que deveria completar esse trabalho. Havia mil coisas a fazer. As legiões tinham de ser pagas, e com um susto percebeu que assumira a responsabilidade pelas legiões deixadas por Pompeu. Elas também esperariam sua prata, com o tempo, além de comida, equipamentos e abrigo. Piras para os mortos teriam de ser feitas.

Voltou à borda da crista do morro e olhou para a distância. Pompeu estava derrotado e não existia necessidade de persegui-lo ainda mais. Era verdade que ele levava um anel do Senado, mas Júlio poderia mandar navios e cartas a Roma, negando sua autoridade. O ditador seria obrigado a levar seus cavaleiros desgarrados para longe de terras romanas e desaparecer.

Júlio soltou a respiração ao vento, lentamente. Suas legiões haviam lutado por anos até chegar a este instante. Queriam se aposentar, indo para as fazendas que ele lhes prometera, com prata e ouro para construir belas casas e colônias. Ele lhes dera parte do que tinham merecido na Gália, mas eles mereciam mil vezes mais. Haviam dado tudo.

Viu Otaviano subindo a cavalo a trilha sinuosa. O rapaz parecia cansado, mas tentou esconder isso sob o exame de Júlio. Chegou ao topo com uma nova camada de suor manchando a poeira da Farsália que ainda lhe cobria o rosto.

— Ordens, senhor? — perguntou Otaviano enquanto o saudava.

Júlio espiou o horizonte. Podia ver a quilômetros de distância e a Grécia nunca parecera tão vasta e vazia quanto daquela altitude.

— Ficarei para o funeral dos mortos esta noite, Otaviano. — Ele respirou fundo, sentindo a própria exaustão nos ossos. — Amanhã irei atrás de Pompeu. Precisarei dos *extraordinarii*, da Décima e da Quarta. Falarei com os outros e vou mandá-los para casa.

Otaviano seguiu o olhar do comandante antes de responder.

— Eles não vão querer voltar, senhor.

Júlio se virou para ele.

— Vou escrever cartas a Marco Antônio. Eles serão pagos, e os que quiserem poderão ter as terras que prometi. Cumprirei meu juramento a todos.

— Não, senhor, não é isso. Eles não querem ser mandados de volta enquanto o senhor for em frente. Ouvi-os falando. Ciro chegou a me procurar para manifestar o que pensa. Querem ir até o fim.

Júlio pensou na promessa que fizera à sua filha. Será que ela o odiaria se matasse Pompeu? Por um instante imaginou-se tirando o anel do Senado da mão morta de Pompeu. Talvez bastasse levar-lhe a paz. Não tinha certeza, mas enquanto não pudesse ficar diante do ditador a coisa jamais terminaria. Sila havia deixado Mitrídates vivo nesta mesma terra, e o preço fora o sangue romano.

Esfregou o rosto com força. Precisava de um banho, roupas limpas e algo para comer. O corpo era sempre fraco.

— Falarei com os homens. A lealdade deles... — Parou, incapaz de encontrar palavras. — Roma deve ser mantida em segurança e nós a despimos para vir aqui. Levarei a Quarta, a Décima e os *extraordinarii*, nada mais. Diga a Ciro para colocar seu principal tribuno em seu lugar. Vou levá-lo comigo. Acho justo que os que estiveram no Rubicão vejam isso terminar.

Júlio sorriu, pensando, mas viu que a expressão de Otaviano havia se endurecido com as palavras.

— Brutus também, senhor? O que quer que eu faça com ele?

O sorriso de Júlio desapareceu.

— Traga-o. Ponha-o numa das carroças de provisões. Ele pode se curar no caminho.

— Senhor — começou Otaviano. E ficou quieto sob o olhar de Júlio.

— Ele esteve comigo desde o início — disse Júlio em voz baixa, as palavras quase perdidas ao vento. — Deixe-o ir.

Brutus estava deitado no escuro e na dor. Sob a lua cheia a planície era um lugar fantasmagórico de sombras brancas que mal alcançavam os feridos nas tendas. Fechou os olhos, desejando que o sono o levasse de novo. Seu braço fora encaixado e amarrado com uma tala e as costelas foram atadas onde tinham estalado sob o peso dos mortos. A dor era pior quando tentava se mover. Na última vez em que a bexiga inchada o obrigara a se sentar, o esforço o fez trincar os dentes para não soltar um grito. O penico estava sob o catre, ficando escuro e fétido. Sua mente ainda estava entorpecida devido aos golpes que recebera e tinha apenas uma vaga lembrança de ter falado com Júlio em meio ao sangue e imundície depois da batalha. Pensar naquilo queimava mais do que os ferimentos.

Alguém ali perto gritou no sono, fazendo-o pular. Desejou ter forças para cambalear para o ar noturno e para fora da tenda fedorenta. Suava constantemente e quando seus pensamentos clarearam soube que estava com febre. Grasnou pedindo água, mas ninguém veio. Por fim afundou em profundezas mais negras e na paz.

Emergiu da inconsciência com um gemido, puxado do sono mortal pela mão áspera no seu braço. O medo fez seu coração disparar ao ver homens de pé ao redor. Conhecia-os. Cada um deles estivera com ele na Espanha e na Gália. Tinham sido irmãos um dia, mas agora suas expressões eram cruéis.

Um deles apertou uma pequena faca contra sua mão esquerda.

— Se lhe resta alguma honra, deve cortar a garganta com isso — disse o sujeito, cuspindo as palavras.

Brutus desmaiou durante um tempo, mas quando voltou a si eles continuavam ali e a faca estava enfiada entre seu braço e o peito enfaixado. Teria sido há apenas alguns instantes? Parecera horas, mas nenhum dos homens havia se mexido.

— Se ele não fizer isso, nós deveríamos fazer — disse um dos soldados num rosnado áspero.

Outro assentiu e estendeu a mão para a faca. Brutus xingou e tentou se afastar dos dedos que sondavam. Estava fraco demais. O medo de morrer na tenda fedorenta o acometeu e ele tentou gritar, mas a garganta estava inchada e seca demais. Sentiu a faca sendo afastada e se encolheu em antecipação.

— Ponha na mão dele — ouviu e sentiu seus dedos sem vida sendo abertos.

Uma nova voz atravessou seu terror no escuro:

— O que estão fazendo aqui?

Não a reconheceu, mas eles se espalharam e o recém-chegado gritou com raiva enquanto os homens passavam por ele no escuro. Brutus ofegou, deitado de costas, com a pequena faca apertada na mão, sem ser sentida. Ouviu passos se aproximando e olhou o rosto de um centurião curvado sobre ele.

— Preciso de um guarda — sussurrou Brutus.

— Não posso desperdiçar um com você — respondeu o centurião com frieza.

Do lado de fora, na planície, as chamas das piras funerárias iluminavam a noite. A escuridão da tenda diminuiu ligeiramente e o olhar do centurião caiu numa tigela de sopa sobre um banco de madeira. Pegou-a e fez uma careta ao ver os coágulos brilhantes de catarro que flutuavam ali.

— Vou conseguir um pouco de comida limpa e um penico limpo para você — disse, enojado. — Isso eu posso fazer.

— Obrigado — disse Brutus, fechando os olhos de novo por causa da dor.

— *Não* me agradeça. Não quero nada de você — respondeu o homem rispidamente.

Brutus podia ouvir o ultraje na voz dele. Levantou a faca sem olhar.

— Eles deixaram isto.

Ouviu o centurião fungar.

— Fique com ela. Ouvi o que disseram a você. Talvez estivessem certos. Mas não pelas mãos deles, não no meu turno. Mas talvez você deva pensar em fazer isso sozinho. Seria mais limpo.

Com um esforço enorme, Brutus jogou a faca, ouvindo-a bater na terra em algum lugar próximo. O centurião não falou mais nada e depois de um tempo saiu.

O estalar do fogo nas piras continuou durante horas e Brutus ouviu as orações antes de cair de novo no sono.

Quando o amanhecer chegou, os gritos dos feridos na tenda ficaram mais altos. Os médicos da legião banhavam, costuravam e punham talas do melhor modo possível. A infecção e a doença viriam mais tarde para a maioria deles.

Brutus dormia um sono leve, mas foi o súbito silêncio que o acordou. Levantou a cabeça e viu que Júlio havia entrado na tenda. Os homens não deixariam o cônsul ver a dor que sentiam e os que gemiam no sono foram acordados com sacudidas.

Com esforço, Brutus se ergueu do melhor modo que pôde. Os homens deitados perto o encararam abertamente. Ele podia sentir a aversão deles e resolveu não revelar sua dor, trincando o maxilar contra as pontadas fortes no braço quebrado.

Ficou olhando Júlio falar com cada um dos homens, trocando algumas palavras e deixando-os sentados orgulhosos, com a agonia suprimida. Não sabia se era imaginação, mas sentiu a tensão aumentar enquanto Júlio se aproximava até que por fim o cônsul de Roma puxou um banco ao seu lado e sentou-se pesadamente.

Os olhos de Júlio estavam vermelhos por causa da fumaça. Sua armadura fora polida e, comparado aos homens na enfermaria, ele parecia fresco e descansado.

— Estão cuidando de você? — perguntou Júlio, olhando as talas e aduras que prendiam seu corpo sofrido.

— Flores e uvas toda manhã — respondeu Brutus.

Abriu a boca de novo para emitir as palavras que quisera dizer, mas não conseguiu começar. Não havia malícia nos olhos que o encaravam com firmeza. A princípio não pudera acreditar, mas de algum modo fora perdoado. Sentiu o coração disparar no peito até que percebeu clarões nos cantos dos olhos turvando a visão. Soube que ainda tinha febre e quis deitar de novo no escuro. Não conseguia encarar Júlio e desviou o olhar.

— Por que não me matou? — disse num sussurro.

— Porque você é meu amigo mais antigo. — Júlio se inclinou mais perto. — Quantas vezes você salvou minha vida no correr dos anos? Acha que eu poderia tirar a sua? Não posso.

Brutus balançou a cabeça, incapaz de compreender. Durante a noite havia pensado que a vergonha iria matá-lo e houvera momentos em que quisera a faca que tinha jogado longe.

— Os homens acham que você deveria — falou pensando nas figuras sombrias e na comida suja.

— Eles não entendem — disse Júlio, e Brutus o odiou por sua misericórdia. Cada cidadão de Roma ouviria contar como Júlio havia poupado o amigo que o traíra. Podia imaginar os versos de partir o coração que os poetas escreveriam, até que precisou se esforçar para não cuspir.

Não mostrou a Júlio nada de seus pensamentos enquanto o olhava. Este era um mundo novo, depois de Farsália, e ele havia renascido. Talvez um recomeço fosse possível. Tinha se imaginado jogando fora a pele morta do passado e encontrando de novo o seu lugar como amigo de Júlio. Mas não como seu igual. Isso fora negado para sempre pela nobreza doentia do perdão. Sua vida fora dada pela mão de Júlio e ele não sabia se era capaz de suportar ir em frente.

Contra a vontade, trincou os dentes e gemeu, dominado por emoções violentas. Como se viesse de muito longe, sentiu a mão de Júlio em sua testa.

— Calma, você ainda está fraco — ouviu-o dizer.

Lágrimas brilharam nos olhos de Brutus e ele lutou contra o desespero. Queria desesperadamente ter os dois últimos anos de volta, ou conseguir aceitar o que havia acontecido. Não podia suportar. Não podia.

Fechou os olhos com força para não ver o homem sentado ao seu lado. Quando os abriu depois de um intervalo, Júlio tinha ido embora e ele ficou sob os olhares acusadores dos soldados feridos. O fascínio deles o impediu de soluçar seu amor e seu ódio.

CAPÍTVLO XXII

A Décima e a Quarta legiões estavam cansadas e magras depois de muitos dias de marcha. As carroças tinham sido despidas das provisões e os grãos da primavera ainda eram um pouco mais do que brotos verde-escuros. A água havia azedado e os homens estavam sempre com fome. Até os cavalos dos *extraordinarii* mostravam as costelas sob uma capa de poeira escura, mas não hesitavam. Sempre que Júlio pensava que haviam chegado ao fim da resistência, outro povoado dava notícia dos cavaleiros de Pompeu e os atraía ainda mais para o leste. Sabiam que estavam se aproximando de Pompeu enquanto ele corria para o mar.

Júlio coçou os olhos lacrimosos parado nas docas e olhou para as ondas cinzentas. Havia seis galeras ali, esguias e mortais como aves de rapina. Elas guardavam o estreito entre a Grécia e a Ásia Menor e o esperavam.

Pompeu tinha chegado ao litoral na noite anterior e Júlio havia esperado que ele ficasse encurralado, obrigado a encarar os perseguidores. Em vez disso, os navios do ditador estavam prontos para levá-lo. Pompeu mal havia parado na fuga e as planícies da Grécia tinham ficado para trás.

— Chegar tão longe... — disse Júlio em voz baixa.

Sentiu seus homens olhando ao redor. Se o caminho estivesse livre, Júlio não teria hesitado. O litoral leste da Grécia era movimentado com navios mercantes e ele poderia ter feito a travessia. Estreitou os olhos espiando os navios de Pompeu manobrar na água profunda, as proas brancas com a espuma. Podiam não ser bem manobrados, com a maioria dos soldados capazes tirados delas, mas isso não servia de consolo. No mar aberto eles podiam despedaçar os navios mercantes. Até mesmo uma travessia noturna seria impossível, agora que suas legiões tinham sido vistas. Não podia ter esperança de surpreender as galeras inimigas e a reação seria brutal.

Desanimando, perguntou-se quantas outras estariam acima e abaixo no litoral rochoso, fora das vistas. Elas formavam uma muralha de madeira e ferro que ele não poderia romper.

No cais seus homens esperavam, pacientes. Ainda que Pompeu tivesse tirado quase tudo do porto, havia água bastante para lavar a poeira dos rostos e encher os odres e barris. Eles se sentavam em grupos silenciosos de oito ou dez homens pelo cais, jogando e compartilhando o pouco de comida que tinham podido encontrar. O problema da travessia não era deles, afinal de contas. Tinham feito sua parte.

Júlio apertou o punho, batendo-o na pesada coluna de madeira em que estava encostado. Não podia dar as costas e deixar que Pompeu escapasse depois de uma perseguição daquelas. Viera longe demais. Seu olhar pousou num barco de pesca, cujos donos estavam ocupados com cordas e velas.

— Parem aqueles homens — ordenou, observando enquanto três soldados da Décima seguravam o barquinho antes que os pescadores pudessem afastá-lo. A vela estalou ruidosa à brisa enquanto Júlio ia até o cais de pedra.

— Vocês vão me levar àqueles navios — disse aos pescadores num grego hesitante.

Os homens o olharam inexpressivos enquanto ele mandava chamar Adàn.

— Diga a eles que pagarei pela passagem até as galeras — ordenou quando o espanhol se aproximou.

Adàn pegou duas moedas de prata e jogou aos homens. Com mímica elaborada, apontou para os navios e para Júlio até que a expressão séria dos pescadores desapareceu.

Júlio olhou incrédulo para seu intérprete.

— Pensei que você disse que estava aprendendo grego.

— É uma língua difícil — respondeu Adàn, embaraçado.

Otaviano foi até a borda e olhou o barco minúsculo.

— Senhor, não pode estar pensando em ir sozinho. Eles vão matá-lo.

— Que opção eu tenho? Se for com força total as galeras atacarão. Talvez eles me ouçam.

Júlio ficou olhando Otaviano entregar sua espada a um soldado e começar a tirar a armadura.

— O que está fazendo? — perguntou.

— Vou com você, mas não poderei nadar com isso se eles nos afundarem. — Olhou significativamente para o peitoral do general, mas Júlio o ignorou.

— Vamos, então — disse Júlio sinalizando para a embarcação frágil. — Mais um não fará diferença.

Observou cuidadosamente para ver como Otaviano encontrava um lugar nas redes escorregadias, encolhendo-se diante do fedor de peixe. Júlio o acompanhou, fazendo o barco balançar perigosamente antes de ele se acomodar.

— Icem a vela — disse aos pescadores.

Suspirou diante da expressão deles antes de apontar para ela e levantar as mãos. Em alguns instantes o barco estava se afastando do cais. Júlio olhou para trás, vendo a expressão preocupada de seus soldados, e riu, gostando do movimento.

— Você enjoa, Otaviano? — perguntou.

— Nunca. Tenho estômago de ferro — mentiu Otaviano, animado.

As galeras surgiam altas e os dois homens continuavam sentindo uma animação inexplicável. O barco de pesca saiu do abrigo da baía e Júlio respirou fundo, desfrutando do balanço do mar.

— Eles nos viram — disse ele. — Aí vêm.

Duas galeras estavam remando para trás e girando para ficar de frente para o barco que enfrentava as águas profundas. À medida que se aproximavam, Júlio ouviu os gritos dos vigias. Talvez uma tripulação pesqueira fosse ignorada, mas a visão de soldados a bordo bastou para fazê-los girar rapidamente. Júlio viu bandeiras subindo ao ponto mais alto dos mastros, e à distância outras daquelas embarcações mortais começaram a girar.

Seu humor leve desapareceu tão rapidamente quanto havia chegado. Sentou-se com as costas rígidas enquanto a galera vinha em sua direção e os pescadores baixavam a vela. Sem o sibilo da velocidade, o único ruído vinha de gargantas romanas gritando ordens nos navios rápidos numa costa diferente.

À medida que se aproximavam, Júlio olhou para cima, vendo os soldados alinhados nas laterais, querendo ser capaz de ficar de pé. Sentiu medo, mas a decisão estava tomada e ele decidira ir até o final. Nesse ponto não poderia ter escapado delas, mesmo que quisesse. As galeras podiam navegar mais depressa do que o barquinho, somente com remos. Com esforço, engoliu o nervosismo.

O costado da galera estava verde e escorregadio, mostrando que se encontrava no mar há meses enquanto Júlio lutava contra Pompeu. Os remos estavam erguidos e Júlio estremeceu quando a água fria pingou em seu rosto virado para cima à medida que o barco passava sob eles. Viu o uniforme de um centurião aparecer entre os soldados.

— Quem são vocês? — perguntou o homem.

— O cônsul Júlio César — respondeu Júlio. — Joguem uma corda.

O movimento das duas embarcações tornava impossível sustentar o olhar do centurião, mas Júlio tentou. Apreciou a dificuldade do sujeito. Sem dúvida Pompeu tinha dado ordens rígidas para afundar e queimar as embarcações que os seguissem.

Júlio não sorriu quando uma comprida escada de corda desceu fazendo barulho contra o costado da galera, a extremidade com pesos desaparecendo sob a superfície do mar. Com dificuldade segurou-a, ignorando os gritos de alerta dos pescadores enquanto o barquinho ameaçava virar.

Subiu com cuidado. Não ajudava à sua compostura ser observado pela tripulação de mais de três galeras próximas, nem a ideia de que sua armadura iria afogá-lo caso ele caísse. Sua respiração estava pesada quando chegou ao corrimão e aceitou o braço do capitão para ajudá-lo a passar sobre ele. As escadas estalaram quando Otaviano o seguiu.

— E qual é o seu nome, capitão? — perguntou Júlio assim que estava de pé no convés.

O oficial não respondeu e ficou parado franzindo a testa, batendo uma das mãos na outra.

— Então vou lhe dizer o meu nome outra vez. Sou Júlio César, cônsul de Roma e a única autoridade eleita que você jurou servir. Todas as ordens dadas por Pompeu estão revogadas. O senhor está sob meu comando a partir deste momento.

O capitão abriu a boca mas Júlio continuou, não querendo perder a vantagem momentânea. Falava como se não houvesse a menor chance de ser desobedecido.

— O senhor dará a notícia às outras galeras, convocando os capitães aqui para receber ordens. Tenho seis mil homens e cavalos esperando para ser apanhados no cais. Vocês são meu transporte para a Ásia Menor, capitão.

Deliberadamente Júlio se virou para ajudar Otaviano a passar sobre o corrimão. Quando encarou o capitão de novo, mostrou o primeiro sinal de raiva.

— Entendeu as ordens que lhe dei, capitão? Como cônsul sou o Senado em trânsito. As ordens que dou têm precedência sobre qualquer outra que o senhor possa ter recebido. Reconheça isso agora ou irei retirá-lo do posto.

O capitão lutou para responder. Era uma situação impossível. Estava sendo pedido que escolhesse entre dois comandantes e o conflito lentamente provocou um rubor em suas bochechas.

— Reconheça! — rugiu Júlio, chegando mais perto.

O capitão piscou, desesperado.

— Sim, senhor. As ordens estão reconhecidas. O senhor tem autoridade. Mandarei os sinais às outras galeras.

Ele estava suando enquanto Júlio assentia finalmente e a tripulação corria para levantar as bandeiras que trariam os outros capitães.

Júlio sentiu Otaviano encarando-o e não ousou arriscar um sorriso.

— Retorne ao cais e deixe os homens preparados para partir, general — disse. — Vamos em frente.

Brutus estava parado no cais de pedra, coçando uma casca de ferida embaixo da tipoia enquanto olhava as galeras. O braço e as costelas finalmente estavam se curando, ainda que a princípio ele tivesse pensado que ser carregado numa carroça sacolejante fosse deixá-lo maluco. Tinha sido uma fratura limpa, mas ele vira ferimentos suficientes para saber que demoraria tanto para reconstruir os músculos quanto para curar os ossos. Ainda usava a espada que havia carregado na Farsália, mas só conseguia desembainhá-la com a mão esquerda e se sentia desajeitado como uma criança. *Odiava* estar fraco. Os soldados da Décima e da Quarta haviam ficado ousados com as zombarias e insultos, talvez porque ele tivera orgulho demais para reclamar. Eles não teriam ousado fazer isso quando ele estava bem. Ainda que estivesse furioso, Brutus não podia fazer nada além de esperar com a fúria bem escondida.

Com ele estavam Domício, Otaviano, Régulo e Ciro, o nervosismo aparecendo ao forçarem os olhos para o mar que ia escurecendo. Otaviano havia retornado com a notícia e todos ficaram olhando enquanto os capitães das galeras atravessavam em barcos a remo para encontrar o inimigo de Pompeu. Nenhuma palavra havia chegado desde que o último deles subira ao convés e a tensão crescia a cada hora.

— E se o tiverem aprisionado? — perguntou Domício de repente. — Nunca iríamos saber.

— O que podemos fazer, se tiverem? — respondeu Otaviano. — Levar aqueles gordos navios mercantes para travar batalha? Eles iriam nos afundar antes que chegássemos perto, e você sabe disso. — Falava sem que os olhos jamais se afastassem das formas esguias das galeras que balançavam nas ondas fora do porto. — Ele optou pelo risco.

Ciro olhou o sol poente, franzindo a testa.

— Se ele não voltar ao escurecer poderíamos ir. Se nos apinhássemos num único barco poderíamos ter o suficiente para invadir uma das galeras. Basta pegar uma e pode-se pegar outra.

Brutus olhou-o, surpreso. Os anos tinham alterado sutilmente os homens que ele pensava conhecer. Ciro havia se acostumado ao comando e sua confiança tinha crescido. Brutus respondeu sem pensar:

— Se eles o tiverem prendido, vão esperar que tentemos isso. Vão ancorar o mais longe possível e passar a noite em formação fechada. Isso se não forem direto para a Ásia Menor com Júlio para entregá-lo a Pompeu.

Otaviano se enrijeceu enquanto ele falava.

— Feche a boca — disse em tom peremptório. — Você não tem comando. Só está aqui porque meu general não quis executá-lo. Não tem nada a nos dizer.

Brutus o encarou de volta, mas baixou a cabeça sob os olhares dos homens que havia conhecido. Não importava, disse a si mesmo, mas ficou surpreso ao ver o quanto eles ainda podiam magoá-lo. Notou como olhavam para Otaviano na ausência de Júlio. Talvez fosse algo no sangue. Respirou fundo e com raiva e a mão direita estremeceu na tipoia antes que recuperasse o controle.

— Não acho... — começou.

Otaviano se virou para ele.

— Se a escolha fosse minha eu o pregaria a uma cruz neste cais. Acha que os homens iriam fazer objeção?

Brutus não precisou pensar nisso. Sabia a resposta muito bem.

— Não, eles adorariam ter uma chance contra mim. Mas você não vai deixar, não é mesmo? Vai seguir as ordens mesmo que isso signifique que tudo que você valoriza seja destruído.

— Você ainda pode tentar justificar o que fez? Não existem palavras suficientes. Não entendo por que ele o trouxe aqui, mas vou lhe dizer uma coisa: Se Júlio espera você de volta como um de nós, não permitirei. Na primeira vez em que você tentar me dar uma ordem vou cortar sua garganta.

Brutus estreitou os olhos inclinando-se para a frente.

— Você está corajoso agora, garoto, mas os ossos se curam. Quando isso acontecer...

— Farei isso agora! — disse Otaviano em fúria.

Partiu para cima de Brutus. Régulo e Ciro seguraram seu braço que se levantou com uma faca. Brutus cambaleou para fora do alcance.

— Imagino como você explicaria minha morte a Júlio — disse ele. Seus olhos estavam cheios de malícia enquanto o rapaz lutava para alcançá-lo. — Ele também pode ser cruel, Otaviano. Talvez por isso tenha me deixado viver.

Otaviano cedeu enquanto Ciro tirava a faca de sua mão.

— Você acha que vai se curar, Brutus? E se os homens o levarem para algum lugar silencioso e esmagarem seu braço totalmente? Eles podem despedaçar sua mão a ponto de você nunca mais poder usar uma espada.

Otaviano sorriu ao ver um traço de medo nos olhos de Brutus.

— Isso iria feri-lo, não é? Você nunca mais montaria a cavalo e nem mesmo escreveria seu nome. Isso finalmente arrancaria sua arrogância.

— Ah, você é um homem *nobre*, Otaviano. Eu gostaria de ter os seus princípios.

Otaviano continuou com o ódio mal contido.

— Mais uma palavra sua e eu faço isso. Ninguém vai me impedir, não para salvá-lo. Eles sabem que você merece. *Ande*, general. Mais uma *palavra*.

Brutus o encarou por longo tempo, depois balançou a cabeça enojado antes de se virar e se afastar do grupo. Otaviano assentiu fortemente, tremendo com a reação. Mal sentia o aperto de Domício em seu ombro, firmando-o.

— Você não deveria deixar isso transparecer — disse Domício em voz baixa, olhando o homem ferido que ele um dia reverenciara.

Otaviano fungou.

— Não posso evitar. Depois de tudo que fez ele fica junto de nós como se tivesse direito. Não sei o que Júlio estava pensando ao trazê-lo aqui.

— Nem eu — respondeu Domício. — Mas isso é com eles.

Régulo sibilou, fazendo com que todos se voltassem para o mar. À medida que o sol afundava no oeste as galeras se moviam, os grandes remos levando-as para o cais.

Otaviano olhou para os outros.

— Até sabermos que ele está em segurança quero os homens em formação para repelir qualquer ataque. Lanças preparadas. Domício, mande os *extraordinarii* ficarem atrás, como reservas a pé. Eles não adiantam nada aqui.

Os generais de César se afastaram rapidamente para dar as ordens, nem pensando em questionar seu direito de comandá-los. Otaviano ficou sozinho olhando as galeras que se aproximavam.

O pequeno porto não podia abrigar todos os seis navios reunidos ao redor da baía. Dois deles entraram juntos e Otaviano ficou olhando uma fileira de remos se recolher, deixando espaço para a outra cobrir o trecho final até o cais. Na semiescuridão, mal podia vislumbrar os detalhes das grandes pontes corvus que foram baixadas com estrondo. Tripulantes com cordas correram por elas e então Otaviano viu Júlio na prancha de madeira. Afrouxou o corpo, aliviado.

— Júlio ergueu um dos braços num cumprimento cheio de formalidade.

— Os homens estão prontos para embarcar, general? — gritou ele.

— Estão, senhor — respondeu Otaviano, sorrindo. Júlio ainda podia deixá-lo atônito, percebeu divertido.

— Então mande-os. Não há tempo a perder. As galeras transportaram os cavalos deles há apenas dois dias. Quase conseguimos alcançá-los. — Ele parou, sentindo de novo a empolgação da caçada. — Diga que há bastante comida a bordo e eles vão se mexer mais depressa.

Otaviano fez uma saudação e foi até os homens que comandava. Júlio devia ter notado as formações e as lanças a postos, mas não poderia mencionar isso, já que a tripulação da galera talvez escutasse. Otaviano não conseguiu evitar um riso enquanto repassava a ordem aos centuriões da Quarta Legião. Ainda que fosse haver dias mais duros de marcha adiante, sentia uma confiança crescente. Pompeu não iria escapar.

O lento alvorecer trouxe o litoral da Ásia Menor à vista, com nítidas montanhas verde-acinzentadas mergulhando no mar. Gansos gritavam no alto e pelicanos flutuavam acima das galeras, procurando cardumes prateados sob a superfície. Os primeiros toques da primavera estavam no ar e a manhã parecia cheia de promessa.

Era uma terra nova para todos, mais a leste de Roma do que a Britânia ficava a oeste. A Ásia Menor fornecia o cedro que construía galeras para Roma. Seus figos, damascos e nozes enchiam os porões dos navios mercantes que iam para os mercados da cidade. Era uma terra dourada, antiga, e em algum lugar no norte ficavam as ruínas de Troia. Júlio se lembrou de como havia incomodado os tutores para contar histórias daquele lugar. Alexandre estivera lá e oferecera sacrifício no túmulo de Aquiles. Júlio ansiava por estar onde ficara o rei grego.

Estremeceu no borrifo de água da proa enquanto os escravos remadores os impeliam para um porto minúsculo.

— Quando eu voltar a Roma depois de tudo isso — disse a Domício — terei visto as extremidades das terras romanas, tanto a leste quanto a oeste. Sinto orgulho em estar tão longe de casa e ainda ouvir a fala de minha cidade. Encontrar *nossos* soldados aqui; nossas leis e nossos navios. Não é maravilhoso?

Domício sorriu diante do entusiasmo de Júlio, sentindo-o também. Ainda que a perseguição através da Grécia tivesse sido difícil, um humor diferente começava a dominar as legiões. Talvez fosse a consequência de Farsália, enquanto eles percebiam que chegavam ao fim de seus anos de batalha. A visão de Júlio comandando as galeras inimigas havia tornado isso uma realidade. Não estavam mais em guerra. Sua tarefa era meramente pisotear as últimas brasas do domínio de Pompeu. Os que estavam com Júlio desde a Espanha e a Gália sentiam isso com mais força do que todos. Apinhavam-se junto às muradas das seis galeras, rindo e falando com leveza desacostumada.

Domício olhou para o mastro onde Adàn havia subido. Mesmo tão acima da cabeça deles, a voz do espanhol podia ser ouvida cantando alguma balada de sua juventude.

O questor do minúsculo porto litorâneo falava um latim excelente, pois fora criado à vista dos alojamentos locais. Era um homem baixo e moreno que fez uma reverência quando Júlio entrou nos prédios das docas e não se levantou até receber permissão.

— Cônsul — disse ele. — O senhor é bem-vindo.

— Quanto tempo faz desde que os cavaleiros de Pompeu deixaram este lugar? — perguntou Júlio impaciente.

O homenzinho não hesitou e Júlio percebeu que Pompeu não havia deixado ordens para impedir a perseguição. Não esperava que eles passassem por suas galeras. Isso deu a Júlio esperança de que Pompeu poderia ter diminuído o ritmo.

— O ditador partiu ontem à noite, cônsul. Seus negócios são urgentes? Posso mandar mensageiros ao sul, se o senhor quiser.

Júlio piscou, surpreso.

— Não. Estou caçando o sujeito. Não quero que ele seja alertado.

O questor ficou confuso. Em dois dias tinha visto mais soldados estrangeiros do que em qualquer momento da vida. Seria uma história para seus filhos, contar que havia falado não somente com um, mas com dois governantes de Roma.

— Então desejo sorte na caçada, cônsul — disse ele.

CAPÍTVLO XXIII

AVISTARAM OS CAVALEIROS DE POMPEU DEPOIS DE QUATRO DIAS de marcha forçada. Tinham feito um bom tempo indo para o sul e quando finalmente os batedores vieram com notícias, os homens de Júlio soltaram gritos de comemoração. Tinha sido uma perseguição longa, mas quando as trombetas soaram e eles formaram fileiras para um ataque, estavam prontos para esmagar o inimigo pela última vez.

Os homens de Pompeu ouviram as trombetas e Júlio só podia imaginar o medo e a consternação que teria percorrido as fileiras deles. Aqueles eram os mesmos *extraordinarii* que tinham fugido na Farsália. Ver-se perseguidos em outro país seria um golpe terrível. Haviam sido derrotados uma vez e Júlio não duvidava de que seus homens poderiam fazê-lo de novo. Sentia prazer em estar em número maior do que a pequena força de Pompeu, como este estivera na Farsália. Que soubessem como era enfrentar tantos guerreiros decididos a destruí-los.

À distância Júlio viu as fileiras de cavaleiros de Pompeu girar, voltando-se para encarar a ameaça. Era um gesto inútil, mas ele admirou a coragem. Talvez quisessem limpar a memória da debandada que haviam sofrido antes. Viu-os instigar as montarias num trote firme em direção à Décima e mostrou os dentes em antecipação, procurando entre eles a capa vermelha de Pompeu.

Ao longo das fileiras da Décima e da Quarta os legionários prepararam as lanças. Enquanto o trovão de cascos se aproximava eles ergueram a cabeça, varridos por uma selvageria que se parecia um pouco com júbilo.

— Vá, senhor, por favor! Deixe-nos segurá-los aqui — gritou o decurião Casitas a Pompeu.

O ditador ficou imóvel como se estivesse atordoado. Não tinha dito nada desde o primeiro momento espantoso em que as trombetas de guerra romanas haviam soado atrás. Não era um som que ele algum dia esperasse escutar de novo.

Enquanto olhava as legiões vindas da Farsália, Pompeu enxugou uma mancha escura nos lábios e pensou em cavalgar com o resto de seus exércitos. Talvez fosse um gesto grandioso. Os poetas de Roma escreveriam isso em baladas quando falassem de sua vida.

Sua visão ficou turva quando a dor o retorceu por dentro. Não usava mais armadura, já que não possuía nenhuma que pudesse conter o inchaço que crescia diariamente, apertando os pulmões até ficar difícil respirar. Havia ocasiões em que teria dado qualquer coisa para simplesmente penetrar na escuridão pacífica. Sonhava com um fim para a agonia e, enquanto dava um tapinha no pescoço do cavalo, ansiou por instigá-lo num último galope.

— Senhor! O senhor pode escapar. O litoral está apenas a alguns quilômetros mais ao sul — gritou Casitas, tentando romper o estupor que segurava seu general comandante.

Pompeu piscou devagar, depois as legiões de César pareceram mais nítidas em sua visão e a consciência retornou. Olhou para o decurião. O sujeito estava desesperado para que Pompeu partisse e seus olhos imploravam.

— Faça o que puder — disse Pompeu finalmente e, de algum modo, acima do ruído dos cavalos, Casitas ouviu e assentiu aliviado. Gritou ordens rápidas para os que estavam ao redor.

— Separe-se, Quinto! Pegue Lúcio e vão os dois com o cônsul. Vamos segurá-los o quanto pudermos.

Os cavaleiros citados saíram de formação e foram para o lado de Pompeu. Ele olhou para os homens ao redor, que tinham chegado tão longe de casa. O entorpecimento que abafara sua mente enquanto a doença piorava pareceu ter sumido por alguns instantes preciosos.

— Fui bem servido por todos vocês — gritou para eles.

Em seguida virou as costas e, enquanto cavalgava para longe, ouviu a ordem de começar o avanço que terminaria num golpe desesperado contra os soldados de César.

O mar não estava longe e lá existiriam navios que o levassem finalmente para longe de terras romanas. Ele iria se perder onde Roma não tivesse autoridade e Júlio poderia procurar durante anos sem encontrá-lo.

Pompeu bateu na bolsa de couro presa à sela, sentindo conforto no ouro que havia dentro. Não estaria pobre quando chegasse aos portos do Egito. Lá existiam médicos que poderiam finalmente acabar com a sua dor.

A Décima e a Quarta atiraram suas lanças a menos de dez metros da linha de ataque. As hastes pesadas destruíram os primeiros cavalos e atrapalharam os de trás, que encontraram o caminho bloqueado. As legiões veteranas avançaram rapidamente, partindo para estripar os cavalos apinhados e puxar os homens das selas. Eles haviam lutado contra cavalarias na Gália e não tinham medo das feras que pateavam e empinavam.

Os cavaleiros de Pompeu não entregaram a vida facilmente, e Júlio ficou pasmo com sua impetuosidade. Mesmo quando não havia esperança lutavam com desespero extremo. Júlio mal podia acreditar que eram os mesmos soldados que tinha visto fugindo da planície na Farsália.

O campo estava cheio de gritos guturais e do som de metal cortando carne. Os cavaleiros de Júlio haviam se movido para flanquear o ataque único e começaram a esmagar o inimigo por todos os lados. Esmagavam flores roxas sob as patas das montarias, manchando o chão com tiras de sangue até ficarem entorpecidos de tanto matar.

Quando os homens de Pompeu estavam reduzidos a menos de mil, Júlio sinalizou para os corneteiros darem o toque de cessar a luta. Suas legiões recuaram das pilhas de carne despedaçada, e na calmaria ele ofereceu um fim para aquilo.

— O que vocês lucram lutando até o último? — gritou.

Um homem com armadura de decurião veio cavalgando e o saudou com o rosto sério.

— Não é grande coisa morrer aqui — disse Casitas. — Nossa honra está restaurada.

— Concedo-lhes toda a honra, decurião. Aceite meu perdão e diga aos seus homens para desmontar.

Casitas sorriu e balançou a cabeça.

— Nossa honra não é sua para oferecer — disse, virando o cavalo para longe.

Júlio deu-lhe tempo para alcançar os companheiros antes de mandar as legiões de novo. Demorou um longo tempo até matar todos. Quando não havia mais do que alguns homens cansados de pé no campo vermelho, ele tentou a paz pela última vez e foi recusado. O último homem vivo perdera seu cavalo e ainda erguia a espada enquanto era esmagado.

Os legionários não comemoraram a vitória. Ficaram imóveis, sangrando e ofegando como cães ao sol. O silêncio se estendeu pelo campo e havia muitos nas fileiras que sussurravam orações pelos homens que haviam enfrentado.

Júlio balançou a cabeça num espanto diante do que testemunhara. Mal notou quando começou a busca pelo corpo de Pompeu. Quando este não foi encontrado, olhou para o sul com o rosto pensativo.

— Ele não merece tanta lealdade — disse. — Encontrem um local limpo para fazer acampamento e descansar. Seguiremos amanhã, quando tivermos honrado nossos mortos romanos. Não façam distinção entre eles. Eram homens da mesma cidade.

Em três navios mercantes apenas os dois mil sobreviventes da amada Décima de Júlio fizeram a travessia final até Alexandria. Seus *extraordinarii* tinham sido deixados para trás com a Quarta para esperar transporte. Não sabia se poderia encontrar Pompeu lá. Aquela terra jamais fora conquistada por Roma e tudo que ele sabia sobre os costumes eram lembranças ensinadas na infância. Era a cidade de Alexandre e recebera o nome dele. Ainda que para Júlio o Egito fosse outro mundo, Alexandria era o local de descanso do rei grego que ele havia idolatrado durante toda a vida.

A marca que Alexandre deixara no mundo havia durado séculos e até mesmo os reis egípcios eram descendentes de um dos seus generais, Ptolomeu. Se Pompeu não tivesse fugido pelo mar para escapar dele, Júlio sabia que poderia ter viajado até lá simplesmente para ver as glórias que ouvira descritas quando era menino. Lembrou-se de estar parado um dia diante de uma estátua partida do rei grego imaginando se sua vida poderia ser tão bem usada. Agora pisaria no solo do Egito como governante do maior império do mundo. Não precisava baixar a cabeça para ninguém, nem para a memória de ninguém.

O pensamento trouxe uma onda de saudade à medida que ele percebia que a primavera teria chegado no fórum de Roma. Os oradores estariam se dirigindo às multidões, ensinando lei e filosofia em troca de poucas moedas. Em quase vinte anos Júlio havia passado apenas alguns meses em seu local de nascimento, e ficara velho a seu serviço. Tinha deixado a juventude em terras estrangeiras e perdido mais do que Roma jamais lhe dera.

O que ganhara, em comparação com a vida de homens que chamava de amigos? Era estranho pensar que passara os anos tão livremente. Tinha adquirido o direito de ser o primeiro em sua cidade, mas não conseguia sentir alegria nisso. Talvez o caminho o tivesse mudado, mas ele esperara mais.

A entrada principal do porto de Alexandria era através de uma passagem de águas profundas entre braços fechados de rocha que faziam os homens experientes franzir a testa. A abertura pela qual navegavam era suficientemente estreita para ser facilmente bloqueada e Júlio não pôde escapar ao pensamento de que o porto era uma armadilha natural.

Enquanto os navios deslizavam sob vela até o cais, o calor pareceu aumentar e Júlio enxugou o suor da testa. Os soldados no convés gesticulavam espantados para uma vasta coluna quadrada de mármore branco construída à beira do porto. Era mais alta do que qualquer prédio de Roma e Júlio foi tocado pela nostalgia dos dias em que não tinha nada a temer além de uma chicotada dos tutores. Na época, o farol de Alexandria parecera impossivelmente distante. Ele nunca esperara passar tão perto dali e inclinou o pescoço junto com os outros, perdido em espanto. Em algum lugar da cidade estava a maior biblioteca do mundo, contendo todas as obras de filosofia e matemática que já haviam sido escritas. De algum modo era obsceno trazer seus matadores a um local de tanta riqueza e conhecimento, mas logo sua vingança terminaria e ele estaria livre para ver as terras de ouro.

A água estava movimentada com centenas de outros barcos transportando o comércio de nações. Os capitães mercantes de Júlio precisavam trabalhar para evitar colisões enquanto se aproximavam da língua de terra que se estendia no ancoradouro perfeito que um dia atraíra Alexandre.

Júlio virou o olhar finalmente para a cidade, franzindo a testa enquanto figuras distantes se definiam em guerreiros armados, esperando no cais. Viu arcos e lanças em pé. As primeiras filas carregavam escudos ovais, mas não usavam armaduras, apenas um saiote e sandálias, deixando os peitos nus. Estava suficientemente claro que não eram romanos. Não poderiam ser.

À frente deles havia um homem alto com mantos volumosos brilhando ao sol. O olhar dele podia ser sentido mesmo à distância, e Júlio engoliu em seco. Estariam ali para lhe dar as boas-vindas ou impedir um desembarque? Sentiu a primeira pontada de alarme ao ver que os soldados mais próximos traziam espadas de bronze desembainhadas, brilhando como ouro.

— Deixe-me ir primeiro, senhor — murmurou Otaviano junto ao seu ombro. Os legionários da Décima haviam silenciado ao ver o exército no cais e estavam prestando atenção.

— Não — respondeu Júlio sem se virar. Não demonstraria medo diante daquelas pessoas estranhas. O cônsul de Roma andava onde queria.

A ponte corvus foi baixada com cordas e Júlio a atravessou. Ouviu o som de cravos de ferro enquanto seus homens o seguiam e sentiu Otaviano ao lado. Com dignidade deliberada caminhou até o homem que o esperava.

— Meu nome é Porfíris, cortesão do rei Ptolomeu, décimo terceiro com esse nome — começou o homem com voz sibilante. — Ele que é rei do Baixo e Alto Egito, que usa as insígnias e propicia aos deuses. Ele que é amado...

— Estou procurando um homem de Roma — interrompeu Júlio, alçando a voz para ser ouvido até longe. Ignorou o choque e a raiva nos olhos de Porfíris. — Sei que ele veio aqui e quero que seja trazido a mim.

Porfíris baixou a cabeça, escondendo a aversão.

— Recebemos dos mercadores notícias sobre sua busca, cônsul. Saiba que o Egito é amigo de Roma. Meu rei ficou perturbado ao pensar em seus exércitos penetrando em nossas cidades frágeis e preparou um presente para o senhor.

Júlio estreitou os olhos enquanto as fileiras de homens armados se dividiam e um escravo musculoso se adiantava com passo medido. Carregava um vaso de argila nos braços estendidos. Júlio viu figuras de grande beleza trabalhadas na superfície.

Quando o vaso foi posto aos seus pés, o escravo recuou e se ajoelhou no cais. Júlio encarou o representante do rei e não se mexeu. Sua pergunta não fora respondida e ele sentiu o humor se esgarçar. Não sabia o que esperavam dele.

— Onde está Pompeu? — perguntou. — Eu...

— Por favor. Abra o vaso — respondeu o homem.

Com um movimento impaciente, Júlio tirou a tampa. Gritou de horror e então a tampa escorregou de seus dedos despedaçando-se nas pedras.

Os olhos cegos de Pompeu espiavam por baixo de um óleo perfumado. Júlio podia ver o brilho do anel do Senado repousando de encontro à bochecha pálida. Estendeu a mão lentamente e rompeu a superfície, tocando a carne fria enquanto pegava a joia de ouro.

Tinha conhecido Pompeu na antiga sede do Senado quando era pouco mais do que um garoto. Lembrou-se do sentimento de espanto na presença de lendas como Mário, Cícero, Sila e do jovem general chamado Cnaeus Pompeu. Ele havia livrado o Mare Internum de piratas em quarenta dias. Havia derrubado a rebelião comandada por Espártaco. Mesmo tendo se tornado um inimigo, Júlio havia unido sua família e seu destino a Pompeu num triunvirato para governar.

Havia nomes demais nas listas dos mortos, muitos que haviam caído. Pompeu fora um homem orgulhoso. Merecia algo mais do que ser assassinado pelas mãos de estranhos, longe de casa.

Diante de todos eles, Júlio chorou.

SEGVNDA PARTE

CAPÍTVLO XXIV

ENQUANTO AS PORTAS DA CÂMARA SE ABRIAM EM SILÊNCIO, JÚLIO prendeu o fôlego diante do que viu. Tinha esperado que a audiência assumisse a forma de uma reunião particular, mas o vasto salão estava cheio com centenas de súditos reais, deixando apenas o corredor central livre até o trono. Eles se viraram para vê-lo e ele ficou pasmo com a variedade de cores que redemoinhavam e se misturavam. Essa era a corte do rei, pintada e com joias em opulência.

Lâmpadas em correntes pesadas balançavam em sopros de ar invisíveis acima de sua cabeça enquanto ele passava pela porta, tentando não demonstrar o espanto. Não era uma tarefa simples. Para todo lugar que olhasse havia negras estátuas de basalto representando deuses egípcios erguendo-se acima dos cortesãos. Dentre eles reconheceu as figuras de divindades gregas e só pôde balançar a cabeça espantado ao ver as feições do próprio Alexandre. O legado grego estava em toda parte, desde a arquitetura até os costumes de vestimentas, sutilmente fundidos aos egípcios até que não houvesse qualquer outro lugar como Alexandria.

O cheiro de incenso pungente era forte o bastante para deixar Júlio atordoado e ele precisou se concentrar para manter o autocontrole. Usava sua melhor armadura e a melhor capa, mas diante da elegância dos cortesãos sentia-se andrajoso e despreparado. Levantou a cabeça com irritação ao sentir a pressão de centenas de olhares. Tinha visto os limites do mundo. Não seria rebaixado por ouro e granito.

O trono do rei estava na extremidade mais distante do salão e Júlio caminhou até o ocupante. Seus passos ressoavam altos e, como insetos espalhafatosos, os cortesãos cessaram todo movimento à medida que ele se aproximava. Júlio olhou para o lado e viu que Porfíris o estava acompanhando sem qualquer som. Ouvira boatos sobre eunucos servindo nos reinos do Oriente e se perguntou se Porfíris era um daqueles tipos estranhos.

A longa caminhada até o trono pareceu demorar uma eternidade e Júlio descobriu, para sua irritação, que ele ficava elevado sobre uma base de pedra, de modo que precisaria olhar para cima, como um pedinte diante do rei. Parou enquanto dois guardas pessoais de Ptolomeu atravessavam seu caminho, bloqueando-o com ornamentados cajados de ouro. Júlio franziu a testa, recusando-se a ficar impressionado. Achou que Ptolomeu o observava com interesse, mas era difícil ter certeza. O rei usava um adereço de cabeça feito de ouro e uma máscara que escondia tudo, menos os olhos. Seu manto também tinha fios de metal entretecido, de modo que o sujeito brilhava. Mesmo com escravos para abaná-lo, Júlio só podia imaginar o calor ao usar uma coisa daquelas na câmara sufocante. Porfíris se adiantou.

— Apresento Caio Júlio César — disse, a voz ecoando —, cônsul das terras romanas, da Itália, Grécia, Chipre e Creta, Sardenha e Sicília, da Gália, da Espanha e das províncias africanas.

— Você é bem-vindo — respondeu Ptolomeu e Júlio escondeu a surpresa diante do tom suave e agudo. Era difícil combinar a voz de um menino com a riqueza e o poder que ele vira, ou com uma rainha renomada pela beleza e a inteligência. Júlio se pegou hesitando. Vapores de mirra pairavam em sua garganta, provocando a vontade de tossir.

— Agradeço pelos aposentos que me foram oferecidos, grande rei — disse após um momento.

Outro homem estava parado junto da figura dourada e se inclinou para sussurrar no ouvido dela antes de se erguer. Júlio olhou para ele, notando as feições vulpinas de um verdadeiro egípcio. As pálpebras eram tingidas com uma tinta escura que lhe dava uma beleza fantasmagórica, quase feminina. Não havia sangue grego nele, pensou Júlio.

— Falo com a voz de Ptolomeu — disse o homem, encarando Júlio. — Honramos a grande Roma que fez comércio aqui durante gerações. Observamos seu crescimento desde simples pastores até a gloriosa força que possui hoje.

Júlio sentiu a irritação de novo. Não sabia se seria uma quebra de etiqueta dirigir-se diretamente ao sujeito, ou se deveria responder ao próprio Ptolomeu. Os olhos do rei estavam brilhantes de interesse, mas não davam qualquer pista.

— Se quer falar comigo, diga o seu nome — respondeu Júlio rispidamente ao cortesão.

Uma onda de choque perpassou o salão e Ptolomeu se inclinou um pouco mais à frente no trono, com interesse óbvio. O egípcio não se abalou.

— Meu nome é Panek, cônsul. Falo com a voz do rei.

— Então fique quieto, Panek. Não estou aqui para falar com você. — Uma leve balbúrdia começou atrás e Júlio ouviu Porfíris respirar fundo. Ignorou-o, encarando Ptolomeu.

— Meu povo é de fato uma grande nação, assim como a de Alexandre era ao vir aqui — começou Júlio. Para sua perplexidade, todas as cabeças na câmara se abaixaram ligeiramente à menção do nome.

Panek falou de novo, antes que Júlio pudesse continuar:

— Nós honramos o deus que fundou esta grande cidade. Sua carne imortal está aqui, como marca de nosso amor por ele.

Júlio deixou o silêncio se estender enquanto encarava Panek. O sujeito devolveu o olhar com inexpressividade plácida, como se não tivesse lembrança da ordem de Júlio. Júlio balançou a cabeça para livrá-la dos vapores do incenso. Não parecia capaz de invocar as palavras que pretendia dizer. Alexandre, um deus?

— Um cônsul romano veio antes de mim — disse. — Com que direito a vida dele foi tirada?

Então houve silêncio e a figura dourada do rei ficou imóvel como as estátuas. O olhar de Panek pareceu se afiar mais e Júlio pensou que finalmente o havia irritado.

— Os pequenos problemas de Roma não devem ser trazidos a Alexandria. Este é o mundo do rei — disse Panek com a voz estrondeando no salão. — Seus exércitos e suas guerras não têm lugar aqui. Você tem a cabeça de seu inimigo como presente de Ptolomeu.

Júlio encarou Ptolomeu intensamente e viu o rei piscar. Estaria nervoso? Era difícil avaliar por baixo do ouro pesado. Após um momento deixou a raiva aparecer.

— Ousa chamar de presente a cabeça de um cônsul de Roma, Panek? Vai me responder, majestade, ou vai deixar esta coisa pintada responder pelo senhor?

O rei se remexeu desconfortavelmente e Júlio viu a mão de Panek baixar no ombro de Ptolomeu, como num alerta. Agora qualquer traço de calma havia desaparecido do rosto coberto de óleo. Panek falou como se as palavras queimassem em sua boca:

— A hospitalidade que lhe foi oferecida se estende por apenas sete dias, cônsul. Depois disso vai embarcar em seus navios e deixar Alexandria.

Júlio ignorou Panek, o olhar firme na máscara de ouro. Ptolomeu não se moveu de novo e, depois de um tempo, Júlio desviou o olhar, furioso. Podia sentir a raiva dos guardas ao redor e não se incomodou com ela.

— Então não temos mais nada a dizer. Majestade, foi uma honra.

Virou-se abruptamente, surpreendendo Porfíris que teve de correr para acompanhá-lo antes de chegar às portas distantes.

Enquanto elas se fechavam atrás dele, Porfíris deliberadamente bloqueou seu caminho.

— Cônsul, o senhor tem talento para fazer inimigos — disse ele.

Júlio não falou e, passado um momento, Porfíris se afrouxou sob seu olhar.

— Se o rei considerar que o senhor o insultou, seus homens não terão permissão de viver — disse Porfíris. — O povo vai despedaçar vocês.

Júlio encarou os olhos escuros do sujeito.

— Você é eunuco, Porfíris? Estive me perguntando.

Porfíris moveu as mãos, agitado.

— O quê? Não ouviu o que eu disse?

— Ouvi, como ouvi as ameaças de uma dúzia de reis na vida. O que significa mais uma, para mim?

Porfíris ficou boquiaberto, pasmo.

— O rei Ptolomeu é um deus, cônsul. Se ele ordenar sua morte, não há nada no mundo que o salve.

Júlio pareceu considerar isso.

— Vou pensar a respeito. Agora me leve de volta aos meus homens naquele belo palácio que seu deus forneceu. O incenso é forte demais para mim, aí dentro.

Porfíris fez uma reverência para esconder a confusão.

— Sim, cônsul — disse, mostrando o caminho.

Quando a noite chegou, Júlio estava andando de um lado para o outro no piso de mármore de seus aposentos, pensando. O palácio que lhe haviam dado era maior e mais espaçoso do que qualquer construção que ele já possuíra em Roma, e a sala onde tinha comido era apenas uma das muitas dúzias disponíveis. Porfíris oferecera escravos para seu conforto, mas Júlio os dispensara depois de retornar da corte do rei. Preferia a companhia de sua Décima à de espiões e assassinos potenciais.

Parou diante de uma janela aberta, olhando o porto de Alexandria e deixando a brisa esfriar sua indignação. Além da chama eterna do farol, podia ver milhares de luzes em casas, lojas e armazéns. As docas estavam movimentadas com navios e cargas, e a escuridão não mudara nada. Com outro humor poderia ter desfrutado da cena, mas apertou com mais força o parapeito de pedra, sem perceber a habilidade com que fora feito. A princípio ficara pasmo com o nível de ornamentação na cidade. Seus alojamentos não eram exceção e as paredes ao redor eram forradas com algum tipo de cerâmica azul coberta de folha de ouro. A impressão havia empalidecido depois de apenas algum tempo. Talvez porque ele estivesse por tanto tempo no campo, ou porque suas raízes estivessem numa Roma mais simples, mas Júlio não mais caminhava como se seus passos pudessem quebrar as estátuas delicadas por toda parte. Não se importava se elas caíssem transformando-se em pó devido à sua passagem.

— Fui praticamente dispensado, Otaviano! — disse apertando as mãos às costas. — Você não pode imaginar a arrogância daqueles cortesãos com suas pinturas e seus óleos. Um bando de pássaros bonitos sem inteligência suficiente para preencher uma boa cabeça romana.

— O que o rei deles disse sobre Pompeu? — perguntou Otaviano.

Ele havia se sentado num banco com almofadas, esculpido no que parecia uma única peça de granito preto. Também tinha experimentado a recepção egípcia, com guardas seminus impedindo que seus homens explorassem a cidade. Domício havia conseguido escapar deles durante uma hora, depois fora trazido de volta como uma criança perdida, com os guardas balançando a cabeça em desaprovação.

— O rei poderia muito bem ser mudo, pelo tanto que o ouvi falar — respondeu Júlio. — Pelas poucas palavras que escutei, diria que é apenas um menino. Nem vi sua famosa rainha. Mais insultos! Os cortesãos são o verdadeiro poder nesta cidade e eles nos dispensaram como se fôssemos comerciantes indesejados. É insuportável! Pensar que esta é a cidade de Alexandre e que tenho chance de vê-la! Poderia ter passado dias somente na grande biblioteca e talvez fosse mais para o interior, para ver o Nilo. Roma teria esperado um pouco mais a minha volta.

— Você tem o que veio pegar, Júlio. A cabeça de Pompeu e o anel...

— Sim! Tenho esses restos nojentos de um grande homem. A vida de Pompeu não pertencia a eles, Otaviano. Pelos deuses, fico furioso em pensar naqueles eunucos com pele dourada matando-o.

Pensou na promessa feita à filha, de que tentaria não tirar a vida de Pompeu. Como ela reagiria ao saber da notícia? Pompeu não havia morrido por suas mãos, mas talvez sua morte tivesse sido pior, tão longe de seu lar e de seu povo. Trincou o maxilar com raiva.

— Eles deram a entender que nós teríamos saqueado a cidade procurando-o, Otaviano. Como se fôssemos bárbaros que devessem ser aplacados e mandados embora com algumas contas e potes! Ele era meu inimigo, mas merecia algo melhor do que ser morto nas mãos daqueles homens. Era um cônsul de Roma, nada menos do que isso. Será que devo deixar passar sem vingança?

— Acho que deve — respondeu Otaviano, franzindo a testa.

Sabia que Júlio era capaz de declarar guerra contra aquela cidade por causa da morte de Pompeu. Ainda que os cortesãos e o rei não tivessem como saber, quase mil homens e cavalos poderiam chegar ao porto a qualquer momento. Se Júlio mandasse a notícia para a Grécia, poderia ordenar que uma dúzia de legiões marchassem. Bastaria uma fagulha e Otaviano sabia que não veria Roma de novo em anos.

— Eles acreditavam estar fazendo sua vontade quando lhe deram a cabeça de Pompeu — disse Otaviano. — Segundo os padrões deles, fomos tratados com cortesia. É insulto receber um palácio?

Decidiu não mencionar as humilhações que a Décima havia suportado por parte dos guardas do palácio. Júlio protegia mais a amada legião do que sua própria vida. Se soubesse que os homens tinham sido maltratados, sopraria as trombetas de guerra antes que o sol nascesse.

Júlio havia parado para ouvir, e no silêncio Otaviano pôde escutar o *tap-tap* dos dedos dele às costas.

— Mas sete dias! — reagiu Júlio com irritação. — Será que devo virar o rabo e seguir humildemente as ordens de um menino com cara dourada? Se é que as ordens eram dele, e não a veneta de alguém da corja que o controla. Alexandre ficaria pasmo se pudesse ver esta cidade me tratando desse modo. Eu disse que eles o reverenciam como um deus?

— Você mencionou — respondeu Otaviano, mas Júlio não pareceu ouvi-lo. Ficou olhando espantado enquanto pensava na ideia.

— A estátua dele adorna os templos dos deuses daqui, com incenso e oferendas. É espantoso. Porfíris diz que o próprio Ptolomeu é divino. Esse é um povo estranho, Otaviano. E por que alguém cortaria os testículos de um homem? Isso o torna mais forte, ou mais capaz de se concentrar? Que benefícios existem nessa prática? Com o rei havia alguns que poderiam ser homens ou mulheres, não dava para saber. Talvez fossem capados. Já vi coisas estranhas no correr dos anos... lembra-se dos crânios dos suevos? Incrível.

Otaviano observou Júlio atentamente, suspeitando que a arenga havia finalmente acabado. Não ousava deixar Júlio sozinho num humor daqueles, mas não conseguia evitar os bocejos enquanto a noite ia passando. Sem dúvida, a alvorada não podia estar longe.

Domício passou pelas altas portas de bronze. Otaviano se levantou assim que viu a expressão do amigo.

— Júlio — disse Domício. — Você deveria ver isto.

— O que é?

— Não tenho certeza — respondeu Domício, rindo. — Há um homem do tamanho de Ciro no portão. Está carregando um tapete.

Júlio olhou-o, inexpressivo.

— Ele quer vender?

— Não, senhor, disse que é um presente da rainha do Egito.

Júlio trocou um olhar com Otaviano.

— Talvez eles queiram se desculpar — sugeriu Otaviano, dando de ombros.

— Mande-o subir — disse Júlio.

Domício desapareceu, voltando com um homem mais alto do que os três romanos. Júlio e Otaviano ouviram seu passo forte antes que ele passasse pela porta e viram que Domício não havia exagerado. O sujeito era alto e barbudo, com braços fortes envolvendo um tubo de tecido dourado.

— Cumprimentos e honras ao senhor, cônsul — disse o sujeito num latim impecável. — Trago o presente de Cleópatra, filha de Ísis, rainha do Egito, honrada esposa de Ptolomeu.

Enquanto falava, o homem baixou o fardo ao chão com cuidado imenso. Algo se moveu dentro e Otaviano tirou a espada da bainha.

O estranho girou ao ouvir o som, com as palmas das mãos erguidas.

— Por favor, não há perigo para vocês — disse ele.

Otaviano se adiantou com a arma e o homem se ajoelhou rapidamente, desenrolando o tapete com um puxão forte.

Uma jovem rolou para fora, pousando como uma gata, de quatro. O queixo de Júlio caiu quando ela parou. Um pequeno pedaço de seda amarela cobria os seios e outro estava enrolado na cintura, revelando pernas compridas indo até os pés descalços. A pele era de ouro escuro e o cabelo revolto devido ao tempo passado no tapete. Os cachos caíam para a frente, escondendo um rosto ruborizado de calor e embaraço. Poderia ser imaginação, mas Júlio pensou que pôde ouvi-la xingando baixinho.

Enquanto os romanos olhavam, pasmos, ela pôs o lábio inferior por cima do outro e soprou um cacho de cabelo de cima dos olhos. Seu olhar se fixou em Júlio e ela se arrumou numa posição mais digna e se levantou devagar.

— Sou Cleópatra — disse. — Gostaria de falar com você a sós, César.

Júlio estava em transe. Ela possuía corpo de dançarina, pálpebras pesadas e boca cheia que sugeria uma rara sensualidade. Brincos de ouro brilhavam e uma granada vermelha, parecendo uma gota de sangue, pendia do pescoço. Era tão linda quanto ele ouvira falar.

— Deixem-nos — disse Júlio sem olhar para os outros.

Otaviano hesitou um momento até Júlio encará-lo, então saiu com Domício e o serviçal barbudo.

Júlio foi até uma mesa e encheu uma taça de prata com vinho tinto, usando a ação para ganhar tempo e pensar. Ela veio junto e aceitou a taça com as duas mãos.

— Por que se fez ser transportada desse modo? — perguntou Júlio.

Cleópatra bebeu profundamente antes de responder e ele se perguntou como seria ficar presa no tecido sufocante do tapete durante tanto tempo.

— Se eu tivesse vindo às claras os cortesãos iriam me prender. Não sou bem-vinda em Alexandria, pelo menos não mais.

Seus olhos jamais se afastavam dele enquanto ela falava e Júlio achou desconfortáveis os modos diretos. Indicou um banco e ela o acompanhou, puxando as pernas lentamente sob o corpo.

— Como a rainha pode não ser bem-vinda?

— Porque estou em guerra, César. Meus guerreiros leais estão na fronteira da Síria, incapazes de entrar no Egito. Minha vida não valeria nada se eu tivesse vindo de dia.

— Não entendo.

Ela se chegou mais para perto e ele pôde sentir um perfume intenso vindo da pele nua, como fumaça. Pegou-se excitado pela garota seminua e lutou para não demonstrar.

— Meu irmão Ptolomeu tem 13 anos — disse ela. — Sob o comando de Panek ele não tem voz no governo de minhas terras.

— Seu irmão?

Ela assentiu.

— Meu irmão e meu marido são um só. — Ela viu sua expressão e riu, um risinho baixo do qual Júlio gostou.

— É uma coisa formal, romano, para manter pura a linhagem sanguínea. Nós fomos rei e rainha juntos, assim como meu pai se casou com a própria irmã. Quando Ptolomeu tivesse minha idade eu teria os filhos dele, para governar depois de nós.

Júlio sentiu-se perdido em meio a essas revelações. Lutou para encontrar algo que rompesse o silêncio que havia brotado entre eles.

— Você fala minha língua lindamente — aventurou-se.

Ela riu de novo, deliciando-o.

— Meu pai ensinou, mas sou a primeira de sua linhagem a falar egípcio. Você preferiria conversar em grego? É a língua da minha infância.

— Fico feliz ouvindo-a dizer isso — respondeu, sério. — Admirei Alexandre durante toda a vida. Estar aqui com a descendente de seu general é inebriante.

— O Egito me reivindica, César; corre como fogo dentro de mim.

A pele dela era de um cobre dourado e liso, lubrificada com óleos todos os dias de sua vida. Ele sabia que seria extraordinária ao toque.

— Mas você não pode tomar seu trono, por medo — disse ele, baixinho.

Cleópatra fungou.

— Não de meu povo. Ele é leal à deusa em mim.

Júlio franziu a testa diante dessa declaração vinda de uma garota tão jovem.

— Não acredito nessas coisas.

Ela o olhou com interesse e ele sentiu a pulsação latejar.

— A carne que você vê não é nada, César. Meu Ka é divino dentro de mim, seguro até minha morte. Você não poderia vê-lo.

— Seu Ka?

— Meu... espírito. Minha alma. Como uma chama num lampião coberto, se quiser.

Júlio balançou a cabeça. O perfume dela parecia preencher cada respiração, tão perto estava sentada. Ele não a vira se mexer, mas a distância entre os dois parecia ter encolhido e o aposento parecia quente.

— Você não disse por que veio me ver.

— Não é óbvio? Ouvi falar de você, César. Rezei a Ísis para ser libertada de meu exílio e você me foi mandado. Você tem um exército para desequilibrar a balança no próprio coração de Alexandria. — Seus olhos imploravam.

— E os seus soldados?

— São muito poucos e os espiões se arrastam como moscas em volta do acampamento deles. Arrisquei-me à morte para encontrá-lo, César, e sou apenas uma. — Ela estendeu a mão fria e tocou seu rosto. — Preciso de um homem de honra, César. Preciso desesperadamente. Você pode dizer que não acredita, mas os deuses o trouxeram para isso.

Júlio balançou a cabeça.

— Eu segui Cnaeus Pompeu, que foi assassinado no seu cais. Ela não desviou o olhar.

— E o que fez com que ele viesse à cidade de Alexandre? Há muitos portos. Se não pode acreditar, então me dê minha vingança enquanto toma a sua! A ordem para a morte de Pompeu tem o nome de minha família, em desonra. Panek usa o sinete real como se fosse dele. Vai me ajudar, romano?

Júlio se levantou desajeitadamente do banco, avassalado por ela. A ideia de colocar de joelhos aqueles cortesãos arrogantes o atraía. Pensou nos *extraordinarii* e nos soldados vindos da Ásia Menor e se perguntou se eles chegariam antes do fim dos seus sete dias.

— Quantos homens eles têm? — perguntou.

Ela sorriu, desdobrando as pernas até que os dedos dos pés tocaram o piso de mármore nu.

Domício e Otaviano observavam Júlio caminhar de um lado para o outro com energia renovada. Não tinha dormido nem tido tempo para fazer a barba, mas o sol havia subido sobre a cidade e o ruído do comércio e da vida chegava pelas altas janelas.

— Esta luta não é nossa, Júlio — disse Otaviano, preocupado e perturbado. Podia ver a perspectiva de retornar a Roma desaparecendo diante dele e tinha concebido uma aversão instantânea pela mulher que trouxera a mudança.

— É, se eu fizer com que seja. Minha palavra por si só é motivo suficiente. — Ele parou, querendo que o rapaz entendesse. — Se interviermos aqui, talvez um dia esta cidade faça parte de nosso império, e todo o Egito também. Imagine só! Cidades mais antigas do que a Grécia e um caminho para o Oriente. — Seus olhos brilhavam com a visão e Otaviano soube que não haveria como virá-lo para casa.

— Espero que a beleza dela não tenha afetado seu julgamento.

Júlio apertou o maxilar com raiva, depois deu de ombros.

— Não sou imune, mas esta é uma chance para estabelecer o precedente do interesse romano. Eu não poderia pedir uma chance melhor de cortar os nós da política emaranhada deles. Se os deuses estão do nosso lado, são deuses romanos! Isso está me implorando, Otaviano.

— E Roma implora sua volta! — reagiu Otaviano rispidamente, surpreendendo ambos. — Você venceu todas as suas batalhas. Está na hora de retornar para as recompensas, não é? Os homens estão esperando que você cumpra a palavra.

Júlio coçou o queixo, parecendo subitamente cansado.

— Se eu voltar, talvez nunca mais saia de Roma. Fiquei velho demais para planejar novas campanhas. Mas não o suficiente para temer mais uma pela causa justa. Como posso afirmar que levo a luz de nossa civilização e depois dar as costas a isso? Se só ficarmos olhando para dentro, para nossas coisas, a influência que obtivemos será desperdiçada. — Ele parou diante de Otaviano, segurando-o pelo ombro. — Pretendo usar a influência que aqueles anos de batalha me renderam. Gostaria que você se juntasse a mim por livre vontade mas, se não puder, pode retornar.

— Sem você? — disse Otaviano, sabendo a resposta. Júlio assentiu e Otaviano suspirou. — Meu lugar é ao seu lado direito. Se você disser que devemos ir em frente, estarei lá, como sempre estive.

— Você é um bom homem, Otaviano. Se não houver filhos para me seguir, eu sentiria orgulho em vê-lo no meu lugar. — E deu um risinho. — Onde mais você arranjaria uma educação como esta? Posso lhe ensinar mais política aqui do que você encontraria em uma década de reuniões do Senado. Pense no futuro, Otaviano. Pense no que realizará quando eu me for. Esta é a cidade de Alexandre e pode ser um prêmio para Roma. Quem melhor do que nós para assumir o manto dele?

Otaviano assentiu lentamente e Júlio deu-lhe um tapa no braço.

— Quantos, exatamente, iremos enfrentar? — perguntou Domício, interrompendo. Os dois pareceram se livrar de alguma comunicação privada.

— Muitos para a Décima sozinha — disse Júlio. — Devemos esperar a chegada da Quarta. Mesmo então podemos precisar do exército de Cleópatra antes de terminarmos. Ainda que estejam tão cercados de informantes que os cortesãos saberão, caso eles comecem a se mover. Precisamos conseguir uma vantagem desde o primeiro momento, enquanto eles ainda pensam que vamos partir em paz. Temos a surpresa. Com a Quarta aqui em força total, atacaremos onde eles não esperam.

Ele riu e Otaviano reagiu, sentindo a empolgação apesar das dúvidas.

— O que você tem em mente? — perguntou Otaviano.

— É como um jogo de latrunculi. Devemos capturar o rei.

CAPÍTVLO XXV

NA PENUMBRA VÁRIAS LEGIÕES ESPERAVAM, APINHADAS EM CADA canto dos alojamentos romanos. O próprio Júlio havia descido ao cais para receber os soldados da Quarta que chegavam de navio. Tinham vindo esperando perseguir Pompeu através de um novo continente, mas em vez disso se viram fazendo parte de uma trama para sequestrar um rei menino. Poderia ser o retorno de noites quentes ou simplesmente o fato de que Pompeu morrera e eles enfim estavam livres, mas um raro humor de empolgação juvenil os havia dominado. Cutucavam uns aos outros e sorriam na escuridão. César tinha triunfado sobre os inimigos e eles viram isso acontecer.

Júlio esperou perto da porta pesada, espiando a lua. Ouviu o resfolegar de uma montaria romana e olhou para a fonte, vendo sombras se moverem. Os cavalos tinham sido bem alimentados com grãos, comida melhor do que viam há semanas. O palácio também estava cheio de provisões, excelentes carregamentos do Chipre, da Grécia e até da Sicília. O ouro romano tinha peso nas docas de Alexandria.

Apesar da tensão, Júlio não podia esconder o fato de que estava gostando. Ciro, Brutus e Régulo tinham vindo ao Egito. Ele estava com os generais ao redor mais uma vez e sentia-se gloriosamente vivo.

Ao lado de Júlio, Brutus não podia compartilhar a leveza dos outros. Seu braço partido havia se curado nas semanas de perseguição, mas os músculos ainda estavam fracos demais para que se arriscasse numa aventura assim. Ansiava por ir com eles, para que as coisas fossem como antigamente. Havia ocasiões em que podia esquecer tudo que acontecera e imaginar que estavam de volta à Gália ou à Espanha, com a confiança e a amizade unindo-os. Não conseguia deixar de ver os olhares de desaprovação dos homens, lembrando-o de sua nova posição. Eles não lhe permitiam o luxo de qualquer dúvida quanto ao assunto. Sentia que Otaviano estava vigiando-o e olhava para o nada até que a sensação passasse. Faria isso mudar. Até então aceitava que ficaria e manteria o palácio em segurança para o retorno deles.

Olhando para a noite, a princípio Júlio não viu Cleópatra. Ela entrou silenciosamente no saguão apinhado sem se anunciar, abrindo caminho por entre soldados espantados. Júlio se virou a tempo de ver seu sorriso quando um dos homens soltou um assobio baixo e um ondular de risos os atravessou. Não sabia dizer como ela fizera isso, mas a jovem tinha conseguido uma nova roupa apenas ligeiramente menos reveladora do que a usada no primeiro encontro. Seus movimentos ágeis eram de menina, mas os olhos eram mais maduros. O cabelo estava preso por uma faixa de ouro e as pernas e a barriga nua atraíam olhares de esguelha enquanto caminhava entre eles.

Júlio viu-se enrubescendo à medida que ela se aproximava, sabendo que seus soldados estavam animadamente chegando às próprias conclusões para seu súbito interesse pelo Egito. Seus generais a haviam encontrado antes, mas ainda estavam enraizados quando ela girou no mesmo lugar, para encarar os homens.

— Ouvi falar da coragem romana — disse Cleópatra em voz baixa. — E vi sua honra ao virem em minha ajuda. Vocês conhecerão a gratidão de uma rainha quando eu tiver meu trono de novo.

Fez uma reverência aos duros matadores de Roma e naquele momento eles teriam ido a qualquer lugar por ela. Sabiam que não deveriam aplaudir a beldade que chegara tão humildemente entre eles, mas um baixo murmúrio de aprovação percorreu o palácio, quase um rosnado.

— Está na hora — disse Júlio, olhando estranhamente para a rainha.

A pele dela brilhava nas sombras e seus olhos estavam iluminados pela lua enquanto se virava para ele. Antes que pudesse reagir, a jovem avançou um passo e deu-lhe um beijo de leve nos lábios. Júlio sabia que estava enrubescendo de novo, embaraçado. Ela tinha menos da metade de sua idade e ele praticamente podia sentir o riso dos homens trocando olhares.

Júlio pigarreou, tentando reunir dignidade.

— Vocês têm suas ordens, senhores. Lembrem-se de que não devem lutar com o inimigo a não ser que seja necessário. Vamos encontrar o rei e voltar direto para cá antes que eles possam juntar uma força suficiente para nos atrapalhar. Vocês ouvirão o toque de retirada quando Ptolomeu for capturado e, ao ouvi-lo, saiam o mais depressa que puderem. Caso se separem, venham para cá. Entendido?

Um coro de murmúrios de confirmação respondeu e ele assentiu, abrindo a porta para o jardim enluarado.

— Então me sigam, senhores — disse, finalmente reagindo com um sorriso aos olhares brilhantes e aos risos deles. — Sigam-me.

Eles desembainharam as espadas e se levantaram, saindo para a escuridão. Demorou muito tempo até que o último passasse, vindo dos recessos mais distantes do palácio. Apenas uma coorte ficou para trás enquanto Brutus fechava a porta, mergulhando todos numa escuridão mais profunda. Ele se virou para os homens e hesitou na presença da rainha que parecia uma estátua perfumada, observando-o.

— Bloqueiem as janelas e as entradas — ordenou, a voz soando áspera depois do silêncio ecoante. — Usem sacos de grãos e qualquer coisa que puderem carregar, quanto mais pesado, melhor.

A coorte entrou rapidamente em ação, seus seis centuriões dando ordens até que o último soldado tivesse o que fazer. O saguão de entrada ficou vazio, deixando Brutus parado desconfortável frente à rainha do Egito.

A voz dela veio das sombras.

— O general de armadura prateada...

Os olhos de Brutus se ajustaram para ver a lua colocar em silhueta seus ombros nus com um brilho leve. Estremeceu.

— Sou, senhora. Ou será que devo chamá-la de deusa?

Pôde sentir o olhar dela como um peso.

— Augusta majestade é um título, ainda que eu leve a deusa em mim. A ideia o ofende, romano?

Brutus deu de ombros.

— Vi muitas terras estrangeiras. Vi pessoas que pintam a pele de azul. Não há muita coisa que possa me surpreender agora.

— Você deve estar com César há muitos anos.

Ele desviou o olhar, subitamente irritado. Teria Júlio falado dele?

— Mais do que gostaria de lhe contar — respondeu.

— Como foi ferido, a serviço dele?

Brutus fungou, ficando mais irritado com o jorro de perguntas.

— Fui ferido em batalha, majestade. Imagino que talvez já tenha ouvido os detalhes.

Ele ergueu o braço com a tala, como que para ser inspecionado. Em resposta ela chegou mais perto. Estendeu a mão e, mesmo contra a vontade, Brutus estremeceu de novo sob o toque frio. Ela usava um pesado anel de ouro com um rubi lapidado. Na semiescuridão era negro como o céu noturno.

— Foi você quem o traiu — disse fascinada. — Conte: por que ele o deixou viver?

Brutus piscou diante dos modos diretos. Ali estava uma mulher acostumada a ter cada pergunta respondida, cada capricho realizado. Parecia não perceber a dor que causava.

— Ele não pôde encontrar um general melhor. Sou um flagelo perfeito no campo de batalha, mas não como a senhora me vê agora.

Falava com uma diversão sardônica, mas quando ela não respondeu, Brutus não conseguiu sustentar a expressão. Suas feições lentamente caíram num vazio.

— Nós fomos jovens juntos — disse. — Eu cometi um erro e ele perdoou.

Ficou surpreso diante da própria honestidade. Era menos doloroso inventar uma história.

— Eu teria matado você — murmurou ela, mordendo o lábio inferior.

Brutus só conseguia olhá-la, vendo que falava a verdade. Lembrou-se de que a rainha conhecera o poder absoluto desde muito pequena. Era tão mortal quanto as serpentes negras do Nilo.

— Eu jamais perdoaria uma traição, general. Seu César é um grande homem ou um idiota. O que acha?

— Acho que a senhora e ele talvez tenham muito em comum. Mas não lhe respondo, nem vou me explicar mais.

— Esta noite ele foi sequestrar meu marido, meu irmão e meu rei. César pode morrer na tentativa, ou meu irmão pode cair e ser atravessado por flechas. Esse é o grande jogo, general. Esses são os riscos envolvidos. Ouça as palavras quando digo isso. Ele o deixou viver porque é cego em relação a você. Não sabe o que vai no seu coração.

Tocou o pescoço dele com a palma da mão, apertando. Brutus pensou que ela devia se banhar em óleo de lótus para provocar um efeito assim. Sentiu um arranhão minúsculo, como de um espinho. Poderia ter se afastado bruscamente, mas seus sentidos o pressionavam e ele ansiava por um sopro de ar frio. Ouviu-a falar através de camadas e camadas de tecido ondulante, abafados.

— Eu o conheço, general. Conheço cada pecado pequeno e grande. Conheço seu coração como César jamais conhecerá. Conheço o ódio. Conheço o ciúme. Conheço você.

Sua mão baixou e ele cambaleou, ainda conseguindo sentir onde as unhas dela haviam pressionado.

— Seja leal agora, general, ou meça sua vida em instantes. O destino dele está amarrado ao Egito, e a mim. E meu braço é longo. Não sofrerei outra traição, nem mesmo a sombra de uma traição.

Ele ficou boquiaberto diante daquela intensidade, pasmo e perplexo.

— Cadela egípcia, o que fez comigo? — perguntou, grogue.

— Salvei sua vida, romano.

Os lábios dela formaram um sorriso, mas os olhos eram frios e atentos. Sem outra palavra deixou-o a sós no saguão de entrada, tombado contra uma coluna e balançando a cabeça como um animal ferido.

A Via Canópica atravessava o coração de Alexandria. As duas legiões que estavam com Júlio corriam para o leste por toda a extensão, com as sandálias ruidosas despedaçando a paz da noite. Na escuridão, a artéria principal da cidade era um local fantasmagórico. Templos de deuses estranhos se erguiam sobre eles e estátuas pareciam prontas para saltar à vida por todos os lados. O tremeluzir das lâmpadas noturnas lançava sombras sobre os homens destemidos que corriam com espadas desembainhadas em direção à área do palácio.

Júlio mantinha o ritmo com eles, medindo a respiração enquanto as pernas e o peito também começavam a se soltar. O sentimento de empolgação não havia diminuído. No mínimo ele havia se elevado a um nível ainda maior de tensão e sentia-se jovem enquanto contava as ruas pelas quais passavam. Na quinta, sinalizou à esquerda e a serpente de legionários se virou para os arredores do palácio, seguindo a mesma rota que ele havia tomado com Porfíris três dias antes.

O palácio real não era um único prédio, e sim um complexo de muitas estruturas com jardins esculpidos. Os primeiros portões eram vigiados por guardas nervosos, há muito alertados pelo estrondo dos pés batendo no chão. Soldados da Décima se adiantaram com marretas pesadas e derrubaram a barreira com alguns golpes rápidos. O primeiro sangue da noite foi derramado quando os guardas ergueram suas armas e foram deixados para ser pisoteados à medida que as legiões entravam nos terrenos escuros.

O prédio principal onde Júlio conhecera o rei menino era iluminado em todos os pontos e brilhava à noite. Júlio não precisou direcionar os homens para ele. Havia mais guardas lá, que morreram corajosamente, mas a Décima havia se espalhado na linha de luta e somente um exército poderia tê-la contido.

O pânico se espalhava pela área do palácio e a resistência encontrada foi esporádica e mal organizada. Júlio teve a impressão de que um ataque direto nem mesmo fora considerado. Os portões externos haviam sido projetados para artifício e beleza e não para defesa sólida, e os defensores pareciam estar no caos, gritando uns com os outros.

Soldados armados começaram a sair de um alojamento não visto, tentando desesperadamente entrar em forma antes que a Décima os alcançasse. Foram trucidados como bois e carneiros, o sangue se derramando pela escadaria da entrada principal. As portas de bronze que haviam se aberto para a primeira visita de Júlio estavam agora fechadas, e quando ele as alcançou pôde ouvir barras sendo postas. Agradeceu aos deuses pela perspicácia de Cleópatra e saltou por cima de um muro de pedras na lateral da escada, pedindo marretas enquanto corria para uma entrada secundária.

Os golpes ressoaram até longe na escuridão. Como se para respondê-los, um sino de alarme começou a tocar em algum local próximo e Júlio despachou uma centúria para silenciá-lo.

A porta lateral era sólida e Júlio foi obrigado a controlar a impaciência. Verificou o gume da espada, mas ela ainda não vira sangue. Então, o tom dos impactos mudou e a porta caiu. Sua Décima entrou rugindo pela abertura e Júlio ouviu gritos do lado de dentro. Ficou perto da frente, gritando ordens e dirigindo os homens do melhor modo possível. O palácio parecia muito diferente da visita anterior durante o dia, e ele demorou alguns instantes para se orientar.

— Décima, comigo! — gritou, disparando por um corredor.

Escutou Otaviano e Domício ofegando às suas costas e deixou o ritmo diminuir um pouco. Não seria bom correr direto para as espadas de defensores ao redor do rei, e os dois generais tinham mais condições de abrir o caminho.

No mesmo instante em que pensou nisso, o corredor de trás pareceu se encher de homens e Júlio viu Otaviano e Domício partir para cima com as espadas girando. A única luz era a que vinha de uma lâmpada muito à frente e o combate foi breve e aterrorizante, corpos lutando nas sombras. A armadura romana suportava as lâminas de bronze da guarda palaciana e em apenas alguns instantes os primeiros homens da Décima passavam por cima dos mortos e seguiam em frente.

— Para onde? — perguntou Otaviano, cuspindo sangue do lábio partido.

Júlio desejou ter mais luz, mas pôde vislumbrar o brilho branco de uma escadaria de mármore que havia subido uma vida antes.

— Ali em cima! — disse, apontando.

Sua respiração saía áspera e a espada perdera o brilho com a mancha de um guarda desconhecido, mas ele corria com os outros escada acima. Cleópatra dissera onde seu irmão dormia e Júlio se virou para longe do salão de reuniões, entrando num corredor mais bem iluminado do que o resto do labirinto. Mais uma vez viu Otaviano e Domício assumirem posição adiante, e de repente ele estava gritando para que parassem.

Tinham passado por uma porta que parecia feita de ouro sólido. Júlio olhou ao redor procurando o homem que estava com as marretas.

— Aqui! Ele está aqui — gritou Júlio. — Marretas, a mim! — Em seguida jogou o peso do corpo contra a porta, mas ela não cedeu.

— Se o senhor se afastar... — disse um corpulento soldado da Décima junto ao seu ombro.

Júlio se afastou enquanto o sujeito erguia a marreta de ferro e começava a bater com ritmo, seguido rapidamente por dois outros. O corredor se tornou o foco da força romana, com posições defensivas assumidas ao redor enquanto os últimos obstáculos eram quebrados.

O ouro era pesado mas se amassava sob cada golpe, e não demorou muito até que uma das grandes barreiras oblongas se afrouxasse devido a uma dobradiça quebrada.

Uma flecha voou através da abertura, ricocheteando em uma marreta e se cravando na bochecha de um soldado. Com um palavrão ele puxou-a e três homens da Décima o seguraram no chão enquanto a flecha era partida e a ponta removida com eficiência brutal. Escudos foram erguidos e a segunda porta caiu, e mais duas flechas sibilantes se chocaram inutilmente contra eles enquanto a Décima invadia o cômodo.

As lâmpadas dos aposentos reais estavam acesas e Júlio ficou pasmo ao ver duas garotas nuas com arcos lá dentro. Elas gritaram aterrorizadas enquanto tentavam disparar mais uma flecha. Quase com desprezo, os legionários se adiantaram e arrancaram as armas de suas mãos. As mulheres lutaram loucamente enquanto eram empurradas para longe da porta que guardavam.

O quarto do rei estava escuro e Júlio soube que os primeiros homens ficariam silhuetados contra a luz. Seus soldados praticamente não hesitaram, confiando na velocidade para mantê-los em segurança. Saltaram para as sombras, rolando e levantando-se prontos para matar.

— Ele está aqui — gritou um de volta. — O rei está sozinho.

Enquanto atravessava o aposento externo, Júlio viu que a parede era marcada com trechos mais claros onde os arcos tinham sido arrancados de seus suportes. Havia outras armas encostadas no mármore polido e Júlio se perguntou por que o menino Ptolomeu as colecionava. As mulheres eram concubinas, e não guardas, supôs ao olhá-las. O rei poderia claramente escolher qualquer beldade de Alexandria.

A cama de Ptolomeu era uma construção gigantesca que dominava os aposentos particulares. O menino estava imóvel, seminu, ao lado, e apenas os lençóis desfeitos mostravam onde estivera dormindo. Era estranho ver seu rosto à luz fraca, depois do primeiro encontro dos dois, e Júlio ficou impressionado com a coragem da figura magra, de pé com o peito nu ofegando e uma faca apertada com força demais na mão.

— Guarde isso — disse Júlio. — Você não sofrerá nenhum mal.

O garoto o reconheceu e inspirou ruidosamente. Os soldados da Décima chegaram mais perto do rei e, com um movimento brusco, ele ergueu a lâmina para a própria garganta, olhando Júlio com expressão feroz.

Um legionário se adiantou e agarrou o punho do rei, fazendo-o gritar de dor e perplexidade. A faca foi jogada no chão com barulho. Ptolomeu começou a gritar por socorro e o homem que segurava seu pulso mirou com cuidado e lhe deu um soco na ponta do queixo, colocando-o no ombro quando o garoto ficou frouxo.

— Toquem o sinal. Estamos com o rei — disse Júlio, já se virando.

— Já deve haver mais deles, esperando por nós — disse Domício, olhando o corpo frouxo de Ptolomeu. A cabeça do rei oscilava enquanto ele era carregado pelo corredor, os braços balançando.

A luta recomeçou com ferocidade ainda maior à medida que as legiões tentavam voltar pelo mesmo caminho até o jardim. A visão do rei inconsciente provocava esforço maior dos egípcios que gritavam, e três homens da Quarta foram feridos, o que diminuiu a velocidade da retirada. Mesmo assim, os guardas cerimoniais não eram páreo para os endurecidos soldados de Roma que lutaram abrindo caminho pelos jardins, deixando uma trilha de mortos.

A noite os recebeu com uma brisa fresca que secou o suor enquanto eles corriam. Júlio escutou mais vozes gritando palavras que ele não conhecia, e quando chegaram aos portões quebrados que davam para a rua, uma chuva de lanças veio de algum local próximo, uma delas derrubando um óptio ofegante. Ele foi levantado por dois de seus homens e gritou quando eles partiram a haste, deixando apenas um cotoco sangrento se projetando das costas. Carregaram-no para a rua com o rei.

A perturbação no palácio havia acordado as pessoas de Alexandria e multidões estavam se juntando. Júlio insistiu para que seus homens corressem. Se o povo visse o rei sendo carregado como um saco de trigo poderia ser instigado a atacar e Júlio sentia a passagem de cada momento, aumentando a ansiedade.

As legiões corriam pela via Canópica na maior velocidade possível, com a saliva se transformando numa sopa densa na boca enquanto a respiração saía queimando. Com armadura completa, o quilômetro e meio de rua parecia se estender mais do que na ida, mas as multidões se abriam à frente e eles não hesitaram.

Pareceram se passar horas até que Júlio viu os portões de seu alojamento se abrindo e correu passando por eles, ofegando aliviado. O palácio começou a se encher de novo com seus homens e desta vez não houve restrições ao barulho. Eles gritavam e uivavam com a vitória ao mesmo tempo em que os feridos eram passados acima das cabeças até onde os médicos esperavam com suturas e panos limpos. Nenhum homem fora morto, mas o óptio que recebeu a lança provavelmente não andaria de novo. Júlio passou um momento com ele antes de ser levado para longe, falando algumas palavras de consolo do melhor modo que pôde.

Quando o último homem estava dentro, as portas foram fechadas e barradas. Cada lâmpada que Brutus pudera encontrar foi acesa e Júlio pôde ver que as janelas estavam bloqueadas com pesados sacos e pedras. O palácio se tornara uma fortaleza e ele anteviu a alvorada com prazer enorme.

— Agora deixem que eles chorem e façam escarcéu — disse aos homens ao redor. — Nós temos o *rei*.

Eles comemoraram e Júlio deu ordem de abrir a cozinha abaixo para preparar uma refeição. Seus centuriões estabeleceram os primeiros turnos de vigia para um contra-ataque e ele finalmente teve um momento a sós.

— Onde está Cleópatra? — perguntou.

Brutus estava perto, observando-o.

— Ela ocupou aposentos no andar acima — respondeu ele com expressão estranha. — Espera lá por você.

Júlio sorriu para ele, ainda vermelho pela vitória.

— Conto tudo a você depois de falar com ela. Encontre um local seguro para nosso novo hóspede e ponha guardas. — Parou para respirar fundo, firmando-se. — Foi fácil, Brutus.

— Eles vão contra-atacar — disse Brutus, tentando atingir o orgulho que via no outro. — Ela disse que só vimos uma pequena parte do exército.

Sua cabeça doía terrivelmente, como se estivesse se recuperando de uma bebedeira. Lembrava-se da rainha falando com ele, mas os detalhes eram turvos e oscilavam na mente. Júlio não viu sua perturbação.

— Como vão nos atacar se temos o rei nas mãos? Vou humilhar os homens que o controlavam, Brutus, quando eles vierem. — Júlio riu ao pensar nisso e se afastou para ver Cleópatra, deixando Brutus para trás.

Os cômodos ocupados por Cleópatra não haviam sido tocados pelos soldados. Todos os outros pelos quais Júlio passava tinham sido despidos de qualquer coisa que pudesse ser usada nas barricadas, mas os aposentos dela estavam quentes e confortáveis com tapetes no chão e nas paredes. Chamas estalavam em altos braseiros nas duas extremidades, mas Júlio praticamente não os viu. Seus olhos eram atraídos para a figura esguia da rainha, cuja sombra se movia por trás de cortinados de gaze numa cama capaz de rivalizar com a de Ptolomeu. Podia vislumbrar a silhueta que o havia excitado no primeiro encontro e se perguntou por que ela não falava.

Com o coração batendo forte, fechou a porta e atravessou o quarto, os passos soando altos no silêncio. Podia sentir o cheiro dela no ar, além de sopros de vapor e umidade quente que vinham de outro cômodo junto ao principal. Ela estivera tomando banho, percebeu, achando fascinante o pensamento. Sem os escravos para esquentar e carregar a água, Júlio não tinha dúvida de que seus homens haviam se mostrado dispostos.

Chegou à cama e ela continuou sem falar enquanto ele passava as mãos calosas pela gaze, o ruído parecendo um sussurro.

— Nós estamos com ele, Cleópatra — disse em voz baixa, sentindo-a se agitar ao ouvir. Enquanto falava, as mãos de Júlio afastavam a gaze.

Ela estava deitada de costas, nua, como de algum modo ele soubesse que estaria, com apenas sombras para cobri-la. Sua pele brilhava como ouro enquanto ela o espiava e seus olhos eram escuros.

— Ele não está ferido, está?

Júlio balançou a cabeça, incapaz de responder. Seu olhar viajou por toda a extensão do corpo dela, e ele achou difícil respirar.

Num instante ela havia se levantado e grudado a boca na sua. Júlio podia sentir a doçura do mel e do cravo, e o perfume dela o atravessou como uma droga. Os dedos de Cleópatra puxaram as presilhas de sua armadura e ele precisou ajudá-la. A placa peitoral caiu com um barulho metálico que fez os dois pularem. As mãos dela eram frescas onde tocavam sua pele, e logo ele estava nu. As mãos de Cleópatra foram até seus quadris e o puxaram gentilmente para a boca. Ele gritou ao sentir o calor, estremecendo enquanto fechava os olhos.

As mãos de Júlio desceram até os seios dela e ele se afastou, subindo na cama e deixando a gaze cair atrás.

— Esta é a minha recompensa? — perguntou, com a voz rouca.

Cleópatra sorriu lentamente, as mãos percorrendo seu corpo, tocando antigas cicatrizes. Sustentando seu olhar, ela se virou agilmente de barriga para baixo, levantando-se e levando a mão atrás para segurar sua carne quente enquanto ele se erguia sobre ela.

— É só o começo.

CAPÍTVLO XXVI

AINDA ANTES DO AMANHECER JÚLIO CAMINHAVA PELOS CORREDO-res do andar de baixo, cumprimentando os guardas que se perfilavam. O rei do Egito estava trancado num cômodo onde antes eram guardados jarros de óleo. Não havia janelas para tentar um resgate e a porta era sólida.

— Ele está quieto? — perguntou.

Antes que o legionário pudesse responder, uma voz aguda soltou um jorro de xingamentos e palavrões vindos do lado de dentro, mal abafados pela porta pesada.

— Está fazendo isso há horas, senhor — disse o soldado.

— Abra a porta — respondeu Júlio, franzindo os lábios. — Falarei com ele.

Quanto entrou viu que Brutus havia deixado esse cômodo tão vazio quanto os outros. Nenhuma cama fora colocada e um pequeno banco e um balde eram a única mobília. Uma única lâmpada ardia na parede, e no seu brilho Júlio pôde ver manchas brancas de poeira na pele do garoto. O rei do Egito claramente passara a noite no chão frio.

Ptolomeu estava de pé com dignidade rígida, encarando seu captor com os braços cruzados sobre o peito estreito. Júlio podia ver a silhueta das costelas e a poeira havia manchado as bochechas como se ele tivesse tentado esconder o choro.

— Bom-dia — disse Júlio, sentando-se no banco. — Arranjarei algumas roupas para o senhor quando os homens trouxerem o desjejum. Não precisa ficar desconfortável enquanto está aqui.

Ptolomeu o encarou raivoso, sem falar. Era menor do que Júlio havia percebido na véspera e tinha o rosto pálido e delicado, como se nunca tivesse visto o sol. As feições se fundiam facilmente em expressões de raiva carrancuda. Os olhos escuros e as sobrancelhas longas eram iguais aos de Cleópatra e Júlio reprimiu um tremor de aversão ao pensar no relacionamento entre os dois.

Deixou o silêncio se alongar um pouco mais, depois se levantou.

— Se não há mais nada, voltarei ao meu trabalho — disse.

Virou-se para sair e Ptolomeu proferiu palavras ríspidas às suas costas.

— Você vai me libertar imediatamente! — Seu latim era impecável.

Júlio o encarou e desta vez não pôde evitar um sorriso.

— Não, não vou, majestade. Veja bem, preciso do senhor.

— O que você quer? Ouro? — Os lábios do garoto se retorceram num riso de desprezo.

— Quero ver Cleópatra restaurada como rainha — respondeu Júlio, observando-o atentamente. Enquanto falava perguntou-se se era realmente isso que desejava. Antes de encontrar Cleópatra na véspera seus objetivos eram claros. Agora a ideia de devolvê-la aos braços incestuosos do irmão não parecia tão atraente.

— Eu sabia que ela devia estar por trás disso! — explodiu Ptolomeu. — Sabia! Você acha que eu a quero de volta? Ela me tratou como criança.

— Você *é* uma criança — respondeu Júlio bruscamente e se arrependeu no mesmo instante. Suspirando, sentou-se de novo. — Seus cortesãos realizavam qualquer desejo seu, não é?

Ptolomeu hesitou.

— Quando eu agia com honra e com as tradições, sim. Respeitavam o cargo e o sangue, apesar da minha juventude. — Seus olhos não encaravam Júlio enquanto falava, mas então ele se enrijeceu com nova raiva. — Seus homens bateram em mim, invadiram meus aposentos particulares. Vocês serão queimados e rasgados quando...

— Pelo que vi, Panek mal prestava atenção ao senhor — murmurou Júlio.

Os olhos de Ptolomeu relampejaram.

— Você não sabe nada da minha vida, romano! Sou criança e sou rei. Levo em mim a chama dourada. Panek é...

Ele hesitou de novo e Júlio falou rapidamente, querendo aproveitar a fraqueza:

— Panek é o poder por trás do trono, acho. O senhor espera que ele vá recuar quando estiver mais velho? Isso jamais aconteceria. Haveria um acidente, uma queda trágica ou uma doença, e Panek teria mais uma década para governar enquanto a próxima criança cresce. Conheço a compulsão pelo poder, garoto. Aceite este meu aviso, no mínimo.

Ficou olhando enquanto o garoto pensava em suas palavras, silenciosamente surpreso com a compostura de Ptolomeu. Júlio esperara que ele estivesse em lágrimas quando entrasse, mas em vez disso se viu tratado como um igual ou um serviçal. O rei podia ser criança, mas possuía mente afiada e Júlio podia vê-lo pensando e planejando.

— Panek ficará furioso ao saber que fui levado — disse Ptolomeu pensativamente.

Júlio podia ver que a ideia divertia o garoto e esperou mais.

— Você terá de mostrar a Panek que não fui ferido, caso contrário ele vai demolir este lugar até os alicerces.

— Posso fazer isso. Se o senhor quiser. — Ptolomeu o olhou interrogativamente e Júlio prosseguiu: — Talvez não queira ser devolvido a ele. Já pensou? Eu poderia exigir que seus cortesãos sejam banidos e o senhor poderia governar com Cleópatra de novo, sem a influência deles.

Os olhos do garoto estavam sombrios e insondáveis. Júlio não o conhecia suficientemente bem para ver se o havia alcançado.

— Por que está fazendo isso? — perguntou Ptolomeu finalmente. — Sente luxúria por minha irmã? Ou é minha carne mais nova que você deseja?

Júlio controlou o mau humor.

— Se o senhor fosse meu filho, eu mandaria espancá-lo por falar assim. Talvez faça isso.

— Você não *ousaria* — respondeu Ptolomeu com tamanha confiança que Júlio ficou pasmo. Pensou em pedir um chicote, mas se conteve, pousando as mãos nos joelhos. — Você foi muito grosseiro com Panek — continuou Ptolomeu, claramente gostando da lembrança. — Ele teve de se deitar depois, com bebidas frescas e escravos para aplacar a raiva com massagens. Acho que vocês são um povo rude.

— Ele é um abutre irritante.

Parte da tensão se esvaiu de Ptolomeu e Júlio suspeitou que havia finalmente tocado num ponto sensível.

— Posso ver sua espada? — perguntou Ptolomeu de repente.

Sem dizer palavra, Júlio desembainhou o gládio curto e o entregou. O garoto pareceu pasmo ao pegá-lo e imediatamente o apontou para o cônsul sentado.

— Não tem medo que eu o mate com ela? — perguntou.

Júlio balançou a cabeça devagar, esperando o menor movimento.

— Não. A lâmina não serve de nada sem o homem para segurá-la. O senhor não poderia me acertar antes que eu a tomasse.

Ptolomeu o encarou e viu apenas honestidade. Virou-se para outro lado e tentou girar a lâmina curta, com o punho se dobrando sob o peso.

— Gostaria de aprender a usá-la? — perguntou Júlio.

Por um momento viu o rosto de Ptolomeu se iluminar, depois nuvens de suspeita diminuíram o interesse dele. O garoto girou-a desajeitadamente e a devolveu, com o cabo na frente.

— Não finja ser meu amigo, romano. Não passo de um objeto de barganha, não é? Algo a ser usado para o que realmente quer. Você é meu inimigo e não esquecerei isso. — Ele parou e fechou um dos punhos. — Quando eu for homem, farei com que se lembre de como me manteve prisioneiro, romano. Irei atrás de você com um exército igual a uma nuvem de gafanhotos. Verei suas juntas serem esmagadas com martelos e sua pele ser queimada. Então você me conhecerá!

Júlio olhou para a expressão feroz do garoto.

— Primeiro precisa crescer um pouco — disse, levantando-se.

Por um momento pensou que Ptolomeu poderia atacá-lo, antes que o garoto lhe desse as costas com fúria impotente. Júlio o deixou sozinho no cômodo pequeno, saindo para o dia com passo leve.

Panek chegou com uma delegação de cortesãos às primeiras luzes do alvorecer. Eles se aproximaram dos guardas que Júlio pusera nos jardins e então foram submetidos a uma rude inspeção em busca de armas, antes que os três mais importantes tivessem permissão para entrar.

Júlio se levantou enquanto eles eram trazidos à sua presença, sentindo de novo a onda de aversão vinda dos olhos frios de Panek. Não importava, agora que tinha o rei.

Indicou um bloco de pedra e sentou-se num divã almofadado diante deles, desfrutando de seu desconforto. Cinco soldados da Décima estavam parados perto e Otaviano assumiu posição diretamente atrás dos cortesãos, deixando-os nervosos. O rosto e o pescoço de Panek brilhavam com óleo ou suor, Júlio não sabia. Os olhos não estavam pintados e ele parecia um pouco mais humano à luz da manhã sem o enfeite. A omissão falava mais que tudo.

— Você não pode ter esperança de sobreviver a esse crime — disse Panek, arrancando as palavras como se o mínimo traço de civilidade fosse doloroso. — Se os cidadãos souberem que está com o rei, não poderei contê-los. Entende? Você só tem horas antes que os boatos se espalhem e então eles virão queimá-lo em seu ninho.

— Não temo homens destreinados — respondeu Júlio casualmente. Sinalizou para um guarda lhe trazer vinho e tomou um gole.

Panek ergueu os olhos, exasperado.

— O que quer, então, em troca do retorno do garoto? Tenho certeza de que há um *preço*.

Júlio refletiu que Panek não era o melhor homem a ser mandado. Sua raiva era óbvia demais, e se fosse meramente uma questão de ouro teria pedido mais, depois de um tom tão cheio de desprezo.

— Começaremos com liberdade para andar pela cidade, obviamente. Chega desses sete dias que você mencionou. Quero ver a biblioteca e o túmulo de Alexandre. Talvez você possa arranjar guias para meus oficiais.

Panek piscou, confuso.

— Vocês seriam despedaçados pela turba, cônsul, no instante em que pusessem os pés fora destas paredes.

— Que infelicidade! — Júlio franziu a testa. — Minha segunda exigência é que a corte saia do Egito. Tenho navios para levá-los a Chipre ou à Sardenha, longe das dificuldades que vivem aqui. Imagino que será uma aposentadoria pacífica e tenho certeza de que posso arranjar um pouco de ouro para torná-la confortável para vocês.

Os três egípcios ficaram imóveis e os olhos de Panek brilharam perigosamente.

— Você zomba de mim na minha cidade, cônsul. Acha que não reagirei? O exército foi convocado. A cidade está se enchendo de soldados furiosos com o que vocês ousaram. Se não devolverem o rei, eles varrerão sua pequena força com a enchente. Entenda que não minto.

— O garoto não sobreviverá a um ataque a este palácio. Vocês irão matá-lo se eu vir uma única espada ser desembainhada com raiva. Sugiro que façam o máximo para manter a paz.

— Vocês não podem mantê-lo aqui para sempre — respondeu Panek. — Quanto tempo acham que a comida vai durar? A água?

— Temos o bastante. — Júlio deu de ombros. — Talvez você esteja certo. Não deveríamos estar ameaçando um ao outro. Em vez disso pode começar dizendo o quanto valoriza a vida dele. O que pode me oferecer pelo seu rei?

Os três homens conferenciaram em sua língua durante alguns instantes e Panek falou de novo, com a raiva rigidamente controlada.

— Podem ser arranjados acordos de comércio entre portos romanos e o interior do Egito. Posso arranjar para que seus mercadores tenham acesso primordial às nossas mercadorias.

— Excelente — disse Júlio, sinalizando para que o vinho fosse trazido aos homens. — Acho que as negociações começaram.

Foram necessários trinta dias de discussões para se chegar a um acordo final. Nem Júlio nem Panek compareceram a cada hora das reuniões, em vez disso mandaram subordinados para fazer propostas e contrapostas. Isso não poderia ter dado certo sem a influência de Cleópatra, mas ela parecia saber exatamente até onde a delegação de cortesãos poderia ser pressionada em cada área.

Ela própria não compareceu às negociações, em vez disso passava os dias com o irmão mais novo, que recebera liberdade para andar pelo palácio. Era estranho ver os dois caminhando pelos corredores, imersos em discussões, e era ainda mais estranho para Júlio considerar o relacionamento deles. Ela era a irmã mais velha e uma esposa madura acostumada às intrigas da corte. Ele a ouvia como a mais ninguém e suas explosões de raiva não haviam se repetido.

À noite ela contava a Júlio o quanto o irmão odiava a vida sufocante da corte. Parecia que seus menores desejos tinham de ser aprovados por Panek, e Ptolomeu admitira o ódio pelo sujeito. De certa forma ele fora muito mais confinado antes de Júlio sequestrá-lo. Panek falava com a voz do rei e o exército obedecia a todas as suas ordens.

— Mas seu irmão *é* o rei, pelos deuses! — exclamara Júlio quando ela contou isso. — Por que ele não podia simplesmente mandar pegar Panek e lhe dar uma surra?

— Ele é um menino e não conheceu outra vida. Panek o amedronta. Ele não me amedronta, mas até senti falta do desejo de poder que há nele. — Ela parou e apertou os punhos nos lençóis. — Há um ano ele trouxe ordens do rei para que eu fosse banida. Eu sabia que as ordens não podiam vir do meu irmão, mas não pude me defender. Os que eram leais a mim foram para o exílio e as mulheres arrancaram os cabelos e passaram cinzas nos seios. Acredite, Panek é inteligente demais para que um menino confinado resista.

No trigésimo dia Júlio tinha contratos redigidos e Ptolomeu foi trazido para assiná-los. Cleópatra veio com ele e Panek se levantou cambaleando ao vê-la.

— Minha rainha — gaguejou caindo de joelhos e baixando a cabeça ao chão.

Os outros cortesãos o acompanharam e sorriram.

— Levante-se e termine o que começou aqui, Panek. Você nos uniu em ouro a Roma como eu desejava e com a aprovação do seu rei.

Os olhos de Panek saltaram até onde Ptolomeu estava sentado, observando-os. Lentamente Ptolomeu assentiu.

— Chegamos a um acordo, meu irmão e eu — ronronou Cleópatra. — Sua influência acabou, Panek. Assumiremos de novo nosso lugar nos tronos dos reinos Alto e Baixo. Vamos governar, Panek, mas você não ficará sem recompensa por seu trabalho.

Panek ficou olhando enquanto Ptolomeu entregava uma pena à irmã e ela escrevia as palavras "Que assim seja", enquanto assinava todos os documentos oficiais. As folhas de papiro marcavam acordos comerciais que prejudicariam o crescimento de Alexandria, para não mencionar o pesado tributo em ouro a ser mandado a Roma durante dez anos. De sua parte, Júlio fizera a espantosa oferta de devolver Chipre ao Egito, que possuíra a ilha durante séculos. A aparente generosidade do romano havia perturbado Panek profundamente, não sabendo que a sugestão viera de Cleópatra. Chipre fora perdida desde a morte de Alexandre e seu retorno quase valeria as semanas de tormento e insultos ao rei. Panek percebeu que a rainha fora a voz silenciosa por trás das negociações, motivo para seus blefes serem revelados e suas estratégias desfeitas. Levantou-se como um homem derrotado e fez uma reverência rígida à primeira família do Egito.

— Esperarei seu retorno, majestade — disse a Ptolomeu.

— Você o terá amanhã ao amanhecer — disse Júlio, interrompendo o olhar intenso entre os dois.

Panek pegou suas cópias e seu material de escrita e saiu, com os escravos e os outros atrás. A sala pareceu vazia sem a tensão que ele trouxera e Cleópatra se virou para abraçar o irmão.

— Agora você será verdadeiramente rei, Ptolomeu, como nosso pai teria desejado. Mandarei matar Panek e meu exército vai protegê-lo do despeito dele.

O garoto aceitou o abraço, olhando para César por cima do ombro dela.

— Você é um homem estranho, romano — disse ele. — Minha irmã confia em você. Imagino se isso basta.

— O senhor não tem o que temer de mim — respondeu Júlio.

Ptolomeu assentiu.

— Irei para eles ao amanhecer, para que o povo me veja em segurança. Então haverá uma nova ordem no Egito. Não deixarei que minha esposa me seja tomada de novo.

Seus olhos eram intensos e Júlio se perguntou o quanto Ptolomeu teria adivinhado sobre o relacionamento deles. O casamento era ridículo demais para ele pensar que se intrometera entre marido e mulher, e nem tinha certeza se havia. Apesar da intimidade, Cleópatra ainda era um mistério para ele. Era possível que ela simplesmente reorganizasse a corte e retomasse o papel como rainha, educadamente dispensando o romano que tornara isso possível.

— Tenho um presente para o senhor — disse Júlio, sinalizando para o armeiro da Décima que esperava ali perto.

O sujeito corpulento se adiantou com um embrulho de pano e Júlio o abriu, revelando um gládio de tamanho reduzido, para o rei. Os olhos de Ptolomeu se arregalaram de prazer ao pegá-lo. Tinha tentado as formas simples de ataque e defesa com Domício, a pedido de Júlio, mas as espadas eram pesadas demais para seus braços. Júlio pôde ver que a lâmina menor era perfeita, e o sorriso infantil do rei estava espelhado em seu próprio rosto.

— É magnífico — disse Ptolomeu passando o polegar pelo fio de bronze e o couro do punho.

Júlio assentiu.

— Espero que tenha tempo de continuar com as lições.

— Tentarei. Obrigado pelo presente, romano.

Júlio riu diante do tom maroto, lembrando-se do menino furioso que conhecera na primeira manhã, há um mês.

— Então até amanhã — disse.

Quando a alvorada chegou, o exército da casa de Ptolomeu se reuniu nas ruas de Alexandria, esperando dar as boas-vindas ao rei. Júlio espiou por um buraco nas janelas lacradas e assobiou baixinho. Havia muitos milhares de homens esperando ali, uma demonstração de força.

Os próprios cidadãos tinham vindo para ver Ptolomeu. Não houvera multidões para ameaçar o local depois de Júlio ter falado com Panek, e ele se perguntou se fora um blefe ou se a influência dele ia mais longe até mesmo do que Cleópatra sabia.

Os passos de Ptolomeu soaram altos no mármore enquanto ele se aproximava das grandes portas e olhava para Júlio. O garoto se portava bem e Júlio ficou satisfeito ao ver a pequena espada em seu quadril.

Júlio abriu a porta mais um pouco, de modo que Ptolomeu visse o exército reunido em sua honra.

— Está pronto? — perguntou ao rei menino.

Ptolomeu não respondeu, e quando Júlio o espiou, ficou pasmo ao ver que havia lágrimas nos olhos dele.

— Realmente não confio em Panek — sussurrou Ptolomeu audivelmente, com o olhar nos soldados à distância.

— Temos de mandar o senhor. Seu exército deve ver que está vivo. Como prova de nossa boa-fé o senhor deve ser libertado. Panek não é idiota. Sabe que o senhor se uniu à sua irmã. Não ousaria prendê-lo. Eu o mataria e ele sabe disso.

Gentilmente pôs a mão no ombro de Ptolomeu e começou a levá-lo para a porta. O jovem rei estendeu a mão bruscamente e segurou a de Júlio.

— Não podemos confiar nele! Os acordos não significarão nada para ele, eu sei. Se você me mandar, ficarei impotente de novo. Deixe-me ficar e encontraremos outro caminho.

Gentilmente Júlio retirou as mãos do menino.

— Estamos ficando sem comida, Ptolomeu, e dei minha palavra de que o senhor seria libertado. As negociações terminaram. — Sua voz ficou mais dura. — Agora faça a sua parte e irei vê-lo em seu trono mais tarde, hoje mesmo. Primeiro deve ser devolvido ao seu povo.

Lágrimas desciam pelo rosto de Ptolomeu e ele segurou o braço de Júlio, desesperado.

— Você não entende! Lá fora serei o rei de novo. Estou *com medo*!

Júlio desviou o olhar, embaraçado com o menino soluçante. Onde estava Cleópatra? Ela possuía um modo de agir com o irmão que acalmava o espírito dele. Júlio estava a ponto de chamá-la quando Ptolomeu enxugou raivosamente as lágrimas e soltou seu braço.

— Vou até eles — disse.

Júlio viu terror nos olhos do rei e não entendeu. Não importava o que Panek pretendesse, Ptolomeu estaria em segurança durante as poucas horas necessárias para devolvê-lo ao palácio e então levar Cleópatra para fora com as legiões.

— Coragem, garoto — disse em voz baixa, dando um pequeno empurrão em Ptolomeu.

O rei respirou fundo e ajeitou os ombros, as mãos baixando ao punho da espada como tinha visto os romanos fazer. Assentiu mais uma vez e saiu ao sol.

O exército gritou em júbilo ao ver sua figura esguia no topo da escada. Os homens levantaram os braços numa coordenação perfeita e Júlio imaginou se aqueles eram mesmo soldados melhores do que os que havia enfrentado no palácio. Mesmo do ponto elevado junto à porta não dava para avaliar o efetivo total.

Brutus veio para seu lado com Otaviano, cada um ignorando cuidadosamente a presença do outro. Com Júlio observaram Ptolomeu descer a escada e ir até as primeiras fileiras de homens. Panek estava lá, esperando-o de cabeça baixa.

Trombetas soaram num estrondo de som enquanto Ptolomeu os alcançava e Júlio e os outros olharam fascinados as linhas de homens se abrindo.

— O que está acontecendo? — perguntou Otaviano.

Júlio balançou a cabeça.

Diante dos olhos deles a roupa de ouro que Ptolomeu havia usado no primeiro encontro foi trazida e posta sobre seus ombros. Os romanos franziram os olhos quando o sol nascente pareceu se intensificar ao redor dele, fazendo Ptolomeu brilhar. Panek levantou o adereço de cabeça e sua voz pôde ser ouvida entoando um cântico aos deuses.

Ptolomeu ficou olhando para a máscara que era baixada para ele. Por longo tempo não se mexeu, depois se virou lentamente para olhar os soldados romanos que observavam em cada janela e cada porta. A máscara escondia sua juventude e tinha uma malignidade que fez Júlio franzir a testa. O tempo pareceu parar e um calor de forno soprou nos jardins.

— Ele não iria... — disse Brutus, incrédulo, mas a figura dourada ergueu a mão e baixou-a num gesto rápido. O exército rugiu sua fúria de batalha e penetrou nos jardins.

Júlio recuou numa incredulidade horrorizada. Não havia tempo para considerar as implicações.

— Tranquem as portas e se preparem! — gritou. — Quero homens no teto com lanças e arcos. Eles estão vindo!

CAPÍTVLO XXVII

O EXÉRCITO EGÍPCIO MATOU OS CAVALOS DOS *EXTRAORDINARII*. Dentro do palácio os romanos podiam ouvir as montarias relinchando.

Acima de suas cabeças mais de cem homens da Quarta Legião tinham subido nas telhas para disparar em direção à horda que se chocava contra o palácio. Dificilmente poderiam errar contra aquela massa de guerreiros sitiantes.

No caos dos primeiros minutos, ganchos e cordas foram lançadas para cima tentando encontrar qualquer apoio. Algumas foram cortadas antes que os homens embaixo pudessem começar a subir, mas os egípcios também tinham arqueiros e legionários caíram tentando destroçá-los. O ataque era ruidoso e violento, mas o palácio não era um lugar fácil de ser invadido. Apenas as janelas mais altas haviam sido deixadas abertas e tudo abaixo estava sólido com barricadas. Nem mesmo os guerreiros que se agarravam a saliências podiam encontrar um modo de entrar. Enquanto arranhavam as janelas, espadas vinham pelas frestas para derrubá-los aos gritos sobre as cabeças de seus próprios colegas.

Um estrondo surdo foi ouvido quando o exército de Ptolomeu bateu com um toro de madeira contra a porta principal. Flechas choveram sobre eles, mas, por mais rápido que morressem, outros corriam para a frente. Dentro, Júlio mandou que os aposentos de Cleópatra fossem esvaziados e o conteúdo empilhado contra a porta, para quando ela se quebrasse. Não tivera tempo de considerar uma estratégia contra o exército. Sabia que não poderia ficar ali para sempre e se arrependeu de ter dito ao rei menino como tinham pouca comida de sobra. Mesmo com rações pela metade estariam passando fome em uma semana.

O próprio Ptolomeu ficou fora do alcance das lanças, mas Júlio mandou Ciro ao telhado tentar um tiro longo. A súbita mudança de modos estava além da compreensão dos romanos. Cleópatra pelo menos pareceu entender quando Júlio descreveu o adereço de ouro sendo posto no garoto. Lembrou-se do alerta de Ptolomeu, de que lá fora ele seria o rei.

O primeiro ataque deu em nada e os que batiam contra a porta foram afastados por uma tempestade de telhas pesadas vindas do teto. Mesmo tendo eles recuado, Júlio estava certo de que voltariam com mais homens para segurar escudos sobre as cabeças. Era o que ele teria feito.

Acima do ruído externo, Júlio gritou chamando seus generais.

— Brutus! Vá até Cleópatra e diga que preciso de uma saída daqui. Não podemos ficar neste palácio e deixar que o esmaguem. Se nos queimarem, teremos de partir para cima deles.

Cleópatra viera ao saguão de entrada enquanto ele falava.

— Eles não ousarão pôr fogo enquanto eu estiver aqui — disse ela.

Júlio queria acreditar, mas não podia correr o risco.

— Eles nos cercaram. Não há túneis, rotas secretas? — perguntou, encolhendo-se quando o aríete bateu de novo. Sem dúvida, desta vez os homens estavam mais bem protegidos.

Cleópatra balançou a cabeça.

— Eu já teria usado, se houvesse — disse rispidamente.

Júlio xingou baixinho, virando-se para espiar através das frestas de luz do dia os guerreiros do outro lado. O palácio parecia claustrofóbico e ele odiava representar esse papel passivo. Afora os homens no telhado, não tinha como atacar os inimigos a não ser que mandasse as legiões num assalto direto que poderia muito bem ser suicídio.

— Eles têm armas pesadas, catapultas e coisas do tipo? — gritou acima do barulho. O palácio poderia ser reduzido a entulhos com coisas assim e Júlio sentiu um terror súbito.

— Não aqui perto — respondeu Cleópatra. Em seguida passou a língua sobre os lábios, sentindo o gosto da poeira no ar e franzindo a testa. — Siga-me ao telhado e vou lhe mostrar.

Júlio hesitou, não querendo deixar seus homens. Brutus se adiantou um pouquinho à frente de Domício e Otaviano.

— Vá, senhor — disse ele. — Vamos segurá-los por um tempo.

Júlio assentiu aliviado e correu atrás da rainha, subindo por lances de escada até os andares mais altos sem diminuir a velocidade. Estava ofegando quando chegou ao topo e subiu uma escada de mão até à luz do sol.

O verão havia chegado a Alexandria e ele sentiu o calor como um soco. O telhado se afastava em todas as direções, mas seu olhar foi atraído imediatamente pela linha de matadores eficientes que havia mandado até a borda. Ciro estava com eles, e enquanto Júlio observava, ele mirou com cuidado e atirou uma lança num ângulo difícil. O grandalhão sorriu ao ver o resultado e os outros lhe deram tapinhas nos ombros. Então uma chuva de flechas fez com que todos saltassem para trás. Eles saudaram ao reconhecer Júlio, que sinalizou para voltarem à tarefa.

Júlio respirou fundo diante da vista da cidade e do mar que a altitude lhe dava. O porto surgia em miniatura abaixo e o horizonte se dividia entre o oceano profundo e o borrão marrom do interior do Egito.

Cleópatra estava ao seu lado, o cabelo em cachos sendo chicoteados pelo vento.

— Há alojamentos em Canopus, dois dias a leste, ao longo da costa — disse apontando para a distância turva. — Lá eles têm catapultas e navios para transportá-las.

Júlio estudou a boca do porto. Podia ver as minúsculas galeras da guarda portuária em patrulha. Navios mercantes velejavam ou seguiam a remo pelo porto e dúzias de outros estavam ancorados, protegidos de tempestades. Alexandre escolhera bem onde construir sua cidade.

— Devo retirar os homens esta noite — disse Júlio. — Posso bloquear as entradas do porto com navios afundados na boca. Nesse caso aonde o exército irá, para nos alcançar?

Cleópatra deu de ombros.

— O litoral é rochoso e perigoso em todos os outros pontos. Você vai atrasá-los por dias, onde quer que tentem desembarcar.

O IMPERADOR — OS DEUSES DA GUERRA

— Mas eles ainda poderiam passar com as armas pesadas?

— Com o tempo. Somos um povo engenhoso, Júlio.

Ele examinou o litoral, o olhar indo de um lugar ao outro enquanto pensava.

— Eu poderia baixar homens com cordas presas aqui — disse finalmente.

Foi até a borda distante e olhou para baixo, engolindo em seco doloro-samente ao ver até onde seus homens teriam de descer. Uma flecha passou zumbindo por ele, com a força quase esgotada. Ignorou-a.

Cleópatra tinha vindo junto e ficou olhando o exército do irmão abaixo das paredes íngremes.

— Um homem sozinho poderia levar uma mensagem às minhas forças — disse ela. — Meu escravo, Ahmose, pode levar a notícia. Eles vão dese-quilibrar a balança e lhe dar a chance de se livrar do cerco.

— Não basta. Mande-o se quiser, mas não posso ficar aqui sem saber se ele os alcançou ou foi morto. Não temos comida para mais do que alguns dias.

Júlio caminhou ao longo da borda, olhando para os prédios menores ao redor do palácio. Chegou à parte de trás e teve de se desviar ao redor de um trecho inclinado, agradecendo porque as telhas antigas estavam secas e fir-mes sob os pés. Atrás do palácio havia estruturas menores usadas por escra-vos e serviçais. Ao vê-las, Júlio sorriu.

— Está vendo isso? — perguntou.

Cleópatra espiou pela borda com ele.

Abaixo uma fileira inclinada de telhas parecia chegar perto da parede principal. Júlio se ajoelhou e depois se deitou de barriga para baixo. O ou-tro telhado parecia suficientemente perto para se pular ou atravessar com cordas. Dali podia ver uma trilha irregular de casas e templos que atravessa-vam a cidade.

— Esse é o lugar — disse. — Se eu conseguir baixar meus homens até esse primeiro telhado eles podem atravessar acima da cabeça dos soldados de Ptolomeu. Nunca saberão que estamos aqui. Pode ver uma janela no mesmo nível?

Cleópatra se deitou para inclinar a cabeça acima da borda. Assentiu e os dois perceberam ao mesmo tempo como estavam próximos. Júlio sa-bia que seus homens estariam olhando, mas continuou cativado por ela. Estremeceu.

— Preciso descer e encontrar o cômodo que dá para aqueles telhados.
— Ísis favoreceu você, Júlio, ao mostrar o caminho.
Ele franziu a testa.
— Meus olhos têm alguma coisa a ver com isso.
Ela riu, levantando-se rapidamente com toda a graça da juventude. Ao seu lado ele se sentia velho, mas então ela o beijou, a língua roçando a sua com o gosto de pó de mármore.

Ciro e Domício passaram a cabeça um pouquinho pela janela dos fundos, olhando para baixo antes de recuar depressa. Os arqueiros egípcios eram bons e eles não queriam se arriscar a atrair nem mesmo um arremesso de longe.
— Seis metros para baixo e um e oitenta de largura — disse Domício. — Podemos conseguir, se eles não nos virem saindo. Depois disso não sei. Não pude ver até onde os telhados vão antes de termos de descer. Talvez não seja suficientemente longe.
— Não há outro caminho — respondeu Júlio. Todos podiam ouvir as pancadas embaixo enquanto o exército se apinhava no terreno. — Assim que trouxerem catapultas estamos acabados, a não ser que nossa comida termine antes. Precisamos pelo menos afastar alguns deles.
— Deixe-me fazer isso, senhor — disse Domício. — Com uma coorte dos homens mais jovens para tentar chegar aos navios.
Júlio o encarou.
— Muito bem. Ciro, vá com ele. Escolham seus homens e os deixem prontos para o pôr do sol.
Brutus tinha vindo ver o que atrasava seu comandante e parecia nervoso.
— Também gostaria de ir — disse ele.
Júlio franziu a testa.
— Seu braço não se curou direito. Como iria descer seis metros de corda?
Brutus pareceu aliviado por não receber uma recusa direta.
— Depois que a corda estiver presa, os outros vão deslizar para baixo. Eu posso fazer isso. — Ele ergueu o braço direito e abriu e fechou o punho.

Júlio balançou a cabeça.

— Desta vez, não, Brutus. Só os deuses sabem como será difícil atravessar esses telhados. Pior: se seu braço ceder e você cair, eles saberão que estamos tentando sair.

Brutus respirou fundo.

— Como o senhor ordena — disse, com o desapontamento claro no rosto.

— Poderíamos amarrar os punhos dele à corda que vamos usar para deslizar, senhor — disse Domício de repente. — Mesmo que o braço ceda, ele não vai cair.

Brutus se virou atônito para Domício e Júlio viu o quanto seu velho amigo precisava retornar à luta.

— Se vocês afundarem os navios, talvez precisem nadar. Há uma boa chance de que não voltem. Entende isso?

Brutus assentiu, com um toque de sua antiga selvageria retornando.

— Deixe-me ir, por favor.

— Certo, mas se o seu braço se partir você fica no primeiro telhado até tudo acabar.

— Sim, senhor — respondeu Brutus com o rosto cheio de tensão. Bateu a mão no ombro de Domício enquanto Júlio se afastava e Domício aceitou o gesto com um movimento de cabeça.

Embaixo, as pancadas continuavam.

Ainda que o sol tivesse se posto, o terreno do palácio estava iluminado com fogueiras em todos os pontos e flechas subiam esporadicamente até o telhado, chocando-se contra as janelas. O exército havia se acomodado para matá-los de fome ou estava esperando a chegada das catapultas. Júlio observava de uma janela alta, bem escondido da vista dos arqueiros. Odiava estar preso e mal ousava revelar o quanto de suas esperanças dependia dos homens que desciam para os telhados mais baixos nos fundos.

Chegaria o momento em que seria obrigado a mandar as legiões para fora contra o exército que os encarava. Quando o momento fosse perfeito, tentaria um golpe esmagador, mas contra um número tão grande temia estar levando-as direto para a destruição. Cleópatra fora valiosíssima com o conhecimento das táticas e dos pontos fortes do inimigo, mas a Décima e a Quarta estavam em número tremendamente menor. Em seus pensamentos mais privados havia ocasiões em que desejava simplesmente ter saído da cidade quando seu tempo terminou. Então ficava com raiva, reagindo. Não fugiria de uma corja de soldados estrangeiros. Se fosse preciso arranjaria suprimentos e mandaria buscar reforços da Grécia e da Espanha. Os egípcios aprenderiam o que significava ameaçar a vida do homem que governava Roma.

Atrás do palácio, Domício estava junto à janela com Brutus, amarrando os pulsos dele num pedaço de tecido encerado que iria mandá-lo deslizando até os braços dos legionários que esperavam. Mover quinhentos soldados em silêncio tenso era difícil, mas não houvera gritos de alarme e o plano corria bem, sem falhas.

Quando apertou o nó, Domício sentiu Brutus olhando-o no escuro.

— Nós já fomos amigos — disse Brutus.

Domício fungou.

— Poderíamos ser de novo, meu filho. Os homens vão aceitá-lo com o tempo, mas Otaviano... bem, talvez não aceite.

— Fico feliz por você ter falado a meu favor.

Domício segurou-o pelo ombro.

— Você arriscou a vida de todos nós por causa do orgulho e do mau temperamento. Houve ocasiões em que eu preferiria enfiar uma faca em você.

— Se eu pudesse mudar isso, mudaria — disse Brutus, sincero.

Domício assentiu, ajudando-o a passar as pernas pela borda.

— Estive com você nos penhascos brancos da Britânia. Você matou aquele desgraçado grandalhão azul com a machadinha quando eu estava caído de costas. Isso conta alguma coisa. — Ele falava lentamente, a voz baixa e séria. — Não posso chamá-lo de irmão depois do que você fez. Talvez possamos ir em frente sem um cuspir no pão do outro.

Brutus assentiu devagar sem olhar em volta.

— Fico feliz com isso — disse Domício, empurrando-o para fora da saliência.

Brutus ofegou quando a corda se afrouxou e seu impulso inicial se reduziu a uma descida lenta. Na metade do caminho, quando não havia nada além de uma escuridão bocejando embaixo, ele girou e o tecido se retorceu, fazendo-o parar. Os músculos enfraquecidos protestaram enquanto ele balançava as pernas freneticamente. Com esforço, conseguiu se virar de volta e a descida recomeçou. O braço doía mais do que ele gostaria de admitir, mas trincou os dentes contra a dor e então se viu sendo seguro pelos homens no telhado de baixo. Eles desamarraram seus pulsos em silêncio e lhe entregaram sua espada, que ele prendeu na cintura. Como ele, os homens não usavam armadura nem levavam escudos. Os rostos estavam pretos de fuligem e apenas a brancura dos dentes e dos olhos ao luar revelava as posições, espalhados sobre os telhados como limo. A figura enorme do escravo de Cleópatra, Ahmose, estava com eles, sério e silencioso agachado nas telhas.

Antes que Brutus pudesse se afastar, Domício se chocou contra suas costas e o fez cair esparramado.

— Não há mais ninguém para vir — ouviu Domício sussurrar enquanto o guiava através dos homens até a frente.

As telhas estalavam sob os pés e eles só podiam esperar que o progresso não estivesse sendo seguido de baixo, com arqueiros prontos para pegá-los quando descessem. O primeiro telhado se fundia ao próximo sem abertura, mas o terceiro ficava longe demais para ser atravessado andando.

— Preciso de alguém para pular isto — disse Domício.

Ao luar o beco parecia mais largo do que deveria. Um jovem soldado da Quarta se adiantou e tirou a espada. Com apenas um minúsculo gesto de cabeça para os oficiais, deu dois passos rápidos e se lançou. O barulho ao pousar fez todos se imobilizarem, mas o palácio já parecia longe, lá atrás, e ninguém veio. A corda foi jogada para ele, e um a um os homens a usaram para atravessar. Desta vez Brutus foi primeiro, confiando no braço para sustentar o peso. Os músculos provocavam dores lancinantes, mas os ossos aguentaram e ele chegou ao outro lado, suando mas cheio de empolgação.

Mais quatro telhados foram percorridos do mesmo modo antes que chegassem a um espaço grande demais para cruzar daquele modo. A rua abaixo parecia vazia quando o pessoal da frente se deitou de bruços e olhou. Eles voltaram agachados e informaram que o caminho estava livre, depois penduraram cordas até as pedras do calçamento.

Brutus perdeu pele das palmas das mãos quando optou por deslizar, não confiando no braço para sustentar todo o peso de novo. Com algum receio percebeu que não haveria recuo por aquele caminho, pelo menos para ele. Ahmose pousou atrás sem emitir um som. Com um sorriso, ele ergueu uma das mãos para os romanos e se afastou no escuro. Brutus lhe desejou sorte em trazer o exército de Cleópatra. Mesmo que conseguissem bloquear a entrada do porto, Júlio precisava de alguma vantagem.

A coorte correu pelas ruas em silêncio quase completo. Para se firmar melhor nos telhados eles haviam amarrado panos em volta das sandálias e nenhum alarme foi dado enquanto iam até as docas.

O porto de Alexandria estava bem iluminado e cheio de movimento. Domício fez com que os homens parassem nas últimas sombras da rua, passando a ordem para estarem prontos. Seriam vistos a qualquer momento. Depois disso seria uma corrida para bloquear o porto antes que o exército pudesse reagir.

Uma voz começou a gritar e Domício viu dois homens apontando na direção deles.

— Então é isso. Vamos — disse, correndo para a luz.

Nunca havia menos de uma dúzia de embarcações mercantes colocando ou tirando a carga no cais. A coorte de quinhentos legionários romanos correu para elas, ignorando os gritos de pânico enquanto a notícia se espalhava. Quando chegaram ao cais, os homens se dividiram em quatro grupos e correram pelas pranchas de embarque dos navios mais próximos.

As tripulações ficaram aterrorizadas com o ataque súbito e três delas se renderam sem hesitar. Na quarta, dois marinheiros reagiram mais por instinto do que por bom-senso, tentando golpear os primeiros homens que a abordaram. Foram mortos e seus corpos jogados pela amurada na água suja. O resto não resistiu e desceu pelas pranchas de embarque como ordenado, até que os romanos tinham os navios para si.

As velas subiram com apenas um pouco de confusão e as cordas de atracação foram desamarradas ou cortadas. Todos os quatro navios começaram a se afastar do cais, deixando as tripulações gritando.

Brutus podia ver homens correndo pelas ruas escuras para alertar o exército de Ptolomeu. Quando o trabalho noturno houvesse acabado, o cais estaria apinhado de inimigos. Pelo menos isso daria uma folga a Júlio, esperava. Não podia se arrepender de ter vindo e, pela primeira vez em meses, sentia-se suficientemente vivo para comemorar enquanto as velas se enchiam e os navios começavam o caminho ziguezagueante até a boca do porto.

— Ponham dois homens no topo, como vigias — ordenou sorrindo enquanto se lembrava de um tempo, na juventude, em que havia subido àquela posição. Não acreditava que pudesse alcançá-la agora, mas sentiu prazer em lembrar a viagem pela Grécia com Rênio, quando o mundo estava diante deles. O legionário que fora o primeiro a atravessar entre os telhados estava subindo antes mesmo que Brutus tivesse terminado de dar a ordem. Brutus pensou que deveria ficar sabendo o nome do sujeito e sentiu-se embaraçado por não saber. Estivera separado do dia a dia das legiões por tempo demais. Mesmo se não sobrevivesse àquela noite, parecia certo estar de volta no comando. Tinha sentido mais falta do que imaginava.

Longe das luzes do porto a lua acompanhava o movimento deles na água imóvel e negra. As mesmas barreiras que impediam as tempestades de destruir Alexandria permitiam apenas as menores brisas, e o progresso era dolorosamente lento. Isso não servia ao humor dos homens a bordo. Todos se viraram para ver a grande fogueira do farol, cujo brilho alertava os navios por quilômetros. A luz das chamas iluminava o rosto deles e lançava sombras compridas nos conveses.

— Guarda do porto chegando! — gritou uma voz acima.

Brutus podia vê-la com nitidez, silhuetada contra a luz do farol. Três galeras haviam alterado o curso para interceptá-los, com remos trabalhando com facilidade contra o vento. Brutus se perguntou se elas eram bem manobradas. Gostava da presença das galeras, totalmente cônscio de que, sem elas, teria de tentar nadar de volta.

As línguas de rocha que formavam a boca externa do porto surgiram lentamente, marcadas por navios com luzes menores que jamais tinham permissão de sair. Brutus mandou seus homens orientarem as embarcações diretamente para eles, vendo que dois dos outros navios chegariam à ponta primeiro. O movimento ainda era suave nas águas e ele podia ver que os perseguidores estavam diminuindo a distância. Seria por pouco, percebeu. Balançou a cabeça olhando as galeras chegar mais perto. Júlio dissera para usar machados ou fogo, mas cortar os cascos inferiores demoraria muito. Teria de ser fogo.

— Encontrem uma lâmpada, ou uma pederneira e ferro — disse.

Uma lâmpada foi encontrada e acendida sem demora. Brutus cuidou da chama, estendendo o pavio. Os navios mercantes eram construídos de madeira antiga e queimariam, rivalizando-se com o farol.

Dois dos navios roubados estavam em posição e Brutus podia ver homens amarrando-os juntos. Agradeceu pelas velas frouxas e a brisa débil. Uma manobra tão delicada seria difícil sob qualquer coisa mais forte.

Ao chegar junto dos outros, cordas foram lançadas e seu navio estalou e gemeu à medida que os cabos se retesavam, finalmente parando e balançando nas ondas das águas mais profundas. Enquanto as âncoras eram mandadas com ruído por sobre a amurada, Brutus pôde ver que as galeras da guarda portuária estavam quase em cima deles.

Desejou ter uma ponte corvus para baixar sobre os navios inimigos e agiu a partir da ideia, gritando para seus homens juntarem tábuas para formar uma ponte precária.

— Acendam! — gritou Brutus, esperando que sua voz fosse ouvida nos outros navios. Derramou o óleo da lâmpada numa pilha de madeira quebrada e viu as chamas correrem sobre as cordas cobertas de alcatrão. A velocidade daquilo era espantosa e Brutus esperou não ter agido cedo demais.

Enquanto o fogo se espalhava pôde ouvir gritos furiosos nas galeras e então seu navio estremeceu ao ser abalroado. Riu alto pensando que o casco estava sendo partido na parte de baixo. A guarda do porto estava fazendo o trabalho para eles.

Enquanto o navio começava a adernar, Brutus mandou que seus homens erguessem a grande seção de tábuas acima das cabeças, deixando-a cair na amurada da galera que os abalroava. A prancha não era sólida e escorregava com o movimento dos navios, ameaçando cair. Os remos da galera já estavam recuando para se libertar. Apesar do perigo, os legionários saltaram na ponte e atacaram o outro convés, encarando a tripulação aterrorizada.

Foi uma carnificina. Como Brutus havia esperado, as galeras tinham apenas algumas dúzias de homens acima do convés e os escravos acorrentados embaixo não podiam se juntar à luta. Em alguns instantes uma mancha de sangue escorregadio cobria a madeira escura e os legionários tinham se transferido para a galera, deixando a ponte improvisada cair de volta no mar.

Atrás deles as chamas rugiam, transformando o navio adernado num inferno. Ele afundou depressa e por um instante Brutus temeu que a embarcação descesse tão fundo que o porto continuaria a ser acessível. Enquanto olhava com o coração martelando, o navio parou com um terço fora da água. Cleópatra estivera certa. O porto não era dragado há gerações e algumas vezes até mesmo navios de casco raso ficavam presos ali, na maré baixa.

Voltou ao trabalho, o rosto vivo de tanto prazer. As outras galeras estavam se mantendo longe depois do destino da primeira. Ele não hesitou, vendo chamas saltar nos quatro navios que bloqueavam o porto. Mandou seus homens descer e ordenar aos escravos que pegassem os remos de novo e riu quando a galera se virou contra o vento. Não precisariam nadar.

Enquanto os navios queimavam a brisa aumentou, levando fagulhas quentes para cima. Quando Brutus havia enchido sua galera com os últimos homens da coorte, o calor era como uma fornalha e muitos homens tinham sofrido queimaduras na espera para ser apanhados. Brasas volumosas chiavam caindo no mar, enquanto outras batiam no cordame de navios ancorados. Brutus riu ao vê-los queimando. Seus homens estavam ocupados com baldes de água do mar, para segurança.

À distância, algumas brasas alcançaram os telhados secos de construções ao redor do cais. Elas lamberam e provocaram incêndios por lá, espalhando-se.

Júlio ficou olhando enquanto as vozes e a ordem no exército de Ptolomeu mudavam sutilmente. Viu mensageiros chegando da direção do porto e achou que seus homens estariam provocando o caos. Rostos raivosos se viraram para o palácio e, sem ser visto, Júlio sorriu para eles.

À luz de tochas viu Panek chegar de onde estivera dormindo, apontando para o porto e dando ordens num frenesi. Centenas de homens começaram a se formar e marchar para o leste e Júlio soube que jamais teria chance melhor. A alvorada estava quase sobre eles.

— Aprontem os homens para a ação — gritou a Régulo e Otaviano. — Vamos sair.

CAPÍTVLO XXVIII

OS GUERREIROS DE ALEXANDRIA NÃO USAVAM ARMADURAS NEM elmos. Contra a fúria do sol egípcio o metal ficava quente demais para ser suportado contra a pele, e marchar qualquer distância seria impossível.

Júlio havia escolhido o momento mais fresco do dia para atacar. O sol mal passava de um brilho no horizonte e as legiões romanas poderiam usar sua vantagem. As portas do palácio foram abertas e a Décima e a Quarta saíram a toda velocidade com os escudos levantados.

Atravessaram os jardins e os que haviam feito parte dos *extraordinarii* rugiram de fúria diante dos cadáveres empilhados de suas montarias, já escuros de tantas moscas. Ver os melhores puros-sangues da legião esparramados com línguas pretas bastou para deixá-los loucos de ódio e nojo.

Os centuriões e óptios precisavam se esforçar para impedir que os homens corressem adiante. As fileiras da frente atiraram lanças grunhindo com o esforço, esmagando os egípcios que tentavam enfrentar a súbita ameaça. Então a parede de escudos chegou ao inimigo e as filas de matadores se chocaram contra ele, lutando de todos os lados.

A armadura romana era crucial para o ímpeto. Onde o exército de Ptolomeu atacava, era recebido por uma faixa de metal. Os legionários veteranos usavam os elmos para golpear com a cabeça, as grevas para quebrar canelas, as espadas para cortar os membros do inimigo. Tinham sido confinados enquanto os homens de Ptolomeu zombavam e mandavam suas flechas. Agora chegava a chance de pagar cada insulto.

— Régulo! Abrir a linha! — gritou Júlio ao general.

Viu a Quarta Legião reduzir o avanço frontal no meio dos egípcios e o ataque se alargou, trazendo mais e mais espadas à ação. Olhou de volta para o palácio e viu que os homens ainda estavam saindo. Marchou para a frente enquanto seus soldados abriam o caminho e, quando as forças de Ptolomeu tentaram contra-atacar, Júlio ergueu o escudo contra as flechas e foi em frente, ligado ao progresso de suas legiões.

Perto de Régulo um homem caiu com uma flecha na coxa, cambaleou e ergueu-se de novo. Tentou ir em frente mas o ferimento estava jorrando sangue e Júlio viu o óptio do sujeito agarrá-lo e mandá-lo para trás por entre as linhas.

Enquanto o sol ia nascendo, o calor parecia procurar pelas armaduras dos romanos que suavam e começavam a ofegar. O terreno do palácio estava atrás dele e a linha romana estava atrapalhada pelas ruas estreitas. Mesmo assim os soldados cortavam, matavam e andavam por cima dos mortos.

Para sua perplexidade, Júlio viu que os cidadãos também haviam saído com a luz do dia. Milhares de egípcios gritavam e uivavam, enchendo as ruas ao redor dos exércitos que lutavam. Muitos carregavam armas e Júlio começou a pensar num recuo de volta ao palácio. A Décima e a Quarta estavam esmagando os soldados de Ptolomeu, mas os números ainda eram tremendamente desfavoráveis.

À direita, vindo da direção do cais, Júlio escutou o som de trombetas de alerta. Um de seus batedores *extraordinarii* veio correndo, tão sujo de sangue que os olhos e os dentes pareciam de uma brancura pouco natural.

— A coorte do porto voltou, senhor.

Júlio enxugou o suor que ardia nos olhos.

— Algum sinal dos que foram mandados atrás deles?

— Não, senhor.

Júlio se perguntou o que teria acontecido com os homens que Ptolomeu mandara para matar a coorte romana no cais. Se o rei entendesse quem os liderava, talvez tivesse ordenado que um número muito maior fosse para o porto.

— Se alcançá-los, diga para Brutus golpear o flanco — ordenou. — Se eles virem Ptolomeu, devem matá-lo.

O batedor fez uma saudação e desapareceu de novo na massa.

Júlio viu-se ofegando. Quanto tempo fazia desde que tinham saído e atacado o exército que esperava? O sol havia se desgrudado do horizonte, mas ele não podia ter certeza. Passo a passo suas legiões avançavam e em meio aos corpos bronzeados dos egípcios havia homens que ele conhecia e com quem lutara por anos. Trincou os dentes e prosseguiu.

Brutus amaldiçoou o braço direito fraco enquanto sua coorte enegrecida de fumaça vinha correndo pela rua. Podia ouvir os sons de batalha e pela primeira vez na vida não gostou nem sentiu a empolgação que geralmente o atraía. A emboscada que armaram para os egípcios no porto tinha lhe mostrado sua fraqueza. Mesmo assim os veteranos romanos haviam esmagado a força inimiga como se fosse apenas um exercício. Numa rua escura e estreita perto das docas haviam caído sobre os egípcios como lobos sobre cordeiros, despedaçando-os.

Brutus segurava sua espada desajeitadamente, sentindo o peso do gládio forçar o ombro fraco. Domício olhou-o quando o tumulto de linhas se acotovelando surgiu. Viu a frustração no rosto de Brutus e entendeu.

— Pegue isso — gritou Domício atirando-lhe uma adaga.

Brutus pegou-a com a mão esquerda. Preferiria ter um escudo ou sua armadura prateada, mas pelo menos poderia atacar. Seu primeiro golpe na emboscada havia girado na mão, resultando em nada mais do que um arranhão num peito nu. Deveria ter sido morto naquela hora, mas Ciro havia cortado o pulso do sujeito e Brutus foi salvo.

Enquanto se aproximavam do exército do rei, fizeram uma formação com seis homens de largura, tendo Ciro no centro. Os homens do flanco de Ptolomeu se viraram para enfrentá-los e todos os seis escolheram seus alvos, gritando as escolhas uns para os outros.

Acertaram os soldados egípcios quase em velocidade total, contra escudos levantados. O corpanzil de Ciro derrubou seu homem no chão, mas as bordas se sustentaram e o ataque hesitou. Foi Ciro quem abriu o buraco para eles seguirem, girando seu gládio como uma barra de ferro e usando o punho livre para derrubar homens. Quer acertasse com o lado chato ou com o gume, sua força era enorme e ele se erguia muito acima dos inimigos. Brutus o acompanhou entrando na confusão, golpeando com a adaga e usando o gládio apenas para bloquear. Mesmo assim, o choque dos golpes parecia mordê-lo e ele se perguntou se os ossos aguentariam por muito tempo.

Tropeçou sobre um escudo caído e, com uma pontada de arrependimento, jogou a espada que havia ganhado em Roma para pegá-lo. Passou para o lado direito de Ciro, protegendo-o. Domício apareceu à sua direita com outro escudo e a linha romana se moveu mais para dentro do coração claustrofóbico da batalha.

Era muitíssimo diferente da planície aberta na Farsália. Brutus podia ver homens subindo em portões e estátuas, ainda golpeando com as espadas contra os que os pressionavam. Flechas voavam sem pontaria e, contra os gritos, os egípcios cantavam em sua língua estranha, as vozes graves e amedrontadoras.

Isso não os ajudou. Sem armadura estavam sendo massacrados e o retorno da coorte do porto lançou um tremor por suas fileiras. O canto se transformou num gemido baixo, de medo, que uivou e ecoou através da multidão que crescia à retaguarda deles. Brutus viu dois *extraordinarii* se defendendo bem antes que ambos fossem derrubados por porretes e adagas do povo de Alexandria. Abaixou-se sob uma lança atirada, derrubando-a de lado com o escudo.

Em algum lugar próximo ouviu o barulho de pés e grunhiu. Vira o suficiente das linhas romanas para saber que Júlio havia comprometido todas.

— Reforços inimigos chegando — gritou a Domício.

Trombetas estranhas soaram confirmando suas suspeitas e Brutus recebeu um impacto atordoante no escudo que o fez gritar. Sua mente voltou aos momentos finais na Farsália e ele golpeou com a adaga num frenesi enlouquecido, limpando a fúria a cada morte.

— Lá está o garoto — rugiu Domício, apontando.

Todos viram a figura de Ptolomeu brilhando ao sol nascente, montado a cavalo e rodeado por seus cortesãos. O grupo real observava a batalha com um distanciamento que enfureceu os romanos. Os homens que estavam com Brutus esqueceram o cansaço para pressionar mais uma vez, lutando para chegar àquele que tinham visto traí-los. Praticamente não havia um homem que não houvesse trocado algumas palavras com o menino rei no mês em que ele estivera preso. Vê-lo se voltando contra eles, contra César, depois dos primeiros laços de amizade, bastava para atrair como a mariposas os matadores romanos.

A máscara de ouro de Ptolomeu se virava bruscamente enquanto ele olhava a morte de seus seguidores. Panek estava ao lado, dando ordens sem sinal de medo. Brutus viu mensageiros fazendo reverência ao cortesão e depois correndo para onde as trombetas haviam soado. Se os reforços fossem grandes, sabia que havia uma chance de nenhum romano sobreviver àquela manhã.

Ciro examinou o terreno enquanto lutavam, depois se abaixou e voltou com uma lança romana que tinha uma crosta de sangue e poeira. Mirou em Ptolomeu e atirou-a com um rosnado, mandando-a alta. Brutus não a viu pousar, mas quando as fileiras se separaram de novo o rei ainda estava no mesmo local. Panek havia sumido de seu lado e Brutus não sabia se ele continuava vivo. Outro golpe se chocou contra o escudo em seu braço e ele gritou de dor. O escudo era pesado demais para levantar em defesa e por três vezes Domício o salvou de uma lâmina de bronze.

Ciro atirou lanças repetidamente à medida que as encontrava, e então Brutus viu os cortesãos de Ptolomeu se afastando do alcance. Escutou um uivo de frustração vindo das fileiras da legião à frente, e sem aviso sua coorte cansada chegou ao flanco de armaduras romanas. Eles haviam atravessado e agora as duas forças pareciam ganhar novas energias pelo contato. A Quarta se encontrava na lateral, segurando os recém-chegados, mas a Décima estava livre para pressionar até o rei.

Objetos eram atirados pela multidão em número cada vez maior. Os bolos de esterco de vaca eram bastante inofensivos, mas as pedras e as telhas eram um perigo constante e distraíam mais de um legionário por tempo suficiente para ser morto.

Brutus caminhou pelo quadrado da Décima até Júlio, ofegando de cansaço. Deixaram que ele passasse sem mais do que um olhar.

Júlio o viu e deu um sorriso para sua aparência arrasada.

— Eles não podem nos segurar — gritou acima do estrondo da batalha. — Acho que o rei caiu.

— E os reforços? — perguntou Brutus, gritando no ouvido de Júlio.

Enquanto falava, os dois sentiram uma mudança no movimento de homens e Júlio se virou para ver a Quarta Legião sendo empurrada para trás. Não correram. Cada homem ali fora salvo pela honra da Décima contra Pompeu e não cederia. Para que as linhas se curvassem Júlio sabia que os reforços deviam ser grandes.

— Décima! Coortes de um a quatro! Penetrar na Quarta! Mover para apoiar! Um a Quatro!

Júlio continuou rugindo as ordens até que as coortes o ouviram e começaram a se mover. Toda a ala esquerda estava sendo comprimida e Júlio balançou a cabeça.

— Seria bom ter um cavalo, se os desgraçados não os tivessem trucidado — disse com amargura. — Não consigo ver o que está acontecendo.

Enquanto se virava para encarar Brutus, viu algo com o canto do olho e congelou.

— O que você está *fazendo?* — sussurrou.

Brutus se virou bruscamente para ver. Cleópatra havia saído atrás das legiões e os dois ficaram olhando pasmos quando ela subiu na base de uma estátua de Ísis, balançando-se com grande agilidade até estar aos pés da deusa, olhando os exércitos embaixo.

— Tirem-na de lá antes que os arqueiros a vejam! — gritou Júlio, apontando.

Cleópatra estava com uma trombeta na mão e, antes que ele pudesse se perguntar o que ela pretendia, a rainha ergueu-a aos lábios e soprou.

A nota era profunda e grave, continuando até que ela ficou sem fôlego. No fim, cabeças estavam girando na sua direção e Júlio ficou aterrorizado pensando que ela seria arrancada do poleiro por uma nuvem de flechas.

— Parem! — gritou ela. — Em nome de Cleópatra, sua rainha. Eu voltei e vocês vão recuar!

Júlio viu cabeças romanas erguendo-se, implorando para que ela descesse. Cleópatra os ignorou, gritando de novo. Sua voz chegou às linhas de soldados egípcios e a reação foi como um choque de água fria. Eles apontaram e seus olhos se arregalaram de espanto. Não sabiam de seu retorno à cidade. Júlio viu as espadas começando a baixar e a Décima imediatamente se adiantou, matando indiscriminadamente.

— Toque de interromper! — gritou Júlio aos seus corneteiros. — Depressa!

Trombetas romanas uivaram seu eco a Cleópatra e um silêncio fantasmagórico caiu sobre as ruas ensanguentadas.

— Retornei para vocês, meu povo. Estes homens são meus aliados. Parem a matança *agora*.

Sua voz parecia mais alta do que antes, sem o choque de armas para abafá-la. O exército de Ptolomeu pareceu atordoado com seu surgimento e Júlio se perguntou se ela escolhera deliberadamente a estátua de Ísis ou se era simplesmente a mais próxima. Encontrava-se rodeado por homens ofegantes, cobertos de sangue, e sua mente estava vazia.

— O que será que ela... — começou Júlio, então o povo de Alexandria perdeu as expressões perplexas e tombou de joelhos.

Júlio espiou ao redor, pasmo, enquanto os soldados de Ptolomeu se ajoelhavam também, encostando a cabeça no chão. Os legionários romanos ficaram de pé, atarantados, olhando Júlio à espera de ordens.

— Décima e Quarta, ajoelhar! — gritou Júlio instintivamente.

Seus homens se entreolharam mas obedeceram, ainda que as espadas estivessem a postos. Ciro, Régulo e Domício se abaixaram sobre um dos joelhos. Brutus os acompanhou enquanto o olhar de Júlio caía sobre ele e somente Júlio e Otaviano continuavam de pé.

— Não me peça — disse Otaviano, baixinho.

Júlio o encarou nos olhos e esperou. Otaviano fez uma careta e se ajoelhou.

Contra o fundo de milhares de cabeças abaixadas, outro grupo continuava de pé no lado extremo do campo de batalha. Os cortesãos do rei mantinham a cabeça erguida, observando os acontecimentos num horror doentio. Júlio viu um deles chutar um soldado, claramente exigindo que a luta continuasse. O homem se encolheu mas não se levantou. Aos olhos de Júlio eles pareciam um bando de abutres pintados. Percebeu o medo em seus rostos brilhantes.

— Onde está meu irmão Ptolomeu? Onde está meu rei? — gritou Cleópatra a eles.

Júlio a viu saltar leve e caminhar com pernas longas através da carne rasgada e dos homens ajoelhados. Ela andava com orgulho e ao passar por Júlio chamou-o.

— Onde está meu irmão? — repetiu.

Sua voz golpeou os cortesãos como um soco e eles pareceram murchar à medida que ela se aproximava, como se sua presença fosse mais do que eles pudessem suportar. Abriram caminho enquanto Cleópatra passava entre eles. Júlio a acompanhou de perto, com o olhar desafiando-os a erguer a mão contra ela.

Ptolomeu estava pálido e exangue numa capa de tecido de ouro empoeirado. Seus membros tinham sido arrumados com dignidade, a mão direita no alto do peito onde quase cobria um ferimento enorme. A máscara fora esmagada e estava na terra aos seus pés. Júlio espiou as feições infantis enquanto Cleópatra se abaixava para tocar o irmão, e sentiu uma pontada de arrependimento ao ver o pequeno gládio na cintura dele. Enquanto ele olhava, Cleópatra se inclinou para beijar os lábios do irmão, antes de sentar-se. Seus olhos estavam arregalados de dor, mas não havia lágrimas.

Com Cleópatra sentada em silêncio, Júlio procurou Panek ao redor, sabendo que ele não podia estar longe. Estreitou os olhos quando viu um manto escuro que conhecia. Panek estava sentado na poeira, a respiração lenta e alta. Júlio deu dois passos rápidos à medida que sua raiva se reacendia, mas os olhos que se viraram ao ouvir o som estavam opacos e o peito, devastado. Panek morria e Júlio não tinha mais palavras para ele.

Às suas costas Cleópatra se levantou. Nenhum som veio da multidão e a brisa podia ser ouvida.

— O rei está morto — disse ela, sua voz ecoando acima deles. — Levem meu irmão ao seu palácio, meu povo. Saibam que estarão pondo as mãos num deus ao fazerem isso.

Então sua voz se embargou e ela hesitou. Júlio tocou-a de leve no ombro mas ela pareceu não sentir.

— Eu, que sou Ísis, voltei para vocês. Meu sangue foi derramado neste dia, uma morte que não foi causada pelos homens de Roma, e sim pela traição de minha corte. Levante-se e lamente, meu povo. Rasguem suas roupas e esfreguem cinzas na pele. Homenageiem seus deuses com sofrimento e lágrimas.

O pequeno corpo de Ptolomeu foi erguido no ar, com a capa pendendo abaixo.

Por longo tempo Cleópatra não conseguiu afastar os olhos do corpo do irmão. Depois se virou para os cortesãos.

— Não era sua tarefa manter meu irmão vivo? — murmurou, estendendo a mão para a garganta do mais próximo. Ele lutou para não se afastar do toque de suas unhas pintadas, e de certa forma foi obsceno o modo como ela acariciou todo o seu maxilar.

— César, gostaria que vocês amarrassem estes homens para a punição. Eles servirão ao meu irmão em seu túmulo.

Os cortesãos se prostraram finalmente, atordoados de medo e sofrimento. Júlio sinalizou para Domício trazer cordas. Um tênue sopro de fumaça os alcançou enquanto os cortesãos eram amarrados. A cabeça de Cleópatra girou rapidamente quando cheirou o ar quente e pesado. Virou-se para Júlio em súbita fúria.

— O que você fez com minha cidade? — perguntou.

Foi Brutus quem respondeu:

— A senhora sabe que incendiamos navios no porto. As chamas podem ter chegado aos prédios do cais.

— E vocês os deixaram queimar? — disse ela rispidamente, encarando-o.

Brutus olhou de volta, com calma.

— Estávamos sendo atacados — respondeu, dando de ombros.

Cleópatra ficou sem fala por um momento. Em seguida, virou os olhos frios para Júlio.

— Seus homens devem parar o incêndio antes que ele se espalhe.

Júlio franziu a testa diante do tom de voz e ela pareceu sentir a irritação que estava crescendo nele.

— Por favor, Júlio — disse ela mais gentilmente.

Ele assentiu e sinalizou para seus generais se aproximarem.

— Farei o que puder — respondeu, perturbado com as enormes mudanças de humor da rainha. Ela havia perdido um irmão e recuperado o trono, pensou. Muita coisa poderia ser perdoada num dia assim.

Cleópatra só saiu quando os guardas reais lhe trouxeram uma plataforma sombreada, erguendo-a nos ombros enquanto ela se reclinava. Júlio viu que os rostos deles estavam orgulhosos enquanto levavam a rainha ao palácio.

— Mande cavar trincheiras para os mortos, Otaviano — ordenou observando-a partir. — Antes que apodreçam no calor. A Quarta deve ir ao cais para cuidar do incêndio.

Enquanto falava, um pedaço de cinza flutuou acima de sua cabeça, cavalgando a brisa. Olhou-o pousar, ainda atordoado com os acontecimentos. O menino rei que havia se agarrado ao seu braço estava morto. A batalha estava vencida.

Não sabia se teriam alcançado a vitória sem a intervenção da rainha. As legiões veteranas estavam envelhecendo e não poderiam ter lutado por longo tempo contra o sol nascente. Talvez o escravo de Cleópatra trouxesse reforços, ou talvez Júlio tivesse sangrado a vida na areia egípcia.

Na ausência dela sentiu uma dor começando por dentro. Podia sentir o cheiro da mulher por cima do gosto amargo de ar queimado. Conhecera-a como mulher. Vê-la como rainha o havia perturbado e fascinado; desde o momento em que a multidão e os soldados ficaram de joelhos ao ouvi-la. Olhou a procissão que ia para o palácio e se perguntou como os cidadãos de Roma reagiriam se ele a levasse para casa.

— Estamos livres para partir — disse Otaviano. — Para Roma, Júlio.

Júlio o encarou e sorriu. Não podia imaginar a hipótese de deixar Cleópatra para trás.

— Lutei por mais anos do que posso lembrar. Roma esperará um pouco mais por mim.

CAPÍTVLO XXIX

A GRANDE BIBLIOTECA DE ALEXANDRIA QUEIMAVA ENQUANTO O sol se erguia, milhares de rolos de pergaminho criando uma fornalha tão quente que os soldados romanos não podiam se aproximar. Colunas de mármore erguidas por Alexandre se partiam e se despedaçavam na fornalha de um milhão de pensamentos e palavras. Os homens da Quarta Legião formaram uma corrente com baldes indo até o cais, lutando contra o sol e a exaustão até ficarem entorpecidos e a pele cheia de bolhas se tornar vermelha e preta com as cinzas. Os prédios mais próximos tinham sido despidos e suas paredes e telhados saturados de água, mas a biblioteca não pôde ser salva.

Júlio estava parado com Brutus, olhando o vasto esqueleto de madeira do teto afrouxar e depois desmoronar sobre a obra de gerações. Os dois estavam exaustos, os rostos manchados de fuligem. Podiam ouvir as ordens gritadas enquanto as equipes de combate ao fogo corriam para pisotear novas chamas repetidamente, acompanhadas por filas de carregadores de baldes que entoavam cantos.

— Esta é uma coisa terrível de se ver — murmurou Júlio.

Parecia pasmo com a destruição e Brutus o olhou, imaginando se a culpa cairia sobre seus ombros. Os navios trazendo catapultas de Canopus tinham sido impedidos de entrar no porto, mas era exasperante saber que a batalha fora ganha antes que elas pudessem ter acrescentado sua força ao cerco.

— Alguns pergaminhos foram trazidos para cá pelo próprio Alexandre — disse Júlio, passando a mão na testa. — Platão, Aristóteles, Sócrates, centenas de outros. Estudiosos vinham de milhares de quilômetros para ler as obras. Diziam que era a maior coleção do mundo.

"E nós *queimamos*", pensou Brutus pervertidamente, não ousando dizer as palavras em voz alta.

— A obra deles deve sobreviver em outros lugares — conseguiu falar. Júlio balançou a cabeça.

— Não assim. Não completa.

Brutus olhou-o, incapaz de entender seu humor. De sua parte estava silenciosamente espantado pela simples escala da destruição. Estava fascinado com ela e passara parte da manhã simplesmente olhando enquanto o incêndio grassava. Não se importava nem um pouco com o rosto atordoado da multidão.

— Não há mais nada que você possa fazer aqui — disse ele.

Com uma careta, Júlio assentiu e se afastou em meio à turba silenciosa que viera presenciar a devastação. O povo estava num silêncio fantasmagórico e era estranho que os homens responsáveis passassem no meio dele, sem ser reconhecidos.

O túmulo de Alexandre era um templo com colunas de pedras brancas no centro da cidade, dedicado ao deus fundador. A visão de sisudos legionários romanos mantinha o povo curioso longe enquanto Júlio parava na entrada. Descobriu o próprio coração disparando ao olhar o caixão de vidro e ouro que ficava erguido acima da altura da cabeça, com degraus brancos de todos os lados para que os fiéis subissem. Mesmo das bordas, Júlio podia ver a figura repousando dentro. Engoliu a saliva, desconfortável. Quando criança desenhara o túmulo a partir da descrição de um tutor grego. Tinha beijado Servília ao pé da estátua de Alexandre, na Espanha. Havia lido relatos de cada batalha e idolatrava o sujeito.

Subiu os degraus até o pedestal de pedra, com a respiração curta inalando o incenso que pairava no ar. Aquilo parecia apropriado ali, num ambiente de morte fria sem podridão. Júlio pôs as mãos no vidro, maravilhando-se com a habilidade do artesão que produzira os painéis e a teia de bronze que os segurava. Quando estava pronto, olhou para baixo e prendeu o fôlego.

A pele e a armadura de Alexandre tinham sido cobertas por uma camada de folha de ouro. Enquanto Júlio observava, nuvens moveram-se acima e a luz do sol jorrou por uma abertura. Apenas sua sombra permanecia escura e ele ficou pasmo com a glória de tudo aquilo.

— Minha imagem está em você, Alexandre — sussurrou, gravando na memória cada aspecto do momento. Os olhos eram fundos e o nariz pouco mais do que um buraco, mas Júlio podia ver os ossos e a carne dourada como pedra, e adivinhar como teria sido a aparência do grego em vida. Não era um rosto velho.

A princípio achara errado ver Alexandre tratado como um dos deuses do Egito. Ali, naquele templo, parecia uma homenagem adequada. Olhou ao redor, mas as entradas estavam bloqueadas pelas costas sólidas dos soldados. Estava sozinho.

— Imagino o que você me diria — murmurou em grego. — Imagino se aprovaria um romano atrevido de pé em sua cidade.

Pensou nos filhos de Alexandre e no fato de nenhum deles ter sobrevivido até à vida adulta. O primogênito do rei grego fora estrangulado aos 14 anos. Júlio balançou a cabeça, olhando para as distâncias da mortalidade. Era impossível não contemplar a própria morte num lugar assim. Será que outro homem pararia junto dele cem anos depois de estar morto? Melhor virar cinzas. Sem filhos, tudo que conseguira iria embora. Sua filha não poderia exigir o respeito do Senado e, como o de Alexandre, o filho dela talvez nunca tivesse permissão de sobreviver. Franziu a testa, irritado. Tinha nomeado Otaviano como herdeiro, mas não podia ter certeza se o rapaz possuía habilidade para navegar através das traições de Roma. Na verdade, não acreditava que ninguém mais tivesse o dom para construir a partir de seus feitos. Havia chegado tão longe, mas a não ser que vivesse para iniciar uma linhagem masculina, isso não bastaria.

Ao longe podia ouvir o barulho da cidade. No silêncio do templo sua idade pesava demais.

O corpo de Ptolomeu jazia com todas as honras numa sala forrada de ouro. Havia imagens de Hórus e Osíris em toda parte enquanto ele iniciava o caminho da morte. Sua carne fria fora lavada e purificada, e então o lado esquerdo do corpo fora aberto e os órgãos retirados. Não havia julgamento à espera dos reis. Quando os rituais acabassem, Ptolomeu ocuparia seu lugar junto aos deuses, como um igual.

Quando Júlio foi trazido para ver o rei menino, achou o ar pesado e quente. Redemoinhos de fumaça adocicada erguiam-se preguiçosos dos corações vermelhos de braseiros enormes. O corpo de Ptolomeu fora enchido com sal de natrão para secar a carne, e o cheiro amargo se misturava à fumaça, deixando Júlio atordoado. O túmulo de Alexandre era frio em comparação, porém mais adequado às realidades da morte.

Cleópatra estava ajoelhada diante do corpo do irmão, rezando. Júlio ficou parado olhando, sabendo que não podia se obrigar a homenagear um inimigo que causara a morte de alguns de seus homens mais leais. Os olhos do garoto tinham sido costurados e a pele brilhava com óleos pegajosos. Júlio teve náuseas à visão dos quatro jarros ao redor dele, sabendo o que continham. Não podia entender o processo, ou a reverência demonstrada por Cleópatra. Ela também fora ameaçada pelo exército do irmão, mas o homenageava na morte com rituais que durariam quase dois meses antes de Ptolomeu ser finalmente levado a sua tumba.

Num canto rítmico, Cleópatra rezava alto na língua de seu povo e Júlio viu que os olhos dela estavam limpos e calmos. Não a vira chorar desde o dia da morte de Ptolomeu e sabia que ainda não podia entendê-la. Seu exército havia retornado da Síria para ocupar o lugar ao redor do palácio real e já houvera incidentes entre os romanos e os guerreiros endurecidos pelo deserto. Júlio fora obrigado a mandar três de seus homens ser chicoteados por começar um tumulto ao ficarem bêbados na cidade, deixando dois homens mortos no caminho. Mais dois esperavam punição por usar dados viciados com os soldados de Cleópatra, tirando-lhes suas armas além da prata que tinham nos bolsos.

A espera o irritava, à medida que os rituais da morte serpenteavam até a conclusão. Júlio havia pensado que o menino seria enterrado rapidamente, sabendo o que o calor do verão poderia fazer, mesmo à carne real. Em vez disso, os dias se arrastavam com lentidão narcótica e ele estava ficando tão inquieto quanto seus homens.

Otaviano deixara claro seus sentimentos. Queria voltar a Roma e às recompensas que todos haviam merecido. Júlio também podia sentir a cidade chamando-o por sobre mar e terra. Queria passar sob os portões e entrar de novo no fórum. Havia realizado cada sonho que tivera na infância. Seus inimigos eram pó e cinzas, mas mesmo assim ele esperava.

Observou enquanto Cleópatra iniciava um novo ritual, usando uma vela para acender potes de barro com incenso. Em Alexandria a morte era muito próxima da vida. O povo parecia se preparar para ela durante toda a vida e vivia com a certeza de outra existência. Isso os tornava fatalistas, mas com uma confiança que estava entre as coisas mais estranhas que Júlio já vira. Não podia compartilhá-la.

Cleópatra se levantou e baixou a cabeça para a figura encolhida de Ptolomeu. Deu dois passos atrás e se ajoelhou de novo antes de se levantar.

— Você é um homem paciente, Júlio. Pelo que sei, seu povo é mais rápido com essas coisas do que nós.

— Há uma dignidade na morte aqui — respondeu ele, procurando as palavras certas.

Ela ergueu uma sobrancelha, subitamente achando divertido.

— E tem tato. Quer caminhar pelo jardim comigo? A fumaça é como uma droga se inalada por longo tempo, e quero respirar.

Aliviado, Júlio pegou o braço dela e os dois saíram ao sol. Ela não pareceu notar enquanto os escravos se prostravam à sua passagem, não ousando olhar para a rainha que pranteava o irmão.

O ar quente do lado de fora ajudou a clarear os pensamentos de Júlio e ele respirou fundo várias vezes, sentindo o ânimo crescer. Ver o corpo do rei menino tinha sido inquietante. Sentia como se um peso houvesse sido retirado enquanto respirava o aroma dos jardins vivos. Até mesmo esse prazer foi manchado ao se lembrar de ter corrido pelos mesmos caminhos e arvoredos para capturar Ptolomeu em sua cama. No momento aquilo parecera uma aventura, sem consequência. Os resultados estavam no túmulo do rei e nas cinzas do cais.

— Seus homens me contaram muito sobre você — disse Cleópatra. Júlio a encarou incisivamente.

— Você foi abençoado por sobreviver às batalhas que eles descreveram — continuou ela.

Júlio não respondeu, parando num caminho de pedras vítreas para tocar uma flor vermelha que se destacava entre as folhas verdes.

— Eles falam que você é um deus da guerra, sabia disso?

— Ouvi dizer — respondeu Júlio, desconfortável. — Eles cantam vantagem a meu favor.

— Então você não derrotou um milhão de homens na Gália?

Júlio a encarou enquanto ela estendia a mão para a mesma flor e acariciava as pétalas.

— Derrotei, mas isso tomou dez anos de minha vida.

Ela usou as unhas para cortar a haste, passando a flor sobre os lábios enquanto respirava o perfume. De novo, ele se perguntou como Roma reagiria se a levasse para lá. Os cidadãos provavelmente adorariam Cleópatra, mas o Senado iria rejeitar suas afirmações de divindade. Roma tinha deuses suficientes. Eles não ousariam ficar contra uma amante estrangeira, mas tomá-la como esposa provocaria irritação nas grandes casas. Além disso, Júlio não tinha certeza se ela gostaria de ir com ele.

— Você perdoou seu general, Brutus, quando ele o traiu — disse ela, continuando a andar. — É um ato estranho para um governante. No entanto, eles ainda o respeitam. Mais do que isso, eles o reverenciam, sabia? Eles o seguiriam a qualquer lugar, e não por causa de seu nascimento, mas por quem você é.

Júlio bateu com os dedos de uma das mãos na outra, às costas, sem saber como responderia.

— A pessoa com quem você andou falando foi longe demais — disse, após uma pausa.

Ela riu, jogando a flor no caminho atrás deles.

— Você é um homem estranho, Júlio. Eu o vi com eles, lembra? É capaz de ser arrogante como um rei, tão arrogante quanto eu. Combinamos um com o outro, mas acho que você não gostaria do ritmo lento da vida aqui. Meu país viu cinco mil anos de vida e morte. Ficamos velhos e cansados sob este sol e, em comparação, seus homens são jovens. Têm a energia da juventude e não se incomodam em correr através de terras como uma tempestade de verão. É uma coisa apavorante de se ver, em comparação com minha sonolenta Alexandria. No entanto, eu a amo.

Ela se virou para encará-lo, com a proximidade inebriante. Sem pensar, Júlio estendeu a mão e segurou-a pela cintura fina.

— Meus conselheiros me alertam diariamente que você é perigoso demais para permanecer no Egito — disse ela. — Eles veem em seus homens a luxúria, a força e nada mais. Lembram-me de que você queimou minha linda biblioteca e seus soldados riram e jogaram dados nas cinzas.

— Eles são guerreiros. Não se pode esperar...

O riso dela o silenciou e um rubor lento apareceu em suas bochechas e no pescoço.

— Você é tão rápido em defendê-los! — Ela se esticou e beijou-lhe a parte de baixo do queixo e encostou a cabeça em seu peito. — Meus conselheiros não governam aqui — disse ela. — E não têm resposta quando falo que você nos devolveu Chipre. Esse não foi o ato de um destruidor. Consegui grande boa vontade para com você entre o meu povo. Eles viram isso como um sinal de que as glórias antigas estão ressurgindo. Eles nos observam e esperam para ver o que faremos juntos.

Júlio não queria estragar o clima, mas precisava falar.

— Chegará um tempo em que terei de voltar à minha cidade. Esperarei até que o funeral de seu irmão termine, mas devo voltar.

Ela ergueu a cabeça e fitou-o nos olhos com expressão perturbada. Júlio podia senti-la se distanciar.

— É isso que você quer? — perguntou Cleópatra, sem que a voz revelasse coisa alguma de seus pensamentos.

Júlio balançou a cabeça.

— Não. Quero ficar aqui e esquecer os anos de batalha. Quero você ao meu lado.

A tensão desapareceu dela como se não tivesse estado ali. Ela estendeu a mão e puxou sua cabeça até a boca perfumada.

Quando se separaram, o rosto dela estava tão vermelho quanto o dele e seus olhos brilhavam.

— Não falta muito até que eu esteja livre — disse ela. — Se você ficar comigo, eu lhe mostrarei o grande Nilo. Mandarei que uvas e frutas sejam postas em sua boca pelas jovens mais lindas do Egito. Músicos tocarão para nós a cada noite enquanto dormimos atravessando as águas. Serei sua toda noite, toda hora. Você ficará para isso?

— Não preciso das jovens mais lindas do Egito. E sua música faz meus ouvidos doerem. Mas se você estiver lá e for somente minha, deixarei Roma se virar sozinha durante um tempo. Ela sobreviveu sem mim por todo esse tempo, afinal de contas.

No mesmo instante em que dizia isso soube que era verdade, mas ainda assim ficou pasmo. Sempre havia sonhado em retornar em triunfo à cidade de seu nascimento, para todas as honras e recompensas que obtivera no correr dos anos. No entanto, com uma palavra dela, nada disso importava. Talvez, somente por algum tempo, pudesse se livrar dos cuidados e da preocupação que pareciam formar o âmago de sua vida. Talvez pudesse jogar tudo isso longe e sentir o sol no rosto com uma jovem bela e fascinante que era rainha do Egito.

— Sou velho demais para você — disse baixinho, querendo que ela negasse.

Cleópatra riu e beijou-o de novo.

— Você me mostrou que não é! — disse, baixando a mão à coxa dele e deixando-a ali. Júlio podia sentir o calor da mão na pele nua e, como sempre, aquilo o excitou sem misericórdia.

— Se tivéssemos um filho — disse ela — ele herdaria o Egito e Roma. Seria outro Alexandre.

Júlio olhou para a distância, com a mente luminosa de sonhos.

— Eu daria *qualquer coisa* para ver isso. Não tenho outros filhos homens — disse sorrindo.

A mão dela se moveu ligeiramente em sua coxa, fazendo-o prender o fôlego.

— Então reze aos seus deuses para que o que está dentro de mim seja um menino — disse, séria. Júlio estendeu a mão, mas ela deslizou para longe. — Quando o luto estiver terminado mostrarei a você os mistérios do Egito, em mim — gritou por cima do ombro.

Júlio a viu se afastar, frustrado, dominado pelas palavras dela. Mal conseguia absorver o que ficara sabendo e a teria chamado, mas ela desapareceu de volta no palácio, com passos leves.

❖

O ruído de comemoração em Alexandria foi suficiente para deixar os ouvidos dos romanos zumbindo e entorpecidos. Pratos e trombetas troavam e gemiam em cada rua e as vozes das pessoas erguiam-se em gritos de júbilo para enviar Ptolomeu aos braços dos deuses. Júlio estremeceu ao se lembrar dos ritos finais que havia testemunhado.

A carne do menino estava seca como couro velho quando os sacerdotes cantando vieram vê-lo pela última vez. Cleópatra não havia insistido em que Júlio estivesse presente, mas ele fora atraído ao último ritual, sabendo que nunca mais teria chance de ver os segredos da morte egípcia.

Havia olhado enquanto os sacerdotes pegavam um cinzel feito de ferro meteórico e abriam os lábios de Ptolomeu com um movimento sinuoso através da boca. Sem o intérprete que Cleópatra designara, ele ficaria perdido e pasmo com a aparente violação do corpo. O sussurro sibilante do sujeito em seus ouvidos causava arrepios ao lembrar.

— Rei Osíris, acorde! — dissera o sacerdote. — Abro sua boca para você com o ferro dos deuses. Viva de novo, rejuvenescido a cada dia enquanto os deuses o protegem como um dos seus.

Os vapores de incenso haviam redemoinhado em volta da figura minúscula do menino rei, e quando os últimos rituais terminaram, os sacerdotes saíram ao ar livre, para dar a notícia à cidade. O túmulo fora lacrado atrás deles com bronze, ouro e latão.

Então as trombetas começaram, soando aos milhares. O barulho aumentara, e cada lampião e braseiro foram acesos, fazendo Alexandria brilhar sob os céus. Os deuses veriam a luz e saberiam que um dos seus estava pronto para ir até eles.

Júlio observava o festival da morte das altas janelas do palácio real, com Brutus ao seu lado. Otaviano havia descido à cidade para se perder na bebida e nas mulheres, com outros oficiais. Na noite da morte de um rei não havia tabus e Júlio esperava que seus homens sobrevivessem às festividades e à devassidão sem causar tumultos. Provavelmente era uma esperança vã, mas por um tempo a responsabilidade estaria nos ombros de outros. A barca de Cleópatra balançava nas ondulações do porto, esperando para levá-lo ao longo do litoral. Os homens teriam de sobreviver sem ele até sua volta. A notícia dada por Cleópatra suplantava todo o resto.

Como se compartilhasse o pensamento, Brutus falou, olhando para uma cidade luminosa como o dia. Podia sentir o estranho clima de excitação em Júlio, mas não conseguia adivinhar o motivo.

— Sabe quando retornará?

— Antes do fim do ano. As legiões têm alojamentos aqui. Elas merecem o descanso. Mandei cartas a Marco Antônio, em Roma. Em cerca de um mês o pagamento chegará. Deixe que eles ocupem casas aqui, Brutus, enquanto me esperam. Deixe que fiquem gordos e sonolentos.

— Você os conhece muito bem — respondeu Brutus. — Já tivemos de punir mais dois por saquear os templos. Terei de levá-los para o deserto depois das primeiras semanas, caso contrário, qualquer coisa que possa ser carregada desaparecerá de Alexandria. Como está, os mercados de Roma vão ficar atulhados de artefatos quando voltarmos.

Júlio deu um risinho e Brutus sorriu. Os momentos mais sombrios do passado pareciam ter sido esquecidos entre os dois, e sua força estava retornando. Ao nascer do sol de cada dia Brutus havia completado uma hora de intensos exercícios com a espada, com Domício. Tinha perdido parte da velocidade que vencera torneios, mas não estava mais fraco. Não falara a Júlio sobre um centurião que havia zombado dele na véspera. Brutus o levara para o pátio de treinamento e espancara o sujeito quase até a morte.

Talvez Júlio soubesse, pensou Brutus, olhando-o.

— Otaviano está furioso com minha volta ao posto — disse. — Ou por causa de sua viagem de recreio pelo Nilo. É difícil ter certeza do que o irritou mais.

Júlio balançou a cabeça, exasperado.

— Ele quer que eu passe meus últimos anos em debates sonolentos no Senado. — Fungou. — Acho que parecemos velhos demais para os mais novos, que não servimos para nada além de dar tapinhas nas costas uns dos outros, em nome de glórias passadas.

Brutus olhou para a figura de seu general, alerta e em boa forma, queimado num tom moreno escuro. No mínimo Júlio havia se revigorado no Egito, e uma parte que não era pequena se devia à perspectiva de paz, finalmente. Ele e Brutus haviam sofrido décadas de guerra e privações. Talvez o prêmio fosse afinal o fim da luta. Brutus não podia imaginá-lo pensando em viagens de recreio se Pompeu ainda estivesse vivo ou se Sila ameaçasse sua cidade.

Brutus não podia amar o homem que o havia perdoado na Farsália, mas quando Júlio lhe dera o comando em Alexandria ele sentiu um breve júbilo não refreado.

Suspirou por dentro. Roma parecia distante, mas ele sabia que precisava pensar no futuro. Havia anos adiante para esquecer a vergonha de ter passado para o lado de Pompeu. Júlio lhe confiara autoridade, e essa mensagem não ficaria despercebida para as legiões. Estava na hora de reconstruir uma carreira que deveria ter acabado na Farsália. Afinal de contas, Roma fora construída por homens que tinham sobrevivido à derrota.

Olhou firme para Júlio, sentindo falta da antiga amizade. Havia momentos preciosos em que pensava que os dois compartilhavam uma compreensão impossível de verbalizar. Mas sem aviso podia sentir o antigo ciúme e um orgulho destrutivo. Com o tempo, talvez isso também diminuísse.

— Esta é uma terra antiga — disse Júlio de repente, interrompendo seus pensamentos. — Poderia ser uma segunda Roma, uma capital gêmea do império. Não estou velho demais para sonhar com isso. Sei que há trabalho adiante, mas por um pouco de tempo quero esquecer tudo e ver o Nilo com minha rainha.

Brutus baixou a cabeça alguns centímetros, pensando na escolha de palavras.

— Você vai levá-la na volta? — perguntou.

— Acho que vou. — Júlio sorriu lentamente diante do pensamento. — Ela traz vida nova aos meus ossos. Com ela ao lado eu poderia fazer um império que rivalizasse com o de Alexandre. Seria adequado tornar esta cidade o segundo coração do império.

Brutus sentiu-se ficando frio.

— Então você será um rei? Como Ptolomeu?

Júlio se virou para ele, os olhos escuros parecendo se cravar no amigo mais antigo.

— De que mais você acha que eu me chamaria? Sou o primeiro em Roma. Roma é a primeira no mundo.

— E minha mãe, Servília? Vai abandoná-la como fez com Pompeia? Ou sua esposa, Calpúrnia? Vai se divorciar dela também?

Júlio hesitou, cego à raiva crescente de Brutus.

— É cedo demais para planejar essas coisas. Quando estiver em casa farei o que for necessário. Calpúrnia não vai resistir, eu sei.

— Os senadores *vão* resistir à sua ambição — disse Brutus em voz baixa.

Júlio riu.

— Eles não ousariam, meu amigo. Vão me homenagear e homenagear a rainha que eu levar para casa. Roma foi construída a partir de reis. Isso renascerá a partir da minha linhagem.

— De sua filha? — perguntou Brutus.

Os olhos de Júlio brilhavam enquanto olhava por sobre a cidade. Segurou o parapeito de pedra como se fosse seu dono.

— Não posso conter a novidade, Brutus. É demais para mim. De meu *filho*, que nascerá. A rainha está grávida, e seus pressagiadores dizem que será um menino. Um filho para governar dois impérios. — Ele riu alto, espantado. Tinha de ser um menino, pensou. Os deuses não seriam tão cruéis.

Brutus se afastou um passo, com a calma se despedaçando. Que amizade poderia sobreviver a uma ambição tão implacável? Viu que Júlio não havia saciado o apetite no Egito. Voltaria a Roma com sonhos maiores do que o de qualquer um dos homens que haviam destruído. Nem Sila, nem Catão, nem mesmo Pompeu haviam chegado tão longe.

— A República... — começou Brutus, chocado a ponto de gaguejar.

Júlio balançou a cabeça.

— ... foi uma experiência gloriosa. Eu a honro, mas ela serviu ao seu propósito. Quando eu voltar a Roma começarei um império.

CAPÍTVLO XXX

O NILO OS LEVOU PARA O SUL ATRAVÉS DE TERRAS TORNADAS luxuriantes por suas águas. Pássaros voavam e gritavam aos milhares, erguendo-se no ar à passagem da barca real. Garças brancas caminhavam em meio ao gado que ia aos baixios nos fins de tarde. Num cenário assim, Júlio deixava as preocupações dos anos se afastarem. Não sofria um ataque da doença há muitos meses e se sentia forte. Roma estava longe e ele se perdia em Cleópatra.

Faziam amor segundo o capricho, de dia ou de noite. A princípio ele achara difícil ignorar os escravos na barca, sem ter mais do que uma cobertura de seda fina para proteger a rainha dos olhares. Ela, que fora atendida desde o nascimento, rira de seu embaraço, cutucando sua dignidade até que ele havia tirado o manto dos ombros dela e beijado a pele, transformando seu riso num ritmo de respiração mais profunda.

Havia oito remos de cada lado da barca para levá-los pelas águas. As pás tinham sido mergulhadas em prata e brilhavam como moedas afundadas ao cortar a superfície. O Nilo serpenteava por vales e vastas planícies como se não tivesse fim, e havia ocasiões em que Júlio podia imaginar a jornada continuando para sempre.

À noite, conversava durante horas com o astrólogo de Cleópatra, Sosígenes, que tinha previsto o nascimento de um filho. A princípio o sujeito hesitara em falar com o líder romano, mas, à medida que as semanas se passavam, Júlio passou a conversar naturalmente com ele. Estava faminto pela confirmação das profecias feitas por Sosígenes e, ainda que a princípio duvidasse do poder dos augúrios, sua esperança se transformou lentamente em crença. O grego tinha mente afiada e Júlio passava muitas horas discutindo com ele o curso dos planetas, as estações e até o calendário. Sosígenes havia tentado não demonstrar o desprezo pelo sistema romano e disse que até mesmo os anos egípcios possuíam falhas. Segundo seus cálculos, 365 dias era quase correto, precisando de apenas um dia em cada quatro primaveras para ser perfeito. Júlio exigiu prova de suas afirmações e o sujeito aceitou o desafio, cobrindo o convés com folhas de papiro marcadas com carvão até que Júlio ficou tonto com os voos dos planetas e das estrelas. Em Roma, o sumo sacerdote tirava ou acrescentava dias a cada ano, mas o amor de Sosígenes pela simplicidade e pela ordem era atraente. Júlio se perguntou como o Senado reagiria se ele impusesse um sistema assim aos cidadãos de Roma.

À medida que a gravidez progredia, Cleópatra sentia o calor com mais violência e passava as tardes dormindo sob os toldos. Júlio ficava olhando por horas para as formas sinistras dos crocodilos em meio aos juncos, esperando pacientemente que um íbis ou um bezerro chegasse perto demais. Vê-los agarrar a presa era o único toque de fogo que interrompia o longo sonho do Nilo. Os remos de prata subiam e desciam, só ficando imóveis quando a brisa enchia a vela roxa acima das cabeças. Júlio pedia que Sosígenes contasse histórias quando o sol estava quente demais para suportar. Deixava as lendas varrerem-no até sentir que fazia parte da paisagem que ia passando, parte de seu futuro.

No frescor antes da alvorada, as escravas de Cleópatra banhavam-na e a vestiam, pintando os olhos com tinta preta que subia nas bordas. Júlio estava nu, apoiado sobre um dos cotovelos, olhando o ritual. Não se sentia mais desconfortável com as escravas, mas tinha recusado a oferta de Cleópatra de que elas o entretivessem mais intimamente. Não achava que as jovens estariam pouco dispostas. Na verdade, a garota que vestia a rainha tornara seu interesse evidente enquanto o banhava com panos no convés. Mais água fresca escorrera pelos seios plenos dela do que pelo corpo dele, e a garota havia rido de sua reação, provocando-o. Talvez fosse o calor ou a presença semi-nua das escravas, mas ele se sentia eroticamente carregado pelos dias no Nilo, revigorado pela natação onde a água era limpa, esfregado com óleo por mãos hábeis, tão bem alimentado quanto um touro reprodutor. Passou a mão de leve pela barriga, sentindo os músculos. A vida sonhadora era como água para uma alma seca depois de guerra tão longa. Mas mesmo ali, com o sol nascente, sabia que não poderia descansar para sempre. A vontade de agir estava sempre no fundo da mente, crescendo dia a dia. Roma esperava por ele e era necessário um esforço cada vez maior para ignorar o chamado.

Podia ver o inchaço da barriga com a criança que ela teria. Ficou deitado em transe até que a barriga foi escondida por um tecido tão fino que dava para ver a linha das pernas através dele. Quando ela veio olhá-lo, levantou as sobrancelhas para o sorriso que brincava no rosto de Júlio.

— Então vai ficar andando nu no meio das pessoas? — perguntou com doçura.

Júlio deu um risinho.

— Estava olhando você e pensando que vou acordar de repente e estar numa tenda em algum lugar, com as trombetas de batalha tocando e meus oficiais rugindo para um último ataque.

Ela não sorriu. Ouvira-o gritar vezes demais no sono e acordara para ver seu rosto retorcido de dor e raiva. Ele não se lembrava dos sonhos, ou pelo menos eles não pareciam perturbá-lo de dia. Os olhos de Cleópatra viaja-ram pelas cicatrizes do corpo de Júlio e ela balançou a cabeça.

— Vista-se, César, e veja uma coisa nova.

Ele abriu a boca para fazer a pergunta, mas ela pôs a mão em seus lábios e o deixou a sós para ser vestido por suas escravas de olhos brilhantes. Com um suspiro, Júlio se levantou e pediu que trouxessem sua túnica mais leve.

Quando chegou ao convés, descobriu que a barca ia para a margem. Uma cidade como muitas outras vinha até a beira d'água, com um pequeno cais de madeira se estendendo nas águas marrons. Gansos vermelhos voaram grasnando enquanto ele via que as tábuas tinham sido cobertas com juncos frescos num caminho que se afastava do rio. Centenas de pessoas se enfileiravam na margem, num incêndio de mantos coloridos, e cada olhar parecia fixo nele. Júlio olhou de volta desconfortável, enquanto a tripulação posicionava os lemes para levá-los ao cais. Uma plataforma com largura suficiente para uma fileira de legionários foi trazida e presa à lateral, pousando no caminho limpo.

Cleópatra andou até lá e a multidão se ajoelhou na lama, encostando a cabeça no chão enquanto ela descia à terra. Tambores soaram nas bordas. Quando ela olhou de volta para Júlio, ele viu as feições frias que haviam dominado o exército em Alexandria. No rio, Júlio abandonara o hábito de usar espada, e seus dedos cutucaram o ar vazio. Seguiu-a com as sandálias esmagando os juncos. Quando chegou ao lado dela, Cleópatra se virou para ele e sorriu.

— Queria que você visse isso — disse ela.

Sua guarda pessoal de dez homens desceu para o cais precário atrás deles, assumindo posições. Ela caminhou pela multidão com Júlio e ele viu que a linha de homens e mulheres ajoelhados se estendia através da cidade.

— Como eles sabiam que você estava chegando? — murmurou.

— É o aniversário do dia em que me tornei rainha. Eles sabem quando é o tempo.

A cidade estava limpa e bem-cuidada, mas parecia deserta, com cada homem, mulher e criança se ajoelhando na rua. Cleópatra baixava a mão para tocá-los, a intervalos, e atrás dela Júlio via lágrimas de gratidão.

O caminho de juncos terminava na entrada de uma praça minúscula, meticulosamente varrida. Seus guardas se moveram adiante para revistar um templo de mármore vermelho que brilhava ao sol da manhã. O silêncio era fantasmagórico e Júlio se lembrou de um povoado deserto na Espanha, onde havia cavalgado com Servília. Tinha visto uma estátua de Alexandre lá, e era irritante ver aquela experiência ecoada nas próprias terras do rei.

Percebeu que os pensamentos vagueavam, lamentando tudo que se perdera desde aquele outro tempo e outro lugar. Os últimos vestígios de inocência haviam sido moídos para fora dele, na Gália e na Grécia. Talvez por isso tivesse derramado lágrimas ao ver o rosto morto de Pompeu. Lembrou-se do menino que tinha sido, mas estava longe demais para conhecê-lo bem. Seu pai, Mário, Tubruk; todos eram sombras. Houvera tragédias demais, lembranças demais trancadas em algum lugar profundo. Tinha escavado uma armadilha de lobos para Suetônio e o deixara viver. Se esta manhã egípcia lhe devolvesse a chance, ele o teria matado sem pensar duas vezes.

Talvez a idade é que trouxesse a dureza, ou as escolhas brutais de uma campanha. Havia feito homens recuar, sabendo que isso significaria a morte de outros soldados leais. Salvara muitos à custa de poucos. Havia mandado cirurgiões para os que tinham chance de sobreviver. Havia até mesmo mandado bons homens ao acampamento de Pompeu, sabendo que não poderiam transmitir sua mensagem e sobreviver. Achava que essas decisões frias penetravam no osso depois de um tempo, entorpecendo a alegria de viver. Nem mesmo o sol do Egito podia alcançá-lo, mas Cleópatra podia. Descobriu que seus olhos estavam ardendo, inexplicavelmente.

Os guardas voltaram e Júlio e Cleópatra caminharam em silêncio para a semiescuridão, os passos ecoando sob o teto em cúpula, alto acima deles. Era claramente um local de culto e Júlio se perguntou por que ela o trouxera ali. As paredes eram decoradas em relevos com padrão de estrelas em ágata amarela, com linhas mais escuras percorrendo a pedra como veios de sangue. Para sua perplexidade, pensou ter ouvido o miado de gatos, e quando procurou a fonte do som viu uma dúzia deles indo na direção de Cleópatra.

Murmurando palavras em egípcio, ela se abaixou e deixou que eles se esfregassem em suas mãos.

— Não são lindos? — disse, ajoelhando-se no meio deles.

Júlio só pôde assentir, imaginando quem seria o infeliz encarregado de limpar os pisos de mármore depois da passagem dos animais. Ela viu a expressão dele e seu riso ecoou no espaço.

— São os guardiães do templo, Júlio. Dá para ver as garras? Quem ousaria entrar aqui com esses caçadores?

Enquanto ela falava, os gatos se lambiam e ronronavam ao redor, contentes. Cleópatra se levantou gentilmente e eles a seguiram, as caudas acenando preguiçosas e empinadas.

Na extremidade mais distante do templo havia uma estátua preenchendo uma parede côncava. Júlio olhou e perdeu o passo, confuso. Ela se erguia acima dos dois, de modo que a cabeça de Cleópatra chegava ao joelho da pedra branca.

Júlio só podia olhar de uma para outra. Num mármore cremoso, viu as feições da rainha observando-o. A estátua segurava um menino nos braços e olhava para longe, orgulhosa. Era uma expressão que ele conhecia bem.

Cleópatra viu seu olhar voltado para cima e sorriu.

— Esta é Ísis, César, mãe de Hórus, que está em seu colo.
— Com o seu rosto — disse Júlio, pensativo.
— O templo tem mil anos, é anterior à chegada de Alexandre. No entanto, ela vive em mim.

Ele fitou-a enquanto os gatos se esfregavam nas pernas dela.
— Meu filho será um deus, Júlio; seu filho. Entende agora?

Ele não disse que o rosto da estátua era ligeiramente diferente enquanto o examinava. A mulher em pedra era um pouquinho mais velha do que Cleópatra, e enquanto o primeiro choque se esvaía pôde ver que a linha do queixo era diferente. Os olhos eram mais afastados e no entanto... era espantoso. Ela assentiu, satisfeita com sua reação.
— Vai orar a ela, comigo? — perguntou.

Júlio franziu a testa.
— Se ela está em você, como pode orar?

Os dentes dela apareceram num sorriso.
— Como você é direto, romano! Eu deveria esperar isso. É um mistério, não é? Eu carrego a chama escondida na carne, no entanto ela ainda está lá. Quando eu viajar pelo caminho dos mortos, será um retorno, e não um início. Entenda isso e me entenderá. Eu ficaria feliz se você rezasse a ela. Ela irá abençoar nosso filho e mantê-lo em segurança.

Júlio não pôde recusar enquanto ela o observava. Ajoelhou-se e baixou a cabeça, satisfeito porque não havia outros olhares para vê-lo fazendo isso.

A área dos escribas no palácio real de Alexandria era praticamente uma cidade em si, com milhares de estudiosos trabalhando dentro de suas paredes. Depois da destruição da grande biblioteca, os lampiões ficavam acesos toda a noite e todo o dia enquanto as obras escritas de mestres eram trazidas de todo o Egito e da Grécia e copiadas com cuidado meticuloso.

Uma ala do enorme anexo fora ocupada pela administração romana e Brutus havia reivindicado os melhores aposentos. À sua ordem, artesãos da legião tinham retirado as estátuas e o ouro, encaixotando tudo e guardando onde fosse possível para ser mandado para casa, substituindo-os por paredes revestidas de carvalho claro esculpido, montando um refúgio romano. Nenhum alojamento fora construído para a Décima e a Quarta, depois de um número demasiado de saques de troféus na cidade. A princípio Brutus os deixara farrear um pouco, mas estava claro que a disciplina sofria depois de apenas algumas semanas e ele fora obrigado a impor a ordem dura que eles conheciam melhor. Houvera alguns que reclamaram e até mesmo uma petição assinada por idiotas que acabaram o dia da entrega marchando para postos no deserto. A cidade estava calma e, na ausência de Júlio, Brutus desfrutava de total liberdade.

Os homens que haviam se aproveitado de sua fraqueza depois da Farsália se viram limpando excremento com pás ao sol forte até desmoronarem. Ele havia cuidado de lembrar cada rosto e sentia satisfação enorme em lhes dar as tarefas mais sujas que pudesse encontrar. Mais de um havia sofrido cortes e arranhões que infeccionavam rapidamente. Brutus fizera questão de visitá-los nas enfermarias, como faria qualquer outro oficial consciencioso. Bons esgotos romanos correriam sob Alexandria quando Júlio retornasse.

Na sala de reuniões Brutus olhava Otaviano atentamente, gostando da luta dele.

— ... e estou passando o problema a você, general — continuou Brutus. — Júlio chamou essas novas legiões ao Egito e elas devem ser alimentadas, pagas e alojadas. Se é incapaz de realizar sua tarefa eu...

— Ele não me disse nada sobre isso — interrompeu Otaviano, fazendo Brutus franzir a testa.

A tensão entre os dois não diminuíra desde a partida de Júlio. A princípio Brutus havia pensado que Otaviano recusaria a autoridade que Júlio lhe entregara. Ainda se lembrava das ameaças do jovem num cais grego, e parte de Brutus queria que Otaviano ousasse repeti-las agora que ele recuperara sua força. O confronto não viera, mas o embate de vontades fora perfeitamente visível para os outros oficiais superiores. Otaviano parecia contente em determinar uma linha tênue entre o dever e a insolência e Brutus estava disposto a fazer o jogo enquanto o outro pudesse suportar. Era sempre mais fácil pressionar para baixo do que empurrar para cima.

— Pela minha experiência — disse Brutus com ar superior —, Júlio não tem o hábito de consultar seus subalternos para cada decisão. As cartas dele trouxeram uma guarnição da Grécia para o Egito. Não me importa se são uma escolta para casa ou uma força de ocupação. Até a volta dele, estão sob sua responsabilidade.

A malícia brilhou no rosto de Otaviano e Brutus se empertigou na cadeira, antecipando a primeira rachadura na calma. Nada lhe daria mais prazer do que ver Otaviano ser mandado para casa em desgraça. Independentemente das circunstâncias, o Senado seria duro com qualquer homem que desobedecesse a uma ordem de seu comandante. Se Otaviano levantasse a espada ou um punho, estaria acabado.

Otaviano viu a ansiedade e a princípio controlou a aversão. Estava a ponto de fazer uma saudação quando sua raiva emergiu incontrolável.

— É porque você não quer ver os rostos dos homens contra quem lutou como traidor? — disse com rispidez. — É por isso que não quer ir vê-los?

Brutus sorriu lentamente em triunfo.

— Bom, isto é modo de falar com seu superior, garoto? É? Acho que hoje você foi um pouco longe demais. Acho que devo exigir um pedido de desculpas, para o caso de Júlio me perguntar a respeito depois.

Otaviano não era idiota. Brutus viu-o pesar a diferença de idades e postos. O rapaz tomou uma decisão e ficou calmo.

— Você não merece seu posto — disse. — Ele deveria saber que não pode confiar em você de novo.

Com satisfação infinita, Brutus se levantou. Tinha sido um mês agradável provocando o rapaz, mas soubera que o momento chegaria.

— Posso mandar Domício vir aqui e fazer isso formalmente, ou você e eu podemos procurar um local calmo e vou lhe ensinar bons modos. O que vai ser?

Otaviano chegara longe demais para recuar de qualquer ameaça. Em resposta, bateu no punho da espada. Brutus riu, deliciado com o trabalho matutino.

— Lançarei no registro de pessoal como uma sessão de treinamento — disse. Em seguida, sinalizou para a porta. — Vá primeiro, garoto. Estarei atrás de você por todo o caminho.

Guardas da legião saudaram automaticamente enquanto os dois passavam. Brutus acompanhou Otaviano descendo um lance de escada e seguindo por um corredor que ainda tinha marcas da caça ao tesouro feita pelos romanos. Brutus girava os ombros ao caminhar, afrouxando os músculos.

O pátio de treinamento estava movimentado com homens, como todas as manhãs. Vestindo apenas tangas e sandálias, os romanos escurecidos pelo sol usavam pesadas bolas de couro e pesos de ferro para se manter em forma. Outros lutavam em pares com as espadas de treino, chumbadas, e os estalos e choques pareciam altos depois do silêncio dos salões.

— Voltem aos seus deveres, senhores — disse Brutus sem afastar o olhar de Otaviano. Esperou pacientemente enquanto os soldados guardavam os equipamentos e os deixavam a sós. Podia sentir a curiosidade deles, mas uma plateia iria moldar o tipo de lição que ele pretendia dar. Não queria se sentir contido.

Quando o último homem saiu, Otaviano se virou e desembainhou a espada num gesto lento, caminhando pelo chão arenoso até um dos círculos de luta. Brutus o observou em busca de pontos fracos, lembrando-se de que ele também ganhara a armadura de prata no torneio de Júlio. Era rápido e jovem, mas Brutus desembainhou seu gládio como se este fizesse parte de seu braço. Havia-o procurado entre os mortos egípcios antes que os rapineiros pudessem levá-lo. Havia treinado através da dor querendo recuperar a habilidade exatamente para este momento.

Brutus assumiu posição diante de Otaviano e levantou a espada na primeira posição.

— Lembro-me de você ter ameaçado mandar quebrar meu braço de novo — murmurou, começando a circular. — Gostaria de tentar agora?

Otaviano o ignorou, revertendo o passo tão rapidamente que quase pegou Brutus de surpresa. O primeiro golpe de Otaviano foi um teste de força, usando todo seu peso atrás. Brutus o recebeu com facilidade, provocando um estalo de metal.

— Você não deve retesar o quadril desse modo, garoto. Isso restringe seu movimento — disse.

Por alguns instantes lutaram em silêncio, enquanto Otaviano tentava uma combinação de golpes que terminou com uma estocada contra o joelho. Brutus empurrou a lâmina de lado.

— Melhor — disse ele. — Mas vejo que Domício andou trabalhando com você. Ele adora essa pequena estocada.

Viu que Otaviano estava circulando perto demais e saltou para ele. Sua espada foi contida, mas Brutus conseguiu dar um soco no rosto de Otaviano antes que se separassem. Otaviano tocou o rosto e levantou a palma, mostrando que não havia sangue.

— Está pensando que é só até o primeiro corte, garoto? — perguntou Brutus. — Você é tão ingênuo quanto Júlio. Talvez por isso ele goste de você.

Enquanto falava, começou uma série de golpes que aumentaram em velocidade. Os dois se chocaram e Otaviano usou o cotovelo para dobrar a cabeça de Brutus para trás.

— Está ficando velho — disse Otaviano enquanto circulavam de novo.

Brutus o encarou furioso, sentindo a verdade das palavras. Havia perdido a velocidade ofuscante da juventude, mas possuía experiência suficiente para humilhar mais um cão novo, tinha certeza.

— Fico me perguntando se Júlio contou seus planos para quando voltar — disse. Nesse ponto os dois estavam suando. Brutus viu os olhos de Otaviano se estreitarem e foi em frente, esperando um ataque. — Esta cidade vai se tornar a segunda capital do império dele, Júlio contou? Duvido que tenha se incomodado. Você sempre foi o primeiro da fila para beijar os pés dele. Que diferença faz se você se ajoelha para um general ou um imperador?

A resposta foi rápida e o choque de espadas continuou e continuou, até a respiração sair áspera dos pulmões de Brutus. Não havia fraqueza em sua defesa e Otaviano poderia batalhar o dia inteiro antes de encontrar uma abertura. O rapaz sentiu sua confiança e recuou para a borda do círculo.

— Você é um saco de vento velho — disse Otaviano. — Mentiroso, traidor, *covarde*.

Seus olhos brilharam e ele esperou o ataque, mas Brutus apenas riu, confundindo-o.

— Então pergunte quando ele voltar. Pergunte o que Júlio acha de sua amada República. Ele me disse... — Os dois se encontraram de novo e Brutus deu um corte que desceu pela perna de Otaviano. O sangue correu como água e ele continuou animado, sabendo que a fraqueza viria em seguida. — Ele me disse que o tempo dos senadores estava encerrado, mas talvez minta para você, para poupar seu orgulho tenro.

Circularam-se mais devagar e Brutus não forçou o ritmo.

— O que você achou, que estava lutando pela República? — perguntou, zombando. — Talvez um dia, quando todos éramos jovens, mas agora ele tem uma rainha que vai ter o filho dele.

— Mentiroso! — rosnou Otaviano, saltando.

Sua perna parecia em fogo, mas mesmo através da dor ele soube que Brutus o estava deixando se cansar. Um golpe ruim deixou Brutus cortar sua mão esquerda antes que ele pudesse puxá-la de volta. Apertou o punho num reflexo e o sangue escorreu entre os nós dos dedos.

— Imagino se eu não estava do lado certo na Farsália, afinal de contas — disse Brutus, mudando o passo e deixando Otaviano tropeçar. Ele parecia atordoado, mas Brutus não sabia se era pelas palavras ou pelos ferimentos. — Não finja que está morrendo, garoto. Já vi esse truque algumas vezes — zombou.

Otaviano se empertigou sutilmente e sua espada saltou numa estocada perfeita que Brutus não conseguiu conter. Ela se chocou contra a placa de ombro, cortando as tiras de couro. Brutus xingou antes de arrancá-la com a mão livre e jogá-la longe.

— Aquela garota linda está grávida dele. Bom, por que isso deixaria você com raiva? — Brutus parou, interrompendo o ritmo. — Será que esperava herdar? Veja bem, por que não? Ele está velho e careca comparado a você. Por que você não estaria ansioso por sentar-se no lugar dele um dia? Deuses, saber que isso não vai acontecer deve *acabar* com você. Quando o filho dele tiver nascido, quanto tempo acha que ele vai dedicar a um parente distante?

Seu riso era cruel, e contra o grito do instinto Otaviano foi provocado de novo a atacar. Brutus se desviou de seu caminho e deu outro soco na mesma bochecha, cortando-a.

— Você está parecendo uma peça de carne morta, sabia? — disse Brutus. — Está ficando mais lento a cada instante.

Os dois ofegavam, no entanto quando se encontravam golpeavam para matar. Brutus deu uma joelhada para cima, na virilha de Otaviano, quando os dois se juntaram, mas um golpe de sorte abriu um talho na sua perna, fazendo-o gritar.

— Dói, é? — rosnou Otaviano.

— Arde um pouco, sim — respondeu Brutus, vindo depressa.

As espadas ficaram turvas enquanto estalavam e retiniam uma contra a outra, os dois usando toda a força. Golpes acertavam e cortavam sem ser sentidos no calor da luta. A armadura de prata se amassou e Otaviano grunhiu quando a espada de Brutus furou o metal na lateral de seu corpo. Ele ergueu a mão para o lugar, ofegando. A luz no pátio parecia forte demais e suas pernas estavam molhadas de sangue. Ele tombou de joelhos, esperando o corte de uma espada na garganta.

Brutus chutou seu gládio para longe na areia e ficou parado, olhando-o.

— Nada que não possa ser costurado, garoto — disse, pousando as mãos nos joelhos. — Será que devo quebrar seu braço?

O rasgo oval em sua coxa doía terrivelmente, mas ele o ignorou. Tinha sobrevivido a coisa pior.

Otaviano ergueu o olhar.

— Se ele quiser um império, eu lhe darei — disse.

Brutus suspirou enquanto o golpeava de novo com o punho e o deixava de costas, inconsciente.

— Você é realmente um idiota — disse à figura caída.

CAPÍTVLO XXXI

Trombetas soaram através de Alexandria enquanto a barca real era avistada nos últimos dias do verão. Brutus mandou uma dúzia de enfeitadas galeras romanas recebê-los, e comida suficiente para banquetes foi distribuída, tirada dos depósitos nas docas. A vela roxa ainda podia ser vista a grande distância e centenas de barcos se juntaram ao êxodo através da boca do porto, reunindo-se em volta do navio da rainha como um bando de pássaros multicoloridos.

Mesmo com os dias mais curtos, o ar continuava pesado de calor. Os escravos de Cleópatra balançavam leques para ela, que estava parada no convés observando a frota se aproximar. Sua gravidez avançada trouxera um fim aos dias pacíficos no Nilo e ela não conseguia mais sentir conforto em nenhuma posição por muito tempo. Júlio aprendera a pisar com cuidado enquanto o humor da rainha se esgarçava, e à vista das galeras romanas os olhos dela se estreitaram num clarão de raiva.

— Você trouxe seu exército para cá? — perguntou, olhando para ele.

— Uma parte minúscula. Você não gostaria que eu deixasse Alexandria indefesa quando fosse para Roma.

— Meus guerreiros cuidaram de nossa defesa em todos esses anos — respondeu ela, indignada.

Júlio escolheu as palavras com cuidado.

— Eu não correria nem mesmo um risco pequeno com o Egito — murmurou. — As galeras protegem a herança de nosso filho. Confie em mim. Eu lhe dei meu juramento.

Ela sentiu a criança se mexer dentro e estremeceu ao ouvi-lo. Teria perdido seu trono para o romano? O Egito havia se cansado, depois de 5 mil anos, e ela sabia que seus inimigos a observavam em busca de fraquezas. A força jovem de Roma manteria os lobos longe de suas terras, como uma tocha acesa arremetida contra o rosto deles. Júlio podia incendiar seu sangue quando falava de capitais gêmeas, mas a visão de seus legionários apinhando as docas a fez temer. Ele podia ser gentil como homem, como amante, mas como general era uma tempestade destruidora e sua cidade chamara a atenção dele.

Júlio a viu estremecer e pegou um xale com uma escrava. Colocou-o nos ombros de Cleópatra e sua ternura provocou lágrimas nos olhos dela.

— Você deve acreditar em mim — disse ele em voz baixa. — Isto é um início.

Centúrias das legiões estavam paradas em perfeita ordem no cais enquanto a tripulação da rainha atracava a barca. Quando Júlio e Cleópatra desceram, os romanos gritaram comemorando o retorno do cônsul e vitorioso de Roma. Uma liteira foi trazida para Cleópatra, retirando-a dos olhares vulgares sob uma cobertura erguida nos ombros de escravos. Júlio ficou de pé ao lado, absorvendo as mudanças ocorridas na sua ausência.

O porto movimentado tinha um sentido de ordem que não existira antes. À distância, podia ver legionários de patrulha. Novas alfândegas haviam sido construídas ou requisitadas para controlar a riqueza do comércio feito através de Alexandria. Brutus sem dúvida estivera ocupado.

À medida que a procissão atravessava a cidade em direção ao palácio real, a presença de legiões se tornou ainda mais óbvia. Soldados se perfilavam em cada esquina, saudando a visão de Júlio. Os cidadãos de Alexandria que poderiam ter se apinhado ao redor da rainha eram contidos por sólidas barreiras em cada boca de rua, deixando livre o caminho principal.

Júlio se encolheu ao ver como a eficiência casual devia parecer a Cleópatra. Havia mandado suas ordens à Grécia antes de partir, mas a realidade de ver mais vinte mil compatriotas baixarem sobre a cidade era estranhamente perturbadora. Alexandria fora um lugar estranho quando ele chegara. Seus homens estavam ocupados transformando-a num posto avançado de Roma.

No palácio, os escravos de Cleópatra se reuniram em volta dela num nervosismo de empolgação. Seus pés doíam e ela estava cansada, mas quando pisou de novo na escada virou-se para Júlio antes de entrar nos aposentos mais frescos.

— Como posso confiar em você? — perguntou.

— Você carrega o meu filho, Cleópatra. Mesmo que não o carregasse, é mais valiosa para mim do que qualquer outra coisa. Deixe-me protegê-la.

Ela abriu a boca para falar, depois pensou melhor, comprimindo os lábios numa fina linha de desaprovação.

Júlio suspirou. Milhares de seus soldados estavam à vista.

— Muito bem, minha rainha. Deixe-me mostrar aos meus homens, pelo menos.

Sem outra palavra, ele se ajoelhou nos degraus diante dela.

A tensão se afastou de Cleópatra ao olhar o rosto ruborizado de Júlio. Um sorriso repuxou os cantos de seus lábios.

— Nunca vi um homem se ajoelhar com tanto orgulho — murmurou no ouvido dele, fazendo-o rir.

Júlio convocou seus generais da Gália depois de ter comido e tomado banho. Os novos oficiais da Grécia precisariam esperar um pouco mais por uma audiência. Escolheu o aposento que Brutus estivera usando na área dos escribas e olhou ao redor, interessado nas mudanças, enquanto esperava pela chegada deles.

Brutus e Domício entraram primeiro, saudando-o e ocupando as cadeiras que ele ofereceu. Régulo veio atrás, com os sérios modos de sempre tornados mais leves com a volta de Júlio. Otaviano e Ciro ocuparam seus lugares à medida que Domício servia vinho aos outros.

Júlio observou todos enquanto eles aceitavam as taças e as erguiam em sua direção antes de beber. Pareciam em forma e morenos devido ao sol, Ciro em particular. Poderia ser confundido com um dos nativos egípcios. Otaviano tinha uma nova cicatriz na bochecha, que se destacava na pele. Dentre todos, seus modos eram os mais reservados e Júlio sentiu falta da camaradagem relaxada dos anos passados juntos. Estivera fora durante quase seis meses e sentia-se desconfortável com a distância que crescera entre eles.

— Devo pedir um relatório formal, senhores? — perguntou. — Ou será que devemos beber e conversar até o sol se pôr?

Régulo sorriu, mas os outros estavam estranhamente cautelosos. Foi Otaviano quem rompeu o silêncio.

— Fico feliz em vê-lo de volta, senhor.

Brutus estava olhando o rapaz com o que poderia ser um interesse educado, e Júlio se perguntou o que teria havido entre eles. Não queria ouvir falar de discussões e sentimentos ruins. Seu tempo no Nilo fizera essas coisas parecerem triviais.

— A cidade está calma, Júlio — disse Brutus —, como você poderia esperar, com quase trinta mil soldados aqui. Tivemos alguns incidentes de saques e alguns homens estão em alojamentos no deserto fazendo exercícios como punição. Nada que não pudesse ser resolvido. Demos a eles um sistema de esgotos decente e trouxemos um pouco de ordem às docas. Afora isso, tem sido um descanso agradável para alguns de nós. Como está a rainha?

Júlio assentiu para Brutus, satisfeito com a falta de problemas.

— O nascimento deve acontecer dentro de algumas semanas, ou até menos — respondeu, os olhos se suavizando ao pensamento.

— Um filho e herdeiro — disse Brutus. Júlio não o viu olhar para Otaviano. — Você terá de fazer as pazes com Calpúrnia quando voltar.

Júlio assentiu, tomando um gole de vinho. A ideia da última esposa chorando em seu ombro não era agradável.

— Eu não poderia saber que isso aconteceria, quando me casei com ela — disse, pensativo. — Muita coisa mudou desde que parti para a Grécia.

— Então vamos para casa quando a criança nascer? — perguntou Otaviano subitamente.

Júlio o encarou, vendo uma tensão que não entendia.

— Vamos. Deixarei duas legiões aqui para manter a paz. Escreverei a Marco Antônio e farei com que ele estabeleça rotas de galeras para pagamentos e ordens. Pelos deuses, será *bom* revê-lo. Sinto falta daquele lugar. Simplesmente falar disso aqui me dá vontade de ver Roma.

Ele pareceu se conter enquanto olhava os rostos sérios ao redor.

— Levaremos os restos de Pompeu de volta para serem enterrados na cidade, e vou erguer uma estátua a ele, talvez em seu próprio teatro. O modo como ele morreu ainda me incomoda. Escrevi à minha filha para contar e vou honrá-lo na morte, pelo menos por ela.

Parou, olhando para o espaço. Um ano se passara desde a Farsália, e a lembrança de ter atravessado o Rubicão parecia impossivelmente distante. O hiato em sua vida, no lento Nilo, o havia mudado, percebeu. Os outros homens no salão ainda tinham a aparência de lobos magros, endurecidos por anos de conflito. Júlio não se sentia totalmente entrosado com eles.

— Será uma coisa estranha ter a República restaurada depois de tantos anos de conflito — murmurou Otaviano, olhando para o vinho. — A cidade irá recebê-lo como salvador dos velhos costumes. — Foi necessário um enorme esforço encarar os olhos de Júlio enquanto o general o observava pensativamente.

— Talvez receba — disse Júlio. — Precisarei ver como as coisas ficarão quando eu voltar. — Ele deixou de ver o brilho de esperança nos olhos de Otaviano enquanto enchia de novo o copo com vinho de uma jarra de prata. — Mas as coisas mudam — continuou. — Tive tempo de pensar, naquele rio lento. Recebi a chance de elevar Roma acima de qualquer outra cidade. Não devo desperdiçá-la.

Sentiu o olhar de Otaviano e ergueu a taça, em saudação.

— Os sonhos de Alexandre caíram nas minhas mãos aqui. Neste lugar posso ver mais longe. Poderíamos levar a luz de Roma ao mundo. — Ele sorriu, sem perceber a perturbação de Otaviano. — Como o farol de Alexandria. Poderíamos criar um império.

— Isto vem da rainha? — perguntou Otaviano em voz baixa.

Júlio o encarou, perplexo.

— Meu sangue está reunido ao dela. O Egito e eu já somos um. Roma virá comigo. — E sinalizou com a taça para a janela, sentindo o vinho aquecer os pensamentos. — Os anos à frente são dourados, Otaviano. Eu os vi.

— Bem-vindo *de volta*, senhor — disse Brutus.

Júlio andava de um lado para o outro no salão do palácio, encolhendo-se ao ouvir cada grito dos lábios de Cleópatra. Seu filho estava chegando ao mundo e ele mal conseguia se lembrar de já ter ficado mais nervoso. Os cortesãos dela tinham vindo acordá-lo em seus aposentos e ele vestira às pressas uma toga e sandálias, chamando Brutus para atendê-lo.

Os dois haviam entrado correndo no salão de reuniões, mas foram informados de que a privacidade da rainha não deveria ser interrompida. Para irritação de Júlio, a porta dos aposentos estava guardada pelos próprios homens dela e ele fora deixado andando e se preocupando, com o estômago vazio roncando de fome à medida que as horas passavam. Mensageiros iam e vinham apressados, levando bacias de água fumegante e pilhas de tecido branco. Júlio podia ouvir as vozes de mulheres lá dentro, e a intervalos Cleópatra gritava de dor. Apertou os punhos, frustrado, e mal notou a tisana quente que Brutus colocou em suas mãos.

Ao alvorecer, Sosígenes saiu, gritando para uma escrava levar mais panos. O astrólogo estava vermelho e agitado, mas um olhar para o rosto de Júlio o fez parar.

— Seu filho está chegando, César. É um excelente presságio ele nascer às primeiras luzes do dia — disse.

Júlio segurou seu braço.

— Ela está bem? O parto... está tudo bem?

Sosígenes sorriu e confirmou com a cabeça.

— O senhor deveria descansar, cônsul. Será chamado logo. Minha rainha é jovem e forte, como era a mãe dela. Descanse.

Ele devolveu o aperto no braço com uma breve pressão da mão, depois passou pelos guardas. Um grito longo pôde ser ouvido, que fez Júlio gemer.

— Pelos deuses, não suporto isso — disse.

— Você ficou assim quando Júlia nasceu? — perguntou Brutus.

Júlio balançou a cabeça.

— Não lembro. Não, não fiquei, acho. Mas agora estou mais velho. Se a criança morrer, quantas outras chances terei?

— Como será chamado esse seu filho? — perguntou Brutus, em parte para afastar a mente de Júlio dos cânticos que podiam ouvir lá dentro. Não fazia ideia de que rituais estranhos estariam sendo feitos, e o fato de Júlio mal os ter notado mostrava a profundidade de sua agitação.

A pergunta pareceu acalmá-lo um pouco.

— O nome dele será Ptolomeu Cesário — disse com orgulho. — Duas casas reunidas.

— Você poderá mostrá-lo no fórum — sugeriu Brutus.

O rosto de Júlio se iluminou.

— Vou. Assim que ele puder ser transportado vou levá-lo para casa. O rei da Síria me convidou a visitá-lo e levarei Cleópatra. Depois Creta, talvez, ou Chipre, Grécia e finalmente vamos para casa. Estaremos no fórum num verão romano e erguerei o menino para que a multidão o veja.

— Haverá luta pela frente, se pretende formar uma dinastia, um império — murmurou Brutus.

Júlio balançou a cabeça.

— Agora não, Brutus. Não vê? As legiões são leais a mim e o Senado será escolhido a dedo. Quer percebam ou não, o império já começou. Quem resta para resistir à minha reivindicação, afinal? Pompeu foi o último.

Brutus assentiu, com os olhos sombrios e pensativo.

Uma hora depois, Sosígenes veio rapidamente até eles, surpreendendo os guardas. Estava rindo de orelha a orelha, como se fosse pessoalmente responsável pelos acontecimentos da noite.

— Você tem um filho, César, como eu disse. Quer entrar?

Júlio bateu no ombro dele, fazendo-o se encolher.

— Mostre.

Brutus não os acompanhou e foi deixado a sós para espalhar a boa notícia às legiões que haviam se reunido do lado de fora ao alvorecer.

Cleópatra estava deitada na cama, com os cortinados amarrados para lhe fornecer ar. Parecia exausta e atordoada, com sombras sob os olhos. A pele estava pálida e quando Júlio se adiantou correndo uma escrava enxugou o suor, passando um pano suavemente.

Havia muitos outros no aposento, mas Júlio não os notou. Os seios de Cleópatra estavam nus e, encostado num deles, se encontrava o bebê que ele havia esperado, o rosto minúsculo perdido, apertado contra a carne suave.

Júlio sentou-se na cama e se inclinou sobre os dois, ignorando a escrava que se afastou. Cleópatra abriu os olhos.

— Minha bela rainha — murmurou Júlio, sorrindo. — Sosígenes disse que era um menino.

— O velho idiota está todo orgulhoso — disse Cleópatra, encolhendo-se quando o bebê apertou seu mamilo entre as gengivas. — Você tem um filho, Júlio.

Gentilmente, ele estendeu a mão e afastou um cacho de cabelos da testa da rainha.

— Esperei toda a vida por você — disse a ela.

Lágrimas encheram os olhos de Cleópatra, que riu da própria reação.

— Parece que estou chorando pelas mínimas coisas — disse, depois fez uma careta quando o bebê se mexeu de novo. Por um instante, seu mamilo foi revelado antes que a boca faminta o encontrasse e se grudasse, sugando intensamente. — Ele é forte.

Júlio espiou a figura minúscula meio escondida por panos. Recém-saído do útero, o bebê estava enrugado, a pele com um tom de azul que foi sumindo enquanto Júlio observava. Havia uma mancha de sangue na cabeça, misturada ao cabelo preto como o da mãe.

— Ele terá de ser, se continuar feio assim — disse Júlio, rindo quando Cleópatra lhe deu um tapa com a mão livre.

— Ele é lindo — respondeu ela — e é nosso. Será um grande rei, Sosígenes jurou. Maior do que você ou eu, Júlio.

Ele beijou-a suavemente e ela se deixou afundar nos travesseiros, os olhos se fechando. Júlio sentiu uma presença junto ao ombro e se virou, olhando a expressão séria de uma das parteiras reais.

— Sim? — perguntou.

Cleópatra suspirou sem abrir os olhos.

— Ela não fala latim, Júlio.

A mulher sinalizou para Júlio e para a porta, murmurando baixinho.

— Entendo — disse ele. — Voltarei quando você tiver descansado.

Pegou a mão dela e apertou, antes de se levantar. Olhou para sua família e agradeceu aos deuses por ter vivido o suficiente para vê-la.

TERCEIRA PARTE

CAPÍTVLO XXXII

A CIDADE DE ROMA ESTAVA ACORDADA. MENSAGEIROS A GALOPE haviam trazido a notícia de que César desembarcara no litoral e vinha para casa. Marco Antônio não estivera à toa nas semanas de espera, e os preparativos estavam todos feitos. Quase um milhão de cidadãos tinham acendido lâmpadas nas grandes muralhas, preparado banquetes, limpado e varrido as ruas até Roma parecer quase nova. Trigo, pão e carne haviam sido doados a cada cidadão e um feriado público fora anunciado. A cidade brilhava e os baús dos templos estavam cheios de moedas oferecidas em agradecimento pela segurança de César. Muitos se sentiam cansados dos trabalhos, mas sentavam-se com os filhos e prestavam atenção às trombetas que anunciariam a chegada.

Brutus cavalgava lentamente ao lado de Júlio, olhando a cidade à distância. O simples tamanho dela fazia com que Alexandria parecesse uma cidade provinciana. Os cidadãos a fizeram brilhar sob os céus para César. Teriam feito mais para dar as boas-vindas a um rei? Brutus descobriu que mal podia suportar a expressão de espanto no rosto de Otaviano diante da joia de Roma no horizonte. Era uma expressão que todos na coluna pareciam compartilhar, desde os soldados da Décima ao próprio Júlio. Chegavam como vitoriosos e caminhavam com o orgulho merecido. Brutus não conseguia se sentir parte da esperança e da glória deles.

Que júbilo podia sentir dentro daquelas muralhas? Ele seria o homem que Júlio perdoou por uma traição, pessoas sussurrariam e apontariam enquanto ele passasse por sua cidade. Veria a mãe de novo, pensou. Talvez, quando visse Cleópatra, ela entendesse o que o havia afastado de Júlio. Seus olhos ardiam e ele respirou fundo, com vergonha de si mesmo. Tinha entrado em muitas cidades. O que era Roma para ele, senão mais uma? Sobreviveria a isso. Suportaria.

Sentia-se como se estivesse cavalgando por anos numa procissão das legiões. Júlio fora recebido como rei irmão na Síria, ganhado escravos, pedras preciosas e armas de presente. Cleópatra havia se regozijado em sua sombra, talvez entendendo finalmente como um rei pequeno veria Júlio. Ela não conseguia esconder o deleite mostrando Ptolomeu Cesário, mesmo vermelho e minúsculo como era. O governante da Síria tinha muitos filhos, mas havia honrado o casal levando seu primogênito, Herodes, à presença deles, e fazendo-o se curvar diante do líder de Roma. O principezinho estava tremendo de nervosismo, recordou Brutus.

Olhou para trás, para onde a rainha estava escondida das vistas numa carruagem que mais parecia uma sala confortável puxada por bois. O filho estava com ela e os gritos irritantes da criança cortavam a noite.

De certa forma, a volta a Roma fora como um triunfo em grande escala. O pretor de Creta havia beijado a mão de Júlio e dado sua própria casa para a estada deles. Os soldados comeram e beberam quase todo o depósito particular do pretor, mas não houve brigas nem quebra de disciplina. Pareciam entender a dignidade da posição como escolta de César e seu filho. Sua reverência fazia com que Brutus sentisse vontade de vomitar.

A princípio ficara chocado ao ver homens poderosos se ajoelhando diante da aproximação de Júlio. Brutus vira o amigo xingar, cuspir, arengar com Cabera ou Rênio como se fosse uma velha irritante. Conhecera-os na infância, e os rapapés obsequiosos das autoridades pareciam obscenos. Eles não conheciam César. Só viam a capa e os soldados. Tinham lido os relatórios e ouvido falar de suas vitórias, criando uma máscara para o homem menor que estava por dentro. Brutus vira o prazer de Júlio diante do tratamento e isso o consumia por dentro como um verme.

Fora pior na Grécia, onde Brutus era conhecido. Talvez tivesse sido abrigado de sua situação durante o ano passado em Alexandria. Havia esquecido como seria intenso ver velhos amigos lhe dar as costas e outros zombarem quando o viam ao lado de Júlio. Labieno estivera lá, com os olhos escuros cheios de uma diversão particular ao ver Brutus de volta junto aos calcanhares de seu general.

Se Pompeu tivesse vencido, Brutus sabia que seria recompensado. Talvez tivesse se candidatado a cônsul e os cidadãos volúveis votariam num homem que colocara Roma acima da amizade, que os havia salvado de um tirano. Com apenas uma batalha, na Farsália, ele poderia ter posto a vida num novo caminho. Era isso que mais doía, disse a si mesmo. Não ser perdoado, mas ter chegado tão perto de possuir tudo. Havia ocasiões em que quase se convencia disso.

A estrada para Roma não estava vazia. Marco Antônio mandara a legião da cidade sob o comando de Ahenobarbo se enfileirar junto às pedras até onde seus números permitissem. Quando Júlio chegava a cada dupla de soldados eles faziam uma saudação rígida. Também tinham feito seu trabalho, admitiu Brutus de má vontade. Roma estivera em segurança enquanto Júlio estava longe. Seria uma espécie de justiça se a cidade tivesse sido atacada enquanto Júlio ignorava seu dever no Nilo. Mas não, os deuses haviam concedido a paz a Roma, como se também estivessem dispostos a descansar até que César tomasse as rédeas de novo.

Os gregos haviam tentado outra rebelião, escolhendo o momento com a pior noção de tempo possível, de modo que a luta começou assim que Júlio chegou. Brutus quase pôde sentir pena dos homens que haviam se erguido contra seus senhores romanos. Labieno poderia ter acabado com aquilo sozinho, mas Júlio interveio. Os homens disseram que isso mostrava que ele entendia suas responsabilidades como o primeiro de Roma, que todas as terras estavam sob suas ordens e seu controle. Brutus suspeitou de que foi para mostrar a Cleópatra o que suas legiões podiam fazer.

A batalha fora minúscula comparada a algumas que eles haviam conhecido. Júlio tinha montado com seus generais e sua rainha, indo até onde o exército grego havia se rebelado. Brutus ainda podia estremecer diante da visão de guerreiros gritando e subindo um morro em direção às posições romanas. *Claro* que estavam cansados quando chegaram à crista. A rebelião terminou em apenas quatro horas, com mais carne espalhada na esteira dos romanos.

O IMPERADOR — OS DEUSES DA GUERRA

A esquadra fez um desembarque final em Óstia, a oeste da cidade. Júlio se ajoelhara para beijar o chão. As legiões o aplaudiram e o primeiro gosto da empolgação que dominava Roma veio dos povoados e cidades do oeste. O povo se agitava e se comprimia para captar um vislumbre dele. Usava as melhores roupas, e as mulheres haviam trançado os cabelos com tanta atenção quanto para o festival da Bona Dea. Crianças eram erguidas, assim como ele ergueria o filho no fórum.

Os cavalos sentiam a empolgação ao redor e balançavam as cabeças, bufando. Os gritos se elevaram à medida que as legiões se aproximavam de Roma e viram a pesada porta do oeste aberta para elas. As muralhas estavam cheias de cidadãos acenando, no entanto as legiões não romperam a disciplina para devolver os gestos. Os homens sorriam enquanto suas pernas perdiam o cansaço, olhavam as tochas e as muralhas como se nunca tivessem visto a cidade.

Brutus podia ver as togas brancas dos senadores do lado de dentro da porta. Perguntou-se o que achariam dos planos de Júlio para o futuro. Teriam alguma ideia da força que estavam recebendo com tanta confiança? Se esperavam que a idade tivesse aplacado os fogos em Júlio, ficariam desapontados. Ele estava rejuvenescido, como se Cleópatra e o filho fossem uma nova magia em sua vida. Roma devia estar tremendo, pensou Brutus, mas Cícero não era idiota. Não importando o que o senador pudesse temer, não havia ninguém no mundo capaz de levantar uma voz de alerta no momento. Algumas vezes é melhor simplesmente deixar que a onda se choque sobre você e recolher os pedaços depois da passagem.

Trombetas soaram, primeiro no portão, depois se espalhando por toda a cidade enquanto cada peça de bronze era levada aos lábios e soprada. Júlio pressionou os calcanhares contra o cavalo para avançar ligeiramente adiante da primeira fila da Décima. Não baixou a cabeça enquanto passava pelo arco e levantou a mão cumprimentando as pessoas que se comprimiam de todos os lados. Estava em casa.

Júlio parou na escadaria do Senado diante do fórum apinhado. Ergueu os braços pedindo silêncio, mas este não vinha. Sinalizou para dois de seus homens soprarem as trombetas da legião acima do tumulto e mesmo assim a multidão demorou a se calar. Olhou para Marco Antônio e os dois compartilharam um sorriso.

Quando finalmente a multidão estava quieta, Júlio ficou contente em apenas desfrutar a visão de Roma ao redor, bebendo-a. A escadaria estava apinhada de rostos de homens que ele conhecia há anos. Os templos e prédios ao redor do fórum brilhavam à luz do fim do verão.

— Em nenhum lugar do mundo o lar é como esta cidade — disse finalmente. Sua voz ecoou sobre a multidão que olhava de rostos levantados. — Eu vi a Gália. Vi a Ásia Menor. Vi a Grécia, a Espanha e a Britânia. Caminhei pelas cidades de Alexandre e vi joias e deuses estranhos. Encontrei vozes romanas em todas essas terras, cortando o solo, comerciando e ganhando a vida. Vi nossas leis e nossa honra em países distantes a ponto de parecer sonhos. Esta cidade alimenta o mundo.

Júlio baixou a cabeça e as pessoas aplaudiram, e quando parecia que não iriam parar, mandou que seus soldados batessem com o cabo das lanças nas pedras do fórum.

— Sofro por trazer para casa os restos de Pompeu. Ele não morreu por minhas mãos e sua passagem significa um dia negro para Roma. Os que o mataram foram punidos e os deuses não deixarão que eles esqueçam o preço de um cônsul. Que chorem para sempre por ter posto a mão num homem de Roma. Nos anos vindouros irão se lembrar da resposta que lhes demos! Aqueles dentre vocês que viajam e comerciam levarão consigo a proteção desta cidade. Se forem tomados por inimigos digam que são cidadãos romanos e deixem que eles temam a tempestade que responderá a uma única gota de seu sangue. A tempestade *irá* em sua defesa. Isso prometo a todos.

Levantou a mão antes que eles pudessem aplaudir de novo, impaciente para contar mais. Em sua mente, via a realidade que poderia criar com Cleópatra, luminosa e perfeita a ponto de tornar as palavras pobres, em comparação.

— Concedo anistia a todos que ergueram armas contra mim nesta guerra civil. Como perdoei os homens de Corfínio e da Grécia, perdoo todos os outros que cumpriram seu dever e sua honra pelo modo como os entendiam. Somos irmãos e irmãs do mesmo sangue. Recomeçaremos do zero a partir deste dia e vamos deixar o passado para trás. Não sou mais um Sila para procurar inimigos atrás de cada porta. Tenho outros sonhos para Roma.

Parou, cônscio dos senadores que se esforçavam para ouvir cada palavra.

— Os deuses abençoaram minha linhagem com um filho, do sangue do Egito real. Trouxe-o para casa para que vocês o recebam, como me receberam.

Uma das aias de Cleópatra se adiantou com a criança e Júlio pegou o filho nos braços. O menino começou a gritar com ferocidade espantosa, o som ecoando de um lado para o outro do fórum. Aquilo despedaçou o coração de Calpúrnia, observando o orgulho do homem que adorava. Tinha-o perdido e se virou afastando-se.

Os cidadãos romanos rugiram aplaudindo enquanto Júlio girava no mesmo lugar para mostrá-lo a todos. As emoções sempre estiveram sob seu comando e ele sabia que o povo amava um espetáculo acima de qualquer coisa. Júlio riu alto, deliciado com a reação, antes de devolver o filho à ama que mostrava uma expressão desaprovadora. A reação da turba havia amedrontado a criança e não havia como consolá-la enquanto era levada para longe.

— Tenho sonhos de um mundo onde tribunais romanos julguem as leis desde os limites mais distantes da África até as terras congeladas do norte. Vocês dirão a seus filhos que estavam aqui quando César retornou. Dirão que o novo mundo começou nesse dia. Vamos *torná-lo* novo e maior do que o que havia antes.

Silenciou-os de novo, agitando o ar com as mãos.

— Essas coisas não vêm sem custo ou sem trabalho. O bom suor romano, e mesmo o sangue, será derramado antes que possamos criar uma era de ouro para nossos filhos e os filhos deles. Não temo o preço. Não temo o trabalho. Não temo essas coisas porque *sou* cidadão romano, da maior cidade do mundo.

Deu as costas para a explosão de aplausos e gritos, quase luzindo de prazer. Os senadores atrás dele tinham perdido os sorrisos de glória refletida. Seus olhos se haviam endurecido e esfriado enquanto as palavras se derramavam sobre o fórum, acendendo chamas no coração da turba. Mais de um dentre os velhos se perguntou se ele poderia ser controlado.

Depois dos aplausos e dos discursos grandiloquentes o prédio do Senado pareceu se encher de fantasmas ecoantes à medida que a noite chegava. As comemorações continuariam durante dias, e enquanto Cícero permanecia sozinho nas sombras podia ouvir os risos abafados e as canções antigas no fórum. Haveria pouco tempo para a paz e a contemplação nos próximos dias, pelo menos até que o vinho secasse. Imaginou quantas crianças seriam concebidas pela cidade e quantas receberiam o nome do homem homenageado por Roma.

Suspirou. Uma ânfora de bom vinho tinto estava aos seus pés, fechada. Pretendera estar entre os primeiros a brindar a César, mas de algum modo havia esquecido enquanto testemunhava a nova brisa que perpassava a cidade. A República morrera finalmente, e a tragédia era que ninguém parecia ter percebido. O que homens como Sila e Pompeu não obtiveram através do medo e da força das armas, César conseguira com indiferença, despedaçando as tradições de séculos.

A princípio, Cícero sentira esperança, quando Júlio se ergueu para falar aos membros da *nobilitas*. A morte de Pompeu não o havia manchado e Cícero pensou que o antigo pacto com os cidadãos ainda poderia ser refeito.

Essa débil fé havia durado apenas alguns instantes. As leis de Roma estavam ali para limitar o poder e o prestígio, para que nenhum homem pudesse se erguer muito acima de seus compatriotas. Mesmo nos dias agonizantes houvera força suficiente para conter Mário ou Sila. De algum modo longe de Roma, César havia se arrastado acima dos outros. Havia se dirigido aos senadores como se fossem suplicantes, enquanto a turba cantava seu nome lá fora.

Cícero não conseguia encontrar motivos para amar o povo de sua cidade. Em termos abstratos, sentia orgulho das eleições sérias que eram o alicerce da República. Os poderes do Senado sempre haviam sido concedidos, e não tomados. Mas no fim aqueles mesmos cidadãos tinham encontrado um herói. Agora não havia como conter César, se é que algum dia houvera.

Balançou a cabeça enquanto se lembrava de como Júlio aceitara os discursos triviais dos senadores. Ele os deixara falar, mas quando se levantou a República se descolou dele como uma pele antiga. Os escribas estavam com os dedos doloridos quando ele terminou, e os senadores que deram as boasvindas só podiam ficar sentados, atarantados.

Cícero se levantou devagar, encolhendo-se quando os joelhos estalaram. O ruído da cidade parecia rodear o prédio do Senado e ele estremeceu ao pensar que passaria pela multidão bêbada. Teria sido diferente se ela tivesse ouvido Júlio discursar? Ele prometera refazer Roma: um novo fórum, grandes templos e estradas, moedas recém-cunhadas com o ouro da Gália. Todos os seus defensores teriam assentos no Senado, suas legiões receberiam as melhores terras e ficariam ricas. Planejou triunfos nos meses seguintes, mais do que qualquer general de Roma já tivera. Deuses, aquilo não acabava! No meio de todas as promessas, Cícero ficara desesperado para ouvir algum sinal de que Júlio precisava do Senado. Bastaria uma palavra para salvar a dignidade dos senadores, mas ela não veio. Falou-lhes do futuro e jamais lhe ocorreu que cada palavra ia ainda mais longe no sentido de libertá-lo deles.

Não era como haviam planejado, lembrou Cícero. Quando Marco Antônio lera as cartas mandadas por Júlio do Egito, eles haviam discutido como poderiam homenagear o maior general de Roma. Em particular, tinham se perguntado se ele aceitaria o Senado. Cícero votara com os outros para conceder uma ditadura de dez anos, coisa jamais vista na história. As balanças equilibradas da República tinham sido jogadas no chão. Era tudo que podiam fazer.

Júlio havia assentido ao ouvir a notícia como se não fosse mais do que ele esperava, e Cícero conheceu o desespero. Não deixara de perceber o significado de tudo ao vê-lo erguendo o filho para a multidão voraz. O homem não tinha pares verdadeiros para pôr a mão em seu ombro e forçá-lo à cautela. Cícero se perguntou se os triunfos encenados por César incluiriam o garoto para acompanhá-lo sussurrando em seu ouvido: "Lembre-se de que você é mortal."

As portas de bronze estalaram e Cícero se virou bruscamente para ver quem ousava violar a privacidade do Senado. Sem dúvida haveria guardas lá fora, não? Ele não ficaria surpreso se soubesse que eles tinham sucumbido à bebida e que a multidão histérica estava entrando cambaleante para vomitar nos salões de seus senhores.

— Quem está aí? — gritou, com vergonha ao escutar o tremor na voz. Era o tom nervoso de um velho, pensou amargamente.

— Suetônio — foi a resposta. — Procurei-o em sua casa, mas Terência disse que você não tinha voltado. Ela está preocupada.

Cícero suspirou alto, numa mistura de alívio e irritação.

— Será que não se pode conseguir um pouco de calma nesta cidade?

— Você não deveria estar aí sentado no escuro — respondeu Suetônio, saindo da semiescuridão. A princípio não pôde encarar Cícero, e o ar de derrota pairava pesado ao seu redor. Ele também estivera presente ao discurso de César.

Lá fora alguém começou uma canção antiga sobre amor perdido, e a multidão no fórum se juntou à voz. As harmonias eram rudes, mas mesmo assim belas. Cícero sentiu-se tentado a sair e acrescentar seu fôlego partido ao deles, só para fazer parte daquilo antes que o dia trouxesse de volta as duras realidades.

Suetônio inclinou a cabeça para ouvir.

— Eles não o conhecem — sussurrou.

Cícero ergueu os olhos, arrancado dos pensamentos. Na penumbra os olhos de Suetônio eram sombras.

— Então devemos ser serviçais dele? — perguntou Suetônio. — Isso é tudo que conseguimos?

Cícero balançou a cabeça, mais para si mesmo do que para o companheiro.

— Nesta cidade é preciso exercitar a paciência, senador. Ela permanecerá por muito tempo, depois de todos estarmos mortos.

Suetônio fungou, enojado.

— E o que me importa isso? Você ouviu os planos dele, Cícero. Balançou a cabeça, confirmando com todos os outros que não ousaram falar.

— Você não falou — lembrou Cícero.

— Sozinho eu não poderia — reagiu Suetônio com rispidez.

— Talvez todos tenhamos nos sentido sozinhos, como você.

— Ele precisa de nós para governar. Será que acha que nossos domínios vão se virar sozinhos? Você ouviu alguma palavra de agradecimento pelo trabalho que fizemos na ausência dele? Eu não ouvi.

Cícero se viu com raiva do tom lamurioso que o fazia se lembrar de seus filhos.

— Ele *não* precisa de nós — disse rispidamente. — Você não entende? César tem exércitos leais somente a ele e tomou o manto do poder. Somos as últimas brasas da Roma antiga, mantendo-nos vivos com nosso próprio sopro. Agora todos os grandes homens estão mortos.

No fórum ouviu a canção chegar aos últimos versos pungentes antes que uma onda de aplausos irrompesse.

— O que faremos, então? — perguntou Suetônio.

Sua voz era chorosa e Cícero se encolheu ao ouvi-la. Levou muito tempo para responder.

— Vamos arranjar um modo de nos ligar a ele — disse finalmente. — O povo o ama hoje e amanhã, mas e depois disso? As pessoas terão gastado o dinheiro que ele lhes dá e precisarão de mais do que sonhos para encher o estômago, mais do que promessas douradas. Talvez até precisem de nós outra vez.

Esfregou sua sandália no piso polido enquanto pensava. As fraquezas do senador mais jovem tinham provocado sua raiva e os pensamentos vinham rápidos.

— Quem mais pode aprovar as leis que ele quer, ou conceder-lhe as honras? Elas não vêm simplesmente por causa dos gritos no fórum. É um peso de séculos que ele empurrou de lado. Um peso que pode balançar de volta para ele com força ainda maior.

— Então é assim que você reage? — perguntou Suetônio. Cícero pôde ouvir o tom de zombaria e isso o enfureceu. — Devemos resistir a ele aprovando cada lei? Homenageando-o ainda mais?

Com esforço, Cícero controlou o mau humor. Agora tinha muito poucos aliados. Nem mesmo um homem desse calibre poderia ser ridicularizado.

— Se nos opusermos à vontade dele, seremos varridos para longe. Este prédio do Senado irá se encher de novo com homens mais dispostos a baixar a cabeça. O que há a ganhar com esse tipo de atitude? — Ele parou para enxugar o suor do rosto. — *Nunca* devemos deixar que César veja que pode caminhar sozinho. Ele já suspeita disso, mas não sabe nas entranhas, onde importa. Se você lhe disser que ele poderia dissolver o Senado por pura veneta, ele ficaria pasmo. É um caminho perigoso de se trilhar, mas enquanto permanecermos como um corpo há esperança. Se o forçarmos, não há esperança nenhuma.

— Você está com medo dele.

— Você também deveria estar — respondeu Cícero.

CAPÍTVLO XXXIII

Em jardins que já haviam pertencido a Mário, Júlio estava sentado junto a uma fonte, passando o polegar numa grossa moeda de ouro. Brutus mastigava uma coxa de frango, desfrutando da paz. A reunião diária do Senado já devia ter sido retomada, mas nenhum dos dois sentia qualquer urgência. Um calor pouco razoável havia chegado a Roma, muito depois do fim do verão. Com a nova primavera a apenas um mês de distância, os dias curtos deviam estar úmidos e frios, mas em vez disso o Tibre encolhera e a cidade sofria com o ar denso e o calor. Enquanto Roma assava, Júlio e Brutus haviam comido e dormido. O frescor da noite iria dissipar a letargia agradável, mas por enquanto eles estavam contentes em se estirar ao sol, cada um perdido em seus próprios pensamentos.

Brutus viu o pequeno movimento dos dedos de Júlio e estendeu a mão para a moeda, grunhindo quando Júlio a entregou.

— Ela faz você parecer um pouco mais magro do que é — disse erguendo o áureo ao sol. — E noto que você tem mais cabelo.

Júlio tocou a cabeça, sem graça, e Brutus jogou a moeda de volta para ele.

— Às vezes ainda fico espantado — disse Júlio. — Esta moeda viajará milhares de quilômetros passando pelas mãos de estranhos. Talvez muito depois que eu me for, alguém entregará uma cópia de meu rosto em troca de uma sela ou um arado.

Brutus ergueu uma sobrancelha.

— O rosto, claro, dará valor à moeda, e não o ouro — disse ele.

Júlio sorriu.

— Certo, mas mesmo assim é estranho pensar em homens e mulheres que jamais conhecerei, que sequer verão Roma, mas que levarão meu rosto na bolsa. Espero que deem uma olhada antes de trocá-lo.

— Você espera demais das pessoas. Sempre esperou — disse Brutus, sério. — Eles pegarão a terra e a moeda que você der e no ano seguinte voltarão implorando mais.

Júlio ergueu a mão, fechando os olhos cansados.

— São as colônias de novo? Ouvi os discursos de Suetônio. Ele chamou de corrupção dar aos pobres de Roma sua dignidade. Diga: em que prejudica a um homem lhe dar um pouco de terras e moedas para tirar a primeira colheita do chão? Com meus próprios fundos, dei a oitenta mil uma nova chance de vida, e os únicos protestos vieram dos homens mimados do meu próprio Senado. — Ele fungou, cheio de indignação. — Faz um ano, Brutus. Os exilados já voltaram? Apareceram como mendigos no fórum? Não vi. — Ele franziu a testa ferozmente, esperando ser contradito.

Brutus deu de ombros, jogando para trás o osso de frango que foi cair na fonte.

— Por mim, nunca me preocupei se algum camponês vai viver ou morrer. Alguns vão passar fome e perder no jogo o que você lhes deu. Outros serão roubados. Talvez mil sobrevivam ao primeiro ano trabalhando numa profissão que não entendem. Mas Roma tem menos mendigos, o que é agradável. Não posso discutir com você nesse ponto.

— Suetônio descreveu isso como "corajoso e falho", como se fosse uma ideia infantil.

— Eles não tentaram impedi-lo — disse Brutus.

— E não tentariam! Eu poderia contar numa das mãos as mentes úteis no Senado. Os outros não passam de idiotas bajuladores que não conseguem ver mais longe do que a própria vaidade.

Brutus olhou incisivamente para o homem que conhecia há tantos anos.

— Eles podem ser alguma outra coisa? São o Senado que você queria. Erguem estátuas suas por Roma e inventam novas honras só para receber um gesto de aprovação de sua parte. Estava esperando debates passionais quando somente uma palavra poderia fazer com que fossem arrastados pelos seus guardas? Você os tornou o que são, Júlio. — Brutus estendeu a mão para pegar a moeda de novo, lendo-a. — Eles o tornaram "Ditador Perpétuo" e agora estão lutando para encontrar novas palavras bonitas para dourar seu nome. Isso deveria deixar você enojado.

Júlio suspirou e fechou os olhos por um momento.

— Mereci tudo em que eles podem pensar — disse em voz baixa.

Quando seus olhos se abriram Brutus não pôde enfrentar o olhar frio.

— Bem, não mereci? — perguntou Júlio. — Diga onde passei do ponto, desde a volta. Minhas promessas não foram cumpridas? Pergunte à Décima ou à Quarta que você um dia comandou. Eles não veriam qualquer mal em minhas nomeações.

Brutus sentiu o mau humor crescendo e esfriou o seu próprio. Júlio lhe dava mais liberdade do que a qualquer um, até mesmo a Marco Antônio, mas ele não era um igual.

— Você fez o que disse que faria — respondeu em tom neutro.

Júlio estreitou os olhos enquanto procurava algum significado oculto, depois seu rosto se clareou e Brutus sentiu o suor brotando na testa, com alívio.

— Foi um ano bom — disse Júlio, assentindo consigo mesmo. — Meu filho cresce e com o tempo acho que o povo vai aceitar Cleópatra.

Brutus forçou a boca a se fechar, sabendo que o assunto era delicado. Os cidadãos tinham recebido bem o novo templo de Vênus. No dia da consagração haviam entrado em grande número para admirar a obra e deixar oferendas. Dentro descobriram que a deusa tinha o rosto da rainha egípcia. Para fúria de Júlio, alguém desfigurou a estátua pintando mamilos dourados. Uma guarda permanente foi posta e uma recompensa foi oferecida para quem revelasse o nome dos responsáveis. Até agora ninguém a havia reivindicado.

Brutus não ousava olhar para Júlio, para que a expressão furiosa não o fizesse rir. Ele só poderia ser pressionado até certo ponto e Brutus gostava de descobrir o limite sempre que sua amargura precisava ser extravasada.

Cutucar a vaidade de Júlio era um prazer perigoso, ao qual só poderia ceder quando não suportava mais a constância dos festivais e dos triunfos.

Sem ser notado, cruzou os dedos. Imaginou se os cidadãos sentiam fome do tédio honesto da vida normal. A cidade não tinha rotina quando o ditador podia anunciar outros grandes jogos ou subitamente decidir que seu último triunfo duraria mais uma semana. Os cidadãos sempre aplaudiam e bebiam o que lhes davam, mas Brutus imaginava um gume tenso na voz deles, que combinava com sua própria insatisfação.

Havia gostado das cenas de triunfo representando a Gália, com um Vercingetórix cheio de piolhos arrastado por correntes para a execução pública. Brutus recebera os melhores lugares para assistir à morte de lobos e javalis. Até o Tibre fora represado para encher um circo com água tingida de vermelho enquanto navios lutavam na superfície. Espanto depois de espanto, e o Senado respondera com frenesi desesperado, chamando Júlio de "Imperador" e Ditador Vitalício. Sua última estátua tinha uma placa simples dedicada ao "Deus Não conquistado", e quando Brutus a viu, bebeu até ficar inconsciente e perdeu dois dias.

Havia ocasiões em que achava que deveria simplesmente pegar um cavalo e ir embora de Roma. Júlio lhe dera riqueza suficiente para comprar uma casa e viver com conforto. Quando ficava enjoado daquilo tudo sonhava em pegar um navio até algum lugar longe demais para Júlio alcançá-lo e encontrar sua paz. Não sabia se esse lugar ainda existia. Voltava a Júlio, como uma criança brincando novamente com algo que já a machucara, mergulhando em novas profundezas de sofrimento com um fascínio cheio de horror.

— Você vai ao Senado? — perguntou só para romper o silêncio.

Júlio soprou o ar através dos lábios.

— De volta à oficina de falatório, onde posso comprar mil palavras por uma moeda de ouro? Não, tenho de escrever cartas ao rei da Pártia. Não me esqueci dos que causaram a morte de Crasso e seu filho. É uma dívida antiga, mas vou cobrá-la em nome dos que não podem falar.

— Achei que você ainda estivesse inebriado com os prazeres de Roma — disse Brutus baixinho. — Está sentindo o vento da primavera de novo?

Júlio sorriu diante da imagem.

— Talvez. Posso ser um velho cavalo de guerra, amigo, mas um império não se constrói num assento confortável no Senado. Eu devo ser visto.

— Os homens da Décima estão velhos. Eu não acreditaria, mas eles foram para as fazendas e as casas que você deu, sem olhar para trás.

Júlio fungou.

— Há homens novos para banhar em sangue, Brutus. Novas legiões que nunca ouviram as trombetas de batalha nem marcharam até a exaustão, como nós. O que você queria que eu fizesse quando meu último triunfo terminasse? Que ficasse sentado e sorrindo até que meu filho crescesse? Não sou homem para tempos calmos. Nunca fui. — Ele sorriu. — Mas ainda há um triunfo egípcio a ser feito. Um bando de escribas e arquitetos chegam em algumas horas, para planejá-lo. — Júlio olhou para o espaço enquanto pensava em fazer Roma parar mais uma vez. — Será o maior da história da cidade, Brutus. Garanto.

— Como pode ser, depois do último? Ainda falam da batalha naval no Campo — disse Brutus, lembrando-se de esconder o desgosto.

A enorme tigela de pedra fora suficientemente rasa para se ver os mortos amontoados como coral escuro no fundo. Em galeras minúsculas, guerreiros capturados haviam lutado contra criminosos e homens condenados à morte. As águas claras tinham se transformado numa sopa, e quando foram de novo drenadas ao Tibre, o rio também correu vermelho. O cheiro de carne apodrecendo pairou sobre Roma durante dias, depois disso.

Júlio lhe deu um tapa no ombro, ficando de pé e se espreguiçando.

— Tenho uma coisa nova para meu último triunfo. — Ele parecia à beira de revelar seus planos, depois deu um risinho. — Vou garantir que você tenha um lugar no fórum para o clímax. Não deixe de levar essa sua nova esposa.

Brutus assentiu, sabendo que não levaria. Imaginou se sua mãe estaria interessada em ver mais uma vez Júlio desfilar com sua rainha e seu ego inchado.

— Estou ansioso para ver — disse.

Quando a reunião do Senado terminou, Marco Antônio foi do fórum até a casa de Júlio. Caminhava com seis lictores armados às costas, porém mal os notava, nem via como as multidões se abriam à sua passagem.

Na ausência de Júlio tinha esperado um debate mais animado do que o usual no Senado. Deveria saber que não seria assim. O assento vazio continha mais ameaça do que a presença dele. Todos sabiam que a reunião seria informada em detalhes completos. Os escribas de Júlio registravam as conversas mais superficiais e até gente como Cícero ficava nervosa com a escrevinhação constante deles.

Havia ocasiões em que o assunto em discussão trazia de volta parte da antiga honestidade e do fogo que Marco Antônio recordava. Júlio havia abolido o sistema de impostos dos domínios romanos, devolvendo o direito de coletar moedas a homens locais numa dúzia de países. Os gregos sabiam que não deveriam deixar os rendimentos caírem depois da última rebelião fracassada, mas o pretor da Espanha fizera a viagem a Roma para reclamar de novos níveis de corrupção. Era o tipo de coisa que fora a carne e a bebida do Senado antes da guerra civil. Parte da contenção sutil havia sumido enquanto eles lutavam e discutiam quanto a detalhes e propostas.

Marco Antônio ainda podia ver o momento em que Cássio sugerira que o problema estava com o sistema em si, com o olhar indo até o escriba que registrava fielmente suas palavras. O rosto fino do senador havia empalidecido ligeiramente e seus dedos começaram a bater nervosamente no pódio. Depois disso o debate havia afundado e o pretor da Espanha foi mandado para casa sem uma nova solução para seus problemas.

Não era assim que Marco Antônio havia sonhado que seria, quando Júlio lhe deu o comando da Itália há anos. Enquanto a guerra civil se desenrolava até a conclusão, Roma estivera pacífica. Era verdade que ele não fizera grandes mudanças, mas a cidade se mantivera estável e havia prosperado. Homens que se candidatavam aos direitos de comércio sabiam que seriam considerados segundo seus méritos. O Senado passava difíceis pontos de lei para os tribunais e aceitava as decisões tomadas, quer aprovasse ou não. Marco Antônio havia trabalhado mais duro do que em qualquer outra ocasião na vida e sentira uma satisfação discreta com a ordem na cidade.

Isso mudou com a volta de Júlio. Os tribunais ainda funcionavam, mas ninguém era idiota o bastante para fazer uma acusação contra um favorito de César. O domínio da lei perdera seu alicerce e Marco Antônio se pegava enjoado com a nova atitude de cautela. Ele e Cícero tinham passado muitas noites discutindo, mas até eles haviam sido obrigados a mandar seus serviçais para longe. Júlio possuía espiões por toda Roma e era raro encontrar um homem que se importasse tão pouco com a própria vida a ponto de se dispor a falar contra o ditador, mesmo em particular.

Fora um ano longo, pensou Marco Antônio enquanto subia a colina. Mais longo do que qualquer outro na história romana. O novo calendário pusera a cidade num tumulto de desentendimentos e caos. Júlio havia declarado que aquele ano duraria 445 dias, antes que seus novos meses pudessem começar. O verão louco que chegara tão tarde parecia apenas um sintoma da confusão, como se as próprias estações tivessem se perturbado. Com um sorriso, Marco Antônio lembrou-se da reclamação de Cícero, de que até mesmo os planetas e estrelas tinham de seguir as ordens de César.

Nos velhos tempos a cidade teria empregado astrônomos de todo o mundo para testar as ideias que Júlio trouxera do Egito. Em vez disso, os senadores haviam disputado entre si para aclamar o novo sistema e fazer com que seus nomes chegassem aos ouvidos de César.

Marco Antônio suspirou ao chegar ao portão da antiga propriedade de Mário. O general que ele conhecera na Gália teria zombado da atitude que infeccionava o augusto Senado. Ele teria permitido aos senadores sua dignidade, no mínimo para honrar as tradições.

Respirou fundo e segurou a cartilagem do nariz com os dedos duros. O homem que ele conhecera surgiria de novo, esperava. Claro que Júlio ficara meio descontrolado depois da volta. Estivera bêbado com o sucesso de uma guerra civil e com o filho novo. Fora mergulhado de uma vida de lutas numa grande cidade que o saudava como um deus. Isso tinha virado sua cabeça, porém Marco Antônio se lembrava de Júlio de quando a Gália era um caldeirão de guerra, e ainda procurava um sinal de que o pior havia passado.

Júlio o esperava do lado de fora, enquanto Marco Antônio passava pelos jardins. Este deixou seus lictores na rua para não levar homens armados à presença do ditador de Roma.

Júlio o abraçou e ordenou que bebidas geladas e comida fossem trazidas, mesmo sob os protestos dele. Marco Antônio viu que Júlio parecia num nervosismo incomum e que sua mão tremia ligeiramente ao estender uma taça de vinho.

— Meu último triunfo está quase pronto — disse Júlio, depois de os dois ficarem confortáveis. — Tenho um favor a lhe pedir.

Brutus estava deitado de bruços e gemeu devido aos dedos rígidos que pressionavam antigas cicatrizes e músculos. A noite era fresca e calma, e a casa de sua mãe ainda empregava as melhores jovens. Era seu hábito vir e ir conforme quisesse, e seus humores eram bem conhecidos das mulheres empregadas por Servília. A garota que usava os cotovelos para desfazer um nó de músculos não dissera uma palavra desde que ele havia se despido e se deitado no banco comprido, com os braços pendendo e roçando o chão. Brutus sentira o convite não expresso enquanto ela deixava as mãos oleadas se demorarem, mas não respondeu. Sua mente estava cheia demais de desespero e raiva para encontrar alívio no abraço treinado da jovem.

Abriu os olhos ao ouvir passos leves no piso do aposento. Servília estava ali, com uma expressão irônica ao ver a carne nua do filho.

— Obrigada, Tália, pode nos deixar — disse ela.

Brutus franziu a testa diante da interrupção. Sem embaraço, sentou-se no banco enquanto a garota saía rapidamente. Sua mãe não falou até que a porta havia se fechado, e Brutus ergueu a sobrancelha, com interesse. Ela também conhecia seus humores e lhe permitia privacidade quando ele vinha à casa. Ter quebrado a rotina significava que havia alguma outra coisa no ar.

O cabelo de Servília era uma nuvem grisalha, quase branco agora que ela havia abandonado as tinturas e as cores. Não pendia mais solto, ficava amarrado atrás numa severidade contida. Ela ainda tinha a postura ereta que atraíra os olhares dos homens na juventude, mas a idade havia tirado a carne, de modo que era magra e dura. Brutus supunha que a amava pela dignidade e pela recusa de se dobrar à vida de Roma.

Ela estivera no fórum quando Júlio havia erguido o filho, mas quando Brutus chegara à casa naquela primeira noite Servília lhe mostrara uma reserva fria que impunha respeito. Ele poderia ter acreditado naquilo, se não houvesse momentos em que o fogo explodia nos olhos dela à menção do nome de Júlio. Então ela erguia a mão para tocar a grande pérola que estava sempre ao redor do pescoço e olhava para distâncias grandes demais para que Brutus acompanhasse.

— Você deveria se vestir, meu filho. Há visitantes esperando-o. — A toga que ele usara estava dobrada, e Servília a trouxe enquanto Brutus se levantava. — Você fica nu por baixo disso? — perguntou antes que ele pudesse falar.

Brutus deu de ombros.

— Quando faz calor. De que visitantes você fala? Ninguém sabe que estou aqui.

— Nada de nomes, Brutus, pelo menos por enquanto — disse ela enquanto punha o tecido comprido em volta dos ombros dele. — Eu os convidei.

Brutus olhou para a mãe, irritado. Seu olhar saltou até a adaga sobre uma banqueta.

— Não compartilho meus movimentos com a cidade, Servília. Os homens estão armados?

Ela repuxou e ajeitou o manto até estar pronto para ser preso com o broche.

— Não há perigo para você. Eu lhes disse que você ouviria o que têm a dizer. Depois partirão e Tália pode terminar o trabalho, ou você pode fazer uma refeição comigo nos meus aposentos.

— O que está fazendo, mãe? — perguntou Brutus, a voz endurecendo. — Não gosto de jogos nem mistérios. Nem de segredos.

— Encontre-se com esses homens. Ouça-os — disse ela, como se o filho não tivesse falado. — Só isso. — E ficou olhando em silêncio enquanto ele escondia a adaga nas dobras da toga. Depois recuou para encará-lo. — Você parece forte, Brutus. A idade lhe deu mais do que cicatrizes. Vou mandar que entrem.

Ela saiu e, instantes depois, a porta se abriu deixando entrar dois homens do Senado. Brutus os reconheceu instantaneamente e estreitou os olhos, cheio de suspeitas. Suetônio e Cássio estavam rígidos de tensão enquanto fechavam a porta e se aproximavam.

— O que é tão importante para que vocês venham à casa de minha mãe? — perguntou. E cruzou os braços cautelosamente, deixando a mão direita perto do punho da adaga sob o tecido.

Cássio falou primeiro:

— Que outro lugar é privado em Roma?

Brutus podia ver os tendões se destacando no pescoço do sujeito e se perguntou se a mãe fora tola o bastante para convidar assassinos à sua casa. O senador estava obviamente sob tensão enorme e Brutus não gostava de ficar tão perto dele.

— Ouvirei o que têm a falar — disse lentamente.

Indicou o banco e observou com atenção enquanto os dois se sentavam. Não se juntou a eles, preferindo continuar em condições de se mover rapidamente caso surgisse a necessidade. Cada instinto o alertava à cautela, mas nada demonstrou. O punho da faca era reconfortante sob os dedos.

— Não falaremos nomes aqui — disse Cássio. — Está escuro lá fora e não fomos vistos. Na verdade não nos encontramos. — Suas feições rígidas se esticaram num sorriso desagradável.

— Continue — disse Brutus incisivamente, a raiva aflorando à superfície. — Minha mãe comprou alguns instantes para vocês. Se não podem dizer nada de útil, vão embora.

Os dois trocaram olhares e Cássio engoliu em seco, nervoso.

Suetônio pigarreou.

— Há algumas pessoas na cidade que não se esqueceram da República — disse ele. — Há alguns que não gostam de que os senadores sejam tratados como serviçais.

Brutus inspirou com força enquanto começava a entender.

— Continuem.

— Os que amam Roma podem estar insatisfeitos com tanto poder nas mãos de um só homem — prosseguiu Suetônio. Uma enorme gota de suor desceu da linha dos cabelos bochecha abaixo. — Eles não querem uma linhagem de reis construída sobre uma corrupção de sangue estrangeiro.

As palavras pairaram no ar entre os dois e Brutus ficou olhando, com os pensamentos em redemoinho. Quanto sua mãe teria adivinhado sobre as intenções deles? A vida de todos estava em perigo se ao menos uma das escravas estivesse escutando junto às paredes.

— Esperem aqui — disse, indo até a porta.

O movimento súbito levou Cássio e Suetônio quase ao pânico. Brutus escancarou a porta e viu a mãe sentada mais adiante no corredor. Ela se levantou e veio até ele.

— Você faz parte disso? — perguntou Brutus em voz baixa.

Os olhos dela brilharam.

— Eu os reuni. O resto é com vocês.

Brutus olhou para a mãe e viu que a frieza dela era uma máscara.

— Escute-os — disse ela de novo, enquanto ele hesitava.

— Estamos a sós?

Ela assentiu.

— Ninguém sabe que eles vieram aqui, ou que estão se encontrando com você. Esta é minha casa, e eu sei.

Brutus fez uma careta.

— Você pode fazer com que todos sejamos mortos.

O sorriso de Servília zombava dele.

— Só os escute, e seja rápido.

Então ele fechou a porta e se virou para os dois senadores. Sabia o que queriam, mas era demais para absorver de uma vez só.

— Continue — disse de novo a Suetônio.

— Falo pelo bem de Roma — respondeu Suetônio com a fórmula antiga. — Queremos que você se junte a nós.

— No quê? Diga as palavras ou vá embora.

Suetônio respirou lentamente.

— Queremos você para uma morte. Queremos que nos ajude a trazer de volta o poder do Senado. Há homens fracos lá, que votarão num novo rei caso não sejam contidos.

Brutus sentiu-se frio com um medo pouco natural. Não podia exigir que eles falassem o nome. Não sabia se suportaria ouvi-lo.

— Quantos estão com vocês? — perguntou.

Suetônio e Cássio trocaram outro olhar de alerta.

— Talvez seja melhor que você não saiba por enquanto — disse Cássio. — Não ouvimos sua resposta.

Brutus não falou e o rosto de Cássio se endureceu sutilmente.

— Você *deve* responder. Fomos longe demais para parar agora.

Brutus olhou os dois e soube que não poderiam deixá-lo viver, caso recusasse. Haveria arqueiros do lado de fora para matá-lo quando saísse. Era assim que ele teria planejado.

Não importava. Desde o início sabia o que iria dizer.

— Sou o homem certo — disse num sussurro. A tensão dos outros dois começou a se esvair. — Deve haver alguma confiança nisto, mas não quero minha mãe envolvida de novo. Alugarei outra casa para nos encontrarmos.

— Eu tinha pensado... — começou Suetônio.

Brutus o silenciou com um gesto.

— Não. Eu sou o homem certo para *liderar* vocês nisto. Não arriscarei a vida com idiotas e segredos. Se tem de ser feito, que seja benfeito. — Ele parou, respirando fundo. — Se vamos arriscar a vida pelo bem de Roma, deve ser antes da primavera. Ele planeja uma campanha na Pártia que irá levá-lo para longe, talvez por anos.

Cássio sorriu em triunfo. Levantou-se e estendeu a mão.

— A República vale uma vida — disse enquanto Brutus segurava seus dedos finos.

CAPÍTVLO XXXIV

LANÇADAS DOS TELHADOS MAIS ALTOS, PÉTALAS DE ROSAS ENCHIAM o ar aos milhões, descendo sobre o cortejo do ditador. Os cidadãos de Roma estendiam as mãos para pegá-las como crianças, em transe. Durante semanas haviam caminhado das fazendas e dos lares até a cidade, atraídos pelo fascínio da glória e do espetáculo. O preço de uma cama fora para as alturas, mas Júlio dera a cada família um saco de prata, uma jarra de azeite doce e trigo para fazer pão. A cidade ficara cheia do cheiro de assado enquanto o povo se levantava ao amanhecer para ver Júlio sacrificar um touro branco no templo de Júpiter. Os presságios tinham sido bons, como ele soubera que seriam.

Havia empregado centenas de pessoas nos arranjos para o triunfo, desde ex-legionários aventureiros, encarregados de capturar animais na África, até os pedreiros que tinham a tarefa de recriar Alexandria em Roma. Estátuas de deuses egípcios se alinhavam na rota através da cidade e ao meio-dia muitas estavam cobertas de crianças que haviam subido, rindo e gritando umas com as outras.

As ruas antigas tinham um ar festivo, cada esquina enfeitada com estandartes coloridos balançando alegres sobre a cidade. Ao anoitecer haveria muitas jovens agradecendo a Júlio por um vestido de casamento feito com aqueles panos. Até lá Roma era um tumulto de cor e barulho.

A coluna que serpenteava pelas ruas principais ao meio-dia tinha mais de um quilômetro e meio de comprimento e era flanqueada a cada passo por cidadãos que aplaudiam. Soldados da Décima e da Quarta haviam sido chamados da aposentadoria para levar Júlio pela cidade. Caminhavam como heróis, e os que conheciam sua história demonstravam apreciação ao ver os homens que haviam tomado a Gália e derrotado Pompeu na Farsália.

Os gladiadores de Roma marchavam usando cabeças de falcões e chacais, enquanto leopardos acorrentados cuspiam e lutavam para deleite da multidão.

No coração do desfile ficava a peça central, uma carruagem gigantesca com mais de seis metros de altura, com esfinges na frente e atrás. Oitenta cavalos brancos faziam força contra os tirantes, balançando a cabeça. Júlio e Cleópatra sentavam-se juntos numa plataforma cercada por uma balaustrada, rubros com o sucesso do espetáculo. Ela usava um tecido vermelho-sangue mostrando a barriga que havia recuperado as linhas de antes da gravidez. Os olhos estavam pintados com tinta escura e o cabelo preso em ouro. Para essa ocasião formal usava rubis que brilhavam nas orelhas e no pescoço. Pétalas de rosas voavam ao redor deles e Júlio estava em seu elemento, apontando as maravilhas de Roma para ela enquanto seguiam lentamente pela cidade. Suas moedas de ouro tinham sido atiradas como chuva para as mãos estendidas abaixo, e vinho grátis encheria cada estômago de Roma até quase estourar.

A própria Cleópatra havia mandado trazer as melhores dançarinas dos templos do Egito, não confiando nos agentes de Júlio para avaliar a qualidade delas. Mil jovens bonitas giravam e saltavam ao som da música estranha de seu lar e a visão das pernas nuas atraía sorrisos de apreciação da turba. Elas carregavam varetas de incenso e os movimentos eram acompanhados por finas tiras de fumaça que enchiam as ruas com uma pungência demorada. Era sensual e Cleópatra ria alto, de prazer. Fizera a escolha certa, em César. O povo dele era ruidoso na apreciação e ela viu-se empolgada pela vida da cidade. Havia tanta energia neles! Aqueles eram os que construíam galeras e pontes e estendiam tubulações por centenas de quilômetros. A multidão que acenava achava pouca coisa atravessar abismos, oceanos e o mundo para trazer o comércio. De seus úteros vinham soldados e oficiais para fazer o trabalho.

Seu filho estaria seguro aos cuidados daquele povo, tinha certeza. O Egito estaria seguro.

Demoraram horas para atravessar Roma, mas a multidão não se cansava das visões e dos sons de outro continente. Equipes de caçadores haviam prendido um enorme gorila macho que Cleópatra sabia que nunca vira o Nilo. O animal urrava para os cidadãos que olhavam pasmos, recuando de medo e rindo enquanto ele batia com os grandes braços contra as barras sólidas. Júlio planejava fazer o monstro lutar com uma equipe de espadachins no circo, e não poderia haver melhor propaganda do que a fúria do bicho. Seu povo amava coisas novas e Júlio trouxera os mais estranhos animais da África para desfrute dele.

Quando o fórum surgiu de novo, Cleópatra havia se retirado por trás das cortinas da carruagem, um aposento de seda e ouro que balançava num movimento repousante. Suas escravas estavam lá, para lhe trazer bebidas frescas e comida, mas o filho dormia em segurança na antiga casa de Mário. Com alguns movimentos rápidos tirou o vestido e ficou nua, estendendo os braços para uma roupa ainda mais rica do que a última. Os rubis foram para um baú e grandes esmeraldas com presilhas de prata foram postas nos pulsos e nos tornozelos. Os sinos tocavam enquanto as escravas a vestiam e retocavam a pintura dos olhos. Que olhassem para a rainha encontrada por Júlio, pensou. Que invejassem.

Enquanto a música de seu povo crescia abaixo, Cleópatra dançou alguns passos de uma sequência que havia aprendido na infância, apertando o piso de madeira com pés pequenos e firmes. Ouviu Júlio rir ao vê-la e girou para agradá-lo.

— Vou brindar a você com o melhor vinho de Roma quando terminar aqui — disse ele com os olhos ternos. — Que a vejam agora, enquanto desço até eles.

Cleópatra baixou a cabeça.

— Faço sua vontade, senhor.

Ele sorriu da humildade fingida, recuando para as vistas do público. Os cavalos haviam parado e os orgulhosos homens da Décima tinham feito um caminho para ele até uma plataforma elevada onde havia uma única cadeira. Júlio se demorou no topo da escada, desfrutando a visão do fórum apinhado.

Cleópatra saiu e a multidão exclamou ao ver a nova vestimenta, assobiando e gritando. Júlio lançou um olhar para ela e se perguntou quantas matronas de Roma dariam novas ordens para as costureiras e alfaiates no dia seguinte.

Quando Júlio tocou o solo, a Décima começou a cantar uma lamentosa balada da legião, que ele não ouvia há anos. As cordas dos músicos egípcios ficaram silenciosas e as vozes profundas se alçaram, lembrando antigas batalhas e sua juventude. Júlio não havia planejado essa parte do triunfo e descobriu que os olhos estavam ardendo enquanto caminhava entre as lanças erguidas por homens que o conheciam melhor do que ninguém.

Enquanto passava sobre as pedras do calçamento a linha se fechou atrás e a multidão se adiantou, com os que conheciam a letra juntando-se ao canto. Até os aplausos foram abafados pelas gargantas de milhares de velhos soldados. Júlio ficou profundamente comovido.

Marco Antônio já estava na plataforma e Júlio sentiu-se tenso enquanto se aproximava dos últimos degraus até onde iria falar. Com um esforço da vontade, virou-se no topo e sorriu para o povo de Roma que viera demonstrar como apreciava sua vida.

A canção morreu com a última frase repetida três vezes, e o silêncio que se seguiu foi despedaçado por um enorme rugido.

Júlio olhou para Marco Antônio, sabendo que era a hora. Levantou as mãos para silenciá-los, enquanto Marco Antônio se adiantava. Júlio ficou imóvel, o coração disparando com rapidez suficiente para deixá-lo tonto.

Marco Antônio segurou uma coroa, uma simples tira de ouro. Júlio olhou para a multidão enquanto ela era posta em sua cabeça, tentando ouvir uma mudança nas vozes de Roma.

Os aplausos começaram a diminuir enquanto o povo via o que estava acontecendo. Júlio esperou o máximo que pôde, dolorosamente sensível à queda de volume. Com sorriso amargo, obrigou-se a retirar a coroa antes que os aplausos parassem por completo. Pálido de tensão, devolveu-a.

A mudança foi instantânea enquanto a multidão reagia, ondas de som que eram quase uma força física. Júlio mal conseguia pensar, no centro dos gritos, mas uma fúria lenta começou a se acender em seu peito.

Nos degraus do prédio do Senado, um grupo de rapazes trocou olhares discretos enquanto testemunhavam o acontecimento. Suetônio franziu a testa cheio de suspeita e Cássio segurou o braço de outro. Não aplaudiam e gritavam com o resto. Eram uma mancha de silêncio no fórum ruidoso, com olhos frios e duros.

Marco Antônio pareceu não entender a reação da multidão e se adiantou de novo, pondo a coroa na testa de Júlio, que ergueu a mão para tocar o metal macio e soube que eles queriam que a recusasse de novo. Suas esperanças foram despedaçadas, mas a representação precisava continuar.

Colocou-a de volta nas mãos de Marco Antônio.

— Chega — murmurou com os dentes fechados, mas a voz se perdeu no meio de dez mil outras.

Marco Antônio não escutou o alerta. Tinha temido o pior quando Júlio pedira para ser coroado no fórum. Agora, vendo que seria uma demonstração da honra republicana, estava quase histérico de empolgação, animado pelo espírito dos cidadãos. Rindo, ergueu a coroa uma terceira vez e Júlio perdeu as estribeiras.

— Encoste esta coisa na minha cabeça de novo e você nunca mais verá Roma — disse com rispidez, fazendo Marco Antônio recuar, confuso.

O rosto de Júlio estava manchado de fúria. Só os deuses sabiam o que diria a eles agora. O discurso que havia preparado dependia de aceitarem a coroa. Não podia ver onde havia falhado, mas sabia que era impossível retomar a tira de ouro. Eles achariam que era um jogo fantástico. Olhou para onde Cleópatra estava, acima da turba, e compartilhou com ela um olhar de desapontamento. Ela sabia de suas esperanças, e tê-las esmagadas diante de seus olhos era mais do que ele podia suportar.

Cega e ignorante à realidade, a multidão havia silenciado por fim, esperando que ele falasse. Júlio ficou imóvel, como se estivesse atordoado, enquanto lutava querendo encontrar algo para dizer.

— Virá um dia em que Roma aceitará um rei de novo — disse finalmente —, mas não será hoje.

Eles o atacaram com ruídos e ele escondeu a raiva e a frustração. Só conseguiu confiança para dizer aquilo. Desceu sem esperar que sua Décima formasse um caminho, mas o povo se afastou com espanto e dignidade depois do que tinha visto.

Caminhando rigidamente em meio às pessoas, queimava de humilhação. O triunfo ainda não havia terminado. Os cavalos e as jaulas, as dançarinas e as carruagens iriam até seu novo fórum e parariam no templo de Vênus. Prometeu a si mesmo em silêncio que, se a multidão não mostrasse uma apreciação adequada lá, sangue seria derramado antes do fim do dia.

À medida que a multidão se adiantava, uma figura com armadura prateada se virou para os degraus do Senado, vendo as togas brancas dos lobos que ele conhecia. Brutus entendia muito melhor do que eles o que Júlio tentara fazer, e o conhecimento o ajudou a firmar a decisão e a força. Roma seria lavada e ele encontraria seu caminho sem a sombra de César para atormentá-lo.

A nova primavera levaria Júlio para longe da capital. Teria de ser logo.

Servília estava acordada no escuro, incapaz de dormir. Os dias haviam esfriado e finalmente o calendário de Júlio começara no término de Februarius, trazendo chuva para uma cidade ressecada. Podia ouvi-la batendo nas telhas acima e escorrendo pelas calhas, levando a poeira para longe.

A casa estava silenciosa, já que seus últimos protetores haviam partido para suas residências há horas. O sono deveria ter vindo facilmente, mas em vez disso as juntas doloridas não conseguiam descansar e seus pensamentos corriam e se retorciam no escuro.

Não queria pensar nele, mas lembranças a atravessavam, com um brilho que era o único consolo da idade que a enfraquecia. Mesmo ao sol descobria os pensamentos se desviando para outros tempos, mas à noite não havia nada para conter a enchente de lembranças que se derramava em sonhos perturbados.

Ela o havia amado aos pés de Alexandre e ele fora seu, em carne e espírito. Ela fora dele. Na época ele ardia por ela, antes que a cruel experiência o endurecesse.

Suspirou, apertando os cobertores contra as pernas finas. Não havia esperança de descanso, não nesta noite. Talvez fosse certo desperdiçá-la em memória dele.

Ainda podia ver o rosto de Júlio erguendo o filho que ele sempre quisera. Se a tivesse notado na multidão, não reconheceria a mulher velha de cabelos brancos em que se tornara. No momento do maior júbilo para ele, Servília o odiara com uma paixão que seus ossos haviam quase esquecido. Brutus conhecera a pouca profundidade do amor de Júlio. Ela sentiu um gosto amargo na garganta ao pensar em como havia implorado com o filho. Na época, a traição dele a amedrontara, quando Pompeu governava Roma com mão de ferro. Servília não prestara atenção ao aviso de que Júlio jamais precisaria dela como ela precisara dele.

Não se importava com os argumentos pomposos de homens como Suetônio e Cássio. Via o ciúme deles como o que realmente era, apesar da honra que reivindicavam. Eram pequenos demais para amar a República, ou mesmo para entender o que ela um dia significara. Seria muito melhor se levantar e dizer que o odiavam porque ele não os notava. A vaidade e o orgulho seriam a força que cravaria as adagas. Ela sabia disso, como sempre soubera da verdade do coração dos homens. Eles fariam seus jogos de senhas e sussurros enquanto se reuniam nas sombras, mas a verdade não a amedrontava como na época. Seu ódio era uma coisa limpa.

Levou a mão ao rosto, surpresa por encontrar lágrimas na pele enrugada. Esta era a realidade dos anos que a roubavam, pensou. Roubavam as alegrias e deixavam apenas a dor amarga e lágrimas que vinham do vazio.

Quantas esposas ele havia tomado para fazer sua semente chegar à vida? Nenhuma vez ele pedira à prostituta amante. Nenhuma, mesmo quando existia vida em seu útero e sua carne ainda era firme e forte. Ele usara seu conhecimento uma centena de vezes contra os inimigos. Ela o mantivera em segurança e agora fora esquecida. Suas mãos eram garras no tecido enquanto pensava no orgulho que ele sentia do filho. Sempre havia um preço a pagar.

A chuva aumentou varrendo a cidade e Servília chorou de novo. Roma estaria limpa ao amanhecer dos Idos de Março. O passado não mais perturbaria seu sono.

CAPÍTVLO XXXV

ÚLIO CAMINHAVA SOZINHO PARA O SENADO, ATRAVÉS DE UMA CIDADE que ia despertando. O filho havia perturbado seu sono chorando e ele estava de olhos vermelhos, de pé enquanto as barracas do mercado e os comerciantes ainda se aprontavam para os negócios do dia.

Preferia Roma nesses momentos depois da chuva, quando o ar tinha cheiro fresco e limpo e o dia se estendia até longe com promessas. Era verdade que o vento estava frio, mas ele usava uma túnica pesada sob a toga e o toque do ar gelado era agradável enquanto respirava fundo.

Não havia guardas para perturbar a paz da manhã. Ele não precisava de lictores franzindo a testa para seu povo que passava de olhos baixos. As pessoas podiam não ter aceitado a coroa oferecida por Marco Antônio, mas o homem em si era intocável. Não as temia, como homens do tipo de Sila e Pompeu. Eles haviam tratado os cidadãos como crianças violentas, aterrorizadas com a mesma força que os levara ao poder. Júlio não precisava dessa proteção. Suspirou enquanto caminhava pelo calçamento de pedras, perdido em pensamentos.

Sem Cleópatra, poderia ter deixado Roma há semanas. Quando estava longe era capaz de amar esta cidade como algo abstrato. Podia falar de seu lar no mesmo tom com que falava de Alexandria, Cartago e Atenas, centros dos impérios que haviam acabado ou que ainda estavam crescendo. A distância de algum modo dava romance ao agitado formigueiro da realidade. Quanto Roma estava a milhares de quilômetros a oeste ele podia ver a glória de sua erudição, suas invenções e seu comércio. Era difícil lembrar que essas coisas existiam quando estava sufocado em meio às rivalidades mesquinhas e à vaidade dos senadores. Havia um abismo enorme entre os dois. Quando se desesperava, via apenas a pior face da cidade onde nascera. Ali a vida fervilhava em becos imundos e algumas moedas comprariam uma mulher, um homem ou uma criança. Quando fazia calor a cidade fedia como um esgoto aberto, e quando esfriava milhares morriam de fome e congelavam no limite da sobrevivência. Aquelas eram ocasiões em que ele mal podia prender o fôlego. Sua visão interna desmoronava contra as verdades duras e ele ansiava cavalgar para longe e deixar tudo para trás.

O poder de fazer mudanças fora inebriante a princípio. Qualquer coisa que ele quisesse imaginar podia ser feita, criada a partir do zero. Era uma alegria temporária, como tantas outras coisas. Ansiava por algo que jamais podia saber o que era, e quando generais de cara nova tinham vindo com notícias de inquietações na Pártia, ele não os mandara embora. Marco Antônio governaria Roma de novo, ou talvez Otaviano. Ele merecera o direito de deixar sua marca na cidade, e até que o filho de Júlio se tornasse homem precisaria de protetores fortes. Seria Otaviano, decidiu Júlio, já imaginando a expressão no rosto dele quando ouvisse a notícia.

Fora da cidade havia legiões de rapazes se reunindo para lutar contra os partos. Sua inquietação desapareceu na presença de tantas esperanças juvenis. Eles não haviam ficado cínicos. Carregavam mais do que uma espada e um escudo por Roma, pensou tateando em busca da ideia. Quando partissem levariam uma forma destilada da cidade, a parte mais pura. Aquilo os levava através da dor e da exaustão. Mantinha a disciplina quando viam a morte chegando e de repente sabiam que ela *não* passaria ao largo. Oferecendo sua força, cada um deles dava valor ao que deixava para trás.

Estavam dizendo "Isto vale a minha vida". E faziam com que valesse. Não poderia existir valor numa cidade sem aqueles rapazes para ficar de pé no Campo.

Lembrou-se do que Brutus dissera sobre o ar da primavera erguer sua cabeça e sorriu enquanto caminhava. Era verdade que a ideia de outra campanha havia agitado seu sangue. O tempo passado em Roma fora tudo que ele quisera. Seus triunfos seriam lembrados por gerações e o Senado o homenageara como nenhum outro na história. Cipião teria dado o braço direito pelos títulos que os senadores lhe haviam concedido. Mário teria amado cada momento.

Antes que chegasse à base da colina, Júlio viu uma figura solitária vestindo uma toga tão branca que parecia feita de gelo do inverno. Franziu a testa enquanto o homem começava a andar na sua direção. Será que não podiam fazer nada até que ele chegasse? Que novo problema era tão perturbador e difícil que eles devessem interromper seus pensamentos antes mesmo que o dia começasse? Reconheceu Cássio enquanto o sujeito se aproximava e baixava a cabeça.

— César, o Senado está se reunindo no teatro de Pompeu esta manhã. Fiquei para lhe informar.

— Por quê? O que aconteceu? — perguntou Júlio, a calma se evaporando.

— Os Idos de Março caem no aniversário do dia em que Pompeu foi eleito cônsul, senhor. Foi decidido homenagear a família dele deste modo. A resolução foi aprovada em sua ausência. Fiquei preocupado pensando que a notícia não tivesse chegado ao senhor, e...

— Certo, basta — disse Júlio rispidamente. — Não tenho tempo para ler cada linha dos discursos.

Cássio baixou a cabeça de novo e Júlio reprimiu a raiva pela intromissão. Os dois atravessaram a rua juntos, pisando nas pedras para pedestres, e viraram à direita em direção à colina Capitolina.

Sem aviso, Júlio parou de repente.

— Senhor? — perguntou Cássio.

— Não, não é nada. Só estava pensando num homem que conheci há muito tempo.

— Sei, senhor — respondeu Cássio automaticamente.

— Você está suando, Cássio — observou Júlio. — Deveria andar mais, para ficar em forma.
— É um calafrio, senhor, só isso — respondeu Cássio olhando à frente.

O teatro de Pompeu fora usado como segunda sede do Senado muitas vezes, desde que ficara pronto. Podia acomodar até mesmo o grande número de novos senadores que Júlio introduzira desde o retorno à cidade. Havia um certo prazer em debater com os senadores de Roma ao pé da estátua de Pompeu. Ela se erguia acima de todos, uma obra sem igual, que capturava as feições sérias do homem em seu auge.

À medida que o sol nascia Júlio ficou surpreso por encontrar apenas alguns senadores ao redor da porta principal. Eles o viram chegar e dois se separaram, entrando. Júlio franziu a testa pensando no trabalho adiante. Quando era jovem, tinha observado as discussões dos senadores com algo que se aproximava do espanto reverente. Vira grandes homens se levantar e dominar os colegas, mudando Roma com a força de seus pensamentos e palavras. Júlio havia reagido ao poder de sua oratória, fora inspirado por ela.

Era a tragédia da experiência que fazia os heróis perderem o brilho antigo. Talvez os homens novos que ele trouxera para as fileiras da *nobilitas* ainda caminhassem com passo macio enquanto as leis eram aprovadas. Não sabia se era assim, ou apenas se as grandes questões do tempo já haviam sido decididas. Talvez tivesse visto as últimas figuras grandiosas que caminharam por Roma. Conhecera homens com força suficiente para desafiar as restrições da República. Tinha aprendido com eles, mas essas batalhas estavam terminadas, quer ele usasse coroa ou não.

Passou pela entrada mal cumprimentando com a cabeça os que estavam parados ao redor, à luz cinzenta, ocupando seu lugar num banco perto do palco central. Hoje falaria. Talvez tentasse mais uma vez fazê-los entender a necessidade de expandir as terras sob o domínio de Roma. Falaria mesmo que eles parecessem surdos às palavras que usava; cegos às ideias. Roma jamais poderia descansar sobre o que fora trazido aos seus pés. Quantas vezes ele vira pequenas rebeliões se incendiar através de um país, com a força do Senado sendo testada de fora? Da fortaleza de Mitileno até a Síria fora testemunha dos falcões que esperavam que Roma cochilasse apenas uma vez.

Havia mil pequenos reis no mundo que dobravam o joelho e continuavam esperando um momento de fraqueza. Somente um idiota cederia a eles. Se os generais romanos algum dia chegassem a um limite e dissessem "Isto é longe o bastante", seria o fim de um milhão de vidas dadas para chegar àquele ponto. Seria a rachadura que partiria o vidro.

Estava tão imerso nos pensamentos que não notou Tílio Cimber se aproximar caminhando pela fila curva de bancos. Presumiu que o jovem havia tropeçado quando sentiu a mão segurar o tecido de sua toga, puxando-a de lado.

Num instante a fúria saltou nele enquanto o sujeito continuava segurando-o. O rosto de Cimber estava rígido com o esforço e Júlio segurou os dedos dele com as duas mãos, torcendo-os.

— O que está fazendo? — gritou para o agressor, lutando para ficar de pé.

Com o canto dos olhos viu rostos se virando para ele e mais homens correndo para ajudá-lo. Através da fúria soube que só precisava esperar até que Cimber fosse puxado para longe. A punição por ter ousado pôr a mão nele era a morte, e Júlio não seria misericordioso.

Cimber era jovem e forte, mas Júlio envelhecera como um carvalho em milhares de quilômetros de marcha. Seus braços tremeram com o esforço, mas mesmo assim não conseguiu partir os dedos que se retorciam contra seu pescoço.

Mais homens se amontoaram ao redor, nos bancos, gritando enquanto se aproximavam. Júlio viu Suetônio sacar uma adaga, o rosto vermelho de empolgação maligna. O choque apertou seu coração enquanto finalmente entendia. Cimber sorriu ao ver que o ditador entendia o que se passava e renovou o aperto mantendo Júlio no lugar para que Suetônio o golpeasse.

Júlio olhou desesperado ao redor, procurando alguém que pudesse chamar. Onde estavam Ciro e Brutus? Onde estavam Otaviano e Marco Antônio? Gritou enquanto Suetônio o acertava, a faca marcando uma linha de sangue em seu ombro. O aperto de Cimber foi interrompido por outros que se apinhavam para a matança e Júlio tentava golpear às cegas, gritando por socorro. Grunhiu quando uma adaga afundou no seu flanco e foi puxada para acertar de novo.

Um homem caiu à sua frente, atrapalhando os outros. Júlio pôde ficar de pé por um momento e levantou o braço contra uma adaga vindo contra o pescoço. Ela cortou sua mão e ele gritou em agonia, empurrado para trás no banco pela pressão dos homens que rosnavam.

Havia sangue em toda parte, manchando as togas brancas e espirrando nos rostos. Júlio pensou no filho e ficou aterrorizado com o que fariam a ele. Em sua agonia empurrou um dos agressores para trás com uma força que ia se esgotando. Mais adagas se cravaram em suas pernas enquanto ele chutava em espasmos.

Não parou de gritar por socorro, sabendo que poderia sobreviver até mesmo aos piores ferimentos. Se Otaviano pudesse ser chamado, provocaria medo nos animais que gritavam e ganiam ao redor num frenesi.

Dois o seguraram pelos ombros escorregadios de sangue. O líquido quente borbulhou do canto de sua boca enquanto as forças iam sumindo. Só conseguiu erguer os olhos em desespero enquanto eles ofegavam em seu rosto, suficientemente perto para sentir o hálito.

— Esperem — escutou uma voz em algum lugar próximo.

As mãos ensanguentadas empurraram Júlio contra o encosto do assento e ele se virou numa agonia de esperança para ver quem os fizera parar.

Brutus caminhou pelo piso central do teatro, as mãos cruzadas às costas. Ao mesmo tempo em que sentia alívio, Júlio viu que o velho amigo também carregava uma lâmina na mão, e se deixou afundar, abalado. O sangue se derramava dos ferimentos e sua visão parecia se aguçar à medida que cada sentido gritava para viver. Sentiu as mãos dos inimigos se afastando, mas não conseguia se mexer nem lutar mais contra eles.

— Até tu, Brutus? — perguntou.

Brutus entrou na fileira de bancos e ergueu a lâmina até o rosto de Júlio. Seus olhos tinham grande tristeza e um triunfo que Júlio não suportava testemunhar.

— Sim — respondeu Brutus, baixinho.

— Então me mate depressa. Não posso viver sabendo disso — disse Júlio num sussurro.

Os outros homens recuaram espantados, vendo o sangue que haviam liberado. Júlio não olhou para eles. Lentamente, sem afastar o olhar de Brutus, levou as mãos às dobras retorcidas da toga e levantou-a devagar.

Brutus ficou olhando em silêncio enquanto Júlio mostrava seu desprezo por todos. Ele baixou a cabeça sob a toga, dobrando as mãos trêmulas no tecido. Então ficou sentado perfeitamente imóvel e esperou a morte.

Brutus mostrou os dentes por um instante, depois cravou a lâmina através do pano, encontrando o coração. O quadro imóvel se rompeu quando os outros se juntaram a ele, golpeando e golpeando a pequena figura até ela tombar de lado e o resto da vida se esvair.

O sussurro das respirações ofegantes era o único som no mundo enquanto Brutus olhava os homens ao redor no teatro cheio de ecos. Cada olhar estava no corpo caído entre os bancos, frouxo e escorregadio de sangue. O líquido escuro manchava os rostos e os braços, repousava em gotas minúsculas nos cabelos.

— Está morto, finalmente — murmurou Suetônio, tremendo enquanto o fim do frenesi o deixava fraco e atordoado. — O que acontece agora?

Os homens que tinham ido tão longe olharam para Brutus, procurando resposta.

— Agora saímos — disse Brutus. Sua voz tremia. — *Saímos*. Vamos ao Senado e dizemos a eles o que fizemos. Arrancamos o tirano de Roma e não sofreremos vergonha.

Viu Suetônio começando a enxugar a faca e estendeu a mão, impedindo-o.

— Não esconderemos as marcas. Que o sangue mostre a honra dos que tiveram coragem para se erguer contra um tirano. É assim que salvamos a República. Que isso fique evidente. Agora que ele se foi, Roma pode começar a se curar.

Seus olhos brilhavam enquanto espiava a figura do homem que ele conhecera e amara.

— Vamos honrá-lo na morte — disse, quase baixo demais para ser ouvido.

Os que estavam mais perto da porta começaram a sair e Brutus os seguiu. Os outros foram atrás, olhando de volta para a cena, como que para se certificar da realidade.

Caminharam de mãos vermelhas pelas ruas antigas de Roma. E caminharam com orgulho.

NOTA HISTÓRICA

CAIO JÚLIO CÉSAR É LEMBRADO POR SER MUITO MAIS DO QUE UM general extraordinário. É verdade que existem poucos líderes militares que podem ter se equiparado à sua habilidade estratégica ou sua liderança carismática, mas isso é apenas parte da História. A Roma republicana poderia ter se transformado num império sem Júlio César, mas também poderia ter se despedaçado. Numa das escolas mais duras da história, César se ergueu até o ponto mais importante, finalmente esmagando Pompeu, na Farsália. Sua vida foi a ponte entre duas eras da história; foi o catalisador do império.

Durante toda a carreira demonstrou uma excelente compreensão da política, do poder e da manipulação. Não direi que inventou a propaganda, mas certamente deve ter sido um dos seus maiores expoentes iniciais. Minar Pompeu através de demonstrações públicas de clemência foi uma política deliberada. Como Júlio escreveu numa carta: "Que este seja um novo modo de obter a vitória; vamos nos garantir através da misericórdia e da magnanimidade!"

Pompeu jamais entendeu essa técnica, mas Cícero claramente viu pelo menos parte dela. Referiu-se à política como "clemência insidiosa" e disse que "qualquer mal que ele deixe de fazer provoca a mesma gratidão como se tivesse impedido outro de infligi-lo".

Pompeu foi suplantado desde o início da guerra civil, ao exigir que o general da Gália voltasse a Roma sem o apoio de suas legiões. César passou uma noite examinando a própria alma à margem do rio Rubicão, onde debateu se a perda de vidas resultante de uma guerra civil valeria a sua. Com a característica fé em si, decidiu que valeria, e lançou um ataque relâmpago rumo ao sul, em tamanha velocidade que Pompeu foi apanhado totalmente de surpresa. Não pôde defender a cidade e até se esqueceu de esvaziar o tesouro na pressa de partir. Não que isso fosse necessário. A vasta quantidade de ouro levada da Gália por César desvalorizou o áureo romano em espantosos *trinta* por cento.

O incidente do festival da Bona Dea foi como o descrevi, incluindo o fato de que Públio se vestiu de mulher para não ser descoberto. Na verdade, Públio foi considerado inocente de adultério por um tribunal, mas mesmo assim César se divorciou da mulher, dizendo que "a esposa de César deve estar acima de suspeitas". Ter um herdeiro era sem dúvida cada vez mais importante para ele, e devia entender que a legitimidade do filho precisaria ser indubitável.

Por motivos de trama e duração, omiti batalhas na Espanha e na África enquanto Júlio e seus generais esmagavam legiões leais a Pompeu. Quando chegou a hora de procurar Pompeu na Grécia, ele deu o controle da Itália a Marco Antônio e, como resultado, Marco Brutus o traiu pela primeira vez, juntando-se a Pompeu contra o velho amigo. Júlio deu ordens para que, se possível, ele fosse poupado, no que, para mim, é uma das cenas mais pungentes da História. Perdoar Brutus, depois dessa traição, mostra a grandeza de César como nenhuma outra coisa.

Júlio desembarcou em Orico, no litoral oeste da Grécia. Não incluí o fato de que ele teve de voltar à Itália num barco pequeno para pegar mais homens. O barco passou por uma tempestade e César teria dito aos barqueiros para não temerem, que eles transportavam "César e sua sorte". Ele era um grande crente na própria sorte e isso parece ter crescido durante os acontecimentos de sua vida. Conseguiu realmente tomar Dirráquio do controle de Pompeu, depois de uma exaustiva marcha noturna.

Ainda que o centurião Décimo seja fictício, um dos oficiais de César realmente tirou a própria vida ao ser capturado, dizendo que estava acostumado a dispensar a misericórdia, em vez de recebê-la. O desdém que isso mostra só pode ser imaginado. Outra pequena mudança é que a mulher de Cícero, Terência, estava de fato em Roma durante a guerra civil. Não viajou à Grécia.

O fracasso de Pompeu pode ter se dado em parte devido a uma doença, para a qual existem algumas evidências, ou simplesmente ao fato de que estava diante de um inimigo romano com a ficha mais espantosa entre quaisquer generais vivos. Pode ser que ter o Senado com ele fosse um estorvo maior do que sabemos. De qualquer modo, Pompeu tinha o dobro de homens e uma cavalaria pelo menos quatro vezes maior. Não precisaria construir fortificações e travar uma luta defensiva.

Num determinado ponto Pompeu esteve com a vitória nas mãos. O desastrado ataque em pinça contra suas forças é um evento real. Um dos lados foi sustentado e as coortes de César fugiram em debandada. César pegou o estandarte e tentou juntar os homens em fuga, mas eles passaram ao seu redor, deixando-o sozinho. Pompeu ficou convencido de que era uma emboscada e não perseguiu as forças em fuga, levando Júlio a comentar: "Hoje a vitória teria ido para os nossos oponentes se eles tivessem alguém que soubesse vencer." Perdeu 960 soldados na debandada. Os prisioneiros foram executados por Labieno. Pompeu havia perdido a melhor chance que jamais teria. Os senadores que o acompanhavam sentiram desprezo por sua falta de vontade de enfrentar o inimigo. Exigiram que travasse uma guerra mais agressiva e finalmente ele concordou.

Na Farsália, Pompeu comandava tropas da Espanha, Síria, Gália, Germânia e Macedônia, além de legionários romanos. César dá os números da cavalaria de Pompeu como sendo de 7 mil homens, mas parece provável que haja algum exagero.

O interessante incidente de Pompeu contendo sua linha de frente é bem atestado, porém diversos motivos são sugeridos em várias fontes. Meu sentimento, baseado nas fileiras de Pompeu com dez homens de profundidade, é que o moral era baixíssimo entre seus homens e que ele viu o nervosismo nas fileiras enquanto o exército de César se aproximava. Desnecessário dizer, esta é uma decisão paupérrima vinda do general que destruiu Espártaco e liberou o Mediterrâneo de piratas. O verdadeiro estado mental de Pompeu jamais poderá ser conhecido. Seus documentos particulares foram deixados para trás, depois da Farsália, e Júlio mandou queimá-los sem os ler.

Acompanhei os eventos principais na Farsália na medida em que são conhecidos. Pompeu usou sua cavalaria para debandar a de César na ala direita. Demorou um tempo para os cavaleiros de Pompeu se reagruparem e se virarem, e nesse período a força menor de César voltou e os atacou por trás, fazendo com que penetrassem em suas próprias fileiras. Os *extraordinarii* de César pressionaram até destruir os arqueiros e atravessaram para golpear o flanco e a retaguarda das linhas de Pompeu. Uma debandada total seguiu-se rapidamente depois disso.

A conclusão inescapável sobre Farsália é que César não deveria ser capaz de vencer. Pompeu tinha todas as vantagens, mas mesmo assim seus homens se dobraram diante dos veteranos. Júlio, devemos lembrar, era um cônsul eleito legalmente com uma história de demonstrações de misericórdia extraordinárias e sem precedentes. Corfínio é apenas um exemplo, na guerra civil, em que perdoou homens que lutaram contra ele. Sua política se destinava a minar Pompeu no campo de batalha e parece ter dado certo. Acredito que Farsália é tanto um triunfo da propaganda e da percepção quanto uma vitória militar.

César de fato recebeu no cais de Alexandria um jarro contendo a cabeça de Pompeu. Os egípcios não queriam uma guerra romana em suas terras, mas essa tentativa de evitá-la se mostraria inútil. Júlio teria chorado ao saber da morte de Pompeu, mas só podemos supor quais seriam seus motivos.

A Alexandria que César teria visto se perdeu para o mundo moderno. Além do farol, uma das sete maravilhas do mundo antigo, que não existe mais, a maioria das ruas e prédios que aparecem neste livro estão agora sob a água. Escavações modernas ainda encontram estátuas de Cleópatra e do filho que teve com César, Ptolomeu Cesário.

Talvez não seja surpreendente que um cônsul romano, que esteve em guerra durante a maior parte da vida adulta, subitamente abrisse mão de tudo isso ao conhecer a Cleópatra de 21 anos. A história de ela ter sido levada a César por um serviçal grego é bem atestada, mas algumas fontes dizem que foi numa sacola comprida, e não enrolada num tapete.

Cleópatra era de fato descendente de Ptolomeu, um dos generais de Alexandre. Dominava cinco línguas e foi a primeira de sua linhagem a falar egípcio. Em seu tempo, Alexandria era um verdadeiro caldeirão de culturas, com prédios cheios de colunatas gregas e estátuas egípcias em ruas como a via Canópica.

O eunuco que representou um papel tão importante em controlar o jovem Ptolomeu de fato se chamava Potino, mas mudei-o para não ter um nome semelhante demais a Porfíris, do qual eu gostava. Na verdade Panek significa "cobra", o que me pareceu adequado. César realmente devolveu Chipre aos egípcios como parte das negociações depois de capturar o rei menino. A cena em que o jovem Ptolomeu chorou e se recusou a sair do palácio trancado com barricadas é verdadeira. Também é verdade que, ao chegar ao seu exército e ser vestido de novo como o rei, o garoto de 13 anos ordenou um ataque imediato. Ele não sobreviveu à luta de poder em Alexandria.

O corpo de Alexandre, o Grande, também se perdeu, mas repousava em Alexandria na época de César, num caixão de vidro, como descrevi. O corpo era coberto por folhas de ouro e, dado seu status como faraó e deus, presumivelmente foi embalsamado.

Apenas rocei de leve o casamento de César com Calpúrnia, em 59 a.C. Cleópatra também era casada com outro irmão mais novo na época em que chegou a Roma. Claramente existia uma vasta diferença entre alianças formais e sentimento real.

Júlio César realmente conheceu o filho do rei da Síria em sua viagem antes de retornar a Roma. Herodes cresceria para ser o homem que ordenou a morte de todos os primogênitos numa tentativa de impedir uma profecia que previa o nascimento de Cristo.

A famosa frase "*Veni, Vidi, Vici*", "Vim, vi, venci", é da batalha de quatro horas contra o filho de Mitrídates, na Grécia. Se não fosse essa frase, seria um dos momentos esquecidos da história.

Marco Antônio tentou por três vezes coroar Júlio no festival da Lupercália, em fevereiro, e não no triunfo egípcio. Júlio supostamente teria perdido as estribeiras na terceira tentativa, talvez porque a multidão não aplaudiu a visão de uma coroa em sua cabeça.

Apesar da falta de uma coroa, o Senado apresentou honras sem precedentes a César. Além de "Dictator Perpetuus", "Imperator" e "Pai da Pátria", Júlio recebeu o direito a culto divino. Uma estátua dele foi erguida com as palavras "Ao Deus Inconquistável". Recebeu o direito de usar os adereços dos reis antigos.

Não podemos saber atualmente todos os motivos para essas honras. Talvez fosse uma tentativa, da parte de homens como Cícero, de fazer com que Júlio fosse longe demais e afastasse os cidadãos que o amavam. Por outro lado, essas honrarias poderiam ser o único modo de os senadores permanecerem valiosos para César. Cássio supostamente teria trazido Brutus para a conspiração com o alerta de que o Senado tornaria Júlio rei. Isso até pode ter sido verdade.

A morte de César aconteceu nos Idos (o 15º dia) de março de 44 a.C. Os senadores estavam de fato se reunindo no teatro de Pompeu, mas não se sabe quantos testemunharam o assassinato. Depois de pensar muito, não incluí o fato de que César recebeu um pergaminho alertando-o da conspiração. O homem que o entregou em suas mãos já fora empregado de Brutus e sempre haverá a suspeita de que o próprio Brutus estaria por trás do alerta, sendo um homem tão complexo quanto o próprio César. O pergaminho não foi lido, e senti que era uma complicação desnecessária.

Tílio Cimber segurou César para o primeiro golpe dado por Casca — o primeiro de 23 ferimentos. Apenas um foi diretamente fatal, o que demonstra o caos do assassinato. César lutou até ver que Brutus fazia parte daquilo, então puxou a toga acima da cabeça e ficou sentado imóvel como pedra até completarem a tarefa. A coragem desse ato desafia a descrição.

Na noite anterior, César teria expressado a preferência por um fim rápido, e não a agonia da doença ou da fraqueza. Sua epilepsia podia tê-lo perturbado, mas um homem não recebe de bom grado a morte e ao mesmo tempo planeja uma campanha na Pártia. Nem desiste da luta pela vida quando tem, *finalmente*, um filho para seguir sua linhagem. Suetônio disse que ele estava com 55 anos, mas não podemos ter certeza, já que a data de seu nascimento é desconhecida.

Júlio César nomeou Otaviano seu herdeiro em testamento, e é uma das grandes tragédias o fato de Otaviano não ter permitido que Ptolomeu Cesário sobrevivesse para chegar à vida adulta. Ainda que Cleópatra tenha fugido de volta ao Egito depois do assassinato, isso não a salvou, nem ao seu filho pequeno. Talvez seja verdade que os que detêm o poder não permitam que inimigos futuros cresçam, mas esse parece um ato particularmente implacável.

A História está atulhada com narrativas de homens que ascenderam através de fogo e batalha até posições de poder — para ter seus impérios despedaçados depois da morte. Em Roma, César chegou a uma posição jamais alcançada por alguém em tamanha escala. Usou o poder para introduzir um novo calendário, deu cidadania a todos os médicos e professores e enviou 80 mil dos cidadãos mais pobres para recomeçar a vida nas colônias. Deu a cada romano 300 sestércios, grãos e azeite. Seus legionários ficaram ricos, apenas os centuriões ganhando 10 mil moedas de prata cada. Seus triunfos não tinham paralelo, inclusive com o uso do Tibre para inundar uma grande bacia no campo de Marte para uma violenta "batalha naval". Dezenas de milhares de pessoas compareciam aos seus banquetes. Mas talvez sua maior sorte seja ter sido seguido por Otaviano, que assumiu o nome de Caio Júlio César para homenageá-lo, e somente mais tarde foi conhecido como Augusto. Foi sua mão firme que fez nascer o mais longo império que o mundo conheceu. Augusto foi o primeiro imperador, mas Júlio César preparou seu trono.

Nunca pude acreditar que Brutus participou do assassinato de Júlio César por um desejo de restaurar a República. Certamente, essa foi a razão que ele deu, e Brutus mandou cunhar moedas comemorando o acontecimento dos Idos de Março. Acho que o relacionamento complexo com Servília representou um papel importante, encerrado pelo fato de que finalmente Júlio era pai de um herdeiro. Como sobreviveu a Júlio, Servília também sobreviveu ao filho e recebeu suas cinzas depois da batalha de Filipos.

Uma alteração que fiz nestas páginas também tem a ver com a motivação de Brutus. A filha de César, Júlia, foi originalmente prometida a Brutus, uma união que iria ajudá-lo a subir pelos escalões da sociedade romana. Sempre pragmático, Júlio rompeu o noivado para dá-la a Pompeu. Esses são motivos mais do que humanos para o ódio, porém o mais forte pode ser as sutilezas da inveja e da frustração no relacionamento entre os dois. O dano final pode simplesmente ter sido porque Júlio perdoou publicamente a traição na Farsália. Para Brutus, desconfio de que isso tenha sido insuportável.

Finalmente, chamei esta série de *O Imperador* porque pretendia mostrar como a era de homens como Mário, Catão, Sila e Júlio criou o império que veio em seguida. O título "imperador" era dado a qualquer general bem-sucedido. Júlio pode não ter sido coroado, mas em tudo, menos no nome, foi ele quem trouxe o império ao mundo.

Nos próximos anos posso ter de escrever a história do que ocorreu depois do assassinato. Nenhum dos homens que teve as mãos sujas com sangue no teatro de Pompeu morreu de morte natural. De certa forma, esta é uma narrativa tão grandiosa quanto qualquer outra, mas terá de esperar outro dia.

Conn Iggulden

Este livro foi composto na tipografia
Lapidary 333BT, em corpo 13/15, e impresso em
papel offset no Sistema Digital Instant Duplex
da Divisão Gráfica da Distribuidora Record.